《峨眉》

光辉满江湖

峨眉派汪键

乙丑年夏

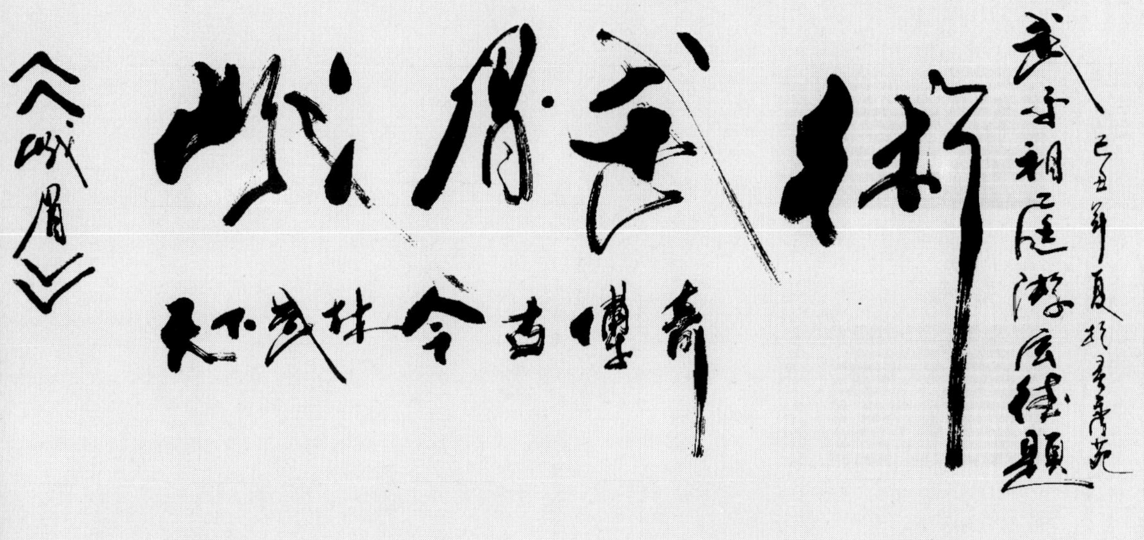

峨眉武術
天下武林今古傳奇
武术祖庭
《峨眉》

《峨眉》

刀光剑影
千古傳奇

以林 陈主书
乙丑年冬

峨眉

上卷

于铁成
又见青山◎著

新世界出版社
NEW WORLD PRESS

图书在版编目（CIP）数据

峨眉／于铁成、又见青山著.—北京：新世界出版社，2010
ISBN 978-7-5104-0796-3

Ⅰ.①峨… Ⅱ.①于… ②又… Ⅲ.①历史小说－中国－当代
Ⅳ.①I247.5

中国版本图书馆CIP数据核字（2010）第005473号

峨眉

作　　者：于铁成　又见青山
责任编辑：余守斌　熊文霞
责任印制：李一鸣　黄厚清
出版发行：新世界出版社
社　　址：北京西城区百万庄大街24号（100037）
发 行 部：（010）6899 5968　（010）6899 8733（传真）
总 编 室：（010）6899 5424　（010）6832 6679（传真）
http://www.nwp.cn
http://www.newworld-press.com
版权部：+8610 6899 6306
版权部电子信箱：frank@nwp.com.cn
印刷：三河市南阳印刷有限公司
经销：新华书店
开本：787×1092 1/16
字数：280千字　印张：17
版次：2010年3月第1版　2010年3月第1次印刷
书号：ISBN 978-7-5104-0796-3
定价：28.00元

目录

44 杀人夜

一路狂奔，须臾便来到了那些血腥的尸首旁，县城的衙役还没有到。血腥气依然没有散去，在这浓烈的血腥气之中，仍然有一缕奇异的香味。小鱼蹲下身子四处打量了一下，突然如同一头豹子般一跃而起，身子凌空扑进了一从灌木，抓住了一只手！

51 峨眉派

峨眉武功讲求先诱后打，后发先至，除长剑以外，更有诸多常人匪夷所思的兵器，如蜀中随处可见的茶馆里的长条板凳、老人行走之时借重的拐杖、樵夫担柴所用的扁担——诸如此类，无不可入武功，无不可成招数。

通天大师一生所学剑法为二，一是猿公剑法，一是越女剑法，这两种剑法一为至刚，一为至柔，学武之人原本只能学其中之一，否则混淆并学，终其一生也只能是学成“四不像”，甚至可能走火入魔，后果不堪设想。

偏偏通天大师天赋异禀，竟能将两种剑法学成并能融会贯通，早以达到了神游物外，剑气随心的最高境界。是以，当世武林，通天大师以剑法为天下第一，并无争议。

65 我要投案

小鱼呵呵一笑道：“在下是前来投案的，你哥子快去禀告你们大老爷就是。”矮个衙役轻蔑地一笑，上下打量着小鱼笑道：“你娃硬是个刁民哦，年纪轻轻，胆子不小，投案，投啥子鬼案？”

小鱼笑道：“峨山镇上李家院坝头三条人命案，那三个人就是在下我杀死了的。”

两名衙役闻听此言吓得俱是一抖，矮个的衙役突然扔了棍子边向里跑边喊道：“妈哟，杀人的来了，杀人的来了，快去喊大老爷升堂！”

77 寿筵前夕

通天大师道：“按理说，这小猴儿已经长大成人，就该告诉他这些事，让他去找寻自己的亲生父母。但是老衲总有些不祥之感。这孩子的身世恐怕极不寻常，他那襁褓之中，无一字迹，用的布料显然也是临时更换的，与那颈中挂珠完全不搭调。可见送他来的人，并不想让人猜到他的身份。那颗珠子，原本也没有什么记号，但是老衲当年身在先皇左右随侍，怎会看不出那乃是皇家大内之物？”

无穷大吃一惊，道：“师父是说……”

通天大师闭上了眼睛，叹了口气答道：“无穷，你也曾出入宫禁，也知那皇家的事是如何之凶险。这孩子出生不久便被送到这峨眉山来，或许说明他的父母已遇不测。倘若现在教他得知了自己的身世，恐怕大祸立刻便到降临在他身上。老衲，绝不能眼见这样的事情发生。”

94 群雄拜寿

唐九伏地不起道：“此乃是在下嫡亲的幼妹琳儿，因误中奇毒，特来求大师慈悲为怀，不吝相救。”

听得此言，无穷不由得一诧，问道：“世人皆知四川唐门乃天下第一用毒高手，既能用毒，必能解毒，令妹这事……”

唐九道：“大师有所不知，我唐门的确对毒药有些心得，却也并非江湖中传言得无所不能。幼妹琳儿，从小心地善良，对本门用毒的法子也很有些不满，总想研制出些解药来，克制毒药。在下虽然并不赞同她的想法，却也不愿干涉。其实研制解药，就必须以身试毒，方能检验……”

114 乱局

帐篷之中只有一个人，一个席地而坐的女人。

沈月奴换了一件衣服，这是一件腰身紧束却又十分合体的大袖丝袍，连那覆面的紫色纱巾也已经变成了淡黄色的，她笑吟吟地看着小鱼走进帐篷，然后跪直了身子，在席子上深深地行礼。

小鱼心中暗奇，这死丫头突然行起了上古之礼，又打扮得愈加美丽，又想搞些什么古怪？不过此刻自己孤身前来赴宴，也算是暂代峨眉派门下，却也不能失了礼数。

所以尽管还在腹诽，却也快速来到客座，深深地还了一礼。

沈月奴轻轻一笑，直起身子，取过几案上的羊脂白玉酒壶，双手为小鱼斟满了一杯酒，道：“其实听到峨眉派掌门人通天大师文冠当世，武功绝代，门下弟子也无不是文武双全等传闻久矣，今日可见一斑。奴家以古礼待君，君亦以古礼还之，实在难得。”

139 夜战

在悠扬的钟声里，小鱼突然醒了过来。映入眼帘的，是帐篷穹顶之上系着的一簇鲜艳如火的野花。野花无芳，身畔有香，如兰如麝。小鱼的眼睛盯着那簇野花，倏然出手，一把擒住了身旁那人的手腕！

入手的一段皓腕十分柔滑，却无人惊叫。小鱼转过脸来，却见被他擒住的沈月奴正目不转睛地瞪着自己。

见小鱼转过脸来，沈月奴才冷冷地开口道：“原来你不是呆瓜，而是一个登徒子！”

156 唐九

小鱼上下打量着唐九，吃惊地道：“大哥，这狗儿是你藏在身上的？”

唐九嘿嘿一笑，却不答话，只顾在怀中摸索着什么。

小鱼心道，这位结义大哥还真是花样百出，不知道身上到底还有多少秘密！居然把小狗带在身上，这可一个活物哦，居然就这般毫无破绽地被他藏在身上了，除了这只小狗，他的身上还会带着些什么？莫非，大哥的身子原本并不是外表看上去那般肥胖，而是衣衫之中藏着太多的秘密么？

187 黎明之前

通天大师轻咳了几声，低语道：“哎……如果有两只手，却只能保住一只，你们会砍断哪一只？”

段云峰一愣，问道：“师父，您说什么啊？”

通天大师摇了摇头，却从怀中摸出一只布包，递与无穷，道：“几番枯起几番新，子期去后孰知音，天心有月门门照，大道人人放脚行……无穷啊无穷，今后的峨眉派，就全都交与你了，云峰啊，你可要尽心……”说到这里，他突然停住不语了。

无穷与段云峰一惊，忙扑近看时，却见通天大师竟已然圆寂了。

两人重重地跪倒在地，无声地哭泣起来。

袁子让道：“一切都已准备停当，随时便可出发，你二人还有何事要我帮助，不妨道来。”

小鱼忙道：“还有一事想劳烦大人，小鱼此次回来时骑的是我家少帅赏赐的一匹大宛汗血马，此马寄存在好吃街刘大叔的客栈，这次出来也无暇相顾，可否派人去将马儿取回，便暂放在大人衙门处？”

袁子让应道：“无妨，此事我即刻要肃超亲自去办。”

小鱼与沈月奴点了点头，起身告辞。

袁子让忙道：“小鱼，你且等等。”说罢转身从柜中取出一物，递与小鱼，又道：“小鱼你此去一路艰险，此刀乃当年戚元敬戚大将军自用之宝刀，如今便转赠与你罢，我不过一书生耳，留此刀无非令其蒙尘矣。愿你继承戚大将军遗志，为国为民，英勇杀敌。”

那对面拦江大船上的人马见官船对直开近，一时之间纷纷奔上甲板，看那人数，竟有百八十人之多。

韩铁索见此脸色更是苍白，小鱼笑道：“韩大哥不必担心，只管带人保护好咱们这只船便是，那些人让在下去对付。”

韩铁索却哑声道：“这如何使得？韩某奉了袁大人之令要保护千总大人周全，岂能遇事反让千总大人率先涉险？这个前锋便让韩某当了。”说罢挣起身来，嘴咬短刀便跳下船去。

小鱼笑着摇了摇头，道：“我不过是个小小的千总，啥子将军……”正说着，猛然听得对面大船上传来砰地一声响，接着便是沈月奴的惊呼！

小鱼也顾不上与易三叔说话，立刻飞奔到对面船上，只见沈月奴倒还完好无损，只是脸色惨白，见到小鱼只是嘴唇哆嗦着，一句话也说不出来。小鱼正要询问，只听韩铁索在舱内急道：“大人，这胖子死了！”

小鱼心中一动，赶紧走进舱中，只见那胖太监委顿于地，两只眼睛微睁着，双眉正中却多了一个圆圆的血洞，眉眼也被烧黑了一片，脸上依然是惊疑不定的神色，似乎完全没有想到自己会这样死去。

小鱼抱着樱子渐渐冰冷的身体，看了看陈千重，道：“多谢陈大哥了。”心中却更是疑惑，这位结义大哥究竟是什么人？为何感觉许多事便是从他突然现身好吃街才开始的？为什么他知道这么多事？

陈千重似乎看出了小鱼的心思，点了点头道：“贤弟，愚兄知道你有话想要问，但你不必问，问了我也不会说的。你只需记住，愚兄是受一个你最亲近之人相托来帮你的。至于他到底是谁，将来你自会明白，此间之事已经了却，为见告辞了。”

倭寇

1

这绝对算不得什么好天气。

天边的乌云仿佛翻滚的巨龙，黑沉沉地直压到了头顶。

大海中那咆哮的巨浪反复地撞击着岸边的礁石，发出有如雷鸣一般的巨响。

李长风却稳稳地站在海滩边的一块巨石之上，怀中抱着和乌云一样黑沉沉的长刀，如木雕泥塑般凝望着大海。

已经七天了，出海的弟兄们怎么还未归来？

这风是越来越大，浪也越来越高了，若是再有几个时辰的话，就是想回恐怕也回不来了。

一想到这里，李长风就恨得气冲胸臆——那个该挨千刀的严年鹤，不男不女的死人妖，如果不是他在军中胡言乱语干扰众将行动，自己也不必耽误了整整一天，才能找到机会设法将斥候队派出去，若能提前一天，弟兄们怎么还会碰上这场暴风呢？

李长风进了这戚家军也有十五个年头了，军中的“老人儿”都是跟大海打老了交道的，按照他们的话说，这样的天气，就是龙王爷收人的日子到了，不是水生水长的活物统统都要被它收到龙宫去当祭物的。

这些年来李长风自己都已经是个“老人儿”，这样的天气也早就不稀奇了，但这次却不同啊，那没回来的船里面，还有五十多个手足一般的好兄弟……

想到这里，李长风不由得鼻中一酸，难道自己麾下二十多名弟兄就这么完了？

沙场争锋，其实生死早就已经交给老天爷了，既然当兵吃粮，也就不能太在乎自己这条性命，何况自己还不是为了吃粮才投军的。李家虽然并不是大富人家，但还不缺衣少食。当年泪别父母恩师，就是为了驱除倭寇，精忠报国。

生死，早已置之度外。

一想到这个，李长风不禁感到胸中热血翻腾。倭寇猖獗，自己这个巴蜀汉子年少时就已立志要为国尽忠，铲奸除恶，也因此深受师父喜爱。

拜别恩师，泪辞双亲，他走出峨眉山，出川万里来到这天下闻名的戚家军，当上了一个普普通通的小兵卒。

一转眼便是十五年了，十五年沙场征战，他浴血抗倭破敌无数，周身上下早已是伤痕累累。

戎马倥偬多年，少有还乡，其中一次还是因老父病故，回乡奔丧。虽不敢自比岳武穆般的大英雄，但摸着自己的良心说，精忠报国是真的在做。如今的自己已是这戚家军里威名赫赫的游击将军了，但这几年自己却感觉越来越憋闷了。

有时候想想，还是当小卒时候好啊，虽然无权无势，但是操心的事也少，只管吃饭睡觉杀敌便是，哪里像现在，为了不得罪那些天良丧尽、狗屁不通却压人一头的死宦官，还要学着奉承，忍着怒气，说着口不对心的官话才能毫无掣肘地去干事，去杀敌。

还记得当年戚大将军还在的时候就说过，在这群狗材面前万事都要忍，忍不住也要忍，不然这用无数弟兄性命换来的抗倭大业也就毁于一旦了。如今，统领着戚家军万余虎贲的浙江副将吴惟忠大人，也是如此秉承了戚大将军的故制。

不止一次看到苦心经营了数年才布置妥当的灭倭计策被那几个宦官一两句话便弄得进行不下去时；当看到某个同袍兄弟只因得罪过某个太监就在战死后被安上了懈怠无能的污名时；当看到忠信睿智的吴将军也要在这些死人妖的夹缝中苦苦支撑时，李长风总是恨不得活剐了这群太监。

他真的想不通，究竟朝廷在想些什么？派来一群不男不女的宦官监军，一个个脑满肠肥阴阳怪气，成事不足败事有余，打起仗来一个都看不见，领功时抢得神勇无比，稍有差池便忙着将责任推诿到在刀尖子上打滚的军将们身上……

也不知过了多久，背后有人轻声唤道："将军！"

不用回头，便知道是自己的亲卫家丁李柱，这小子处事机灵，刀棒精熟，十五岁起就跟在自己身边，如今已是多年，虽说名义上是名家丁，其实军功不断，身上已经有了千总的记名官衔。原本有不少机会到营中补个实缺，但他死活不肯离开李长风。其实，说起来整个戚家军中大部最初原本便是戚大将军自行招募而来，许多将领都蓄养着人数不等的家丁，这些家丁武器甲胄往往要比普通士兵更好，作战也更加勇猛。李长风虽然已有将军之衔，但游击并非大将，俸禄也不过了了，家中又无余财，因此也只得李柱一人，并无其他家丁。

李长风道："你娃娃跑上来干啥子，风硬湿滑的，你在这上头又站不住脚。"

李柱笑道："没得事啊，小人这不是站在将军的身后了嘛。"

李长风不由得一笑，他是很喜欢这亲卫家丁的，机灵无比，功夫也不错，也是川中子弟，还是自己半个小老乡。有的时候，看到他还能想起自己最疼爱的小师弟司徒小鱼来。记得自己当年下山投军时，小鱼儿都已经十岁了吧，如今，那个活蹦乱跳，常把峨眉山上下闹得到处都不得安宁的调皮娃娃有多高了？身体是否已经像自己二十岁时那样强壮？

李长风看了一眼身后侍立的李柱，不由得思绪万千。

正恍惚中，忽见有一盏孔明灯在已是漆黑一片的海面上左摇右摆地升起，李长风心头狂喜，正要奔下礁岩，却又发现海面上升起了两盏灯，他不由得心中一跳，紧盯着孔明灯道："出事了，他们后面有人追赶，柱娃儿，传令下去，要弟兄们即刻接应。"

孔明灯升起后没多久，一条小船就从浪尖之中钻了出来，这小船有如一枚果壳般在滔天的巨浪中抛上抛下，不过舵手显然是位干才，虽是如此的大风，依然鼓着全帆急驶向岸边。

不过，在这种天气还要张着全帆，可见船上的人是已有拼死之心了。

李长风久经沙场，怎能不明，不由得直跺脚，这贼老天，怎么就偏偏在这个时候要起风暴。虽然此时小船离岸已经很近，越到岸边海浪越猛，那只小船还能坚持靠岸吗？

突然，传令回来的李柱急唤道："将军，您看那些是啥子？"说着向海面上一指。

李长风忙凝目望去，只见小船的后面不远处又出现了一些影子，此刻天色已暗，离得又远，看不清那些是什么，但从那行进的轨迹和动作上看，正是倭寇最常用的快船"浪里钻"！

李长风心中大急，赶忙向已经赶到身边的王都司道："立即给出海接应的刘正、杨威他们发讯号，让他们赶快回来，要快。"

望着李长风因为焦急而有些扭曲的面容，王都司和李柱都大吃一惊，不由得问道："将军，您这是怎么了？就算有十艘'浪里钻'，也不过能乘一百多人，我们岂不是轻易就可以把他们吃掉了？"

李长风反问道："'浪里钻'乃是近海船只，去不得远，咱们眼下所处之地百里之内都没有半亩地大小的礁岛，这些浪里钻是从哪里来的？"

王都司毕竟也是老军，猛然醒悟道："将军是说远处还有倭寇的大舰？"

李长风点头道："倭寇的大舰都是涂的黑漆，这样的天气咱们看不到他们，但他们看咱们却是清楚得很，只要咱们派出去的船一靠近，他们船上的大炮就该轰过来了。”

李柱急道：“将军，如果让刘千总他们把接应的船撤回……”

李长风道：“事有蹊跷，但我敢肯定倭寇是不敢开炮打他们追赶的那条船的，这一定是船上的弟兄已然得手，倭寇投鼠忌器，否则他们的小船早就被大炮打碎了。”

说话间，刘正、杨威等人出海接应的船早已撤回，就连被倭寇追赶的那只小船也终于靠到了岸边。那船刚靠岸，便有四人跌跌撞撞地跑下船来，当先的那人手捧着一个布包踉踉跄跄地跑来到李长风，扑通跪下，带着哭腔只喊了一句：“将军，东西抢到了，但只有标下四人逃得出……”话未说完便一头软倒在地。

李长风刹那间只觉得心如刀搅，自己派出了二十名精锐好手，这便是有十多人阵亡了！

此时，只听身边王都司喊道：“将军，倭寇的船已经近了！”

李长风闻言随手拔出长刀狠狠地冷笑道：“来得好，传令下去，老子不要活口，拿这些倭奴的脑袋告慰阵亡弟兄的英灵！”

他话音未落，那十余艘浪里钻便已靠岸，船儿尚未停稳，上面的倭寇便嚎叫着各举兵刃冲上了滩头。

李长风长刀高举大喝一声：“随老子杀敌，退后者立斩！”

王都司等将士带领着后面的两百多名士卒听到他的喝声后立时齐应一声，迎着倭寇杀了过去，这些人与倭寇常年打交道，而且个个都是精锐悍卒，自然敢于冲锋陷阵。

李长风见此情景哈哈一笑，也举刀直奔倭寇而去。

两股人马立时便砰的一声撞到了一起！

虽然后发，却是当先冲入的李长风暴喝一声，挥起自己手中那柄重达四十八斤的厚背大砍刀直劈向面前的一个敌人。

那名倭寇见刀劈下，忙举起手中的武士刀去封架，但却感到手中一轻，还未回过神来，便连刀带人被李长风劈得斜肩带背断成两截，污血飙起数尺。

李长风纵声长啸，脚下毫不停顿，接着便又扑向另外一人。

其实，倭寇的东瀛武士刀制作十分精良，凶猛无比，明军普通装备的制式刀剑往往抵挡不住，以至于戚大将军在世的时候还专门发明了“竹枪”予以克制。

而李长风这把又厚又重的大刀却又不同，东瀛武士刀虽强，却总在他的刀下望风披靡。

当然，刀好不过是一个方面，身为峨眉派当代掌门人通天大师的首徒，李长风还不到二十岁时就号称“刀枪双绝”，纵横巴蜀无人能敌，从军十年，在他刀下殒命的倭寇早已不计其数。

一百多名倭寇虽然凶悍狂妄，但在这些戚家军精锐悍卒的攻击下也不得不步步后退。

李长风口中呼喝有声，手中大刀砍伐有如破竹，突然，猛听得一声暴吼，接着一股劲风便呼啸着直直地砸向他的面门。

李长风心中暗惊，脚步一拧，上身后仰，手中将长刀一横，随着一声惊天动地的巨响，他竟被这一击打得连退出数步，这才稳住身形。

2

巨汉！

简直如同峨眉后山老林的巨熊一般的巨汉！

不仅是李长风，所有刚刚占了上风的明军将士见此情景个个都倒吸了一口凉气。

原来，一招便将李长风击退的竟是一个身高丈二，全身肌肉暴突的巨汉，一般军士站在他面前竟犹如孩童一般。

那巨汉前额黑发剃得精光泛青，后脑梳着倭寇惯扎的羊角小辫，手中舞动的居然是一柄看上去足有两百斤重的镔铁狼牙棒。

他对李长风偷袭得手之后，趁着明军众人惊愕，狼牙棒更是如风车般在明军将士中狂扫乱砸起来。

转瞬之间，便已有七八名明军士卒被他的狼牙棒扫倒。

千总杨威见手下弟兄难以支撑，冲上前来硬接了一棒，结果整个人都被狼牙棒扫飞出阵，眼见已是不活的了。

李长风见状双目顿时血红，不顾尚有些酸麻的手臂挺刀直扑巨汉。

那巨汉悍然不惧，也一棒迎上前来，刀棒相交砸了个正着，又是一声巨响。

这一次李长风下了十成杀手，其实峨眉派武功中重枪重剑重拳脚，却并不重刀法，唯一在武林中颇具盛名的“峨眉夜战刀”还是小巧的功夫，并不适合军人在疆场上施展。

其实刀为“百兵之胆”，自古以来，习武之人用刀的最多，刀法之多也百兵之冠，但无论如何变化，关键还是“沉猛”二字。

李长风的刀法并非出自峨眉，而是在军旅之中实战积累而成，招数不过劈、一撩、一扫、一拨，说来极其简单，但那刀上不知染过多少敌寇的鲜血本身的杀气就已让人不敢逼视，而助他运刀的内力更是出自通天大师所授“峨眉十二桩功”，修炼得极为深厚，尽管手中砍刀分量远不如对方狼牙棒沉重，却仍是一刀就将那巨汉迫得直退两步。

明军将士起先见这巨汉竟一棒打死了武艺娴熟的杨威，又将军中武功最高的游击将军李大人逼退，个个都惊骇莫名，手脚顿时慢了下来，于是又被这巨汉连续打杀数人。现在见李将军一刀就将他迫得后退两步，不由得高呼一声，精神再次振奋起来，又纷纷冲上前去与倭寇捉对厮杀。

然而，李长风却甘苦自知，虽一刀迫退那巨汉，但那硬碰之下，才发现此人并非只是力大，明显身怀强劲的内功，只怕还在自己之上，刚才那一刀虽然眼见是占了上风，其实自己胸口也有些气闷。

而那巨汉似乎却并未在意，他被一刀震退后，站定望着李长风狞笑一声，单手擎着狼牙棒，用生硬的汉话说道：“你就是李一刀？我的早就闻名耳朵很长，这次，是来专门找你的。”

李长风知道此刻军心都在自己身上，稍有示弱，明军士气便要低落，于是口中朗声笑道：“哈哈哈，格老子的，原来你这傻大个耳朵长。”

其实他知那巨汉是想说对自己闻名已久，听说过自己的名声时间很长了，不过汉话说得不通，但此时正好抓住他的语病说笑两句，这也是让军士们提气的好办法。大凡两军对垒，只有为将领者嬉笑怒骂自如，麾下的士卒也才大有信心，否则一个灰心丧气，就有可能导致全军崩溃。

那巨汉却摇头道：“我的耳朵的不长，你的武功很‘要西’，但你不是我的对手。”

李长风常年与倭寇对阵，知道“要西”是日本话“好”的意思，他也知道那巨汉的确没有吹牛。

日本人大多矮小，而这巨汉看上去却比两个日本人加起来都高大强壮，明显是天生神力，而一身的内功感觉又深厚得骇人，要想将击败，恐非易事。

巨汉见李长风没有答话，又傲然道：“李一刀，你的，可以歇口气再打过，我三十招内就可以杀死你。”

李长风不怒反笑道：“区区贼寇，大言不惭，老子今天就送你归西！”

那巨汉双手抱住狼牙棒，不屑一顾地道：“你的，哪里是我的对手？快去把你的刀换掉再来打过！”

李长风这时才看到，自己的厚背大砍刀竟已被崩开了许多大大小小的缺口，这把自己从峨眉山上带下来征战了十年的宝刀竟然就这么废了，这倭寇高手不但武功高，恐怕那把沉重的狼牙棒也不是凡物。

李长风论武功眼界心思无一不是人中豪杰，转眼就想到，硬拼硬上最多八十招，自己必定落败，或许只能智取，使出峨眉派的小巧功夫，以四两拨千斤，方能取胜。

心下一定，随手便将大砍刀丢下，翻手抽出藏在怀中的一双精钢峨眉刺笑道：“好贼坯，可晓得此乃何物？”

见那巨汉摇头，李长风双手一分，那峨眉山在手掌中竟像车轮般旋转起来：“老子今天好教你这贼人知晓，这便是我中华武林峨眉派的宝贝，今天就让它来取你的狗命！”

言犹在耳，李长风便已猱身而上，峨眉刺直取巨汉双眼！

武林常言，兵刃交锋，一寸长，一寸强；一寸短，一寸险。

那巨汉手中镔铁狼牙棒足有两百多斤，长有丈余；李如风的峨眉刺却长不过尺，重不过斤，然而两人这一交手，却完全把众人看得呆了。那巨汉手中的狼牙棒劈、盖、压、扫，风声呼啸，却无奈李长风何。反观李长风，竟像是巨汉的影子一般缠绕在他身周，双手峨眉刺，犹如两道光轮，招招不离巨汉眉眼咽喉！

有明一代，峨眉派正处于鼎盛时期，天下武林以少林、峨眉、武当为尊，这三大流派的武功各有千秋，又大为不同。少林功夫讲究外家神力大开大合，威猛刚烈；武当极重内功修习，天人合一；唯有峨眉武功另辟蹊径，轻灵智巧，拳打卧牛之地，擅以小搏大，以弱胜强，后发先至，集佛、道、儒三家之大智慧于一炉。

此时李长风所用兵器乃是一对峨眉刺，这兵器据传乃是古时女子发簪演化而来，是巴蜀习武女子常备的防身利器，也素为峨眉弟子入门必要修习的，峨眉派上下千余弟子，无论男女，几乎个个都能使用。

峨眉刺本身短小精细，使起来必走轻灵的套路，招式自然是曼妙无比。

而李长风此刻使来，又有不同，他固然也是身法轻灵，但个中杀伐之气却沉重得令人陡生寒意。

那巨汉连接十余招后，脸上早已没有了傲慢的神色，攻杀越来越少，防守却越来越多。

两大高手对阵，身上散发出来的杀气异常凌厉，周围不少明军将士与倭寇本都想向前为各自为主将助阵，却被那杀气逼得全身无力，无法近身。

不远处，李柱刚砍翻一名倭寇，正巧看到两名倭寇小头目正联手对付王都司，忙上前援手。

奔近一看，才发现那王都司左臂中了一刀，鲜血淋漓。这王都司原本就生得十分胖大，此时已是全身热气蒸腾，汗水与血水湿透了征袍，却仍悍勇之至，独斗两人却还大占上风。

那两名倭寇小头目显然也都受伤不轻，一个肩膀中枪，还有一个右腿似乎折了。

李柱奔到身边也不搭话，随手长刀便向那右腿重伤的倭寇头目攻去。

他的刀法乃是李长风亲自教习，也是招式简单而狠辣，竟将那倭寇小头目逼得手忙脚乱，右腿一蹩便跪了下去。

那王都司也是常年在刀尖上舔血的猛将，见势赶忙趁热打铁，长刀顺势斜挥处，那小头目的脑袋立刻飞出老远，鲜血飙飞如箭。

肩膀受伤的倭寇小头目见事不妙，竟开口大叫："军爷饶命，小的也是大明百姓，是被日本人裹胁去的，小的情愿投诚！"

王都司怒道："亏你还有脸说自己是大明百姓，竟入倭寇祸害乡里，饶你不得！"口中呼喝，手中长刀攻击愈紧，李柱也从旁助阵，那小头目格架不住，不消片刻，也被王都司和李柱乱刀砍倒在地。

由于戚家军人数比倭寇多了几乎一倍，基本上是以二敌一。

这些倭寇显然大多是日本浪人武士，个人功夫比戚家军的普通士卒要高得多，只不过这戚家军历来强悍，阵法精熟，又不畏生死，就算肚子被对手刺穿，也要坚持着把自己手中的家伙砸到敌人身上。

此刻阵中双方将士仍缠斗不休，而那巨汉则被李长风一步步从海滩逼进了水中。

原来巨汉的内功十分深厚，若只论先前的兵器，以狼牙棒对砍刀，也全占上风。两人要是捉对硬搏，李长风其实并无取胜把握，甚至稍不留意就会失手落败，于是他才当机立断，用一双小巧的峨眉刺对狼牙棒，以四两对千斤。

那巨汉内功虽高，兵器本也占着上乘，但李长风一味贴身近战，那长约丈余的狼牙棒，反而难以施展。他一生所学都是这狼牙棒的万军之中杀伐的功夫，若要弃了兵器空手对敌，恐也非自己所长。那李长风贴身缠斗，如影随形，小小的峨眉刺不断刺中他的身体，虽然都不是要害，但也算得上是“千疮百孔”，疼痛难忍。

此人本是日本武林中最大的门派断水流门下一等一的高手，武功并不在李长风之下，论拼杀经验也并不比李长风少，但见如此下去不是办法，他突然放弃与李长风拆招，拼着挨上一刺，含胸一拔，身体猛然暴退数尺，随手狂舞狼牙棒，以防李长风再次贴近。结果虽然肩膀上中了一刺，血肉翻卷，但也果然摆脱了李长风这个“影子”，双腿完全退进了海水之中，只有小腹以上露出水面。

李长风暗道：“这巨汉倒也聪明，如此一来，我却也再无甚办法。”

原来，这巨汉此招虽然有些耍赖，但却十分管用，李长风若再攻上去，身子必然也进得水中，已经无法再依靠卓绝的峨眉轻功像影子般缠绕着他进攻，而若近不得身，那不要说峨眉刺，就是换了大刀或长枪来，又岂是那狼牙棒的对手?

正无可奈何之间，突然只听耳边猛然砰的一声暴响，那水中的巨汉晃了一晃，猛然低头去看自己的胸口，那里竟赫然出现了一个大大的血洞!

巨汉低着头凝视了伤口片刻，突然一扬手将狼牙棒狠狠地掷向李长风，但此时力道已弱，李长风也不闪躲，反手轻轻抄住，几乎与此同时，巨汉便无声无息地仰面翻倒在水中。

3

李长风这才转身看去，原来却是亲卫家丁李柱，这小子一只手中还拿着一把拐子铳。

这拐子铳可以连射三发，人称“万胜佛朗机”，在戚家军这样的精锐部队之中也是少有。这把拐子铳，还是两年前吴惟忠将军送给李长风的，他自已素不喜欢火器，平时便交与李柱保管。那李柱却早就对这短小威猛的火器眼馋已久，一拿到手便天天练习，准头早就练得不错。刚才他一直想助自家大人一臂之力，但大人与巨汉缠斗之时，如若开枪，恐怕误伤，适才见巨汉退进水中，与大人相距一段距离，便瞅准时机朝巨汉胸口打了一枪，这种火器威力极大，弹丸已经穿透胸膛。谁知那巨汉内功如此了得，居然还能在临死之前将兵器掷出，作困兽一击。

巨汉一死，明军士气大振，倭寇锐气却当时便泄了。

这些倭寇常年来犯，这些人历来凶狠强悍，往往身负重伤还敢向前冲杀。一般明军卫所的官兵根本无法抵挡，往往一触即溃，连刀枪都扔得满地皆是，甚至有时候两三百倭寇就能撵在千余明军官兵的后面狂追滥杀。只有在胡宗宪、俞大猷和吴惟忠的部属面前，这些倭寇才讨不去多少便宜。这其中由于胡大帅的谋略、俞大将军的武勇和戚家军的坚甲利兵，都远比倭寇更具优势，通常还能大占上风。

此次来攻的倭寇大多是日本浪人武士，若论单打独斗，戚家军的士卒本难抵挡，所以双方人数悬殊，却始终战了个平手。但如今自家头领已死，倭寇的士气自是大大低落，不知是谁带头发一声喊，掉头就逃。

这下一来就像是点燃了导火索，倭寇当时就支撑不下去，机灵些的转身跟着便跑，呼啦啦的全都奔着浪里钻而去。

李长风见此时机大好，大喝道："弟兄们，不要放过这些贼子，追上去！"自己提起巨汉的狼牙棒，纵身飞掠，刹那之间便到船前，对准船身便是一通乱砸，顷刻之间，那十余艘浪里钻已然被他砸毁了七八艘。

倭寇见状更是慌乱不堪，纷纷挤向剩下的三艘小船，一时间人头攒动叫骂之声四起，转眼间便有人开始自相残杀。

李长风心头暗笑，倭寇就是倭寇，关键时刻对同伴亦是心狠手辣。此时正是大好时机，李长风纵声长啸，就要下令将士们全力围歼，忽听得海面上发出一阵惊天动地的巨响，不禁大吃一惊，原来那停留在海面上的倭寇大舰竟然向这里开炮了，眼下两军正相缠一处，这炮弹打过来岂不就烩在了一处？这日本人果然都是黑心的角色！

李长风不及细想，立刻下令明军迅速脱离战场，撤出海滩。倭寇残部也摆脱了追杀，手忙脚乱地扯帆拔锚，将船开入海中。但此时炮弹早已扑头盖脸地落了下来，两艘浪里钻连人带船被打成了碎片，只有一艘小船载了二十多名倭寇逃逸而去。

被炮弹抛进水中的倭寇拼命挣扎着，挤不上船的尚有二十余人，纷纷跪地狂骂大哭，被明军远远一阵乱箭通通射杀。

望着那唯一逃走的浪里钻，李长风不禁微微一笑，如此风浪，船上又超载了倍余人数，恐怕赶回大舰之前就要倾覆。

"大人！"李柱走上前来，将先前那布包双手递了过来。李长风打开一看，原来布包里是一个沉甸甸的长方形匣子，这匣子看来很不简单，非金非铁，却比坚比精钢。匣上无锁，亦无缝隙，若非摇动时里面有物件作响，简直像是件实心的东西。

李长风捧着这个匣子心中忖道，内应所报果然不错，这匣中之物定然非同小可，从那响动来看，里面大概是地图或信件一类的东西，看来要立即禀报副将大人。正思忖间，王都司上前禀道："将军，副将大人令您立刻过府参见。"

太监之奸

1

来到副将官署大堂，李长风看到那监军宦官严年鹤也坐在浙江副将吴惟忠的身旁，而且这个死太监正鼓着一对母猪眼恶狠狠地望着自己。

想起正是这厮胡乱干预，致使部属出发时辰失误，这次折了十余人，李长风心头不由火起，但他一向干练，还是强压下怒气向吴惟忠和严年鹤先后施礼，将手中匣子呈上吴惟忠的案头又道："启禀副将大人，末将派出的斥候队刚刚从倭寇手中夺得一个匣子，里面装的东西似乎很不寻常，请大人过目。"

谁知堂上的吴惟忠尚未答话，那严年鹤便阴沉沉地笑道："吴大人呀，这位李将军他出去与倭寇交战的事禀告过你吗？咱家怎么就不知情啊？"

吴惟忠轻咳了一声道："严监军，若是战况紧急，李游击身兼防务、侦缉等职，确是可以便宜行事的，监军……"

那严年鹤鼻子里冷哼了一声，阴阳怪气地道："吴将军，咱家倒不明白了，这浙江的官兵，究竟是你家的私兵家丁啊还是皇上的人啊？一个小小的游击都有先斩后奏随意私下出兵的权力，难道就不怕他们扯旗造反吗？"

吴惟忠闻听此言，心中怒极。

早在嘉靖四十一年，他便已追随时任浙江都指挥使的戚继光麾下与倭寇作战，是军中闻名的猛将。

当时戚家军镇守浙江，倭寇不敢来犯，而福建却倭患日甚。

北自福宁、南及漳(州)、泉(州)，沿海千里尽为贼窟，兵将怯懦。福建巡抚游震得急报朝廷，吁请派戚家军入闽平倭。

当年八月初一，戚大将军亲统精锐六千人马，自温州抵达福宁。视其倭患情形，决定先捣毁横屿倭巢，然后乘胜收复福清的牛田、莆田的林墩。

横屿四面环水，东南北三面距陆地约十里，唯西面靠近陆地。涨潮时一片汪洋，退潮时淤泥成滩，易守难攻。倭寇筑巢其中，企图久据。

戚继光决定采取先定外围，抚收胁从，从张湾方向伺机登岛的方略。随即积极备战：传令全军不许争功误事；传檄民众，防止奸细；了解地形、潮汐规律和倭寇分布情况。

八月初六，戚家军至东墙铺，安营扎寨。初八，利用小潮退潮之机，从张湾出发，涉海攻岛。兵分两路，一路由东山铺前进，一路由戚继光亲统，以吴惟忠为先锋，由兰田涉渡；调张谏部屯金垂渡，参将张岳屯石壁岭，为左右翼，以防倭寇遁逃；以水兵都司张汉率舟师一队泊于横屿外洋，准备夹攻。

当晚，戚继光除留王如龙据港尾海岸，以防倭寇逃窜外，命吴惟忠、陈大成、陈子銮、童子明各部乘退潮涉渡，向预定登陆地点前进。部队列鸳鸯阵，每人负草一捆，匍匐前进，随进随以草填泥。

倭寇列阵以待，企图乘明军立足未稳，队形混乱之际歼灭之。

戚家军登岸后按原定部署展开进攻，陈子銮、童子明从正面冲其阵，吴惟忠以右翼攻其巢，陈大成部从左翼沿山脚绕敌侧后，进行围攻，大破倭贼，斩首千余级，救出被掳男女八百余人。

此役吴惟忠引军直捣贼巢，所部斩首三百余级，他自己便搏杀倭寇数十人，从此威名大震，勇冠三军。

如今，戚大将军已故，他又接过了戚家军大部，镇守浙江，官至一镇副将，当年的火爆脾气早已深埋胸中，加之朝廷又以宦官监军，戚家军中太监、锦衣卫就有数人之多，为了不让这些人过分干预军情，免得处处掣肘，为害抗倭事业，他不得不忍气吞声，尽量虚与委蛇。

然而此时听得严年鹤的口气，吴惟忠心中实在有些按捺不住，他冷冷地看了那严年鹤一眼道："监军言重了，吴某手下统领的自然都朝廷的官兵，但自古沙场瞬息万变，才有'将在外君命有所不受'之谓，这倭寇袭扰又不分时辰，李游击职责所在，随机处置并无不妥……"

严年鹤没等他说完便扯着公鸭嗓喝道："好一个'将在外君命有所不受'！君是什么，君可是咱们皇上啊！要是人人都可以不听皇上的话，还要军纪国法何用？这眼里还有没有王法了？吴将军，朝廷里大人们都说您劳苦功高，将士归心啊。哦对了，您的人马还叫戚家军呢，戚继光死了又轮到了您，大概这些个兵都只知道您吴大将军，却不知道北京城还有位皇上吧？"

严年鹤这番话说来，顿时让在场的游击、都司们不禁又惊又怒，按照这厮的话来说，吴惟忠以下的戚家军岂非不遵朝廷节制甚至心有反意了？这种话一传出去，假如被朝中有心人利用，或者惹得皇上一时恼怒，恐怕就是一场腥风血雨！

原来，嘉靖十七年，戚继光以十岁冲龄而承其父爵，官居四品。嘉靖二十八年参加武举，在考试时正遇庚戌之变，于是分发至蓟门。此后他与鞑靼军战斗，著《备倭答册》。于闽、浙、粤沿海诸地抗击来犯倭寇，历十余年，大小八十余战，震慑倭寇之胆。嘉靖三十六年，他一度因言官弹劾而被免官，旋以平汪直之功起复，改守台州、金华、严州三府。其时浙江倭患甚重，而旧军战力极为低下。戚继光便亲自招募义乌农民与矿工而成新军，创“鸳鸯阵”，以十一人为一队，配以盾、矛、枪、狼筅、刀等长短兵器，他们作战勇敢，每战多捷，于是被世人称为“戚家军”。因戚家军屡建奇功，从嘉靖朝到当今天子，无不优抚嘉奖，但也正因为如此，朝中“大不放心”之人也便更多，钳制提防之举也便愈加明显。此刻这严年鹤夹枪带棒地一番话语下来，怎能不让人又惊又忧又怒。

吴惟忠暗自咬碎牙关，勉强笑道：“监军说得极是，国家法度一刻都不敢松懈。”

严年鹤听了这话，突然满面笑容地道：“这就对了，咱家到这浙江军中来啊，就是来给吴大人您帮忙的嘛，您吴大将军是个忙人，军务缠身，平时就算有个什么疏啊漏的咱家也知道该帮着多担待些个，总不会动不动就什么事都报告到皇上那儿去，”说到这，他突然又沉下脸来，“吴大人，可今儿个这事儿您让咱家作难了！嗯？您手下的游击将军领着几百号人说出去打仗就出去打仗，咱家事前可是一星半点风声都没听着啊，这要是拖刀带枪扯旗造反去了可怎么好？哎呀，说不得咱家这回又得替您担待了。这事儿咱家也就不上报了，听说李将军的部下还死了些个人，这些人是不是通敌，咱家暂时也就不追究了，不过就别再来讨什么抚恤银子了……对了，这件东西嘛，还是由咱家亲自交到皇上那去才好，免得你们这些军汉再出什么差错！”

说到最后一句话，他冲着李长风恶狠狠地瞪了一眼，突然站起身来，将那匣子往袖中一塞，鼻孔里轻哼了一声，也不向吴惟忠道别，迈着鸭子步便挪出了大堂。

这厮夹枪带棒地说了一通，话里话外扯着皇上，其实谁也都搞不清楚皇上是不是真的知道有姓严的这么一根葱，但此人身为监军，若要存心害人，那也是容易。

吴惟忠心中郁闷，无奈地挥了挥手，让众将散去不提。

2

夜已深，四周漆黑一片。

暴风雨中，浑身早已湿透了的李长风纵马狂奔着，他伤心，他暴怒，一想起刚才的情景就好像有万把钢刀直刺入肺腑，严年鹤那个阉狗，在自己回来之前，就先拿监军身份压迫副将大人，说什么自己不遵将令私自出兵，说什么私纵兵马居心叵测，应按军法处置。副将大人据理力争，总算把自己和王都司等参战的将士保了下来，但那些死伤的那百十号弟兄，却都不能按规矩得到抚恤。

这些好兄弟，哪一个不是为国尽忠的将士？个个都是保家卫国，战死沙场的勇士，许多人都是家中的顶梁柱。一家老小，还要靠他们的几两军饷银子维系生计，如今不给抚恤，他们家中的老母妻儿如何是好？难道要孤儿去讨饭，妻子流落青楼？

一念到此，李长风猛然一勒缰绳，那胯下战马一声长嘶，接着便人立而起，虽然是在高速飞驰中，却也立刻停了下来。

李长风跳下马来，失魂落魄地向前踉跄而行。尾随其后的李柱大吃了一惊，也赶忙跳下马来，奔到李长风的身后，急呼道："将军，你咋个了？"

可任凭李柱怎么喊，李长风却似乎闻所未闻，仍直愣愣地向前走着，李柱又惊又怕，也顾不上长幼尊卑，赶紧搀扶住李长风的手臂，伸手在他眼前晃了晃道："将军，将军你莫吓我哟？"

李长风突然一把甩开李柱的手，猛地跪倒在地，从喉咙中迸发出一声喑哑的嘶吼，接着就见他以手捶地哭喊道："弟兄们，老李对不起你们呀，对不起你们家中的老母妻儿呀！师父啊，当年您教导我们大丈夫要堂堂正正，要精忠报国！可为什么那些奸贼如此颠倒黑白啊！"

听得李长风撕心裂肺的哭喊，那李柱也早已伏地大哭，不能自已。

过了良久，李长风才擦去脸上的雨水和眼泪，沉声道："柱娃儿，走，随老子去海边，给那些捐躯的兄弟伙上炷香。"

海滩边，那块巨大的岩礁下，尚有一处未被风雨袭扰，李长风带着李柱默默地守在两只素烛和一炉线香前，烛火被狂风吹得不时左摇右摆，李柱拿着件单衣张开来手忙脚乱地护着，生怕香火被风雨弄熄。李长风则如木雕泥塑般木立在香前，任凭风雨泼打在他的身上。也不知过了多久，香烧完了，烛火也已燃尽，李柱轻声道："将军，我们该回城去了。"

李长风这才从沉思中醒来，他强笑了一下后缓缓站起道："不错，我们是该回去了。"

一道闪电划破长空，接着滚滚的雷声也从天边压了过来，李长风此时突然身子一震，几乎是一中本能，让他借着那道闪电，看到了海面上一艘驶向岸边的小船。

如此暴雨天气，不该有人出海。不对，那小船尖尖的船首模样，竟好似倭寇惯常用的"浪里钻"！

想到此，李长风顿时出了一头冷汗，这种天气出海，十有八九都会没命，冒此大险渡海，恐怕倭寇是有大事要办。

李长风一把按住李柱道："海上有船，说不定是倭寇！"

李柱大骇，忙抽出长刀问道："啊！有几艘？离岸还有好远？"

李长风道："只有一艘，看样子马上就靠岸了，老子过去看看，你娃娃就躲在这里，时刻准备牵马过来接应。"

李柱呆了呆道："将军，还是小人前去侦察，您留在这里……"

李长风笑道："柱娃儿，你办不了这差事。咋个，你还敢抗令？"

李柱胸中感激，一时说不出话来，点了点头，将长刀塞给李长风道："将军的刀毁了，小人这口刀给您用。可惜今夜下着大雨，小人未将那'万胜佛郎机'带在身边。"

李长风摇头笑道："你娃拿到，几个草寇，能把老子咋个？"

说罢一个起纵便跃了出去。倭寇既已接近，李柱不敢再出声，跟着跑了两步，便再也看不见李长风的踪影了。

此时的李长风矮身而行，他轻功甚高，不过片刻，便已接近了小船的登岸之处。

这时，几个黑影已从船上走下，只听他们交头接耳了几句，然后弄亮了一盏小琉璃灯，开始向远处挥动，李长风见此情景心中不由一动，难道这倭寇在向接应之人发信号？

不对，说到这接应之人，难道我朝中出了奸细？看来今天硬是逮到了一条大鱼，这分明是倭寇来和奸细接头啊，倒要看看这个细作是何许人也。

果然过了不久，就有一盏灯笼从远处慢慢靠近，李长风此时全身已经绷紧，他把身子紧紧地贴在地面上，睁大双眼极力地望去。

看样子两边来的人都不少，除了他们穿的蓑衣斗笠之外也看不出什么别的特征。

李长风健壮的身子却轻如狸猫般在地上蛇行向前，希望再靠近些，能够听到他们说些什么。此时雨已差不多要停了，那些人说话的声音也变得愈加清晰。

这时倭寇和接应之人已经凑到了一起，倭寇这边一人抢步上前施了一礼用生硬的汉话道："多谢公公，多谢。"说罢又深深地鞠了一躬。

接应人中举着灯笼的那人哑声道："你们这些日本人办事也太糊涂，简直是无能，这要出了大事可怎么料理？"

那倭寇又鞠躬道："是，是，公公责问的是，我们的，过于大意了，没有想到这些戚家军的人，会一直追到鹿儿岛上来。"

听到这里的李长风脑中轰然作响，去鹿儿岛的便是自己派出的斥候，看来眼前这些人必然与自己抢回来的那个匣子有关。

那个打灯笼的人究竟是什么人？他和倭寇究竟又有什么关系？此人声音似乎极为熟悉！李长风正暗自心惊之时，只听那人又道："你们的太阁大人知晓此事了么？"

那倭寇闻听此言突然有些慌张地急道："不，太阁大人并不知道这件事，而且我们觉得不必为此事的惊动太阁大人。再说有公公在此，我们也不必过于担心。对了，我们为公公特备了一些薄礼，还请笑纳。"说完只见他一招手，立时有四个人担着两口大箱走了过来。

那倭寇又笑道："这两口箱子，一口装的是黄金，我们知道公公经常为我们操心，要上下的打点，非常抱歉！这些用度就交给我们吧。另外那口箱子里有佛郎机*的一些宝贝，请公公过目。"

打着灯笼那人将灯笼递给一名随从，自己弯下腰去，又招手让灯笼凑近些，仔细打量了一下那箱中之物，他看过后先是嗯了一声，然后才慢慢地笑出声道："不错，你很晓事，好，咱家收了吧。"

听到这个声音后李长风心下立时大怒，原来此人竟是那监军严年鹤，这死太监，竟然与倭寇暗通款曲。

又听那严年鹤又笑道："咱家一向好说话，虽然你们这次办坏了差使，但总算被咱家挽回了事情。来人，把东西拿来——这回你们万万不能再出差错了，假如落到朝廷的手里，咱家担待不起，你们太阁大人恐怕也担待不起，更别说你们这些打头阵的海贼了。"

---

* 明人对葡萄牙和西班牙的称谓。

那倭寇也不敢争辩，口中不住地喏喏诺诺，不断地鞠躬表示感谢，严年鹤更是得意，手捧着从副将官署拿到的匣子欲递还留地道："你给孝敬咱家就收着了，可这一众手下也都为你们出了不少力呀。"

那倭寇忙道："明白明白，我这里专门带来了两千两大明宝钞，拜托公公为众位大人分发一下吧。"

严年鹤呵呵笑道："好，好，没想到你还挺细心，这个你收着吧。"说罢就将那匣子递了过去。

李长风顿感全身冰凉，原来就听细作*说过这匣子是本朝的什么人要交给日本国幕府太阁的，自己派出的斥候就是拼了命才去将它截回，为此倭寇还派了军舰和高手来追赶，这会又冒着大风大浪来取，光这一次出手就是两大箱金子和宝物，还有几千两宝钞银子，花了这么大的代价，可见匣子里的东西至关重要，说不定就是本朝要员与日本人暗中勾结的物事！这严年鹤自然是与倭寇暗通款曲，但现在看来这匣子牵扯的人物地位远比他还要高得多……

但此时已经不及多想，眼见严年鹤将铁匣递出的一瞬间，李长风猛然暴喝一声，身形急起，闪电般直冲过去。

3

海滩上交接双方的人都被这和雷声差不多的霹雳喝吓得一呆，就在他们这一错愕的工夫，李长风已伸手将那匣子抢到！

严年鹤见匣子被抢，吓得全身直哆嗦，连滚带爬地急退数步道："你们快，快，快上呀！"

李长风得手之后，拧身便向外冲，此时对方也已反应过来，五六道劲风已向他同时袭到。

攻击近在咫尺，李长风只得左臂夹住匣子，右手掣出峨眉刺后闪身躲过一剑一刀，峨眉刺又荡开其他兵器，稀溜溜一串火星在雨后的夜空中极是耀眼。

只在这闪电般的一瞬间，李长风就已被好几个人团团围在中央，居然都是好手。

李长风心道，看来不经一番恶斗是走不脱了他冷哼一声把心一横，虽然携

---

* 暗探，间谍。

带着匣子有些不便，只能单手出招，却仍上前抢攻。

围住他的几人也忙各举刀枪迎了上来，但一交上手才发觉这不速之客武功极高，身形急如闪电灵巧似猿猴，手中一根又短又细的峨眉刺竟使得像一把大枪，根本攻不进去。

李长风不禁心头暗笑，这几人虽然反应机敏，功夫也都不错，但要想把自己困住，却还差得远，若不是一心想带着匣子离开，老子就把你们这些倭寇和汉奸都杀个干干净净。

此时，李柱已经纵马直向这里冲了过来，李长风听得马蹄之声已近，手上加紧，逼开正对面那人，趁隙冲出了战团。不料就在他抓住李柱丢过来的缰绳，正待飞身上马之时，背后却突有掌风袭到，李长风大惊，好阴毒的力道，这绝不是刚才围攻自己那几人，这回遇到的是一个绝对的高手。

李长风不及上马，回身连出三刺，那来袭之人嗤笑一声，缩手避开，掌风却拂上了李长风的手臂。

李长风顿感一股恶寒，那人竟用得是厉鬼阴风掌一类的邪门功夫。武林中会使此掌的人寥寥无几，即使有人修习了这种阴毒的武功，也轻易不敢使用，唯恐引来江湖公愤。

原来古老相传，练此掌法乃是将七七四十九人先用牵机、鹤顶红、蝮蛇涎等十余种毒药毒死，然后将其尸钉成“尸桩”练习掌法，八年方有小成，之后掌法越高者，需要毒杀的人便也越多。由于这掌法阴毒残暴太甚，所以江湖之中无论黑白两道皆视其为蛇蝎，都欲除之而后快。

李长风对厉鬼阴风掌并不陌生。三十年前，他还是峨眉派刚刚成名的少年英雄，便常随师父下山行侠。当时，武林同道共推师父为武林盟主，率八大门派七十三路英雄清剿伤天害理的厉鬼阴风门，不仅名门正派踊跃参与，就连各路黑道枭雄也都主动前来报效。

通天大师是百年来最开通的武林高人，并不排斥黑道兄弟，乃与少林、武当齐呼“荡平妖孽，替天行道，伸张天理，私怨不兴”，要为无辜者讨回一个公道，让世间不再有如此毒辣残暴之人。

厉鬼阴风门当时也是中原第一大邪教，人强马壮，竟也妄图借此机会与武林正道一拼，胜了便可独霸江湖，于是纠结数千武林败类，欲作生死决战。

二十年前，天山脚下一战，天下派、崆峒派等英雄损伤最烈，中原各路英豪也英勇战死千人，厉鬼阴风门与其纠结的武林败类更是全军覆没。

一念到此，李长风心头不禁骇然，当年那一战，厉鬼阴风门下都死得干干净净，怎么现在竟有人会使这种阴毒的武功？

正惊疑不定，突觉臂下夹着的匣子猛然一坠！有人抢匣！好快的手脚！情急之下李长风左臂奋力回夺，右手峨眉刺反手急刺。

原来那人已跃起数尺，几乎就跟着骑在李长风的马鞍之后，见刺扎来竟不躲闪，一手抓住匣子不松，另一只手斜斜拍向李长风手中的钢刺。

那人一出手李长风就感觉到了，果然又是厉鬼阴风掌！刷刷刷接连三刺，将那人的厉鬼阴风掌逼退，李长风心中大恨，此人论武功并不及自己，但那厉鬼阴风掌偏偏不能硬接，否则必然中毒，恐怕还无药可解。

那人见一招不能得手，身体也落下地面去，李长风顺势一夹马腹，催马快跑。那人眼见李长风就要冲出包围圈，狂吼一声，又一次扑了上来，这一次他也不跃起，而是双手抱紧马鞍，两腿拿桩，硬生生地拖出战马。

李长风胯下的乃是战马，本也力气十足，但驮着身高强健的主人，再被人运功拖住，竟也跑不起来，只能嘚嘚地小步前行。

李长风暗道："如此纠缠下去，那些人尽要攻上，我虽不惧，但也难以脱身！"

正在焦急间，猛然觉背后阴风突至，竟又是厉鬼阴风掌，李长风大惊，夺匣之人双手抱住马鞍，总不成长有三只手？难道还有人会使这种阴毒的武功？

但情势危急，哪里还由得细想，李长风全身猛地后仰，峨眉刺直袭夺匣那人眉心，完全不顾背后偷袭的那一掌，竟是两败俱伤的打法。

夺匣人眼见峨眉刺击来，也是大出所料，他算准了李长风必然躲避或格架偷袭他的厉鬼阴风掌，这样自己就能牢牢地将战马拖住，稍有片刻，自己的同伴们便能赶上，众人合围，这明将还不手到擒来？哪知这明将竟会如此拼命，难道他不想活了？

正想间，耳边只听"噗"的一声，眼前一黑，顿时松手倒下，他临时也没想明白，那明将怎么会这么拼命，而自己的师父就在身侧竟也见死不救。

就在峨眉刺扎入夺匣人面门的同时，那厉鬼阴风掌却也片刻未停，见李长风后仰成桥，便变掌为爪，重重的捏到李长风的左肩。李长风未感疼痛，但觉得自己全身瞬间冰冷，接着肺腑一阵痉挛，一道血箭当即便从口鼻之中直喷了出来。

这口血喷出来之后，李长风只觉得全身顿软，连意识也渐有些模糊，幸好李柱跑出去半晌见将军并未跟上，急忙拨马转身回来接应，正赶上李长风中掌，急忙一磕马腹，绕过半身，狠狠地一鞭抽在李长风的战马臀上，那战马吃疼，立时便狂蹿了出去。

李柱调转马头，也是拼命打马，两骑如飞般纵向远方。

望着李长风的背影，那偷袭之人只得站住身形。

此时严年鹤已从后面追了上来急道：“追呀，你怎么还不去追？”

那人冷冷地道:“战马已经跑起来了，莫非你真的以为轻功比战马还要快？”

严年鹤急道：“他恐怕已经认出咱家了，总不能让他就这么跑了呀！”

那人冷笑道：“公公放心，他中了在下的厉鬼阴风掌，已经没有一时半刻好活了。”

严年鹤见那人转身欲走忙道：“哎，你上哪去？就算那小子活不了，咱们也得找到他啊！”

那人冷哼一声道：“出了这样的事，在下当然得回去禀报我家主人，公公好自为之吧。”

说罢连那个死去的弟子看都没看上一眼，右手一挥，便带着两人消失在夜幕之中。

严年鹤望着那人离去的背影，脸上的肌肉都气得有些扭曲变形，但却一点办法都没有，完全失去在倭寇面前骄横意满的模样。

他愣愣地站着，过了好一会才猛地一跺脚，对其他人怒骂道：“你们都是死人啊，还愣着干什么？赶紧派人回营，让我们的人多来一些，给咱家从这个方向开始一寸一寸地搜，哪怕把沙石和草皮翻个底朝天，也要把那小兔崽子给咱家找出来！有谁敢懈怠的，咱家活扒了他的皮。”

一死锄奸

1

这厉鬼阴风掌果然阴毒无比，纵马跑出一段路后李长风感觉每一次的呼吸都使内脏如刀锯斧凿一般，这时连马身旁的李柱也看出他受了重伤，但此时却停不得的，两人只能催动战马咬碎钢牙继续向前狂奔。

也不知跑了多久，李长风终于眼前一黑，从马背上侧身跌落了下来，所幸李柱机灵，一提缰绳将马勒住，飞身下马，扑上前来将李长风抱起。

此时，李长风已是气若游丝，随着李柱连哭带摇地声声呼喊，他终于缓缓地睁开眼笑道："柱娃儿……莫再摇了，你越摇……老子就越痛，傻娃娃……"

平时十分精灵的李柱此时真都快吓傻了，他点燃一个火折子察看李长风的伤情，却只见他脸色由红转白，接着就笼罩上一层浓浓的黑气，这黑气又慢慢变紫，眼珠则已变得血红欲滴，也不知是否是火光映照出的，七窍中居然有黑色的血流淌了出来。

看着手足无措的李柱，李长风又笑道："慌啥子嘛，跟着老子打了恁个多年的仗……都当上了记名千总，难道见得死人还少了……先扶我起来，傻娃娃……"

李柱哽咽道："将军，您不会有事的，小人马上就去找营中的大夫来……"

李长风缓缓摇头道："不必了，这哪是大夫看得来的伤……没想到那贼人的武功……老子还是托大了……看来老李这次要归位喽……柱娃儿，你记到，这个匣子里的东西……一定是我们内里有人与日本人勾结的东西……你带上它快走，不要回营……带着它去峨眉山，找我师父通天大师……"

李柱惊道："我们出了内奸？将军，为啥子不将它交给副将大人，难道他也是奸……"

李长风叹了口气道："不，副将大人忠心耿耿，怎么会是奸臣……只是，他有他的难处，恐怕也难以保护你娃娃周全……那监军阉狗和锦衣卫都是奸贼，交给副将大人，恐连他也要遭牵连受害……可惜戚大将军不在了……快走吧，你代我回禀恩师，弟子长风死得其所……”

说到这里，李长风胸中翻腾，不断地咳出血来。

李柱浑身颤抖，哭拜于地道：“将军，小人走了您咋个办啊？不得行，小人带到您一起走，咱们要活一起活，要死一起死。”

李长风怒道：“住口，平时老子是咋个教你的？你带到我还逃得出去吗？走……快走，只要能把老子交代的事情办成，那老子也就没有白白地死了……”说罢他闭上眼睛，再也不理会李柱。

那李柱到底是个明理的，他再不哀求，而是跪下来重重地磕了三个响头，将匣子用一件单衣包裹好系在胸前，哭着打马狂奔而去。

李长风强撑着靠在一棵大树下，苦笑道：“好贼子！好功夫！”

他觉得自己全身的经脉都像被冰冻住了，真冷啊，比那峨眉山万佛顶上的陈年积雪还要冷上三分。

想起了家乡的峨眉山，李长风不由得微微一笑，现在牵动一下嘴角，胸腹都有些疼痛，但他还是笑了笑，脑海中仿佛回到了从前。

那时自己正少年，是师父收进门中的第一个俗家弟子，整天都被神奇博大的峨眉武术吸引着，连最艰苦枯燥的基本功也练得滋滋有味。

听说自己的师父俗家姓潘，出家前曾经是穆宗朝的一位文采斐然的翰林，嘉靖年间，师父大彻大悟，辞官出家，只身一人赴峨眉，于千佛顶筑草庵以居，烟雾为邻。当今皇上对师父十分仰慕，即位元年便为师父赐建海会禅林，由于师父曾为翰林，人们都称这禅林作学士堂。后来师父又承袭了峨眉一派，不仅发扬武术，还修葺大乘寺，开设祖师殿等，更是名震海内，闻于宫禁。

李长风五岁上山，跟在通天大师身边十余载，学得了一身好武功，十六岁便受师父之命下山行侠历练，十八岁便参与了剿灭厉鬼阴风门这样的武林大事。回想起往事，一幕幕翻腾在心头。

而在此时，他全身都已被体内的阴毒冻僵，连动一动小手指都备感艰难。

真的要死了吗？血战沙场十数载，他早已将生死置之度外，将军马革裹尸还，轰轰烈烈。但却怎么也没有想到，自己竟是在这里冻死的。

不，死也不能死得如此窝窝囊囊，岂非有辱师门？李长风想到此处，精神大振，尝试着呼吸吐纳，强自在丹田内凝住了体内那最后的一股真气。

体内那股若有若无的真气，终于在他的不断调息下缓缓凝成了一团，但当他试着要将这股真气引导向全身时才发现，平时在体内运转自如的真气竟然滞缓无比，而且只要一引离丹田，就如那拍向礁石的海浪一般瞬间就碎成了无数片。

李长风苦笑一声，厉鬼阴风掌还真是阴风不散，看来自己全身经脉都已被阴毒侵蚀，纵然运功调息，恐怕也只能让自己多活一两个时辰罢了。只恨自己现在无力起身，不能去诛杀那该死的阉狗。

突然，不远处有声音传来，接着有人奔至附近叫道："发现李将军了，他在这里。"听那声音，竟是昨日那与自己并肩杀敌的王都司。

片刻的功夫，便有一群士卒围上前来，为首的那员将官跪下身子一把抱住李长风急唤道："大哥，大哥你怎么样了？"

李长风努力睁开双眼看去，原来是自己军中的好友，同为游击的结义兄弟高远翔，他勉力一笑，道："兄弟……你怎么来了？"

高远翔突然面露尴尬之色，眼望着李长风，嘴角抽动了几下却说不出话来。

李长风何等精明之人，立时明了，他微微笑道："是那严年鹤下令捉拿于我？"

高远翔咬了咬牙道："大哥猜得没错，正是那阉狗下的命令，大哥……事已至此，小弟料想副将大人也无力周全，小弟来的时候便已打定了主意，这便带着大哥一起逃到海岛上去安家，从此不再受那阉狗的气！"

李长风胸中一热，他深知自己这位义弟乃是性情中人，行事又颇多计谋策略，恐怕来的时候便已做好了准备，只要自己一点头，马上就能立时出海。

高远翔带来的这些人也都是一干亲近的心腹将士，只要自己应允，这些人怕是从此也要跟随他们亡命天涯。

然而，正是因为如此，才更不能连累他们，何况自己生死事小，抗倭大业为重，岂能从此逃亡不顾？

李长风强忍剧痛，淡然一笑道："好兄弟……就带着为兄我回城吧……不要让副将大人作难，也不要让兄弟们为难……"

高远翔大急道："大哥你糊涂啊！此刻哪里还回得？那阉狗已经诬陷大哥你通敌，回去定然是死路一条，小弟绝不能眼睁睁看着大哥屈死在那阉狗手里。"

王都司等人闻言也纷纷围上前来劝道："高将军说得在理，李将军你回不得，我等情愿与将军一同出海，从此浪迹天涯，何必再受那阉狗的气！"

李长风心中极是感动，但心念也愈发坚定，他艰难地摇了摇头道："多谢各位弟兄伙的好意……你们不必担心……老子见了那阉狗还有话说，总不能平白无故任由他随意陷害……"

高远翔皱了皱眉又劝道：“大哥，你听我说……”

李长风不待他说完，接道:“好兄弟，你放心……为兄自有法子，这么多年，为兄何时骗过你们？”

高远翔皱眉看了李长风半晌，然后才一跺脚回头低吼道：“你们几个快弄副担架来，咱们一同回城去见副将大人，绝不能让阉狗得逞！”

2

此时副将官署大堂之上，早已灯火通明，千总以上将士全部聚集于此，大多面有愤慨之色，唯有那监军严年鹤在地上边转着圈子边咒骂着。

浙江副将吴惟忠端坐案后，面沉如水，默然不语。可笑那严年鹤竟说李长风通敌。李长风是何等样人，恐怕无人比自己更了然于胸，那是一条真正的好汉！但这条阉狗却不好对付，此人虽不过是一名司礼监的走狗，但身为监军，又有专折上书秘报军务的权柄。朝中一些大佬这些年对戚家军也是猜忌日重，自古以来以将领命名的军队什么时候都难以取信于朝廷，再忠又如何？当年那岳家军何等威风，又何等忠诚！可岳武穆还是被冤杀在风波亭！这些年若不是为了苦苦保住戚家军的香火，以便固守海岸抗击倭寇，自己恐怕早已一刀将这阉狗砍成两段！但是，自己生死祸福不重要，保住戚家军不散，守住海岸线抗敌才是根本。李长风不能回来，等着他的必定是一条死路。

吴惟忠心中苦笑了一下，捉拿李长风的将令是自己亲自下的，为的就是不让严年鹤先下手。只有自己抢先一步，才能派出自己想要派的人。给游击高远翔下令前去“捉拿李长风”时，他并没有对高远翔多说一句话，但他相信小高知道该怎么做，此人有勇有谋，又是李长风的结义兄弟，两个人是死人堆里杀出来的友情，真正的生死之交，应该不会出什么问题。

吴惟忠心道：“长风，这是我唯一能帮你的了，千万别回来，走吧，走得越远越好。”

堂中的牛油巨烛已烧至过半，外面又开始飘起雨来。

那严年鹤咒骂得累了，终于坐到自己的座位上歇息。

吴惟忠心中哼了一下，这个杀才，适才那刺耳的公鸭嗓吵得自己脑仁发疼，看着这阉狗那令人厌恶的嘴脸，自己几乎忍不住想上前一刀捅了他！现在总算安静了，但愿这份安静能保持得久一点吧。

吴惟忠闭上眼睛假寐起来，但只是转眼的工夫便听得大堂外一阵大乱，接着千总刘正快步走进躬身道：“禀监军、副将大人，高将军把李将军带回来了。”

吴惟忠当即愣住，怎会如此？小高你个混蛋，难道还没明白本将派你出去的原因吗？

那严年鹤正瘫坐在椅子上，闻言当即蹿起狂笑道：“啊哈，好哇小兔崽子，快把他带来，快把他带来，等等，先搜一搜这个姓李的，千万别再让他藏了刀子上来。”

刘正抬头看了看吴惟忠，吴惟忠此时已是心沉谷底，无奈地挥了挥手道：“搜一搜，就带他上来吧。”

刘正施了一礼，便退到了堂外，可当他搜查李长风时，却发现他左袖中还拢着一把峨眉刺。李长风轻轻一笑，缓缓摇了摇头。

刘正微微一愣，他是李长风的属下，追随多年，习惯性地不再多言，只是替李长风掩了掩盖在身上的被角，便一拱手退到了一旁，目送着两名士卒便将李长风抬进了大堂去。

当见到已是奄奄一息的李长风时，堂上众人立时惊骇，纷纷聚拢了过来，可他们正要去查看李长风的伤势时，却听到有人连续拍击着案头，众将吃了一惊，莫非副将大人震怒？

军中规矩大，众将不敢造次，纷纷退回原处站立，这才发现，那拍案之人并非吴惟忠，而是监军严年鹤，这阉狗见人群散开后，站起身来，阴笑着迈着鸭步就走上前去。

他走到李长风身边，竟伸出脚去踏住了李长风的胸膛，狂笑道:“小兔崽子，你不是挺有种的嘛，跑啊，你给咱家接着跑啊？”

众将见此情形，无比悲愤异常，有些年轻气盛的早已经将手按住刀柄，便想冲出，老成些的则含泪拦阻，高远翔更是拼命地要往前去，被两名同袍死死地抱住。十几名锦衣卫见此也极为紧张，不由得都把刀柄攥得手心出汗，生怕一个不对众人就要杀将上来。

吴惟忠愤怒地大声道:“监军，士可杀不可辱，请你回座！眼下是什么情况，谁都不明，总不能就听信监军一面之词吧？能否就由将他交与本将调查？”

那严年鹤哼哼了一声，把脚收了回来，回过头来，看轻蔑地笑了笑道：“吴大将军，李长风涉嫌勾结倭寇，这是重大的军情，咱家一定要上报厂公，请皇上定夺，这小子也就成了钦犯，恐怕交给你不大合适了吧？怎么，难道你还想越权袒护于他吗？”

吴惟忠怒道："监军此言差矣，李长风乃是本将部属，何况此事尚未明了，吴某难道无权过问么？监军如何就不能等本将先行询问呢，倘若他真是犯下了监军所言之罪，该杀就杀，本将绝不包容！"

他这一番话说得严厉异常，但却也大有讲究，为李长风开脱之意也甚是明显。

那严年鹤哪里肯就范，冷哼一声道："将士通敌，便是监军该管的事，还有吴将军你说什么他犯了咱家所言之罪，难不成你是想说咱家有意陷害他不成？咱家虽只是皇上家的一个奴才，可也是钦点的监军，吴将军一味袒护部下，眼中可还有王法？"

吴惟忠强压住怒火道："监军多心了，吴某并没有指责监军的意思，但此事……"

不料他话刚说了一半那严年鹤就一甩袖子道："好了好了，快叫你的人都退下，都快走，咱家要审问他的话事涉机密，你们最好都给咱家回避着。"

看来这阉狗已经打定主意，要害死长风，吴惟忠双目喷火，心中激荡，几乎就要拔剑和那严年鹤翻脸，但听躺在地上的李长风微弱地唤道："副将大人，末将什么都明白，您不要再说了……严监军，您答应饶小人一命，小人就告诉您那匣子现在何处……附耳过来……小人只能说与您一人知晓……"

众将在一旁听得此言，不由得纷纷暗中叹气，真的是千古艰难唯一死吗？有的人心中还恨道："枉我还想拼命救护于你，没想到竟也是个贪生怕死的小人！"

那严年鹤听了这话却喜形于色，也顾不上许多，赶忙弯腰问道："你快说，那匣子在哪？只要你说了，咱家或许可以饶你不死！"

"小人……就把它藏在……藏在……"李长风的声音越来越微弱，说到最后，已经细不可闻。

严年鹤大急，也再顾不上许多，赶紧趴了下去伏在李长风的胸口追问道："究竟藏在哪儿，你他娘的快给咱家说呀！"

就在这时，李长风从袖中悄悄摸出了峨眉刺，然后运足了最后一点点力气直刺向那严年鹤的胸膛，一击而中！

只听铛的一声响，接着严年鹤那肥大的身躯就被这峨眉刺顶得直挺挺摔了开去，原来他竟然在外衣内套了件带有护心镜的软甲，李长风拼死一击，竟然功亏一篑！

峨眉刺击出，李长风最后一点真气也在这一瞬间完全消耗尽了，眼见刺杀不成，他目瞪欲裂，用尽全身的气力高声怒骂道："阉狗，你才是奸细，你这勾结倭寇的贼子……老子恨不能生食汝肉，恨不能生食汝肉……"

随着声音渐哑，李长风也终于圆睁着双眼咽下了最后的一丝气息。

那严年鹤此时早已被吓得面无人色，窝在角落里浑身发抖，但见李长风不动了后，又蹦起来叫道:“好啊，竟……竟敢行刺本监军，真是造反了，造反了，来人，快来人，把他的眼珠子挖出来，把他那只手也给咱家剁下来。”

此时站在一旁的高远翔终于用力挣脱了同袍的阻拦，抢步而出，伸手抽出腰间的长刀喝道：“大哥啊，小弟后悔啊，为什么要带你回来！看小弟取这阉狗的头来祭你英灵！”

说罢，他便直奔那严年鹤而去。

严年鹤被吓得全身血都凝固了，之前的嚣张气焰一丝也不见了，战战兢兢地爬起身来想要逃跑，却两腿打战不能挪步。

那些锦衣卫拔出刀来，想要上前救护，却被众将逼住。几名自知适才误会了李长风的年轻将领连眼珠子都红了，看那架势假如锦衣卫稍有异动，他们就要大开杀戒。

几名锦衣卫面面相觑，终于把刀退回刀鞘，退到一旁再也不语。

高远翔此时已经一把揪住严年鹤的衣领，回手便是一刀!

吴惟忠耳旁还回响着李长风临终前的话，他急叫道：“小高，且莫动手，此人可能通敌……”但话音未落，严年鹤的脑袋已经滚落当场，污血喷了高远翔一身一脸。

高远翔也不去擦拭，在李长风面前扑通一声跪了下来，轻轻地道：“大哥，大哥啊！你既有这样的心思，为什么不跟小弟早说？哈哈哈哈，今天这日子不错，就让小弟陪你去阴曹地府，我们生生死死，都要做兄弟！”说罢回刀至颈就是重重的一抹。

这话一出，吴惟忠和众将暗叫不好，忙一股脑地冲上前来，但却已来不及了。

此刻，一道闪电长长地划破了夜空，大雨又一次瓢泼而下，锦衣卫们全都惊呆了，纷纷都把身子缩了起来。吴惟忠与众将木头一般地站在那里，个个泪流满面。

3

深秋时节，最舒适的地方其实是床上，有着很厚很厚的棉絮的床上。

如果这床上还有一个美丽的少女，床边的几案上还有一壶烫好的美酒，那简直是神仙过的日子。

小野犬男过的便是神仙般的日子。

早晨第一抹艳丽的阳光，正照在小野犬男豪华的卧房里那张宽大柔软的大床上。床上有一个完全赤裸的少女，厚厚的丝绸大被遮盖着她的身体，却露出了一节雪白细嫩的香肩。

小野犬男正坐在床边的雕花红木椅上，喝着名贵的花雕。酒还是滚烫的，刚刚从外面送进来，下酒的有一只油光光的肥鸡，一条去皮清蒸的乌梢蛇和一大盘烧得嫩嫩的小牛腰肉和一大碗汤汁特别浓的爆烧海参。

花雕和雕花红木椅都来自海峡彼岸的明朝，一个曾经被他们称为“天朝”的国度。

小野犬男几乎对明朝所有的东西都非常欣赏，而且不仅仅是欣赏，他还希望能够把明朝最好的东西都拿到自己的手里。

小野犬男很喜欢自己的生活，特别是当他喝着酒，看着大床上那美丽少女的时候。

作为日本最顶尖的武术门派断水流的主人，小野犬男觉得自己满足得很有道理。

差不多所有日本人都知道断水流是在平户。

九州西海岸的平户岛，全部是断水流的领地。而福江、久坠奈留、若松、中通五个岛屿也全部由断水流统治，它们首尾呼应，遥相拱卫。断水流有最勇猛的武士百余人，可谓独霸一方。

喝了滚烫的花雕，小野犬男觉得自己浑身的力气又需要好好地发泄一番了。他放下杯子，走到床边，掀开被子，熟睡的少女的鸽子般的胸膛随着呼吸轻轻地起伏着。

这时，门外有人轻声禀道：“属下井上大志有要事求见。”

小野犬男的手猛地停在半空，回道：“在虎厅等我。”

断水流的属下中几乎没有人敢直接来到小野犬男的卧房门外回禀事情，即使是有急事禀报也只能在虎厅先禀明小野犬男的亲信心腹，断水流的大管家山本信太郎，再由山本信太郎到卧房门外回禀通报。

只有一个人敢于不按这个规矩办事，那就是井上大志。

井上大志在断水流是个极特殊的人物，他是小野犬男的嫡亲表弟，也是日本人公认的断水流门下与“猛猿”桥本并列的第一高手，为断水流立下过汗马功劳。不过，桥本也不敢随便在平户任何地方行走，只有井上大志敢于这样做。

小野犬男在那少女熟睡的脸上凝视片刻，断然转过头来，走出卧房去虎厅接见井上大志。

在走出门的一刹那，他已经决定把这个少女送给井上大志，他了解属下每一个人的性格和好恶，井上大志喜欢美色，特别是尚未成年的少女。

小野犬男总是会送给属下一些礼物，他知道自己不会亏本，因为属下每次都会带给他丰厚的回报。

虎厅，是断水流的议事重地。这里没有华丽的装饰，只有简单却很实用的桌椅，厅内气氛总是宁重而肃穆的。

小野犬男缓步走进虎厅的时候，第一个迎上来的并不是井上大志，而是山本信太郎。

看着山本信太郎永远不会疲倦的脸，小野犬男满意地一笑。

所有的人都以为断水流最得宠的人是井上大志。其实，只有小野犬男自己心里明白，他最欣赏，最信任的人却是山本信太郎。

山本信太郎，二十八岁，断水流的大管家，他的绝招"迎风一刀斩"与"断水式"都已超过昔日横行扶桑的高手佐贺一郎。

小野犬男知道，事实上山本信太郎的武功绝不在井上大志之下，只是与井上大志不同的是，他更能够把心思用在运筹帷幄上，而不是打打杀杀中。

"属下参见主公！"

"很好。大志回来了。"

井上大志看了山本信太郎一眼，似乎觉得这个人站在这里有些碍事。山本信太郎也回视了井上大志一眼，那眼神中所有的却只是崇敬与平和。

井上大志的心情似乎突然好了许多。

他面向小野犬男禀道："属下这次出海收获甚丰，遇到的是三艘明朝的官船，它们装满了丝绵、锦绣、瓷器和女人用的脂粉；而且，这一次还有一批贵重的药材和许多白银。"

小野犬男对此消息似乎并没有过多惊喜，他只是轻轻地笑了一下，道："如果官船，就一定要做得干干净净。你做得很好，去好好休息吧。"

"遵命！属下告退！"井上大志躬身一礼，转身而下。

"回来！"小野犬男突然喝道。

"主公！"井上大志立即停步，转身趋近，垂手而立。

小野犬男道："差点忘记告诉你，稍后也许会有一个女孩到你那里去，那也是奖励给你的。下去吧。"

井上大志喜形于色，得令转身离开虎厅。

“你呢，有什么消息？”小野犬男目送井上大志出门，坐得端端正正的身体突然放松下来，歪倒在座位上，懒洋洋地问道。

“有个坏消息，桥本死了，杨应龙大人送来的东西落到了浙江戚家军游击将军李长风的手里。”山本信太郎面无表情地回禀道。

“哼哼，李一刀。我早就说过这个人不好对付，他是峨眉派的大弟子，你知道吗？明国人，最神秘的就是峨眉派的武术，桥本这家伙一直想找李一刀较量，他以为他的狼牙棒真的可以横扫千军吗？”

山本信太郎并不接话，而是继续禀道：“不过李长风也死了，杨应龙大人属下的厉鬼阴风掌的确非常厉害。不过李长风保住了那件东西，而且由他的一个家丁带在身上逃入内地，属下以为，此人的目的地是四川，很有可能是峨眉山。”

小野犬男嘴角带了一抹冷笑道：“很好，通知樱子小姐即刻入川。听说那位通天法师座下的弟子多在明国的大军中效力，想法子让樱子接近他们，打进内部去才对我们最有利。”

山本信太郎毕恭毕敬地躬身答道：“是，那杨应龙给将军大人的东西呢？”

小野犬男哼了一声道：“杨应龙大人，哈哈，这条老狗现在一定是急坏了，不过那是他的问题，我们再派几个人到四川去，记住，我们只是名义上帮他把东西找出来，实际上嘛，哈哈哈……作为德川将军的武士，我们一定要表现出自己的用处。”

山本信太郎皱眉道：“那太阁大人要是怪罪下来该怎么办？”

小野犬男端起酒杯笑道：“太阁大人？咱们的太阁大人和他的那群住在京都的幕僚一样，都是些只知道银子和女人的蠢猪。难道你不知道吗？太阁大人只是一只猴子。”

山本信太郎笑了笑，猴子？不错，太阁丰臣秀吉，原本是织田信长大名的爱将，由于相貌丑陋，竟与猿猴神似，因此织田信长便赐予他一个绰号“猴子”。不过如今织田信长早已腐烂成泥，也已经无人敢于称呼丰臣秀吉这个“美称”了。

小野犬男往座位里面缩了缩身子，又道：“你真的相信这只‘猴子’可以吞并明国么？他们的脑子里全是粪便。那个扬应龙只不过是个土司，用明国的话来说，斗大的字都不认得一筐的家伙，居然还想依靠这种人！幸好我们的人都是以太阁大人属下的名义和明国的那些太监交接，继续这样做吧。不要让他们了解我们的底细。”

见山本信太郎低头不语，小野犬男又道：“当然，‘猴子’大人的面子还是要给的，但是你要记住，我们德川家的人帮助杨应龙，适当的时候要让这个东西大白于天下，最好是举世皆知，让他们乱起来，这样‘猴子’大人就有麻烦了，我想这才是德川大人开心的事啊。”

山本信太郎眼中露出恍然的神色道：“是的，主公，属下明白了。”

小野犬男点了点头笑道：“必要的时候，信太郎，你也要去明国。”

山本信太郎道：“属下这就去准备。”

“山本君，我知道你会把一切都做得很好的。”

小野犬男叹了口气，站起来缓缓地走出了虎厅。

他知道，山本信太郎是不会令他失望的。也许总有一天，断水流的家主也可以成为一位大名，为了这个对谁都不能说的目标，努力吧。

好吃街

1

初夏的时节，大地上万物滋长，到处都是一片动人的绿色。

暑热未来，春风未去，正是最令人陶醉的时节。

一个穿着洗得发白的蓝布衣衫的青年，骑着一匹高头大马，手中捧着一卷书，信马由缰不紧不慢地行走在崎岖的山道上。

那衣服已旧，但却干干净净，仿佛没有经过漫长的旅程，而是到城郊踏青一般。这青年的嘴角总是挂着一缕顽皮的微笑，虽然衣着朴素，骨子里那种笑傲王侯的气质却若隐若现。

胯下那匹骏马，从头到尾，如成熟的大枣般红亮，全身上下的毛光亮柔滑，没有丝毫杂色，在阳光下反射着亮光，犹如上好的锦缎。

看了许久的书，或许是有些累了，这青年忽然仰天打了个哈欠，他揉了揉鼻子，随手将书往怀里一塞，两手往脑后一交，然后仰天就倒在了马上。

那枣红马似乎知晓主人的心思，脚步更是放缓了许多。

那青年双脚一荡一荡地，轻磕马腹轻轻笑道："乖马儿，莫担心，顺着这道儿快跑嘛，你把小鱼儿摔不下去的。"

那枣红马似乎听得懂他的话，长嘶一声，立即放开脚步在山道上疾奔了起来。

这青年，便是李长风生前常常牵挂的小师弟司徒小鱼。

看他此刻优哉游哉的样子，没有人想到，就在一天前，他还在官道上纵马狂奔，丝毫不敢怠懈片刻，直到拜见了知州大人，办完了交接，这才重新洗去了风尘，开开心心地往峨眉山而来。

十五年前，李长风到戚家军效力时，小鱼还是个八九岁的顽童，每天只知道在峨眉山中四处惹是生非，不是把清音阁的峨眉灵猴撵得鸡飞狗跳，便是偷了寺中树上的果子吃，要么就偷跑下山去耍，到好吃街上调皮捣蛋，偷些熟肉上山来喂那些老虎豹子，气得一干老伯大婶托人告到师父面前来，他自己也难免被关到禅房里受罚，背诵经书。

后来，他渐渐得知了大师兄的事迹，心中极是崇敬，每日除了苦练武功，便想着如何同大师兄一般到军中效力，上阵杀敌，大破倭寇。

四年前，十九岁的小鱼不辞而别，偷跑下山去投军戍边。不过他没有去找大师兄所在的浙江戚家军，而是远远地赶到了兵家必争之地，抗蒙的前沿宣府，那里有一位他最崇拜的大英雄，便是这峨眉山下说书的陆三哥口中都常常提及的当世名将，名震天下的山西总兵官少帅李如松。

那些说书人口中精彩绝伦的战争故事，早就被小鱼背诵得滚瓜烂熟:

“李如松，字子茂，辽东铁岭卫人，乃是辽东总兵李成梁之长子。十岁便到军中从父熟悉军事，由武进士承父荫授部指挥同知，充宁远伯勋卫。他骁勇善战，屡立战功，再迁署都督佥事，为神机营右副将，其时年不过弱冠。万历十一年，他不过三十四岁，便已是山西总兵官，朝中言官黄道瞻等人向皇上进言称李如松父子‘不当并居重镇’，这才被召回朝廷佥书右府提督京城抚。万历十五年，蒙古骑兵屡犯疆界，明朝守将难以抵挡，当今圣上钦点李如松起复山西总兵官，镇守宣府”。

其实，也就在这一年，小鱼带着满心满耳朵的故事，独自一人来到了宣府，并且幸运地见到了李少帅，如愿投身军中。由于他武功硬扎，人又机灵聪颖，被李如松亲拔为斥候总旗。

五年征战，小鱼屡建奇功，小小年纪便已官至千总，被李如松任命为中军斥候统领，成为少帅最喜欢的心腹爱将。

万历二十年，鞑靼人哱拜突然起兵作乱，残杀军民百姓，一时间掀起了血雨腥风。

这哱拜本是一员降将，投明之后，朝廷授其以副总兵之职。

哱拜与其子哱承恩都有万夫不当之勇，他父子专制宁夏，多蓄亡命之徒。万历二十年二月十八日，哱拜纠合其子哱承恩、义子哱云和土文秀等人，嗾使军锋刘东旸叛乱，杀党馨及副使石继芳，纵火焚公署，收符印，发帑释囚。同时，哱拜父子还胁迫宁夏总兵官张惟忠以党馨“扣饷激变”奏报，并索取敕印，张惟忠随即自缢而死。

此后，刘东旸自称总兵，以哱拜为谋主，以哱承恩、许朝为左右副总兵，土文秀、哱云为左右参将，占据宁夏镇，刑牲而盟。叛军出兵连下中卫、广武、玉泉营、灵州（今宁夏灵武）等城，惟平虏坚守不下。此后，他们又以许花马池一带住牧为饵，得河套蒙古首领著力兔等相助，势力越加强大，全陕震动。

当年三月四日，宁夏副总兵李昫奉总督魏学曾檄，摄总兵事进剿，但叛军恃河套蒙古支持，势力甚强，无人可敌。浙江道御史梅国桢素知军事，他紧急上书皇帝，力举李如松为帅讨贼。皇上也知道李如松乃是一代军事奇才，平灭叛军，非他莫属，于是下圣旨封李如松为提督陕西讨逆军务总兵官，并以梅国桢监军，率领宣、大、山西兵及浙兵、苗兵，并从辽东大帅李成梁部下借来部分关宁铁骑，合兵一处直击哱拜。各路人马受李如松节制，齐心破贼，先用土垒平城，后用水攻倒灌，三鼓而克宁夏城，哱拜率部投降。为迅速稳定人心，瓦解叛军残余，李如松毅然决定将哱拜等叛军主谋处死。

降将许朝担心自己也被处死，急于立功于朝廷，于是向李如松报告了一件大事：原来哱拜初叛时便与蜀中有着极频繁的书信来往，并且还接受过蜀中某人送来的银钱粮草，此事甚为蹊跷，很有可能是哱拜相互勾结。

李如松得知此事后暗想道，这件事中间干系十分重大，倘若贸然上表朝廷，不但难以将勾结哱拜之人找出来，恐怕反而会打草惊蛇，更增变数，不如先派人赴川暗中探查一番，再做定夺。然而这些涉嫌合谋叛乱的书信大多出自蜀中，无论是蜀王还是地方军政大员，都难以信任……

李如松思来想去，决定让小鱼以为师父庆贺八十大寿为由驰马还乡，暗中带信给自己的好友，唯一值得自己信任的嘉定知州袁子让，请其帮助暗中查访。

从少帅将书信交到自己手中时，小鱼就知此事非同小可，自离开大营后，便马不停蹄，从宁夏一直赶到了嘉定州，此刻进了城门，才稍稍松了口气。

终于要回家了。

小鱼深知身上责任重大，但心情仍是异常激动。

四年前，他不辞而别，瞒着师父下山投军，虽然没有辜负师父的教诲，还升做了正六品的千总官，但此刻真的即将回到家中，还是有些近乡情怯了。

好在那熟悉的嘉定州城依然那么亲切。牵马步入城门，举目所见，还是那般的繁华安宁。

这美丽的州城历史极为悠久，早在古蜀时便是蜀王开明故治。此后秦灭巴蜀，将嘉定州收为蜀郡，汉代更名南安。南北朝时期，因战乱不断，又屡有变迁。隋朝时，又将南安改名龙游，传说隋军从成都乘船向南安进军、追击陈国败兵时，绕城的岷江中有游龙导航，助隋军一统天下，故名。到唐时，复又称嘉定州，乃西南一大望郡。宋朝改嘉定州为嘉定府，元代又改为嘉定路，直到本朝，才定名嘉定州。

这嘉定州风光秀美，举世无双。宋人邵博曾有云：“天下山水之观在蜀，蜀之胜曰嘉定州。”

风光之外，又颇出大才，一代大文豪苏东坡，便生于此。李白、陆游等人，更是古往今来流连不已，可谓人杰地灵之城。

如今这嘉定州看上去便知百姓安居乐业，民风教化甚为淳朴，可见那知州大人必是一任好官。

那知州的官署所在之地名为府街，正是历代州牧大人建衙之所在。

小鱼上前将拜帖递交门差，求见知州。不过片刻，里面走出一位身着青衫的中年男子，一绺胡须透着十分精干，他见到小鱼，忙拱手道：“大人请阁下入内相见，请随小人前往。”

小鱼赶忙还礼道：“不敢，有劳先生了。”

说罢便随这人走进官署，绕过大堂，只见一位身着粗布麻服，年约四十，双目亮如点漆的俊朗男子快步迎出。见到小鱼，这人站住上下一打量，开口笑道：“人言强将手下无弱兵，今观此言果然不虚，子茂兄的爱将，果然是一表人才！”

小鱼心中想道，此人便是知州袁子让了，他赶忙上前恭敬施礼道：“提督陕西讨逆军务总兵官标下千总司徒小鱼拜见知州大人！”

明朝以文制武，往往武将品秩虽高，却远不如文官来得尊贵。嘉定州乃是直隶州，知州为从五品官员。千总虽为正六品，但其实能与正七品的县令平起平坐，就已经很不得了，假如七品的县令不给面子，六品的千总也是一点法子也没有。

小鱼一边行礼，一边暗想，原来这就是那位著有赫赫十卷《五先堂字学元元》，被公认为古今字韵第一人的大学问家袁公袁子让？以前还以为他一定是位白发银须的老先生呢，没想到竟与少帅年纪相仿，也难怪他与少帅是至交的好友。

见小鱼不住地打量自己，袁子让笑道：“司徒千总干吗还愣着？倒叫袁某浑身都觉得不自在了，你是子茂兄的得力臂膀，也就算是自家的小兄弟了，快请坐吧。”

小鱼面上一红，笑道：“小鱼便是这嘉定州的人氏，大人清名早已如雷贯耳，一个小小千总，大人切莫再提，如蒙不弃，就像我家少帅一样唤我小鱼就是，”说到这里，他突然站起身来，恭敬地大礼参拜，正色道：“小鱼从军经年，回到家乡便见得市井繁荣，百姓安居乐业，大人牧守嘉定州，是我等之福，小鱼代家乡父老拜谢大人了。”

袁子让，表字仔肩，为人清正廉明，偏又不拘俗礼，正是一等一的洒脱名士，但是听得此言，面上也是肃然，双手搀起小鱼道：“适才听你的口音，便觉得十分耳熟，没想到竟也是嘉定州人氏，这便更是自家人了，快快请起。袁某守土有责，自当尽心为地方百姓办事，如何当得如此大礼？”

小鱼起身笑道：“大人硬是当得，小鱼曾听市井传诵曰‘兴民教化是袁郎，身逢不平寻子让’，古人云，‘政以民为本，权以民为重’，大人清廉自守，善政兴民……”

袁子让哈哈笑道：“好啦好啦，你再说下去可就把袁某捧上天去了，这个子茂兄，带出来的军官都像秀才一般了！对了小鱼，袁某曾闻我军接连失利，如今子茂兄统兵西下，前方战况究竟如何？”

小鱼回道：“我家少帅挥师狂飙猛进，先用土垒平城，后用水攻倒灌，三鼓而克宁夏城，哱拜一家也已束手就擒。对了，大人资助的粮草也早就到了军中，小鱼此次前来，便是奉了少帅之命，一来代他向大人道谢，二来还有一封要紧书信呈与大人。”说罢便将李如松的亲笔信从怀中取出，双手递交给袁子让。

袁子让大喜，一边接过书信，一边笑道:“好好，宁夏平定，百姓解于倒悬，国之幸事啊。我与你家少帅当年同在佥书右府，惺惺相惜，虽然品秩悬殊，竟成为八拜之交的挚友……如今也有好多年没有相见了，如今他的身子可好？酒还饮得凶吗？”

小鱼笑道：“他呀，在山西时就喝得凶，去了宁夏，我家少帅硬是一滴滴酒都不整了。”

袁子让拆开了书信，边看边笑道:“子茂兄大将之才，那年黄道瞻自命耿耿，上书皇上，请罢子茂兄的总兵官，真乃腐儒之见……”

说到这里，袁子让却突然面色一沉，不再说话，而是认真看起信来，待到看完，他仰脸闭目深思了半晌，突然睁开眼问道：“小鱼，除了这封信，子茂兄还有别的话吗？”

小鱼道：“少帅命小鱼在嘉定州时全凭大人调遣，但却并未有其他交代。”

袁子让点了点头，缓缓地坐回座中，面色渐渐恢复了从容，微笑道：“子茂兄信中言及，原来你是通天大师的弟子，此次回乡还要为大师祝寿。通天大师慈悲为怀，朝野共敬，嘉定百姓也多受恩惠。袁某有幸，与大师亦有数面之缘，当备些薄礼，就请小鱼代为致贺吧。呵呵，你万里还乡，恐怕眼下这心儿已飞上了峨眉山，袁某也就不多留你了，先上山去吧。”

小鱼笑道：“多谢大人，小鱼这便告辞了，大人若有差遣，可遣人到金顶之上的西极天，小鱼随即便可赶来听候大人指派。”

袁子让捻须笑道：“好好，你且稍候，袁某这便将薄礼备好，你回去后记得上禀大师，就说袁子让恭祝他老人家长命百岁，此间俗务缠身，不能登门拜寿，日后定当登门谢罪，尚请大师多多原谅。”

2

那神逸的枣红马载着小鱼穿越林中一段路途之后，眼前突然出现了一座小城，房舍清雅、小桥流水，绿树成荫，宛如世外桃源。

峨眉县城终于到了。

小鱼跳下马来，按捺住心头的激荡，缓步入城。

当他再踏上峨眉山脚下那条青石板街时，只见这里还是那么热闹，那么温馨。

这便是自己从小生长的地方，家乡的味道，是无法用言语道尽的。

香香甜甜入口即化的三合泥，那是绝对吃不够的；还有出了名的萝卜汤卤肉，来上一碗保证再挑食的人也要动动筷子；甜皮鸭的皮是炸得酥脆的，而钵钵鸡却一定要调味的汤汁好才行；豆腐脑自然是牛华的好；黄焖鸡关键在于大师傅的“焖”功;至于跷脚牛肉嘛，关键在于选出的牛杂，必须是最鲜嫩的……

中国人最讲究的就是吃。所以，无论是江南，还是塞北；无论是京城，还是蜀地，几乎每一个城镇，都有这样一条街：街上挨家挨户都是卖好吃的东西的，什么蟹黄小包、凉拌鸡丝、芝麻火烧、春卷豆花……虽然都是小吃，没有大酒楼里的水陆八珍，但每一样小吃都能让你品尝之后，唇齿留香，经年难忘。

秀甲天下的峨眉山下便有这样一条街，它的名字就叫做好吃街。

好吃街，一条铺着六十八块青石板的大街。

这条街上，每天都会迎来清晨与黄昏。每一个清晨与黄昏都是那样的相似。远来的商旅、附近的居民，常常就踏着清晨的阳光或落日的余晖，踏上这条青石板大街，选一家小吃铺子，点几样小菜，要一壶清冽甘香的峨眉山泉所酿之水酒，享受一段美好的时光。

闻到那满街的香味，小鱼的口水都快要流出来了，自从得知大帅要派自己回乡，他便已想好，回来后就先到好吃街上大吃一顿。小时候自己家里穷，有好些东西只有流着口水干看着，虽然大半时间在山上，师父又极疼爱，但山中都是素食，也没有什么机会大吃一顿，所以才常常偷跑下山，到好吃街上捣蛋，其实心中想的是，总有一天要挣来大把的银子，把每一样美食都尝上一遍。现在长大了，心思又不同了，除了月月关到的千总饷银，少帅还时有赏赐，这次回来，少帅不但送了汗血宝马给自己乘骑，还送了两颗产自辽东的珍珠。眼下自己也算是个小财主了，不必慌着学那饿死鬼，反正还有许多时间，不妨慢慢品尝。

打定了主意，小鱼望着那翻腾滚沸肉香扑鼻的大铁锅，忽然想起小时候曾经想过，等将来有钱了，一定要把跷脚牛肉吃到饱。想到这儿，他轻轻一笑，一头钻进了街边一家最不起眼的小店。

一间灰暗低矮的草屋，几张油腻漆黑的桌子，由于时辰还早，店里尚无客人。乍一看来，这间小店实在太不起眼了，土生土长的小鱼却知道，全天下最正宗的跷脚牛肉只有在这家名叫“徐老伯”的店才能吃到。

古老相传，元朝末年，群雄并起，天下大乱，民不聊生，百姓贫病交加。那时的嘉定州，还叫做嘉定路。此处有一位精通岐典之术的罗老中医，他怀着济世救人之心，在苏稽河边悬锅烹药，救济过往行人。那药汤不仅防病止渴，还能治一般风寒感冒、胃病、牙痛等。

有一天，罗老中医看到一些大户人家把牛肠、牛骨、牛肚之类牛杂扔到河里，觉得很是可惜，便将牛杂捡回洗净后，放在药汤锅中。谁知这熬煮出来的汤味甚是鲜香。因味特汤香，又有防病治病的功效，特意前来饮者络绎不绝。

由于罗老中医的药铺甚小，没有席位的人便站着、蹲着喝汤，有的就干脆坐在药铺门槛上跷着脚端碗即食。久而久之，便有了这“跷脚”牛肉的美称。

这开店的徐老伯，自称是当年那位罗老中医的后人。在小鱼很小的时候，他便已经被人称作老伯了，连门外的幌子上都写着“徐老伯”三个大字。如今十数年过去了，老伯看起来更老了些，腰背也弯曲了，两只昏花的老眼都有些睁不开了。

当小鱼的身影出现在店门前时，徐老伯本能地感觉到一丝特别熟悉的威胁，当这个感觉出现之后，他那看似老迈不堪的身子突然拔地而起，闪电般地扑到灶前将两口大锅全都盖严，然后操起马勺就守在了旁边。

突然，徐老伯自失地一笑，慢慢地将锅盖打开，喃喃地道：“都好多年啦，这个小猴儿也不知跑到哪去了，哎……”

他蹒跚地向小鱼走了过来，仿佛刚才那位身手不凡的是另外一个人似的：

"客官爷，您快请坐嘛。"

小鱼的模样变了很多，可徐老伯并没有变，如果一定要说有什么变化，那便是更加苍老了。小鱼的心头突然涌起一丝伤感，小时候自己经常跑来算计老伯的牛肉，老伯刚才那一招，便是用来对付他的，由于十几年的日日习练，看那动作就像是一位武林高手一样……

徐老伯眯缝着双眼打量了一下小鱼，感觉有些面熟，却也并未在意，开门做生意，特别是"徐老伯"这家店乃是行家们经常光顾之所，面熟的客人比比皆是。

老伯一边张罗着，一边问道："客官爷是要吃些啥子喃，可要饮酒哇？"

小鱼笑着坐到一张桌旁道："牛筋、肠儿、白菜，多烫它几碗来，还要半斤您老人家亲手泡的梅子酒。"

徐老伯眉开眼笑地答应着，这一定是熟客啊，连自己最拿手的梅子酒都知晓哟。他将那牛杂一一盛进漏勺，放入滚沸的大锅中烫好，细细地摆进粗碗之中，撒上香菜，连同梅子酒一并端了上来。

这梅子酒也是小鱼从小就偷饮惯了的，从军之后，更是无酒不欢。但这次入宁夏，少帅明令全军不得饮酒，如今这酒虫早已把心肝钻得痛痒难耐，这一闻到酒香，立刻就感觉浑身都来了劲，举壶狂饮了几大口后不由得仰天长叹，好酒啊！两年前也曾饮过皇上赏赐的御酒，回想起来，那味道也不过如此而已。

离乡经年，再也没有吃过这美味的东西，此刻守着汤锅，小鱼放开了肚子大吃起来，连鲜汤也喝了几碗，心道："原本还打算留着点肚子，看来这就能吃饱了。也罢，等返回军中前，又来这里大吃一顿，每样东西都品尝些……"

离开徐老伯的店，已是黄昏时分，好吃街中热闹起来，各家酒肆食店也都迎来了最好的时光，虽然各种美味的香气扑面而来，但小鱼却是再也吃不下去了。

正当他百无聊赖地牵着骏马乱转时，突然有一种感觉宛如芒刺在背。小鱼也不声张，慢慢地退到了一个小摊上，面朝大街坐了下来。

街口，突然之间走来了五个男人和两个女人。男人和女人都穿着赤色无袖短衫，每个人的左耳都悬吊着一条小小的青蛇，深秋九月，他们竟全部都是赤足。仔细看那青蛇，竟是活物，以小小的牙齿咬住他们各自的耳垂，蛇身还不停地盘旋扭曲。这七个人有高有矮，有老有少，男人相貌都凶煞，女人相貌却十分明艳。但不管容貌如何，脸上却全都没有任何表情，走起路来不见膝弯腿动，竟像是随风飘过来的鬼魂一般。

七人慢慢的走过长街，当他们经过时，街道两旁的声音立刻全都停止，正在吃饭喝酒的客人无不相顾变色，坐在抄手摊旁一直哭个不停的孩子也被吓得哭声顿然停止，卖抄手的脸都吓白了，幸好这些人并没有在他的摊子前停留，而是径直走过了街中。

这些人好诡异。他们在峨眉山下如此乖张行事，却也不能不防，待回山之后，还是禀报师父知晓。小鱼暗想道。

“掌柜的，来一碗三合泥，多放些花生米哈！”转过身来，他突然笑了。

卖三合泥的小贩却不笑。

不但不笑，而且也并不动手做三合泥，而是斜起眼睛盯着小鱼道：“这位客官，你晓得啥子是三合泥哇？”

小鱼用左手的大拇指和食指摸了摸一层浅胡茬子的下巴，笑道：“三合泥，甜点，用糯米粉加猪油、芝麻、花生米热抄。用小火煨制至香气四溢即可，入口松软香甜。这四川嘛一共有十一家卖三合泥的，只有峨眉山脚下的‘张记’是正宗，这个摊子就是‘张记’，你娃娃就是三合泥的第四代传人张孝天。”

张孝天愣愣地看着眼前这人，似乎已经听傻了。

“张大少，小鱼哥远道回来，一口气又说了恁个多，麻烦你还是快点给哥哥盛一碗来，如果没得热的，就请重新做一锅来哈。”

张孝天突然抄起一瓢水倒进已经擦干净的铁锅里，低声喃喃地道：“司徒小鱼，从小到大你吃过我们屋头好多碗三合泥了？总该还一点银子给我才是嘛。”

小鱼笑得更开心了：“呵呵，你这家伙有没得良心哦，小时候读书，你娃背不出书来，还不都是我在替你挨戒尺，若不是我，李员外家的小翠……”

“好了好了，司徒小鱼，司徒大少，你老人家要的三合泥来咯了！”张孝天赶紧将已经煨好的三合泥盛了一大碗，端到小鱼的面前，又把一柄木勺塞进他的手里，简直想把一碗三合泥全都塞进小鱼的嘴巴里去。

小鱼双手接过深深地嗅着道：“还是你们屋头的三合泥最好，这些年都没有吃到，硬是把我馋遭了。”

张孝天哼了一声道：“你娃少来这套，吃完了拜托你赶快给我走，隔了恁个多年你还跑起来白吃我的，也太过分了吧。”

小鱼嘻嘻笑道：“你也晓得恁个多年没见了，难道就不想哥哥我么？”

张孝天翻了翻眼皮道：“你娃是哪个的哥哥嘛？我好像比你还大几个月呢！想你？我还不如去想狗，从小到大你娃白吃了我屋头十年的三合泥，攒到一起都够我接两个媳妇了。”

小鱼笑得一口三合泥差点从鼻子里喷出来，好容易忍俊道：“张大少，你硬是想媳妇想疯了哇？两个媳妇你能消受得起不嘛？哥哥这也算是救了你一命哦。”

张孝天脸气得通红，伸手来抢碗道："白给你吃还堵不上你的嘴，这几年你咋个就没有死在外头呢？"

小鱼呵呵一笑从身上摸出两颗滚圆发光的东西道："唉，有那么几次还硬是真的差点死掉，可惜阎王老爷不喜欢我这条小鱼。好了嘛，不要总想着哥哥白吃你屋头的东西，你小时候还不是总跑到我们屋头蹭饭吃？来嘛，看哈这个东西。这可是哥哥专门给你带回来的。"

张孝天狐疑地伸手接过问道："这是……珍珠？"

小鱼点头道："算你娃识货，这可不是普通的珠子哈，这个东西叫做东珠，只有关外的松花江里才有，把它捞上来可不容易哟，这样一颗就足够你接二十个媳妇。"

张孝天惊得两眼直放光，手中紧握着珠子道："你……要给我？真要给我？"

小鱼得意地点头道："咋个嘛？哥哥可没白吃你娃的东西！小张娃儿啊，再给哥来一碗，大碗哈！"

其实他哪里吃得下去，只是与张孝天从小玩闹惯了的，不过仍是玩笑罢了，那张孝天也心知肚明，哪还去管啥子三合泥，两手捧着东珠凑着马灯瞧来瞧去不肯罢手。

就在此时，却听后面有人笑道："好一匹骏马，孙某一生相马无数，但如此神骏却还真见得不多啊。"

小鱼听到有人夸赞自己的战马便回头应道："先生过奖了，在下这马儿不过只是筋骨壮了些，神骏二字哪里承受得起？"

那姓孙的哈哈笑道："小兄弟切莫过谦，你这马儿何止神骏，简直就是一匹龙驹。在下免贵姓孙，乃是成都府人氏，得见如此骏马，今生何幸啊！"

小鱼应道："幸会幸会，在下本地人氏，这马儿实在当不得孙先生的谬赞。"

孙进士将手一摆道："在下平生不爱女人房屋，只是爱马，不知小兄弟可否将此马让给孙某？我出纹银三百两，这笔钱小兄弟足以置田起屋，你看如何？"嘴巴里说着，手上竟将一张面值三百两的大明宝钞递了过来。

不过，孙进士的银票并没有递到司徒小鱼的手上，因为一只突然出现的手将这张银票从半途中接了过去，但听这只手的主人喋喋怪笑道："大宛汗血，千金难求，区区三百两银子就想买走，真是吃了灯草，说得轻巧。"

这只手一出，孙进士和张孝天的脸色全都变了。因为这不是一般的手，而是一只没有肌肉的手，事实上，那不过是一只手形状的铁爪，黝黑中闪现着碧光，显然喂有剧毒，"手指"边缘锋利如刀，铁关节可张可合，竟比真人的手还要灵巧。

这只“手”的主人名字就叫做“鬼手”，“鬼手”陈千重。

“莫在人前自夸口，强中自有陈鬼手”，说的就是这位行踪诡异，名满黑道，行事亦正亦邪的陈千重。

望着形容古怪的陈千重，张孝天轻轻地叹了一口气，不由自主地缩了缩脖子。

就在这一眨眼的功夫，孙进士的银票随随便便就进了陈千重的“鬼手”，孙进士心中自是大怒，却在陈千重面前竟似不敢发作，一张白色面皮涨得通红。

但陈千重却似乎专门在找孙进士的麻烦，只见他上前一步说道：“铁胆书生孙进士，今天怎么敢怒不敢言了？我看你不是铁胆，是纸胆土胆癞皮狗胆。”

原来这孙进士的绰号叫做“铁胆书生”，却不知因何得罪了陈千重，被他不停地奚落。孙进士不由得双拳紧捏，沉声道：“陈大侠，不知在下如何得罪了你，可否明示，也可方便小弟谢罪。”

“你三百两银子就想买一匹宝马，我老人家看着不顺眼，这便是得罪了我。”陈千重冷冷地道。

孙进士哼了一声，道：“陈千重，我武功虽然比你不上，可你也不要欺人太甚……”

“我便欺了你，你待如何？”陈千重怪眼一翻，嘴角露出一丝不屑的笑容。

孙进士青筋暴胀，几乎就想动手。这时，旁边一人幽幽地道：“小时候听人家说书总是说到一招叫做‘黑虎偷心’，后来我才知道，‘黑虎偷心’算不得什么，真正要命的是‘鬼手偷心’，被偷了心，便没有了生命。”司徒小鱼叹了口气，又道：“孙进士，你的心是黑的，还是红的？”

孙进士听到这里，跺一跺脚，竟埋头而去了。

司徒小鱼却叹道：“汗血马价值千金，可惜这马不是我小鱼的，只是人家借给我的，所以这三百两嘛——就送给我吧。”说到“嘛”字时，捏在陈千重“鬼手”上的宝钞竟又到了司徒小鱼的手上，而且没有人看到他是怎样出手的。这次，连陈千重的脸色都变了。

杀人夜

夜已深。

云暗风高，好吃街上已经没有人。

离好吃街三里外的一个院子里却有人，三个人，一桌酒。

其中一位面貌清朗的青年自斟自饮，也不管别人。坐在他对面的中年人似乎还在生闷气，用一只钢铁打造的手摸着下巴上的胡须，连酒都喝不下去。打横坐着的少年相貌更加俊俏得许多，只见他给铁手中年人斟上满满一杯，笑道："陈大哥，司徒大少那一招千机变化无影手是得到通天大师的亲传，你哥子就算输了嘛也该服气哈。"

原来这铁手中年人正是陈千重，他一口喝下满杯的酒，把杯子重重地望桌子上一顿，怒道："不服，老子就是不服！"

对面的司徒小鱼却笑道:"小张娃儿，好好喝你的酒嘛，我和大哥多年不见，怎么刚见面你就跑来挑唆陈大哥和我……"说到这里，他面色突然微变。

坐在对面的陈千重也对着二人一摆手，对着院外一株粗大的黄葛树笑道："久闻拜月教邱教主素有海量，既然已经来了，为何还不下来和我们兄弟共饮一杯？"

话音未落，但听那黄葛树的浓荫中也响起了一阵夜枭般的怪笑声，一条人影悄然落地，竟无一点声响。

犹如白驹过隙，此人已坐到桌前，确是好身手。只见他骨骼细小，面色青白，两边耳垂各吊着一条蜿蜒的小白蛇，此人便是拜月教的总瓢把子邱南山。

邱南山冷冷地扫视了眼前的三个人，道："原来是鬼手陈先生。"顿了顿，盯住了司徒小鱼，沉声拱手："这位少侠器宇不凡，还没请教？"

小鱼虽然并非江湖人，但却也不愿失了礼数，抱拳回礼道："在下峨眉司徒小鱼，不敢妄称少侠。"

邱南山夜枭般的笑声又响了起来，大笑道："果然不愧是通天大师的弟子，好亮的一双招子。"

小鱼心道，原来这位邱教主端的厉害，自己刚才在屋中发现他在树上，竟也被他察觉，故此说出这番话来。

突然，门外传来一声怒吼：“姓邱的，给爷们滚出来受死！”

话音未落，又听另外有人怒骂道：“崆峒三子，阴魂不散，这里就是你们的葬身之地！”似乎又有其他人赶到，听起来却这邱教主一路的。

双方叫骂声不断，兵刃相击，也响成一片。

邱南山的脸色愈加发青，道：“崆峒派的人，死缠滥打没完没了，真他妈的中了邪了。”

说罢，他长身而起，众人眼前一花，已不见了邱南山的身影。门外，却传来更加激烈的兵刃相击声。看来这邱南山和那些崆峒派的高手已不是第一次交手，所以连话都不说便又开打。

门外的人打得越来越热闹，屋里的人自然也喝得越来越不自然。

陈千重看了一眼小鱼，一只铁手握得紧紧的。小鱼却并没有看他，似乎正在想着什么，眼前仿佛无物。陈千重又去看张孝天，张孝天倒是回视了一眼，却只是耸了耸肩膀，没有一点想起身的意思。陈千重怒道：“峨眉山下，动刀动剑，简直是不把峨眉派放在眼里了！”

“陈大哥，你老人家好久做了峨眉派弟子哦？”张孝天微笑着问道。

“你个死小贩硬不是个东西，老子虽然不是峨眉派的，老子的小兄弟总是峨眉派的弟子嘛！”陈千重是火爆脾气，再也忍不下去，霍然而起，便向门外冲去。此时，一道身影却从他旁边先冲了出去。便听背后张孝天悠然笑道：“你老哥说对了，峨眉派弟子的身份他自己是不得忘记的。”

可是，当陈千重冲出门时，打斗声早已停止，门外除了小鱼，居然已经一个人都没有了。

“他们去了哪里？”陈千重问道。

小鱼轻轻地摆了摆手，低声道：“我不知道他们去了哪里，我只知道，假如我们动作太慢的话，事情就不大妙了。”

陈千重道：“小张还在房间里……”

司徒小鱼微微一笑：“小张那家伙，你还不晓得，鬼精灵一个，谁还能轻易把他伤到？”

陈千重也笑了，两人并肩跃上屋脊，向黑暗之处而去。

房间内，张孝天剥了一颗花生放在嘴里，喃喃地道：“司徒大少，你这个混蛋，真的对我那么放心吗？”接着，他扑哧一笑，给自己斟上一杯酒，放在鼻子下闻了闻，一口喝了下去。

张孝天在喝酒，司徒小鱼和陈千重却在到处找那些“失踪的人”。

只是，当他们找到的时候，这些人似乎已不应该再被称之为“人”，因为他们已经全都死了。

空气中若隐若现地有一缕淡淡的花香。但这香气之下的情形却令人心悸。

倒在地上的一共有十一个人，九个男人和两个女人。虽然他们死相各异，但全都是仰天而倒，脸上身上都有血痕，但偏偏全都露出了一丝诡异的微笑。从场面上看，很明显是大家以死相拼，用尽全力，所以同归于尽。

“拜月教起于播州，纵横贵鄂，当地小儿闻邱南山之名而不敢夜啼，没有想到，竟葬身于此。”陈千重感慨地道。

“如果我没有猜错的话，这三位就是崆峒子路和他的两位师弟子贡和子夏”司徒小鱼悠然地叹道，“黄昏的时候，我见过他们，就在好吃街上，还有另外那些怪人，我也见过。”

陈千重叹了口气道：“没想到，崆峒三子这一战竟全军覆没……那些人，我看都是拜月教的堂主一类的高手，也许就是拜月教的七大堂主，今天为兄也见过他们。加上一个邱南山，只怕这拜月教从此也就不存于世了。”

崆峒三子，崆峒派掌门人孔二先生玄座前最得力的弟子，他们在西北一代名气极大，每个人都为自己取了一个儒家至圣先师孔子门下名徒的名号。

子路索命，子贡追魂，子夏夺魄。

不过这一次他们索的是自己命，追的是自己的魂，夺的是自己的魄。

小鱼突然问道：“拜月教一向在贵鄂之间，怎么会与西北的崆峒派有什么过节？”

陈千重道：“人在江湖，谁与谁都有可能是仇人。”

小鱼微微一笑，道：“这话有理。可是我还是想知道，拜月教和崆峒派究竟有什么仇，要弄得不死不休？”

陈千重道：“说起来也很简单，上个月有个叫孔兰儿的少女在播州被人奸杀了。这个孔兰儿虽然并不出名，但是她的父亲却很出名。”

小鱼“哦”了一声，问道：“莫非便是孔二先生？”

陈千重点了点头道：“不错。要知道，孔兰儿当时可不是自己一个人，而是带着一干崆峒派的少年高手，而这些人全都失踪了。在播州，只有拜月教因为有宣慰司撑腰，势力最大无人敢惹，其余再无什么人有本事对付崆峒派的高手，总不可能是一个采花贼做的案吧？于是崆峒三子便率了门下弟子到播州兴师问罪，拜月教当然不认账，于是这场架便越打越大。只是不知道他们为何现身于此，倒也蹊跷。”

“陈大哥说得不错，邱南山……莫非他来这里是想寻我师父？”

“这倒也有可能，通天大师乃是今日武林泰斗，邱南山也许正想请大师出面调停也未可知。想来崆峒三子自是随后赶来的，可惜邱南山没来得及上山，就在这里和子路三兄弟同归于尽了。”

“说起同归于尽……陈大哥，这附近有花吗？”

“花？啥子花？”

“我也不晓得是啥子花，总之是一种奇怪的花……陈大哥，此地已是峨眉山下，总不能就这样摆上几个死人，还要烦劳你通县衙处置，小弟马上也要上山了，我们就在此别过吧。”

“好，日后等你下山，恐怕我已远去，日后江湖中如有用我之处只管开口便是。”

“莫在人前自夸口，强中自有陈鬼手——陈大哥，保重！”司徒小鱼目送陈千重远去。

过了一会，他转过身来，俯低细细观看邱南山及他的几名手下和崆峒三子的伤口。

黑暗中，一双眼睛默默地注视着司徒小鱼。

星空愈加显得离人高远，风也更急，风中隐约的芳香也愈渐浓烈。

小鱼心中轻轻地一跳，那种被人暗中窥视的感觉愈发强烈。看来那黑暗之中，也许有一个人正像一只老鼠般潜伏着。

小鱼的嘴角又挂上那丝顽皮的笑容，他没有去察看，而是转身又走进了张孝天的小屋，端着碗，继续把酒倒进喉咙，眼睛却望向窗外，也许那人的藏身之处就在自己想到的那一处。当然，这也许不过是自己的错觉。

喝着酒，小鱼又想起了结义大哥陈千重。

还记得是自己十六岁时第一次奉师父之命下山游历的时候，在湖南遇到了两名欺辱卖唱父女的武林败类，于是出手相救，将两名败类打伤。

谁知那两人所在的帮派在当地势力庞大，竟纠集了上百名好手前来寻仇，危难之际，是陈千重仗义相助，两人联手大战，连伤七十四人，直至对手服软谢罪。

那一战陈千重身负八处刀伤，小鱼心中十分感动，又与陈千重惺惺相惜，于是撮土为香，义结金兰，这才分手。

小鱼那次游历之后回到峨眉山后不久，陈千重也办完了手头的事情，赶到峨眉山拜会通天大师，禀明与小鱼义结金兰一事。

虽然小鱼第一次下山便与人结拜为兄弟，但通天大师为人十分开通，又因这陈千重虽然在武林中名声亦正亦邪，但却时常锄强扶弱，并未有伤天害理之行，既然他在危难之中救了小鱼，小鱼自然不应忘本。故此，大师对二人结义一事并未反对，而且还留陈千重在山中住了数日。

又过了三年，小鱼便偷偷下山投军了，这其间他与陈千重也见过几次面，但因陈千重身在江湖，诸事缠身，两人也难得相聚。从军之后，更是没有再见过面了。这一分手便是四年，此次在峨眉山下突然相遇，小鱼原本心中也是十分激动。

但是，当他独自回来又喝下两碗酒后，却突然有了一些不太好的感觉。四年的沙场拼杀，每一天都在刀尖上舔血，小鱼早已不再是当年那个什么都不懂的少年了。

自己这位结义大哥，为什么会突然出现在峨眉山下，出现在自己的身边？难道这只是一个巧合？拜月教的后台是播州宣慰司，一向在当地恣意横行，这次连同教主和属下七大堂主全部死于非命，恐怕还会引起许多波澜。那崆峒派这些年来门丁不旺，这次崆峒三子一战皆亡，今后这一派怕是更加凋零了。

不过还有个问题在小鱼的心中难以想个明白，这邱南山武功甚高，那七大堂主也都不弱，崆峒三子更是当今武林中一流的高手，这些人怎么可能在那么短的时间内便真的自相残杀死得干干净净，连一个活口都没有留下？难道，凶手另有其人？

突然，他心中猛地一震，也许并不是错觉，那邱南山等人与崆峒三子死去的地方，一定还有另外的人！想到这里，他再也坐不住，也不理会张孝天的眼神，起身便冲进了黑暗之中。

一路狂奔，须臾便来到了那些血腥的尸首旁，县城的衙役还没有到。血腥气依然没有散去，在这浓烈的血腥气之中，仍然有一缕奇异的香味。小鱼蹲下身子四处打量了一下，突然如同一头豹子般一跃而起，身子凌空扑进了一从灌木，抓住了一只手！

这里果然有人！

小鱼紧扣住那人的脉门，顺势便将其用力拉了出来。

那个人没有说话。

因为死人是不会说话的。

尽管这个死人的身子还是温的。

一只夜鸮不知在何处轻轻地叫了几声。星空愈加显得离人高远，风也更急，风中隐约的芳香却愈渐淡了。

半晌，小鱼直起身来，脑海中各种想法混成一团，好似有些明白，但又像那灵秀湖中的小鱼一样，捉摸不住。

想起湖中小鱼，不禁就想起幼年时父母常唤自己的名字。

趁着县衙的人还没有来，小鱼回转身来，慢慢地走了回去。

走过一段青石板路，再绕过两户卖鱼的铺子，便是他自己的家了，他的与张孝天的家相距并不太远，只是没有灯光，也没有什么生气。

还是那两扇破败的柴门，还是那一间低矮的草屋，虽然夜色朦胧，但小鱼仍借着月光将自家那小小的院落看了个清楚。

那房子，早已破败不堪了。爹娘的灵位，恐怕也早已落满了尘灰。儿子不孝，五年了没有回来拜祭过二老，爹娘的坟上，恐怕也满长蒿草了吧？

正想得出神，忽闻身后有人道："对不起，是我没有把你们家的房子照应好。"

望着木立在家门前的小鱼，张孝天突然觉得歉然。他接道："走嘛，今晚去我们屋头睡。"

小鱼没有回头，只是轻轻一笑道："算了算了，我又不是大禹，都站在自家屋头门口了，未必还要来他个三过而家门不入哦？算了嘛，你个人先回去歇到嘛，对了，我们屋头院坝小很了，我那匹马儿就麻烦你帮我寄到刘大叔的客栈去哈。"

张孝天一把抓住小鱼的手臂道："小鱼……你还是住我屋头吧，你们……你们的屋顶都已经破了，我还未及帮你打整，这咋个有法住得人喃？"

小鱼心中一热，回身拍了拍张孝天的肩头，笑道："你娃都赶紧回去嘛，今天晚上有没有约小翠哟？"

张孝天哼了一声道："约个铲铲啊，她已经嫁给城西的巩大官人了……"

小鱼笑道："哈哈，没得美人可看唆，那哥哥我更没得兴趣了。你先回去嘛，我也跑了一天，也困很了。"

推开柴扉，走进自己的家，当点亮了屋中那盏小小的油灯，擦去了床头案几的积灰，小鱼感觉自己又回到了童年，爹娘的身影，也仿佛又出现在这间小小的屋中，慈祥地唤着自己："小鱼，小鱼！"

也许爹娘没有早去的话，自己也不会从军了，或许会和张孝天一样，守在家乡，用着祖辈传下来的手艺，在这好吃街上做点小生意，说不定一辈子都在仙山脚下过活。

其实，那也是一种幸福，即使只有这间破旧的茅草屋，只要有爹在，有娘亲在，那便是最大的安乐。

小鱼不由得想起，自己九岁时，爹娘先后生了一场大病，然后很快便双双去世了，师父亲自来到好吃街，将自己带到了山上，从此仿佛又有了一个家，又有了亲人。

在爹娘灵位前拜了拜，小鱼的心头突然涌起了急切想见到师父的念头，宛如沸水翻腾，竟不能平静，于是决定，连夜上山。

峨眉派

1

峨眉山月半轮秋，影入平羌江水流。

西蜀峨眉，乃天真皇人授道之地，楚狂接舆隐逸之乡。风景之秀甲于天下，堪比蓬莱仙境，乃是道家“第七洞天”。《山海经·西山经》载:“又西五百里，曰皇人之山，其上多金玉，其下多青雄黄，皇水出焉，西流注水于赤水。其中多丹粟。”

皇人之山，即天真皇人之山。皇人李老君在此授道于轩辕黄帝，此后又有赵公明在峨眉山罗浮洞修行。周朝，仙人葛由与楚狂接舆均隐于此。

东汉时，普贤菩萨在此显露法相，峨眉山又为佛家道场。西晋时，西域僧阿婆多罗尊者追寻普贤菩萨圣迹至峨眉，行至半山，观山水环合，同于西域化城寺地形，于是依此而建道场。山高不能运瓦而上，便以木皮盖殿，故称木皮殿。此后更名化城寺、大乘寺。魏晋中，天竺圣僧宝掌大师来礼普贤，初住峨眉山麓灵岩寺，后结茅于洪椿坪右峰，后人名之为宝掌峰。至此，峨眉山佛法之胜，冠于天下。

此刻正是初夏时节，然而山中夜色颇深，月也沉吟不见。只有漫山遍野的松柏涛声。偶尔传来虎狼的咆哮，激昂震荡。

小鱼此刻却已行至半山。这里是他少年时代满山玩耍的所在，因此尽管星光微弱，他仍快步如飞。听得虎狼长啸，他不但不怕，反而十分喜悦。

原来，他九岁时被通天大师接到山上，性子十分顽皮，常一人在山中乱转，竟与那猛虎、灵猴、山豹、野狼相处甚欢，常常跑到山下从徐老伯等乡亲的店里偷出荤腥来喂给这些“好友”。此刻听得虎狼之吟，心中顿生亲近之感。

正行间，眼前突然一亮，远处岩下，竟有许多光点飘来飘去，不一会儿，光点竟多得如天上的繁星，似除夕之日所放的焰火，又像仙人撒下的珠宝，竟连山路都照耀得通明！

小鱼心中一惊，暗想道，今夜发生了许多蹊跷之事，莫非山中现下也有敌人来攻？那光点可是敌人举着的火把？

心中一急，脚步更加迅捷，施展轻功，直奔那光点而去。

然而，当他奔至光点原来所在之处，竟又是一片漆黑了，且连一点人声也没有，林间只有几声风过。小鱼也不纠缠，猛地发力直往金顶峨眉派总堂西极天狂奔而去。

此刻，已近黎明，天色更暗。巍峨矗立，法相庄严的四面十方普贤菩萨金像也已在眼前了。偌大的西极天，与“金顶铜殿”的华藏寺遥相呼应，便是闻名海内的峨眉派之总堂。

小鱼微微一笑，心道:“我这便悄悄潜进总堂去躲起，待师父做早课的时候，且吓他一跳！”

原来，小鱼小时候甚是顽皮，常在寺内和年龄相仿的弟子们玩捉迷藏，也常和师父嬉耍。晚上溜出寺庙去后山寻灵猴和老虎等野兽玩耍，也时常趁黎明时潜回自己的禅房里。想到此处，小鱼心中更涌起对师父的思念之情，恨不得立刻就能跪在师父的面前大哭大笑一场。

望着西极天巍峨的院墙，司徒小鱼想起幼年时常从后院墙下的一个排水地沟中钻进钻出，不由得暗笑自己一番。他身子微微一伏，便纵身而上，犹如一支快箭，已然射上墙头。这时，只听两声轻叱：“大胆蟊贼，滚下去！”两支长剑从左右两方直刺过来！

司徒小鱼骤然遇敌，却丝毫不慌，他身子如同被线牵引，竟又直升数尺，双脚轻轻地踏上左边刺来的长剑，在空中翻了一个斤斗，身体落下时回手一指，已封住了右边执剑人的七处穴道。

左边的执剑人竟也十分机警，他也纵身而起，当空一剑劈下，竟然是把剑当作了刀使。这人身手极快，剑似已劈至小鱼的面门。谁知小鱼竟真的像一条鱼一样，贴着执剑人的手臂与他擦肩而过，那长剑竟又到了小鱼的手上，这一招正是名满天下的峨眉“千机变化无影手”。

执剑人长剑已失，却并不后退，反却欺身而上，双拳犹如车轮般攻来。司徒小鱼失声轻笑，小腹一缩，全身倒退而出，口中轻声叫道：“杨师兄，得罪得罪，你哥子好厉害的白猿通臂拳！”

那人猛然收拳，惊道:“你是……小鱼？哎呀，难怪你会使本门的武功哟！”

司徒小鱼早已拍开左边那人的穴道，笑道：“汤师弟，对不住！杨师兄，我回来了！”

原来这两人乃是司徒小鱼的师兄杨晋和师弟汤思切。司徒小鱼在山中时与杨晋相交甚厚，深知这位师兄为人实在本分，而那汤思切当时不过十二三岁。

通天大师门下弟子甚众，其中无穷、智谨、智多、智简等人身在佛门，从师父参详佛法，兼习武功。俗家弟子十余人，大师兄李长风在军中效力，二师兄段云峰也在两年前被驻防云南的明军大将刘铤礼聘为枪棒教头，师姐李云兰早已嫁人，不在山中，师兄欧阳岷江本是蜀中最大镖局的小主人，自然也早出师去了，还有杨晋等少数几位师兄和比小鱼入门更晚的一些师弟则留在山中随师左右，其中段云峰、杨晋等人所收的二代小弟子已经又有百余人。

只是有一件事小鱼并不知道，自己其实并非山下那司徒家亲生的，而是身在襁褓之中被通天大师在云游时“捡”而来的。

二十三年前，通天大师在武当山作客，与武当掌门玄和真人下了三天三夜围棋，连胜九局，赢得了玄和真人收藏的一样珍宝——宋太祖赵匡胤起兵时祭旗所用的一条精铁磨制的寸长鲨鱼。

通天大师乘兴而归，回到峨眉山时，路过清音阁下的牛心石，见到一个出生不过几天的娃娃被人放在石上的一个木篮里。

这孩子眉清目秀，右肩有一新月似的胎记，极是可爱。然而这牛心石四周皆是激流，孩子被放在这里显然有异。

通天大师慈悲为怀，不忍弃之而去，便在旁边打坐至深夜，仍不见有人来寻这孩子。入夜时，孩子哭闹大作，大概已经饿极，通天大师飞身跳上牛心石，挎起木篮下山化求奶水喂食。

一连数日，通天大师在山下寻找孩子的父母家人，峨眉知县素来敬仰通天大师，也派出衙役四处帮助寻找，却始终不得消息。

出家之人抱孩子下山化求奶水毕竟只能是权宜之计，不可长久而为之。通天大师寻遍山中，竟找到一头刚刚分娩的猛虎，便以虎乳喂食。

然而在寺庙之中养一个尚在襁褓之中的孩子实在很难，通天大师无奈之下，只得将孩子寄托到山下一户老实本分的卖叶儿粑的人家，这家人复姓司徒，便让孩子随了姓氏，由于拾得孩子时正好赢得了一条铁鱼，便为之取名司徒小鱼。

司徒小鱼并不知道自己的身世，那司徒夫妇也都是良善之人，虽家中并不宽裕，却仍是凑足了学费，送小鱼读书。小鱼九岁那年，司徒夫妇先后染病去世，通天大师这才又下山将他带回，正式收入门下。小鱼骨骼清奇，虽起步甚晚，但却天赋异于常人，于是深得通天大师真传，武功在众弟子中已趋上乘。前线军中，每日博命杀人，刀尖之上舔血，身手更非同小可。

杨晋的武功原本与小鱼相差无几，不料此次一交手便落了下风，不过他为人甚是忠厚，心中坦荡，看到失踪五年的师弟突然回来，也不免高兴，笑道：“小鱼，你这家伙这些年跑到哪里去了？也怪了，同在师父门下，我又入门比你早，咋个这剑法上就始终也不如你呢？”

小鱼笑道：“杨师兄你又说笑了，论起剑法嘛我们就在伯仲之间，但师兄的通臂拳却远胜小弟了。”

杨晋呵呵一笑道：“你莫光拣好听的说了，师兄人虽笨些，却也不是傻瓜，你这是在逗师兄开心哈。”

小师弟汤思切却已经跑过去一把抱住了司徒小鱼，激动地说不出话来。

小鱼走时，汤思切不过十二三岁，但和其他一些小师弟一样，都与这位小鱼师兄最为相好，常缠磨着小鱼师兄带自己去后山与灵猴嬉耍。此刻，汤思切已近成人，生得身体魁梧，浑身肌肉犹如钢铁打造一般，他剑法并不精，但一身横练的功夫却一点不输于那些有十几年功力的高手。

分别数年，乍一谋面，汤思切丝毫不在意自己刚才被小师兄点了穴道，一心只想和小师兄亲近一番。

这时，只听墙内有人朗声道:“下山经年，还是那小猴儿脾气么？有门不走，翻墙越户的东西。”

小鱼只觉心头一哽，几乎热泪便要流下，他失声叫道：“师父！”便纵身一跃而下。

还是那张慈祥中又充满睿智的脸，须眉白如雪，细腻如丝。

这是一张时常出现在梦中的脸，早已见惯生死的他竟忍不住泪满眼眶，他扑上前去，一把抱住眼前的老僧，哽咽地唤道：“师父，小鱼儿回来了，您的小猴儿回来了……”

紧跟身后的杨晋和汤思切见此心中甚是感动，几乎也要流下泪来。

通天大师身材高大，虽是一身袈裟，须眉皆已成霜，但一股盖世英雄的气概却从他的每一处毛孔之中散发出来，弥漫在整个峨眉山的黎明中。

虽然已是八旬老人，但他的腰却挺得很直，他的肌肉比年轻人还要结实，他的心胸比蓝天还要宽广。

小鱼九岁上山，便一直随着通天大师身边，这么多年过去了，他对自己师父的来历自然也是清清楚楚。

通天大师乃是陕西同少州人氏，俗家姓潘，本名明彻。他曾经是一位文武双全的翰林，深得当朝首辅大人的器重，就是先皇帝本人，也对他十分欣赏。

2

此时，通天大师即将年满八十岁，他一生武学之深厚，当世已无人可以匹敌。峨眉武功以剑术为尊，故世人又称峨眉派为“剑仙派”，蜀山剑侠名扬四海，并非浪得虚名。其次又以拳立威，这拳名为“白猿通臂拳”，其下又有猴拳、火龙拳、虎拳、鸭形拳、蛇拳等许多拳法辅之。

峨眉武功讲求先诱后打，后发先至，除长剑以外，更有诸多常人匪夷所思的兵器，如蜀中随处可见的茶馆里的长条板凳、老人行走之时借重的拐杖、樵夫担柴所用的扁担——诸如此类，无不可入武功，无不可成招数。

通天大师一生所学剑法为二，一是猿公剑法，一是越女剑法，这两种剑法一为至刚，一为至柔，学武之人原本只能学其中之一，否则混淆并学，终其一生也只能是学成“四不像”，甚至可能走火入魔，后果不堪设想。

偏偏通天大师天赋异禀，竟能将两种剑法学成并能融会贯通，早以达到了神游物外，剑气随心的最高境界。是以，当世武林，通天大师以剑法为天下第一，并无争议。

三十年前，通天大师与少林寺方丈悟风大师、武当掌门玄和真人在嘉定州弥勒大佛脚下说禅论道，三位绝世高人从七月初七谈论到八月十五中秋之夜，兴致极为高涨。禅、道修为到至高之处，便已返璞归真，三人有如顽童，竟以一代宗师的身份约斗三场，要一分高下。

第一场竟是斗酒。佛门弟子均持戒不饮酒，通天大师与悟风大师自然甘拜下风，玄和真人轻易取胜。

第二场比试轻功。那嘉定州弥勒大佛乃盛唐之时一代高僧海通法师发起兴建，此后两任剑南西川节度使章仇兼琼和韦皋又相继主持修建，前后历经九十年方才建成，佛身高耸入云，足有三十六丈，佛身旁即为栈道。三人约定沿着栈道飞身而上，第一个到达佛头处的凌云寺山门者为胜。此一场比试，悟风大师比通天大师快了两步，比玄和真人快了四步，自然是悟风大师取胜。

第三场的比试却是难上加难的一件大事。彼时嘉定州弥勒大佛脚下青衣江中有蛟龙作恶，常出水袭击舟楫，伤人无数。三位当世武林至尊于是约定同时入水，各展通天，寻觅蛟龙，先斩其首者为胜。

士人百姓闻得此讯，须臾间万人齐聚江边观之，各举火把，江面之上亮如白昼。只见三位绝世高人同时入水，江岸人声鼓噪助威，声震天地。

顷刻，江水尽赤，石崖半崩，吼声若雷，通天大师左手执蛟首，右手持长剑，奋波而出！悟风大师与玄和真人各执蛟爪一段紧随其后，观者莫不伏地而拜，礼敬如仙。

而自此之后，江湖中便奉通天大师的剑法为神明。

如今三十年过去了，弹指一挥间，当年一同击水斩蛟的悟风大师已经坐化西去，玄和真人也已闭关不出，只剩通天大师一人，依然英雄盖世，独撑乾坤。

小鱼心中默默感慨，他正欲开言，却听通天大师道："小猴儿，你且随我来，我有些话要对你说——晋儿、思切，你们都先退下去歇息吧。"

说罢挽住司徒小鱼的手，便往内走去。

这西极天大堂，最先映入眼帘的就是题在粉白照壁上的那首大唐时诗仙李白的名句《当涂赵炎少府粉图山水歌》。

峨眉高出西极天，罗浮直与南溟连。名公绎思挥彩笔，
驱山走海置眼前。满堂空翠如可扫，赤城霞气苍梧烟。
洞庭潇湘意渺绵，三江七泽情洄沿。惊涛汹涌向何处，
孤舟一去迷归年。征帆不动亦不旋，飘如随风落天边。
心摇目断兴难尽，几时可到三山巅。西峰峥嵘喷流泉，
横石蹙水波潺湲。东崖合沓蔽轻雾，深林杂树空芊绵。
此中冥昧失昼夜，隐机寂听无鸣蝉。长松之下列羽客，
对坐不语南昌仙。南昌仙人赵夫子，妙年历落青云士。
讼庭无事罗众宾，杳然如在丹青里。五色粉图安足珍，
真仙可以全吾身。若待功成拂衣去，武陵桃花笑杀人。

字体雄魂苍劲铁划银钩，正是通天大师最擅长的那一笔右军体。

当年自己总是想着如何才能写出这样一笔好字，逢过春节时也可为人写几副春联对子换些钱来。想起幼年往事，小鱼心中不禁一荡，嘴角又露出了顽皮的微笑。

这时，只听通天大师在一旁唤道："小猴儿，你且坐到为师身边来。"

小鱼急忙收敛心神，回过身来，只见师父已经趺坐于蒲团之上。

借着禅房里的烛光看了一眼师父，小鱼心中突然有一种异样的感觉。

师父在烛光下突然变得非常疲倦，他的腰，甚至已经弯了。与刚才在大堂外的英雄气概如冲云霄的师父，竟然判若两人！

如果是几年前，依着小鱼的性格，或许会一头扑进师父的怀中，惊问缘故。然而，数年的军中生涯，沙场拼杀，刀尖舔血，早已使他的定力增加了许多倍。于是，他只是轻轻咬了一下嘴唇，并没有说话，只是依言走到师父身边，在旁边的一个蒲团上跪坐了下来。

通天大师微微一笑，道："你这淘气的小猴儿，这些年来，究竟都去了何处啊？"

小鱼回来之前便知道师父必会有此一问，于是也笑道："师父，当年小鱼私自下山，一定惹您生气了吧？"

通天大师叹道："为师乃是出家之人，哪里还有什么嗔念，只不过，你这小猴儿不辞而别，让为师又岂能不担心呢？"

望着师父那满是皱纹的面容，小鱼心中大悔，想来自己当初也实在是莽撞，这几年来他老人家为自己担了多少心啊？

想到这里，他重重地叩首道："师父，小鱼下山之后就投军去了，现为提督陕西讨逆军务总兵官标下千总。"

通天大师听了也不惊讶，只是轻轻地颔首道："提督陕西讨逆军务？那便是李如松了吧？当世少年英雄，惟他莫属了。"

小鱼嘻嘻一笑道："小鱼最崇拜的便是大英雄大豪杰，李少帅的威名，咱们这峨眉山下说书的大叔都常常提及，所以小鱼便去了山西投军。"

通天大师点了点头道："不错，你小小年纪，就已经当上了六品的军官，也不枉在山上学了这许多武功和做人的道理……唉，可惜司徒施主伉俪去世得早，没有亲眼见到这一天啊。"

小鱼闻听此言，心头也不免有些难过。只听师父又说道："如今四边不靖，蒙古、倭寇均有不轨之心，你既然在军中为国效力，为师甚感欣慰，但你要记住，男子汉大丈夫，要学你大师兄，顶天立地，精忠报国，绝不可贪生怕死，临阵逃脱！"说到最后，语气已是十分严厉。

小鱼脸色一正，回答道："弟子谨记教诲，绝不敢忘，无论到哪里也绝不会给峨眉派丢脸，请师父放心，"说罢，他从身上摸出一个小小的礼盒双手呈与通天大师，又道，"上山之前，弟子奉命拜见了知州袁大人，他知道师父大寿，特意托弟子带贺礼上山，还说因为俗务缠身不能亲来，万望师父见谅。"

通天长老缓缓点头道："'江上高山山上亭，乾坤到此有余清。'袁仔肩是个好官，他知嘉州，百姓安居，市井繁荣。他还重建了乌尤山尔雅台、凌云山洗墨池亭，刻凌云山注易洞五碑，修《嘉定州志》、《峨眉凌云二山志》，这都是利在千秋的盛举。对了，说到这祝寿一事，天下武林都要来山，假如为师推托，恐怕又会引起江湖中许多猜测传闻，却又十分不妙，如今说不得也只好从命了。好了好了，人一上了年纪，便也喜欢唠叨了，小猴儿，你刚上山来，此刻想必已疲倦，且去歇息吧，明日还有许多事要做。”

小鱼点了点头，领命而出。刚到了前堂，就听见师姐李云兰怒道：“官人，你咋个这般不中用嘛？这点子东西都拿不得唆？”

只见那李云兰的丈夫文震孟怀中抱着一个大木桶，正在缓慢地往墙脚挪去。

这位师姐自小习武，那位文相公却是个文弱书生，还是个前科的状元郎，他哪里干得动这些活路？不过小鱼对这位“师姐夫”的为人可是佩服得紧，见此情景忙跑过去一把夺过那大桶，笑道：“我说师姐哟，你咋个让人家文先生干这些事嘛，我来我来。”

此时文震孟已经累得面上惨白一片，直起腰来后抹了把汗笑道：“百无一用是书生，今天在下可是大大地出丑了。”

小鱼捧着那大桶抱到墙角道：“师姐，你也莫要责怪文先生了，咋个能让咱们状元郎姐夫去干种粗活嘛，人家可是个没有练过武功的人啊。”

李云兰哼了一声道：“就算没练过武功嘛，不也是个堂堂七尺高的汉子么，一天到晚总是坐在屋头啃那些个书本子，弄得四肢不勤五谷不分，还总跟我说啥子书中自有黄金屋，书中自有颜如玉，好嘛，这边还有一桶，倒是喊你的颜如玉来帮你嘛，”说罢又睁大了眼睛盯着小鱼，“咦，你这小猴儿，你啥子时候回来了哇！见过师父了没有？”

小鱼知道，师门之中，只有师父和师姐唤他小猴儿，这两人也最为疼爱他。

李云兰虽然只比小鱼大两岁，但小时候他练武受了伤，或是顽皮闯祸受了罚，总是这个小姐姐哭着给他抹药，或是偷偷给他送来好吃的。小鱼一想到这里，心中又是一热，忙道：“小鱼刚从师父那里出来，其他的事等忙过了这段时间，再细细地告诉师姐听。”

那一边，文震孟也笑道：“夫人说的极是，为夫受教了。”

李云兰不由得也笑出声来道：“好啦好啦，我也不来为难你，免得人家还以为我是个凶婆娘，你是个耙耳朵，来嘛，过来把庆庆抱到。”说罢递过孩子，自已伸手拎起那只大桶就走，小鱼在旁看得一吐舌头，见李云兰走了才道："文先生啊文先生，在下忽然非常非常同情你哥子，你说你哥子一个名满天下的状元郎，为啥子非要讨我师姐这样的武林高手做夫人嘛，那你还不得成天都受她的欺负哟？"

文震孟抱着儿子笑道："你这小孩子晓得些什么，其实你师姐她人好着呢，我还就喜欢她这样的，英姿飒爽，口快心直，比那些弱不禁风的娇小姐们可是强之又强啊。"

3

小鱼听了文震孟的话，心中暗笑：这才真的是萝卜青菜，各有所爱了，不由得取笑道："嘿嘿，你文先生做了我们四川女婿硬是巴适，虽然口音还没有改过来，但是已经入乡随俗做了耙耳朵哦。"

文震孟呵呵一笑，也不接话，又转过去看着照壁上的字道："听说这是大师手书？真是一笔好字。听你师姐说，大师当年还是堂堂的翰林，你看看这字，哪是一般人能写得出来的？我还听说大师曾是前朝首辅大人的挚友，然而却视功名利禄如过眼云烟，在下自问可就做不到了。"

小鱼笑道:"状元郎你也不差得嘛，在下听说你哥子还痛骂过皇上，啥子'昧爽临朝，寒暑靡辍，于政非不勤矣，而勤政之实未见也。鸿胪引奏，跪拜起立，第如傀儡之登场，了无生意'，嘿嘿，厉害哟！"

文震孟哈哈一笑，甚为得意："这道表当时一递上去，就有廷杖的苦头，原想着午门杖毙了事，多亏了几位通家的世叔在朝中力保，才逃得了性命，于是免职为民，不过也好，远离那个没有节气的是非窝了。再说，若非如此，也没机会认识你师姐了，正所谓祸者福所倚也。"

小鱼点头笑道："我就说嘛，还是你状元郎洒脱哟。"

文震孟叹了口气道："状元郎又如何，如今皇上不理政务，朝中阉党篡权，昏庸之辈又占据庙堂之上，少数正直大臣苦苦支撑，吾辈空读经书，又有何用……对了，小鱼，你附耳过来，来临来前我风闻一事，好像是大师兄出了事。"

小鱼一惊，急切地问道："你说啥子？大师兄，他出了啥子事？"

文震孟皱着眉道："我也是偶尔从家父的渠道得来的消息，听说大师兄阵前通敌，而且还行刺监军，也不知道详情究竟如何，总之他已经……已经不在了……”

小鱼忽觉眼前一黑，双手攥得紧紧地，口中嘶哑着道：“是谁，是谁说大师兄通敌？这简直是含血喷人，大师兄他他咋个可能！”

文震孟叹了口气道：“小鱼你先不要激动，先不要去管人家怎么说，我也敢肯定大师兄是被人陷害，但是他确是已经去了……现在和你说起这事是有事要你去做啊，通敌和行刺监军的罪名不小，必然累及亲眷……”

小鱼又惊又怒，忙问道：“文先生，你是说……朝廷还要派人前来抓……”

文震孟点头道：“不错，若大师兄冤情不得洗脱，亲眷恐怕都有麻烦，朝廷可能很快就会派人前来捉拿问罪。对了，大师兄的家中还有何人？”

小鱼皱眉道：“大师兄便是嘉定州人氏，家中只有个老娘。”

文震孟长吸了一口气道：“小鱼，你可明白我的意思……”

小鱼忽觉鼻中一酸，深深地向文震孟施了一礼道：“文先生你不必再说了，小鱼晓得该咋个去做。”

文震孟舒了一口气道：“好，好，无怪你师姐常说，众师兄弟中，最义气最聪明最有决断的人就是小鱼，你师姐没有看错你。对了，我这里还有些金银你且收着，应该会用得上。”

小鱼忙摆手道：“文先生，小鱼代大师兄领情了，我身上还有些钱财，赡养老娘应该不成问题。”

文震孟苦笑道：“现在却不只是赡养的问题了，此事干系太大，银子恐怕要像流水般用出去才行，你就不要推辞了。我有个至交的好友，人便住在州城，这里有一封信和地址，你要尽快将老人家送到那里去安顿，这些钱就交予老人家手上，过后我还有安排。”

小鱼也是个真性情的人，听罢也不再客套推托，他点了点头，接过书信金银，那文震孟又道：“此事一定要快。还有，先不必告诉其他师兄弟，知道的人越少越好。”

小鱼点头道：“文先生请放心，小鱼即刻便去操办。”

辞别了文震孟，小鱼也顾不上再去歇息，怀揣着书信和宝钞，便又向下山的方向而去。此时山上已经多了许多香客游人，小鱼不想引起他人的注意，便只拣那人迹罕至的地方下山，好在他十几年来山路走得惯了，再加上对这峨眉山的地形又是极熟，展开轻功，不到三个时辰，便从金顶跑到了山下。

大师兄李长风的家就在峨眉山脚下的峨山镇上。大师兄从军后，小鱼便经常来往，不是被师父派来帮李家大娘做些气力活，便是大娘煮了好吃的东西托人喊他下山来吃。小鱼九岁便没有了爹娘，李家大娘便将他当作自己的孩子，极是怜爱。

轻车熟路地赶到李家门前，刚想进门，小鱼却猛然又站住了。就这样去接大娘恐怕不太妥当。嘉定州城和峨眉县相隔虽说不远，可也有六七十里的路程，大娘如今已是古稀老人，如何能靠两条腿走得？本想去客栈去取自己的汗血宝马，但想想也是不妥，若让大娘跟着自己骑马，那还不把她老人家颠散架了？看来，还是得去雇辆马车来最为周全。再有，自己假如贸然去接人，大娘会不会起疑心呢？若是她老人家动问起大师兄来，自己又如何回答？

思来想去，小鱼终于有了算计。

他先是展了展身上的衣服，才轻咳一声，迈步走进了院中，进去后他边向里走边笑着高喊道："老娘，娘，小鱼来看您老人家来了哈。"

小鱼的话音刚落，头发已经花白了的李家大娘便从屋中奔了出来，只见她先是站在门前吃惊地上下打量了一下小鱼，然后高兴地走上前来，亲昵地打了小鱼一巴掌道："你这个娃娃哦，恁个说跑就跑了哇？这些年连个音信儿都没得，害得娘天天为你把心揪起！快进屋，到屋头坐下来，你还没吃东西吧，娘给你煮饭！"

听得此言，小鱼顿时又想起了少年时的往事，李家大娘便是这样对待自己，每次一来就先给自己煮饭，那时自己总是很贪吃，回回都能吃下半锅米饭……没有想到，多年不见，大师兄竟已遇害，这个消息对于大娘来说犹如晴天霹雳，自己又该如何说起呢？一念到此，小鱼心如刀绞，却仍强笑道："娘，我们两娘母先不去屋头坐了，您立马收拾一下，小鱼还要带着您出趟门哈！"

李家大娘一愣道："啥子？我们两娘母这是要去哪里？"

小鱼笑道："哦，明天就是我师父他老人家的寿诞，师父说了要办招待，请娘也去山上耍一哈，热闹热闹。"

李家大娘一拍手笑道："硬是的，明天是你师父的寿日，我老太婆差点都忘了，这些年都是蒙大师在照顾，总是让你们这些娃娃来看我帮我，老太婆才能活得恁个舒心，大师高寿有八十了吧？这是一定得去道贺。娃儿，你等一会，老太婆去收拾收拾就来。"

小鱼早已算定大娘必然如此，便笑道："那娘您先收拾嘛，小鱼去雇辆马车来，等会咱们两娘母路上再摆龙门阵。"

原来李家大娘出生在成都府的大户人家，虽然此生过得极是平淡，但却甚重礼节，虽说只是收拾收拾，也总要半个时辰才行。小鱼便趁这段时间跑去车马店租了辆车，又跑去买了些干粮和热水，这才转回了李家接人。

危险。

尽管没有任何明眼的异样，但却有一丝危险若隐若现。只是，普通人却察觉不得。

战场之上拼杀数年，死人堆中打滚，刀子尖尖舔血，许多事情都早已经成为了本能。

小鱼还没有进门，便已经有了那种微妙的感觉，有人在潜伏着，而且杀气外溢，昭然若揭。很显然，这并不是官府中的鹰犬，而是一种绿林强贼的气息。

此时已无暇多想，在战场之上习惯了杀伐决断的小鱼眉头一皱，计上心来，他轻手轻脚地将车头对准大门，然后在那匹驾辕的大青马臀上猛抽了一鞭，自己却在大车即将破门时，一个纵跃从另一边的墙上翻了进去。

此时，正有一人手举钢刀站在门口，此人的反应也是极快，见小鱼突然越墙而入，略微一愣，便口中怒喝一声，挥刀冲了过来。

小鱼身在空中便早已拔剑在手，剑尖一点荡开这人的钢刀后，抢身上步，剑锋一抖，直刺向那人的咽喉！那人见状忙向后急闪，却不知小鱼等得正是他这一闪！只听砰的一声巨响，那马车破门而入，正正挡住了那人的后路，等他再回神举刀，便只看到了递到了自己咽喉上的剑尖，然后便什么都不知道了。

小鱼一击得手，将那人的咽喉洞穿，随后便待冲入屋中，却见里面这时正好蹿出三个人来，其中两人也不说话，挺刀便从两旁冲来，剩下的一个胖子肩头上扛了一个大麻布袋，飞也似地向着院后逃去了。

小鱼见此情景顿时心中大急，担心李家大娘便在那麻袋之中，哪里还有心思与这两人纠缠，长剑一摆，毒蛇一般直取左边那人咽喉，跟着双腿突然斜斜飞起，踢向右边那人执刀的腕子。左边那人双手握刀格剑，竟然硬将小鱼的长剑荡开，不过脚底下却站立不稳，连接后退数步，一屁股坐倒在地。

右边那人显然武功高出一筹，却在那一刹那间拧转身子，手腕避开了小鱼的脚尖，趁势像一个皮球滚了开去，不过头脸也已被沙石擦破，狼狈不堪。两人手忙脚乱地正待爬起身来，只觉眼前一花，小鱼已经撇开他二人，向那肩扛大麻布袋的胖子追去。

这两个使刀的人原是亲兄弟，心思相通，待爬起身来，相互对视一眼，不约而同地吼道："杀！"

双刀一摆，朝着小鱼后背砍去。

小鱼此刻心急如焚，哪里还肯手下留情，他矮身倒纵一步，身体反而退到了那刀客两兄弟的后面，手中长剑从左至右挥出，随后足尖一弹，拔身而起，再次掠过刀客两兄弟，向那扛着麻袋的胖子追去。

一阵风过，刀客两兄弟的身子突然都从中间断开，仿佛纸人般向后折去，鲜血飙飞如雨，竟是被小鱼一剑双双腰斩！

此时那个扛着麻袋的胖子已跑出老远，小鱼在后提气紧追，直追出一里地远，才总算冲到那人的身后。那胖子见小鱼接近，也只得暂停脚步，回手便是一刀砍来，但接连几下见伤不得小鱼后，竟将肩上的麻袋往山石上狠狠地摔去，自己却趁机翻身出去，转头就跑。

小鱼因怕误伤到李家大娘，接连几招都只守不攻，但见这一摔，哪里还有空闲去抓他，一个鱼跃扑了上前去，将自己整个垫在了麻袋下面。

就这一眨眼的工夫，那胖子便已消失不见。小鱼只觉得压在身上的麻袋软软的，里面果然是人！

他小心翼翼地将麻袋推到一边，打开一看，里面正是李家大娘，老人家双目紧闭，气息微弱，任小鱼如何也都唤她不醒。

这一下可将小鱼唬了个魂飞天外，大娘若是出事自己还有脸活么？定神细瞧，老娘浑身无伤，也许是被那些狗贼用下九流的熏香迷倒了，既然如此，当无大碍。

小鱼心中稍安，将李家大娘背起，拣条小路便直奔嘉定州城去了。

眼下李家虽然还停着一辆马车，但小鱼是不能回去取了，峨山镇上人来人往，那里已经连伤三命，此时恐怕早就被围了个人山人海，峨眉县衙的差役肯定也已经到场，此时将李家大娘带走的事瞒还瞒不过来，哪里还能与官府打劳什子交道。虽说那峨眉县令李应霖李大人是位众所周知的好官，与无穷法师还颇有交情，但若是朝廷果真要派人前来捉拿大师兄的娘亲，这会李大人又该如何处置？难道他敢违抗朝廷的旨意？

既然无法预料，就万万不可冒险行事。

小鱼打定主意，背着李家大娘先出了峨眉县地界再说。正大步奔走，背上的李家大娘悠悠却醒转了过来，只听她先是沉重地喘了几口气，然后才开口道："这是哪儿哟？娃儿，刚才那是咋个了？"

小鱼见李家大娘已醒，心中也大安，脚下也不停顿，口中应道："娘，您老人家可是醒了，把小鱼吓坏了呢，现下身子可有啥子难受之处？"

李家大娘轻声道："就是觉得脑壳有点昏沉，眼睛有点花，倒也没得啥子。娃儿唉，你放老太婆下来吧，我自己有法走。"

小鱼笑道："小鱼走的是近路，可是难走的很，还是让孩儿背到您嘛，您老人家只管这样歇住，小鱼又不累。"

李家大娘急道："那咋个行呢，老太婆又不是老得走不动了，把你这娃娃累出病来怎生是好？"

小鱼哈哈一笑道："娘您老人家就放心嘛，就凭小鱼这身子力气，背到您穿州越县都是等闲，您看小鱼这臂膀，可有那镔铁坚硬？"

李家大娘笑了笑，接着又叹了口气道："娃儿，老太婆是过来人了，一点都不糊涂。那些个人都是啥子来头，来抓孤老婆子想作些啥子？"

小鱼心下一惊，原以为大娘被迷药熏倒，并不知晓刚才发生的这些事情，谁知她早已看在了眼中。心下正盘算着如何回答，只听李家大娘又道："……你大师兄，是他出了啥子事哇？"

小鱼咬了咬嘴唇，口中却又笑道："娘，您老人家又在乱操心了，我大师兄在戚家军里当着游击将军，人家能有啥子事？刚才那几个小贼娃子也许是我们峨眉派的对头，又许是绑票的土匪些……"

李家大娘却没有笑，她叹了口气道："既然如此，你这娃娃就带娘上山去吧，这条路可不像是上山的路，倒是像去州城了。要不，你还是送娘回家吧，几个小贼，老太婆不怕他。"

小鱼心中暗道，大娘是个明白人，恐怕不能啥子都瞒到，让她乱猜更是麻烦，还是拣些能说的话说了，也许事情还好办些，于是又笑道："回家可不行哟，咱们不是怕那些贼娃子，只是没得必要和他们这些人纠缠嘛。州城里小鱼有个好朋友，先将您送到那里去住几天，回头小鱼也好去查明真相，等料理好了再送您回家，不然遭师父晓得了，还不将小鱼罚死？娘，您不能不疼孩儿啊！"

李家大娘见他说得也有些道理，便也不再反对，任由他将自己背到了嘉定州城，又找了半晌，才进了一座宅院里，安顿下来。

告辞了这宅院的主人和李家大娘，小鱼出来之后，又躲在暗处观察了半个时辰。这倒并非是不信任文震孟的朋友，但若有那些贼子尾随而来，倒还真的是个麻烦，所以盯上一阵，若有人来，自己也好出手料理。

观察了半个时辰，却并没有发现可疑的人接近宅院，小鱼这才从暗处走出，准备回山。

我要投案

1

峨眉县城到嘉定州城足有六七十里路，小鱼背着李家大娘，又故意在山路上多绕了几个弯子，一切安顿下来，饶是一身铁打的筋骨也颇有些疲惫，大半天过去了也没吃没喝，腹中早已雷鸣阵阵。这个时候他的鼻子可比平时要灵得多了，寻着街头飘渺的香味，没走出多远便找到了一家“钟记甜皮鸭”。其实，这“甜皮鸭”乃是嘉定州的名食，几乎城中每条街上都有一家，钟记便是其中最有名气的店铺。小鱼买了一只鸭皮红中透亮，香气四溢的油烫鸭子，又顺便买了两只卤猪蹄。掌柜的用纸将鸭子和猪蹄包好递了出来，小鱼付了钱，将纸包抓在手中，又去那街口的车马行租了辆大车，并且连车把式一起请上，自己也不必赶车，坐进车厢往峨眉而去。

在路上晃晃荡荡地跑了小半个时辰，坐在大车里抱着甜皮鸭和猪蹄狂啃的小鱼觉得自己真的有点困了。算起来已是一天一夜没有合眼，不如就在车上睡一觉，醒来时也许就到了峨眉山下。想到这里，他放下吃的，一歪身子倚靠着车厢假寐起来。

迷迷糊糊地走了一段，小鱼突然又惊醒过来，觉得车走得实在是太慢了，简直还不如走路来得快。他掀开帘子探出头去一看，不由得一诧。原来说好了要给自己赶车的那个壮小伙子，居然竟变成了一个白发苍苍的瘦小老头，而且个头比八九岁的孩子高不了几分。小鱼满心郁闷，喃喃地问道：“老辈子，这是咋个回事哦，刚才那个小伙子喃？”

小老头咧着没牙的嘴笑了笑道：“哦，客官爷说的是狗娃儿，他出来的时候突然肚子疼，所以就换了小老儿来替他赶车。”

嘿嘿，这狗娃儿，肚子还真疼得是时候哦。小鱼无奈地摇了摇头，难怪走得如此之慢，看这瘦小老头，恐怕是手无缚鸡之力，哪里还赶得动大车。只是如此一来，等赶到峨眉，恐怕连天也要黑了。

想到这里，小鱼忙道："老辈子，我看你老人家也跑不得远路，好在我们这才刚刚出城，不如回去找人替你，你说要得不？"

那小老头也不作声，默默地调转车头，果然往城中驶去，不过这次走得更慢了。

小鱼心中也有些不忍，正挠头间，那小老头突然停了大车，跳下地去，一下子趴在地上，向小鱼磕起头来，一边哭诉道："客官爷，你行行好，行行好，千万莫要回去和老板说小老儿赶不动车了呀，不然这饭碗便砸咯了，小老儿车子是赶得不快，但是走得却是平稳，客官爷您若是没得急事的话，就容了小老儿这一回嘛……"

小鱼被小老头的举动了一跳，愣了愣，赶紧跳下车来，伸手搀起小老头道："老辈子，你老人家快快请起，小辈受不起哦，算了嘛，我不换人就是了，还是你来赶嘛！"

那小老头哭天抹泪地又是道谢又是作揖，小鱼连连阻止，真是急不得又恼不得，只好回到车中倒头又睡，也管不到那许多了。

也不知过了多久，等小鱼再次醒转过来时，发觉这天果然都已经黑了，也还没到地方。他伸出头来一看道路，竟然连一小半路程都没有走出。现在再打发这小老头回去换人也已是不可能了，不对哦，仔细一瞧，人家早已抱起鞭子睡熟了。

小鱼揉了揉眼睛，心道，这老辈子莫再一不留神滚下车去，摔坏了身子更是麻烦。于是忙伸手摇了摇那小老头的肩膀，唤道："老辈子，醒一醒，干脆你去车里睡嘛，换我来赶车子。"

那小老头看来也真是困得狠了，竟也不推辞，道了声谢后便钻进车中呼呼大睡起来。

小鱼笑了笑，抓起鞭子便赶起车来。他心中暗道，这老辈子的年纪恐怕也和李家大娘差不多，自己照顾照顾他也是应当。不过说来也怪，一大把的年纪还出来赶啥子车嘛！难道家中无儿无女照顾于他，或还是遇到了啥子难处？一会等他醒了倒要好好问问才是，自己也好帮帮这老人家。

又走了小半个时辰，小鱼发现这小老头还在熟睡，鼾声如雷，越打越响。以前曾听人说上了岁数的老人睡觉又少又轻，咋个这老爷子睡得如此深沉？莫非他得了啥子急病么？

小鱼想了想，赶忙停下车来，准备将小老头喊醒，看看他是不是病了。此时忽听后面有马蹄声车轮声乱响，接着便听有人高声喊道："前面的是些什么人？赶快把道路给爷让开！"

小鱼听得此言心头不免有些冒火，这条官道十分宽阔，自己这辆马车停在路边。并不碍事，那人大声武气地喝道，无非是要逞逞威风罢了。这嘉定州地界民风淳朴，如何会有这等人？小鱼心头不快，他回身一看，竟是好长的一队车马！月光映照中，骑着高头大马走在前面的几人个个衣着光鲜气宇轩昂，再细看那服饰，乃是飞鱼服挎绣春刀，来者竟是锦衣卫，而且品秩都不低。

小鱼不禁暗吸一口凉气，锦衣卫突然现身，自然没有什么好事。

这锦衣亲军都指挥使司名为皇上侍卫，其实早已是专门构陷罪名，欺压良善的污浊衙门，除了当年袁彬大人担任指挥使时还算忠诚厚道，如今这些锦衣卫早已飞扬跋扈地令朝野侧目，朝中大佬都不敢随意得罪于他，一般官员百姓更是避之唯恐不及。

这些缇骑之士每日巡查大街小巷，其实并非真心为朝廷办事，反而是常常罗织罪名，诬赖良善，之后就屈打成招，趁机敲诈勒索。

小鱼心道，眼前这帮子锦衣卫从啥子地方钻出来的？对了，锦衣卫也不是人人都能穿飞鱼服的，那得要有一定的品秩才行，这些人难道是来捉拿李家大娘的？可说来不像，一个孤寡老人，值得要这么多高品级的锦衣卫亲自出手？

就在小鱼一愣神的功夫，那些人马已经来到近前，当先一人挥鞭喝道："兔崽子！你耳朵聋了？让你滚到边上去，没有听见么？"

小鱼不想多生事，就牵着缰绳把驾辕的大马带了带，又将大车往路边靠了一些。

就在这时，忽见后面有一人策马上来道："那少年，你是什么人？都这么晚了还要到哪里去？"

小鱼看了他一眼，心头不禁一凛，只见此人面无血色，双目阴寒，稍稍接近，便觉得一股冰冷的感觉无声无息地袭了过来。

小鱼大惊暗道，此人好高的功夫，这袭来的阴寒之气分明是一种试探，假如发现自己运功相抗，恐怕这些人便要一拥而上将自己格杀在此。自己一人倒也不怕，就算打他们不过也还可以逃走，但那车上的老人恐怕便要被殃及。

但是，若不运功相抗，万一那人趁势将自己击杀，又如何是好？

然而哪里还有时间多想，这些念头在他脑海中也不过是须臾之间便已闪过，便已作出了决定。只见他浑身颤抖，口齿不清地连连作揖道："小人……小人便是这峨眉人氏，赶夜路是为了急着去找医生给俺爹医病。"

那阴人策马围着马车转了半圈道："你是峨眉人氏，那车里这个人呢？"

小鱼忙道："那就是俺生病的爹，官爷您听，他已经睡了，还打着呼噜呢。"说着，小鱼便感觉到那阴人已经收了功夫，但仍故意大声地打了一个喷嚏，心道，你爷爷的，老子硬是赌得对了，这阴人见老子不会武功，也便懒得耗费功力试探了。

只见那阴人哼了一声，用鞭子挑开布帘看了一眼，嘲笑道："你爹胆子倒大，还敢睡得像头死猪！"他身后几名锦衣卫听得此言，纷纷献媚地狂笑起来。

这时，锦衣卫护送的一辆马车正经过这里，车中有人突然出声问道："你们跟道上说话的，这是谁呀？"

那阴人笑道："回禀公公，是过路的父子俩，属下查过了，没有问题。"

车中人"哦"了一声便无声息了，不过那声音倒很是特别。

那阴人也不再搭理小鱼，一夹马腹，赶到前面去了。

一名锦衣卫上前对小鱼喝道："傻小子，不要跟上来，免得吃了挂落！"此人倒是好意，见小鱼眉清目秀，心中多少有点好感。小鱼赶紧拱手道："谢谢官爷，小人省得。"那人冷冷地点了下头，也纵马追赶前队去了。

望着这队人马远去的背影，小鱼心中思索道，车中问话那人听声音分明像是个太监，并且别人也称他作什么"公公"。而那个武功极高的阴人对这太监也自称"属下"，可见这太监的身份应该很高才是。

这么说来，难道是东厂的百户或者千户么？可是奇怪啊奇怪，这太监出行虽然不是什么稀罕事儿，可这些人一贯吃州吃县，无论是路经附近哪个州府，总要好生刮上一些油水再说，断没有连夜赶路的道理。难道，文先生所说的"那话儿"竟然就要来了？

如果这些人果真是前来捉拿大师兄的娘亲，那么自己身上便担着天大的干系，如果不早点回山禀明师父，说不得还要连累峨眉派。现下无论是东厂还是锦衣卫，都是些无恶不作之徒，这些人的手段之毒辣，实在难以预料。不过，要是派这么多厂卫前来捉拿李家大娘，那也太小题大做了啊。

小鱼脑海之中盘算了老半天，思绪仍是极其混乱，他不禁摇头苦笑，还是这车中的老爷子好啊，吃得饱，睡得香，刚刚在鬼门关前走了一遭，却还一点都不晓得，完全不必操心，真是比自己快活得多了。

想到这里，小鱼边催赶着大车边大声唤道："老辈子，醒一醒，立马就要到山脚下了，天也快要亮喽，你老人家是马上往回赶，还是要在峨眉再载些人再往回赶哦？"

连喊了几声，却不见人答话，居然连呼噜声也停歇了，小鱼忙回手掀开布帘一看，呀呵，这大车里居然已经空空如也了。

说实话，这两天见到的怪事已经实在不少了，小鱼似乎都已经有些麻木了。他想了想，还真没注意这小老头是什么时候不见的。在遇到那些厂卫的时候，他还在车里睡着，这么说来，离开的时间也并不太长。不过，既然能在自己眼皮子底下悄然离去，看来这小老头的武功恐怕也不低啊。这还真是真人不露相，扮猪吃老虎的高人。

不过，这小老头并未出手对付自己，看来也未必有歹意。此刻他突然不见，难道与那些厂卫有关？这倒也猜他不透。可这老爷子就这么走了，这辆大车恐怕也只能扔了，总不能把它再赶回嘉定州城去吧？赶上山？那不更是说笑了嘛！说来也够倒霉的，一天一夜就弄掉了两驾大车，放在车马行的质押银子也取不回来了，郁闷啊……小鱼无奈地摇摇头，将车子停在偏僻一点的街道上，但愿有认识那家车马行的人，能把这马车送回去，总好过让人把这马儿宰了吃肉，把那车子拆了烧火。

小鱼跳下车来，正准备穿过好吃街，突然感到小腹一阵奇冷，并且隐隐作痛。他忙运功试行，却感觉一滞，赶忙盘膝坐下，心道，糟糕，虽然老子装成不懂武功的普通乡民，竟还是着了那阴人的道儿！

他也不顾多想，忙运起峨眉十二桩气功，导引着真气顺着五脏六腑缓缓行走，驱赶那股阴寒，用了整整一炷香的时间，总算感觉好了许多，额头上也出了些汗。耳中听得身边有些声音叽叽喳喳说个不停。

小鱼睁开眼睛一看，嘿嘿，这周围竟然站了几个七八岁的孩童，正好奇地盯着他看，一边交头接耳，以为遇到了傻瓜。

小鱼心中暗笑，这些娃娃见到自己盘膝于地，闭目导引真气，双手游走全身经脉穴道，自是感觉非常有趣。他双腿一撑，霍然站起身来，又把那只吃了一半的甜皮鸭撕下肉来，分与那些孩童。这些孩童见有东西吃，顿时一片欢声，他们有的把肉拿到手中去和伙伴比着大小，有的却已经急着往嘴巴里塞了。小鱼拍了拍一个孩子的脑袋，笑了笑，转身便走。

2

走进好吃街时，已是寅时前后了，天已微亮，卖热粥早点的小摊子也早已纷纷开张，香味又在街面上飘溢开来。小鱼虽然肚中不是很饿，但也立时胃口大开，一眼盯上那卖豆腐脑的摊子，腿便已经有些挪不动了。

话说这嘉定州的这豆腐脑与北方的大有不同，据说出自州城南郊的牛华镇，十分细嫩爽滑，再配上辛辣鲜香的调料，能吃得将舌头都咬破掉。点了一碗豆腐脑，又要了一小笼粉蒸肥肠、一小笼粉蒸牛肉和两张夹饼，小鱼便埋头大嚼起来。

正吃得高兴，却忽听背后有人喊道："呦，这不是刘二哥嘛，你婆娘正在到处找你，快跟我回去哟！"说完拉起小鱼的胳臂就要走。

小鱼回头一看，居然是那个卖三合泥的死张孝天：搞啥子名堂哦，老子好久又改姓刘了哟？

此时小鱼嘴里塞满了粉蒸肥肠，也没法张嘴骂他，但刚想挣脱他手臂，却发现这小子正在歪眉撇嘴的向自己打着眼色，便强忍住笑，付过饭钱，随着小张走到了一旁的街边。

张孝天手拉着小鱼脚不沾地地钻进一条深巷，站住后急道："你娃疯了唆？县衙门正在翻天也似的寻你呢，都说你连杀三命，你咋个还敢回来哟？走，我们赶紧逃嘛！"说完掏出小鱼送给他的那两颗珠子，拿到眼前认真比了比个头，咬着牙将那颗略大的塞进了小鱼的手中。

小鱼被他弄得哭笑不得，看了看手中的珠子道："搞啥子嘛？你要帮我跑路哦？那这点钱也不够呀，把你那颗珠子也给我还差不多！"

张孝天手里紧紧地握着那颗略小的东珠，挠了挠头发，一张俊俏的脸孔皱成了苦瓜："司徒大少，你老人家也太黑了嘛……再说，这颗……这颗珠子我已经答应给小翠了。"

小鱼瞪眼道："嘿，小翠？人家不是嫁人了嘛？你娃娃没名堂哦，未必你还要去挖人家巩大官人的墙角……"

张孝天的老脸顿时通红，憋了一会突然怒道："火都烧眉毛了你娃娃还有心情管老子恁个多？莫再说笑了，还是赶快跑嘛！"

小鱼却脸色一正，哼了一声道："跑啥子？男子汉大丈夫一人做事一人当，我司徒小鱼今天就去县衙门投案，快点把你那颗珠子也拿来，好让我去衙门头打点打点，哈哈……”说到后面，又不由得笑了起来。

张孝天气道：“投案？司徒大少你脑壳是不是进水了哟，你还以为这县衙坐堂的大老爷是李清天唆，我告诉你，李青天不在，现在是个京城来的姓吴的泼皮在管事，这个家伙那是……喂，你不要抢嘛……”

趁张孝天说话的工夫，小鱼已一把将他那颗略小的珠子抢进了手中，把张孝天气得说不出话来，老半天才咽下口唾沫，指着小鱼道：“你娃娃，早晓得是这样我就不该来救你。硬是倒霉，遇到你这么个家伙，从小都欺负我，我咋个还想着帮你哦？死吧死吧，你娃死了更好，省得再去祸害别个。”

小鱼嘻嘻一笑，手中一上一下地抛着两颗珠子，得意地道：“人家小翠都嫁了人啦，你还勾引人家搞啥子名堂，这珠子我拿回来硬是对了的，免得你娃娃害人害己……好喽我走咯了，莫忘了帮我往牢房头送些腊肉啊香肠啊三合泥啊啥子的来哦，对了，甜皮鸭、萝卜汤的卤肉也要得……可惜啊，峨眉九斗碗是吃不到喽……”

张孝天见小鱼转身要走，急道：“等一下，其实巩大官人已经病死两年多了，大夫人以前就总是欺负她，现在还把她赶出家门了……哎呀你莫走嘛，你还真的想去投案唆，真要进了大牢你娃就死定咯了，我哪有钱给你收尸嘛！”

小鱼一愣道：“原来如此……好嘛好嘛，那这珠子你就留到嘛，不过你莫骗我哦，眼看着我就要遭砍头了，你娃要是骗死人是要遭雷劈的。”

张孝天眼见小鱼将两颗珠子抛过来赶忙接住道：“去不得去不得哈，现在的县衙管事的吴大老爷不是啥子好东西，你这一去不就完蛋了哦？”

小鱼置若罔闻，嘻嘻一笑抬腿便走，张孝天在后面气得一跺脚道：“好，你去你去，我看你是早死早超生！”

来到县衙前，小鱼一看，大门正好刚刚打开，两个睡眼惺忪的衙役打着哈欠，手持水火大棍懒心无肠地慢慢走到大门前，还都在伸着懒腰，见小鱼正要近前，其中矮个的衙役忙喝道:“哎，你给老子站到，你这刁民，快把脚拿下去，看清楚没有，晓得这是啥子地方哇你就敢乱闯唆？”

小鱼呵呵一笑道：“在下是前来投案的，你哥子快去禀告你们大老爷就是。”

矮个衙役轻蔑地一笑，上下打量着小鱼笑道：“你娃硬是个刁民哦，年纪轻轻，胆子不小，投案，投啥子鬼案？”

小鱼笑道：“峨山镇上李家院坝头三条人命案，那三个人就是在下我杀死了的。”

两名衙役闻听此言吓得俱是一抖，瞪着眼看了小鱼好一会，矮个的衙役突然扔了棍子边向里跑边喊道：“妈哟，杀人的来了，杀人的来了，快去喊大老爷升堂！”

另一个衙役举着棍子哆嗦着身子对小鱼道：“你……你莫跑哈，莫要跑，法……法网黑黑疏了都漏，你……莫要跑……”

小鱼又好气又好笑，还法网黑黑疏了都漏，这也是人话哦？

小鱼有意逗逗那个衙役，所以侧身迈步就装作要走。那衙役脸都急绿了，又不敢上前阻拦，几乎带着哭腔喝道：“站，站到，你跑……跑不脱了，法……法网……。”

还没等他这句话说完，县衙内已奔出十几个各持朴刀、锁链的衙役来，矮个衙役觉得这下人多势众，顿时胆气大壮，一个箭步蹿过来道：“大，胆刁民，来了还，还，还想跑唆？”

小鱼的嘴角微微一翘，顽皮地微笑着，任凭众衙役将自己团团围住，这才慢慢地举起一方小小的关防，笑道：“本官既然要来，又咋个会跑喃？劳烦禀报你家大老爷，提督陕西讨逆军务总兵官标下千总司徒小鱼拜访。”

那些衙役见此顿时愣住，不由得面面相觑，不知所措。

原来，这峨眉县令也不过是正七品，而那千总却是板板儿的正六品官职。虽然明朝体制以文制武，七品的县令倒也不必给六品千总面子，但这出自提督陕西讨逆军务总兵官标下的千总，可不是一般的千总所能相提并论的。总兵官李如松统帅天下兵马宁夏平叛，举国何人不知？就连在这峨眉县里成天说书的陆三哥，说段三国、杨家将，开场白也总要讲几段“李如松挂帅扫北”的故事才能吸引住百姓，得的铜钱也比说其他的段子多一些。

当今大明天下若将兵马三分，李如松与其父辽东大帅李成梁便可谓手握其二，即使是当朝首辅亦不敢在他父子面前托大。那李少帅生性又极为厌恶文官，常常每到一地，必与巡抚分庭抗礼，对那些巡抚以下的地方官，更是一点面子都不留。既然这位本地口音的年轻人是李少帅麾下的嫡系千总，又是刚刚在战场上杀过人舔过刀尖血的，哪个惹得起？

倒是一个衙役班头模样的汉子多少还见过些世面，他先回过神来，赶忙上前双手接过关防仔细验看了一番，见得这关防是真，当即躬身行了一礼，恭声道：“小人立即禀报我家大老爷，还请千总大人稍待片刻，得罪得罪。”说罢转头就往县衙里跑去。

此时，附近的百姓也纷纷围拢过来，好奇地围观着。一位年轻英俊的千总大人，跑到知县衙门投案自首，实在有些稀奇。老百姓可不管啥子“以文制武”，在他们朴实的想法中，一个六品官跑到七品衙门来自首“杀人”，端的是令人吃惊。有那耳朵尖些的，已经在向后来的乡邻说起自己的见闻。

“常老六，听到没得，这位千总大人可是提督陕西讨逆军务总兵官的人啊”

“陕西讨逆，哎呀，赵二哥，那，那不就是李少帅的军队么？”

“哎，你们听出来没得，这位千总大人还是咱们的口音啊，他又是哪个哟，看起还有点面熟……”

“哈哈，胡孃孃，未必你又想攀个亲戚哟……不过确实是我们的口音哦，对了，人家李少帅平叛宁夏，是去给咱老百姓救命的，我们屋头都捐了二十斤粟米！这位千总大人看来也是杀敌立功的好汉子，咋个要来坐牢呢？”

“卢三爷，你老人家耳根子背嘛咋个，恁个晓得人家要坐牢哦？也许他杀的是三个强盗喃？”

“你常老六晓得个铲铲，而今眼目下，衙门里坐堂的不是李大人，不晓得从哪里来了个姓吴的狗东西，在峨眉县里充起了大人，命着这些衙役到处喊收钱粮……”

“三爷，你老人家小声些，莫遭那些狗腿子听去了，把你抓进去背时，姓吴的不是啥子好东西，李大老爷又不在，到时候哪个给我们老百姓做主哟！就是这位千总大人，强龙压不得地头蛇，就怕他进去也要吃亏呀……”

小鱼见街面上的百姓越围越多，口中议论纷纷，心道此事不宜声张，赶紧向众位乡亲团团作了一个罗圈揖，对着大家和善地笑了笑，然后转过身去，也不管那些衙役，抬腿便走进了县衙大门。

众衙役此时已知他的身份，在一旁拦又不敢拦，不拦又担心吴老爷事后责怪，一个个脸色煞白，不知所措。那些百姓见小鱼十分和善，又是比这县令品秩还高的官老爷，却还向着自己作揖，不由得又是一阵议论，有的还不停地叹气，担心他进了衙门要吃亏。

这一边衙役发呆，百姓未散；那一边，小鱼却已经走进了大堂。正在这时，但见那班头领着一个身穿官袍獐头鼠目的瘦小男人，急匆匆地跑了出来。

小鱼见此情景当即一皱眉，想必这厮便是张孝天与百姓们口中所说的姓吴的泼皮，却不知道是啥子来路。

那瘦小男人见到小鱼后也是一愣，拱了拱手道：“这位便是司徒千总吧，下官吴连才，”看了一眼那班头，示意他回避，转头又道，“就请千总大人到后堂一叙吧。”

小鱼微微一笑，心道，果然好名字，原来是位敛财兄。他也不答话，默然随着那吴连才来到后堂，又相对一揖，小鱼将关防递与吴连才，自己却大马金刀地坐了下去。

吴连才捧着小鱼的关防端详了半天，这慢慢地坐到主位，开口道：“对了，请教司徒大人，李家大院内那三条人命……果真是大人所为？”

小鱼点了点头，正色道：“当然不是，他们乃是自相残杀而死的。其实那帮贼人一共有四人。这李家大娘乃是在下的干娘，昨日去在下前去看望她时，却正巧遇到这几个贼人正欲绑票，要将老娘劫走，这还了得？在下自然要上前阻拦，谁知三个贼人却喊打喊杀地舞刀弄枪直直杀来，在下防卫抵挡之时，只见他们几人自己撞到了一起，混乱之中也不知道是谁砍了谁，总之全都自己死掉了。不过，还有一个贼人将俺那老娘劫去了，在下此来正是要向知县大人报案。”

吴连才心道，你这军汉倒会胡扯，那些人明明都是被你所杀，怎么可能自己撞到一起自己死掉了？然而这话在心中想想也便罢了，却是无法出口。他捋着鼠须点了点头道:“不错，千总大人所言极是，那三具尸体旁确有刀枪，哎呀，这群大胆的贼人，定然是见得李老夫人的儿子做了将军，以为李家颇有钱财，这才打起了坏主意，要做这绑票的勾当，真是狗胆包天！”

小鱼微微点头，也不答话，心中却道，这位敛财兄恐怕有些问题，既未查案，又没见到苦主，如何便匆匆下出个定论来？不过从此人的话里来看，朝廷大概还没有捉拿李家大娘的意思，吴连才这些人一定也还不知道大师兄的事。

想到这里，小鱼拱了拱手道：“吴大人明察秋毫，在下佩服。不过老娘被人劫去，在下心中十分焦急，不知吴大人可已查清那三个死者的身份？”

吴连才干咳了一声，道:“司徒大人过奖了，这些贼子的身份么，三具尸体，本官已经验过，全都不是本地人，目前也说不准他们的身份。”

小鱼接道：“老娘失踪，事关重大，在下那义兄乃是朝中掌军的将军，总不能就这样罢休吧？不知那些尸体收在哪里？在下想去看上一看。”

吴连才面色一变，忽又往椅上一仰，笑道：“去看尸体……这个……就有些不便了吧，说起来千总大人身在军中，这地方上的案子，还是不插手为好啊，朝廷的法度，想必大人也很清楚……”

小鱼听了这话，心头疑云更甚，这位敛财兄为何担心自己查看尸体，莫非还有什么蹊跷不成？他眼睛一转，心头便有了计较，脸色也是一变，一拍桌子站了起来大声道："如今干娘被贼人掠去，难道在下也不能过问？听说吴大人眼下正代县令李大人暂为这一方百姓的父母，这光天化日之下发生此等重案，恐怕大人也要担着些干系吧？在下义兄身为当朝将军，眼下正在前方抗倭杀敌，他的娘亲却被贼人绑走，恐怕这前方将士得知军心也会不稳，那时吴大人怕也难以交代吧？再说，我家少帅与在下义兄乃是通家之好，既然如此，在下这便修书一封，看看我家少帅是否会令在下不得插手……"

小鱼真真假假的一番话倒也是声色俱厉，气势夺人。他虽然并无官场习气，但身为斥候统领，不但智谋决断过人，并且对官场之上钩心斗角、尔虞我诈的手段也极为熟悉，运用起来竟也颇能唬人。

可怜那吴连才哪里晓得李如松与李长风究竟是不是真的通家之好，反正两人都是姓李，要说沾亲带故也很是有些可能，这个姓司徒的小子一脸不忿，若真是心怀怨恨去向李如松告上一状，我一个小小的七品观风使哪里惹得起那位把巡抚都不当回事的狠人？

想到此处，吴连才态度立变，赶忙站起身来抱拳道："司徒大人言之有理，言之有理，是下官糊涂了，下官一向是极敬重李将军的呀，不过如今知县李大人进京述职未归，下官不过只是暂且代管，哪里敢随便做主啊？"

小鱼仰着脸也不看他，架子拿得十足，口中哼了一声道："吴大人，我看还是让仵作先带本千总去验看一番尸体吧。对于知县大人，本千总将来自然会给他一个交代。"

吴连才知道这些不过都是些场面话，这个司徒千总不看尸体是绝对不会离开的，再周旋下去也无意义，无论是李如松还是李长风，捏死自已都和捏死一只臭虫没有太大的差别。想通了这一点，他也不再计较小鱼飞扬跋扈的态度，立刻招来仵作，命其领小鱼去看尸体不提。

那边小鱼刚刚离开，那班头便闪了进来，低声道："姐夫，您怕这个姓司徒的搞啥子？虽然说他是个正六品的官儿，可咱大明朝哪里轮得到他一个军汉来指手画脚？咱们不追查他杀人的大罪就已经很给他娃面子了，为啥子还答应他去验尸喃？"

吴连才重重地坐了下去，眼睛一鼓，口中骂道："混账东西，你懂个屁，老子哪里怕得是他！他一个外地来的臭军汉，六品的小千总，算是个什么东西？你也不用你那狗脑子想想，他难道自己不懂这些，还敢大模大样地前来调查，他想查什么？究竟是朝廷派他来的还是李如松派他来的？还有那李老太婆的儿子，和李如松究竟是什么亲戚？这些人，是你我惹得起的么？"

那班头听了这话，脸色也有些发白，他咽了口唾沫，又道："姐夫高见！不过那个逃回来的家伙不是说，李老太婆已经遭这个姓司徒的小子救去了么，咋个刚才他却又说没有追到？"

吴连才狠狠地跺了跺脚道："本官怕的便是如此这般，弄得不好，定是那个姓司徒的臭军汉早就看出了端倪，要留下这个活口钓大鱼吧……真他娘的倒了血霉，早知道就不该搭理那个杨应龙，他妈的，这都要怪你，姓李的既然去了京城述职，本官就已经没有什么秋风可打了，你非请我留在这里做些什么？"

那班头心道，你自己还不是想趁机多弄几两银子？口中却道："姐夫您这一说，恐怕硬是要坏事哟，"他伸出手掌划了一下，接道，"不如……我这就找个机会去，去把那个逃回来的胖子弄死？"

吴连才瞪起两只泡泡眼又骂道："你他妈的缺心眼啊，那个胖子是杨应龙的人，咱们敢随便杀了么？我看，还是保命要紧，你赶快安排他回播州去，让他回报杨应龙，李长风的老娘失踪了，我们抓不着，那一千两银子，也……也给他们退回去吧，把这个县衙还给他们本地的官员，我要赶紧拾掇拾掇马上离开。"

那班头顿时脸色蜡黄，唯唯诺诺地憋了半天才道："姐夫，其实……其实杨土司送来的是一千五百两宝钞，我这阵子手头紧，就……就先借去了五百两，本打算翻了本儿就加上利息一起还给您的，但……但这手气太背，现在只剩下三十多两了……"

吴连才早已被气傻在椅子上，愣了半天才跳起来狠狠地扇了那班头一耳光，吼道："滚，你他妈的快给老子滚！"

那班头吓得忙不迭地便往外跑，吴连才又一跺脚带着哭腔道："站住，你给老子爬回来，到里面去找你姐，拿……拿四百七十两银子出来给人家，这钱要是不还上，老子还有命回京城么？"

那班头一边答应着一边往后堂走，到得门口时又站了下来，嗫嚅地道："姐夫，还是让我姐拿五百两出来嘛，我……我就剩恁个点钱了哈……"

吴连才一茶碗就砸过去，怒骂道："老子他妈的就该马上休了你姐，再把你剁碎了去喂狗。"

寿筵前夕

1

当小鱼从那个恶臭四溢的敛房里走出来时，天都已经快到午时三刻了。

三具早已经冰冷的尸体和遗物都堆放在一处，小鱼在仵作的协助下翻来覆去地一直仔细地瞧了整整一个时辰，总算找出了一点点有价值的东西来。从尸体生前的身材上来看，与北人相比显得瘦小一些，假如不是蜀地之人，那便很可能是云贵两省的人氏；尽管他们身边并未携带任何能够表明身份的信物，而且还是再普通不过的打扮，但那双手掌心上的老茧的特征却说明这些人常年舞刀弄枪，却又并非是使用农具而形成的。另外，最大的发现便是，三个尸体的左肩上都刻有一条弯曲的小蛇文身。

“这小蛇的文身咋个看上去恁个眼熟喃？”小鱼大摇大摆地出了县衙门，大步走到了街上，心中暗自沉思。四周百姓看见了他，都惊讶得不得了，这位小爷不就是早上来投案自首，自称是杀了抢劫李家的那三个贼人的啥子千总军爷么?

这个道：“常老六，这位小爷难道就是……”

那个说：“是的啊陆三哥，早上你哥子没在，这位千总小爷器宇轩昂地不得了，姓吴的手下官差个个都不敢正着眼睛瞄他，可这位小爷对我们老百姓却和气得很，还给我们作揖道谢来着！”

这陆三哥点了点头，捋了捋长长的胡须，道：“那是当然，我三哥这辈子最佩服的便是挂帅扫北的李如松李少帅，这位小爷是李少帅麾下的千总官，那不管咋个说也都是天罡星下凡来的，姓吴的狗官敢奈他何？”

那常老六忙又低声道：“你哥子声气小些，谨防遭那狗官的爪牙听去了。”

……

……

……

小鱼却没有留意街头众百姓的纷纷议论，他的心中正在回忆，自己是在什么地方似乎见过那小蛇文身似的。突然，他抬起头来，凝视着天空，半空中出现了一个奇怪的东西。

其实说起来这东西并不奇怪，因为它只是一只风筝。

奇怪的是，这只巨大的蜈蚣风筝，通身碧绿，面目狰狞，盘旋在空中好似活了一般地上下翻腾着，显得异常诡异。

更加诡异的是，那蜈蚣是殷红的双睛，紫黑色的嘴，嘴中还叼着一块长约丈余的白布，上面赫然写着几个大字：

“淫僧通天，八旬而终——飞天蜈蚣顿首。”

小鱼嘴角那丝习惯的微笑慢慢地收了起来，脸色渐渐地变得铁青。他突然反手拔出长剑，慢慢地向那风筝下面走去。

突然，只听背后有人喊道：“慢着，小鱼，你想搞啥子？”原来却是张孝天。

小鱼却没回头，口中轻轻地道：“卑鄙下流，辱我恩师，你说我想搞啥子？应该搞啥子？”

张孝天颤声道：“司徒大少，人家敢跑到峨眉山下搞这个名堂，那便是有恃无恐，说不定便是诡计陷阱，你不如多找些同门来再一起去看……”

小鱼冷笑道：“任他有啥子诡计陷阱，峨眉门下难道要做缩头乌龟么？好了，此事与你无关，不要跟着来。”说着已经走出了很远。其实他并非性子冲动之人，当年刚刚入伍便能被李如松简拔于士卒之间，固然是因为他出身武林名门，武功高强；但此后任命他为中军斥候统领，却是因为他生性机灵聪慧，大局决断，行事沉稳，这些才是一名斥候统领最可贵的品质。

然而此刻，他却已经没得选择。

让这风筝出现在峨眉山下，倘不及时处置，峨眉派上下简直都可以去买块豆腐来把自己撞死算了。

渐行渐远，刚才那繁华的市井已被茂盛的长草绿树抛在了远处，小鱼身为大军斥候统领，前线侦缉捕俘乃是家常便饭，越是紧急关头，反而越是静下心来行事。此时离那风筝已是很近了，透过茂密的枝叶，他放眼望去，但见那风筝的线便牵在一个身着黑衫，又瘦又小的男人手中。从那人斑白的头发上看，年纪似乎也已经不小了。也不知怎么，望着这人的背影，小鱼忽觉毛骨悚然，后背竟有了些凉意。

不过，既然要到的人就在那里，那自己当然也要光明正大地走过去，没得坠了峨眉派的名头。心意已决，小鱼轻轻一跃，从树上跳了下来，将长剑倒提在手臂之后，缓缓地向那老者走了过去，朗声喝问道：“那老丈，你是何人，为何要在风筝上写下那些胡话？”

老者却并没回头，也不说话。

小鱼沉吟了一下，将长剑收转了回来，抱在怀中，又上前一步，正待开口，却突然发现草地上有一个暗红色的条状物件摆在那里，旁边还有些鲜红的液体。

这是什么鬼东西？

望着这个怪异的东西，小鱼心中不禁一凛，此物为何如此奇怪，越看越觉得令人毛骨悚然？

小鱼深吸了口气，慢慢地蹲了下去，小心地用剑尖将那件软乎乎的，还滴落着鲜红液体的物件扎了起来，凑到眼前仔细观看。

突然，那老者的口中猛地发出了一种让人浑身汗毛直竖的格格声，接着，只见那老者的身子剧烈地颤抖着，缓缓转了过头来。

小鱼的目光迎了上去，饶是他久经沙场，见惯了人头残肢，却仍是被这老者的惨状吓了一跳。

此时，烈日正当空，小鱼清楚地看到，这老者的两眼已被刺瞎，两耳的耳孔处也在冒着鲜血，最令人感到恐怖的，是他的嘴巴，随着每一下的张合，都有一小股鲜血从口中淌出来。

小鱼一愣，正待上前查看，却猛地听身后有数道劲风响起，接着，便见到几十道身影如大鹏展翅般直落了下来，为首的一个高大威猛的和尚厉声喝道：“飞天蜈蚣，你好大的胆子，居然敢到我峨眉派来撒野。”

小鱼回头一看，来的竟是无穷法师和几十位前来给师父贺寿的武林群雄。

无穷喝声刚住，却见小鱼已经先在这里，他疑惑地又看了看那老者，这下也发现了其惨状，不禁口呼佛号曰“阿弥陀佛”，转身又问小鱼道：“小鱼，你如何在此，此人为何如此模样？”

峨眉派弟子最重礼数，小鱼虽然是同门之中最为顽皮不羁的，却也对这位身在佛门的师兄十分恭敬，他面向无穷发誓抱拳躬身行了一礼，正待回话，突听人群之中有一人高声喊道：“不对啊，这人不是飞天蜈蚣……哎呀，这老儿太惨了，眼珠子都让人给剜了！咦，你们快看，那小伙子的剑上，挑的是什么东西？”

此话一出，立时便有好几个人向小鱼的长剑上盯了过来，一望之下，有人突然失声叫道："是舌头，他剑上挑着的竟是人的舌头……"

刚才那喊话之人听到这句话，便又呼喊道："舌头！这……也太狠了吧！峨眉派为天下武林所敬仰，身为当今武林三大流派之尊，怎么这门下弟子出手却是如此之狠毒？你们看，这老儿虽说也有些罪过，但也罪不至割舌剜目嘛……"

小鱼一听此言，心中便叫"上当！"那喊话之人站在人后，怎么会比站在前面的人先看到自己长剑上挑着的舌头？这明显是有些问题的。看来自己虽然慎之又慎，却仍是着了人家的道儿。

无穷生平最是正直不阿，闻得此言，双目炯炯地瞪了一眼小鱼，心中也大是不满："这小鱼怎地如此鲁莽？恩师一生慈悲为怀，广行善事，峨眉派天下名门，此事若传了出去，岂非……"

无穷正待开口，却见人群中又站出一人，张开双手挥了挥，然后又向众人抱了抱拳道："在下是点苍剑派的龚天豪，我看这事没有那么简单，大家可不要急着下什么定论。你们看，这风筝上写的是什么，是侮辱通天大师的话啊，如果真是这位峨眉派的小兄弟做的，那他为何不先毁了那风筝，再下手寻仇呢？不合常理，不合常理。"

龚天豪此言一出，群雄也是议论纷纷，于是有人大声应道："龚掌门绰号'公道先生'，我老牛觉得他说得没错，这事肯定是另有蹊跷……"

也有人立刻回敬道："牛老七，你懂得什么，你没看见那舌头还挑在他的剑上呢？"

那牛老七也不服气，当即粗声反驳道："莫小五，你小子还不是人云亦云，又来充什么能人了？"

无穷见众人闹闹嚷嚷也不成体统，忙回身团团施了一礼，朗声道："有劳各位施主了，到底这是怎么回事，我峨眉派一定会详细查访，将来必然也会给大家一个交代，峨眉弟子行事素来端正，若有人违反门规，本派自有惩处；不过要是有人栽赃陷害……我峨眉派也愿意周旋到底。小鱼，你先回山去，稍晚自会有人来问你经过情形。"

小鱼也不说话，躬身对无穷施了一礼，转身便离开了。

无穷想了想，叹了口气，暗道，小鱼一向顽皮，但却不是莽撞之人，心地纯良，断然做不出如此心狠手辣之事，看来此事倒还有些复杂。他没有再多想，而是向随后赶来的峨眉派俗家二弟子段云峰走了过去。

2

张孝天刚刚摆好三合泥的摊子，便见到一脸颓唐之色的小鱼缓步走了过来。他忍不住笑了起来道：“司徒大少这又是咋个了喃？不听良言相劝，遭人家摆了一道吧，这下晓得人外有人了吧，莫要以为练了几年峨眉武功就觉得自己天下无敌啦，要晓得自己能够吃几碗干饭，良药苦口哦司徒大少，你张大哥我这可是为了你娃娃好啊……对了，你还有没说是咋个从衙门里溜出来的呢？奇怪，他们咋个也没给你上夹棍啥子的？”

小鱼听着张孝天胡扯了半天，心里果然舒服多了，脑子也渐渐冷静了下来，于是坐下来笑道：“你个死娃娃到底还是不是我的兄弟伙哟？就恁个盼着人家给哥哥上夹棍哦？快去，把你的三合泥弄一份来吃，饿惨了！”

他嘴上说着话，心里却在暗暗地思索着，这个可恶的风筝到底是啥子人弄出来的？跑到峨眉山下辱骂通天大师，一般武林中人恐怕没有这样的胆量。再说，恩师平生救人无数，除了当年作为武林盟主率领天下豪杰剿灭过厉鬼阴风门等邪教恶徒，却也从未与其他人结怨。

这个放风筝的人当然不是那受伤的老者，而是不知躲在何处，使出这等卑鄙的手段。此人不但胆大妄为，而且也是歹毒异常。从那老者所受的伤上看，显然是自己寻到那里之前不久前才刚刚下的手，也就是说，自己到达时，此人并未走远，说不定刚才还躲在不远处看自己的笑话。可也不对，难道他未卜先知，算到我要前去？这又怎么可能呢？还有这受伤的老者，又是什么人？

想到这里，小鱼把碗一推，突然站起回身便走，坐在他对面的张孝天见状忙道：“我的大少爷，你还要去呀？难道非弄得丢了性命你哥子才甘心罢手哟？”

小鱼也不理会，便向那老者放风筝之处赶去。

虽然此刻那受伤的老者与群雄早已经不在，但满地的血迹依然令人感到非常难受，就连那半截舌头也还丢在地上。此地仍有一种极其诡异的气氛，仿佛每一处草丛，每一棵树后，都有一双眼睛在暗中窥视着，让人头皮发麻，心神难安。

小鱼看了看四周，心知这一切不过是人的一种幻觉，就像第一次上战场一样，总觉得每一块大石，每一丛灌木中都有敌人潜伏着一般，等到冲了过去查找时，却什么都没有。

他看了看刚才还人声鼎沸的地方，风筝已经不见，显然已经被同门的弟子收去，群雄与无穷法师也许已经上山去了，但此事恐怕并没有完，刚才群雄中有人便当中指责自己出手狠毒伤人，从那人的言行上来看，显然是事先便早有预谋，若非与峨眉派向来有些交情的点苍剑派掌门“公道先生”龚天豪站出来为自己辩白，恐怕当时便难以收场……

想着自己一时大意便几乎坏了峨眉派的名声，小鱼心中不禁一时气苦。他自幼顽皮不羁，性子又十分好强，倘若因为自己的失误而让峨眉派背上恶名，定然无法给自己一个交代。

他沉思了片刻，眼下查出此事背后的阴谋才是当务之急，心中杂念暂且抛之脑后不提。于是定下神来，细心查验起现场来。此处是一片平坝，约有几户人家大小，四周小叶榕树、黄葛树郁郁葱葱，本是一处休闲心性的好去处，地上的青草厚如毡毯，踩上去也十分舒适。不过小鱼此刻无心旁骛，他一边用剑拨弄着地上的青草，一边仔细地查验着。适才经过了众人的胡乱踩踏，那受伤老者原本所在之处已经看不出什么来了，唯一尚能显见的，也便是那东一滩，西一块的血迹罢了。

对了，还有那截被人割下的舌头。小鱼也顾不得那许多，直接用手从上拾起断舌，拿到眼前细细观看，看来这舌头必是被一柄极为锋利的小刀所割断，茬口异常平整，可见手法极为利落，显然是一个刀术绝高之人所为。此外，从老者受伤的创口来看，时间很近，显然那凶手便是在此现场行凶施为的。

小鱼叹了口气，心道，看来麻烦是越来越多啊，这一切真是令人费解：那可怜的老者既然被别人剜眼、扎耳、割舌，难道就没有挣扎么？便是一条活鱼上了菜板，还要在菜刀之下蹦上三蹦呢，何况他还是个大活人！可他要是挣扎过了，这舌头的创口又断然不可能如此平整，简直就像自己伸出来准备好了等着让人割下一般。难道是被人点了穴道再下手？不对，这也说不通，所谓点穴之术，无非是一时封住气血流通之处，让人肢体酸麻无法使力，却并非市井评书之中讲得如同“定身法”一般，那岂不是成了神话？即便凶手先点了老者的穴道，但剜眼、扎耳、割舌这样的痛楚会令人顿时迸发出一种强大的反弹，原本不通的气血也一定会被身体本能的反应所冲开，老者仍然还是会挣扎的啊！

想了半天，依然找不出一个头绪，小鱼只得先将这些胡乱的想法按下，再打别的主意。

他站起身来，沿着这个地方一圈一圈地绕着走了起来，以那老者所在的位置为中心，一层一层地向外查看着。其实，这个方法是极笨的，但有时候最笨的方法却是最有效的方法。那凶手究竟是从哪个方向离开的？这附近的草地早已经被群雄踩踏得一塌糊涂，脚印痕迹十分之乱，也许只有靠这个最笨的方法才能够找到些蛛丝马迹。

每绕一圈，小鱼便把距离加宽一丈，当他绕到第四圈时，终于找到了两样东西，一把锋利的解腕尖刀，一块沾了不少血的麻布片。

小鱼将那把刀子拿在手中翻来覆去地看了又看，刀柄上什么图案文字也没刻，刀身质地也极为寻常，与那些在大街上杀猪卖肉之人使用的刀也并无两样，他想了想，将刀揣好，又开始检查那块麻布。这沾着血迹的麻布，却是有些意思。从上面的血痕来看，这应该是那凶手擦过手上的鲜血之后随手丢弃的，但这麻布上不光是沾有血迹，在麻布的左下角还沾着手指甲大小的一块墨迹。

小鱼看了又看，心中已经完全可以确定，这绝对便是墨迹。

很好，这个线索。

小鱼一直板着的脸上终于又露出了顽皮的微笑。

因为对于墨这种东西来说，他竟是颇有心得。

通天大师出身翰林，乃是不世出的文武奇才，峨眉派上下数十年来也是文风鼎盛，不要说小鱼和他那一班师兄弟，即使是那些只做些洒扫炊饮的人例如伙房的大师傅钱老伯，也都能随口诌几句打油诗出来。小鱼自幼对文房四宝便特别有好感，尤其喜爱涂鸦弄墨。司徒夫妇虽然家境清贫，但对小鱼疼爱有加，从牙缝里省出了钱来让他读了书。后来司徒夫妇先后去世，小鱼被通天大师接回山中，更是常常从大师的禅房中偷些墨来绘画耍子，久而久之，竟也对此十分精通，以至于如今他担任中军斥候统领，所绘之敌军布防、地形等图，常常被李如松击节叫好。

此刻，小鱼更是拿出了全身的本领，细细地研究起起墨迹来。从那颜色与亮度上分析，小鱼很快便有了结论：果然是好墨。

他拿起麻布，又将墨迹凑近鼻端嗅了嗅味道，暗道，那狗贼倒也有些见识，用的还是真正的徽州云烟墨。天下好墨出徽州，而这云烟墨又是徽州墨中的最上品，可谓寸墨寸金。

能用得起这种好墨的人，非富即贵。不过这里又有一些不通了，用的墨如此之好，可怎么会用这块一文不值的麻布呢？难道那位用得起云烟墨的人会随身带着这么个东西当手帕？

又或许，这块墨迹是那狗贼在别处不小心蹭上的？若果真如此，那就说明这狗贼本身也许并不是个有钱人，但他所接触到的却是有钱有势的人。会不会此人只是个跑腿办事的角色，而那个使用云烟墨的人，才是这件事的幕后主谋？

想到这里，小鱼不由得有点发愣，若真是使用云烟墨那人指使凶手这么干的话，那此人又会是谁呢？如今与峨眉派有仇隙的人还真不算太多，师父一生广结善缘，峨眉派如今又与少林、武当并身为武林三大流派，哪里还有几个人会来与峨眉派结仇？当年的武林公敌厉鬼阴风门等也早就烟消云散，从未听说最近又有什么邪教崛起。

不过，这江湖之中，总有一些刚刚出道的毛头小子，总是梦想一夜成名，想着拳打少林，脚踢武当，剑挑峨眉，不过这些人大多没有什么见识，有很多连斗大的字都认不到一筐，又怎么可能使用云烟墨？再说，从那放风筝的老者身上的伤势来看，下手之人必定心狠手毒，而且处处不按武林规据行事——莫非，这背后的主谋并不是武林中人？

另外还有一个问题十分奇怪，那老者受伤如此之重，为何还能在此放风筝？他究竟是什么人呢？说来说去，这所有的一切，竟然还是一团迷雾，看来要想查出此案，也还是必须找出那凶手方可。

又在此处转了许久，眼见已没有其他线索可寻，小鱼只得往回走了。眼下也不知道那受伤的老者怎么样了？自己离开时，无穷法师已经让二师兄段云峰带人将那老头抬走了，估计此刻正在什么地方疗伤，不过多半没有上山，虽然峨眉派中擅长疗伤的妙手甚多，但此去金顶实在太远，山路又难以行走，没有修习过武功之人根本上不到金顶。想那老头必然受不住这番颠簸，无穷法师一定是在山脚下找医馆帮他治疗了。

山脚之下只有安大夫一家医馆，距此也不远，那安大夫医术也很高明，在嘉定州里都有些名声。小鱼也不多想，便往安大夫的医馆跑去。

不多时，他便已经来到了医馆的大门前，果然见到二师兄段云峰坐在门口，眉头紧锁，脸上阴晴不定。段云峰身边的门板上还躺着一具蒙了白布的尸体。

小鱼一愣，问道：“二师兄，那老人，死了？”

段云峰看了一眼小鱼，道：“安大夫亲自动手救治，伤药也用了不少，可惜这老者身体太弱，伤也太重喽……”

小鱼叹了口气道：“师兄，是否查到这老者的底细？”

段云峰板着脸道：“查到了，这老者乃是二峨山那边的一个樵夫，无儿无女孤身一人……对了小鱼，自从你回来，师兄还没有和你说过话。你告诉师兄，这件事……真的与你无关么？”

小鱼倒吸了口冷气道：“二师兄，难道你也相信那些人的鬼话？”

段云峰摆了摆手道：“我倒不是信他们的话，我只是在想，这老者侮辱师尊固然不对，但下手伤他的人也实在是太狠毒了，何况此事一旦传扬开来，对本派的清誉也大有影响，我这心中实在不是滋味……”

小鱼苦笑了一下道：“段师兄，小鱼从小顽劣，但也是你看着长大的，你认为小鱼会做出这样的事来么？自从拜入峨眉派门下，小鱼时刻不敢忘怀师父他老人家的教诲，做人要堂堂正正，不可以私仇而叛公道。”

段云峰点了点头道：“小鱼，师兄自然相信你的话，只是不晓得那些来给师父拜寿的武林同道们信不信，此事关系峨眉派声誉，也是非同小可，说不准有人便想借此大做文章。哎，对了，听说你在峨山镇上杀了三个人？可是这些人去劫持大师兄的娘亲？”

见小鱼点了点头，段云峰又问道：“哦，那大师兄的娘亲现在何处？”

见段云峰动问，小鱼略微沉吟了一下，他曾经答应过文震孟，李家大娘一事只能由他二人知晓，此刻自然也不好向段云峰过多透露，于是只得低下头轻声回答道：“小鱼和那三个人相斗时，老娘被人掠去了。”

段云峰听了此话，闭目一叹，然后瞠目怒吼道：“那你娃娃还回来搞啥子？”

小鱼暗忖道，这扯谎之事本来便是难为，但尽管师兄发怒，暂且也不便告知他真情，于是口中忙说道：“是小鱼没用，没有照顾好大师兄的娘亲……对了师兄，小鱼在那三具尸体上却发现了些东西，他们每个人的肩部都有一处小小的蛇形文身。本门之中，便是师兄你行走江湖最多，见识最广，可晓得这文身是啥子来历么？”

段云峰闻言大惊，腾地站起身来，皱眉反问道：“你是说蛇形的文身？是不是色青带红，纹形甚小？”

小鱼暗忖道，段师兄十六岁便奉师命下山游侠历练，十年间走遍了大江南北，果然见多识广，口中忙答道：“不错，正是这个样子。”

段云峰缓缓地点了点头道：“师兄在云贵边军中，确实曾见过不少当地人有如此样式的文身，这些人……全部都是杨应龙的属下。”

小鱼心中一惊。急道：“师兄说的可是播州宣慰使杨应龙？据说此人乃世袭土司，早有不轨之心，贵州巡抚叶梦熊大人曾经与我家少帅密信称此人乃是当地的土皇帝，势力极大，恐有谋反之意……”

段云峰点了点头道："哼哼，他何止是个土司。早在六年之前，朝廷便加封他为骠骑将军，说来硬是可笑得很，他向朝廷进献了大木美材七十棵，居然就被赏赐穿飞鱼服，还授予了锦衣卫都指挥使的职衔。"

小鱼恍然道："难怪……对了师兄，小鱼刚回来的那晚，在山下好吃街上也曾看到几个衣服怪异，身上缠蛇的人，那些人缠在身上的蛇，便有些类似那文身的模样，据说都是拜月教的堂主，后来我还见到了他们的教主邱南山，不过，这些人现在都已经死了。"

段云峰哼了一声，沉思着道："拜月教，便是那杨应龙的爪牙，听说他们之前是与崆峒派结下了啥子大梁子，不晓得为啥子双双跑到这里打了个同归于尽，此事我今日清晨便已收到消息。只是不晓得他杨应龙的人跑来掠走大师兄的娘亲想搞些啥子名堂？难道是想胁迫大师兄助他谋反？这也不对，大师兄远在浙江，虽然号称将军，但官却不过游击，对杨应龙应该没得好大的用处……"

小鱼苦笑了一声，也不知说些什么是好，段云峰的这些问题，他又何尝不是百思不得其解？

只听那段云峰接着又道："那杨应龙跋扈得很，他以为巴蜀官兵软弱可欺，便一心想要吞并整个四川，以为根基。虽然我现在还猜不到他究竟想要搞啥子，但多半也与此有关……事情紧急，待明日师父的寿典完成后，我便要连夜赶回军中禀报刘铤将军，另外再带上兵马却找那杨应龙，把大师兄的娘亲要转来！"

小鱼听了此言，心中不仅一跳。原来，段云峰口中刘铤将军并非别人，也是本朝的一员猛将，此人刀法盖世，手中一柄金背开山刀重一百二十斤，军中无有不知"刘大刀"之威名者。当年缅甸东吁王朝入侵明朝，十万缅甸象兵大举杀来。刘铤与名将邓子龙受命抗敌，二人身先士卒，亲冒矢石，一直打到缅甸副都阿瓦，守将缅甸国主莽应里之叔猛勺献城投降。

段云峰眼下正在刘铤将军统率的镇南军中担任枪棒总教头，深得刘铤信任，已经有了守备的军衔。刘铤当年与李长风也有数面之缘，两人都是当世的刀术高手，彼此惺惺相惜。段云峰此去若请刘铤出面找那杨应龙的晦气，刘铤必然不会推托。但是李家大娘其实并未被人掠走，而是被安置在州城了，若去找那杨应龙的麻烦，弄得个打草惊蛇，甚至给他找到了谋反的借口，那岂非百死莫赎了？

小鱼暗想，二师兄既然明日之后才会离开，等下在寿筵上再见文震孟时与他商计，最好还是将李家大娘已被救出之事告诉二师兄，然后大家共同商计，再作打算。

3

黄昏。

晚钟悠扬。

峨眉金顶西极天。

通天大师正盘膝打坐在内室禅房小小的蒲团之上，认真地听着无穷回禀事情。

这无穷也是川中人氏，青年时从通天大师祝发受具。他为人躬操苦行，忘身为法。万历十六年，往来湖北、四川等地，募铸千手千眼大悲观音铜像，连法座高三丈六尺，通过嘉定三江河道，用船运回峨眉县城。这观音大士法相体量庞大，甚为沉重，无法请上山去。县令李应霖见大悲铜像巍峨庄严，于城东取地，安置铜像作为“镇县之宝”。两人也从此结下了厚缘。万历十九年，他又前往京师，奏请敕建大佛寺，当今皇帝十分钦敬，礼待有加；慈圣太后十分感动，赐千金，敕建大佛寺。是以，这峨眉佛门衣钵，通天大师也早已传授与无穷，自己搬到西极天峨眉派总堂，佛门诸事都已交由无穷办理。在这西极天里，修有内室和外室两个禅房，通天大师平日在此修禅，无穷若偶尔留宿西极天，便在外室禅房修禅。

适才听完无穷禀报风筝一事，通天大师轻轻一笑：“淫僧通天，好个名头。老衲今年已经八十岁了，倒从未听到过如此称呼，善哉，善哉。”

无穷抬眼道：“师父还笑得出来啊，弟子却是有些气愤。”

通天大师笑道：“当年苏东坡在金山寺与佛印禅师交往，一日，东坡问那佛印：‘禅师，你看我坐在这里的样子如何？’佛印答曰：‘好一尊菩萨！’东坡大喜。佛印禅师接着问道：‘学士，你看我坐在这里样子如何？’东坡好诙谐戏谑，便道：‘像一堆牛粪。’佛印禅师听后只是微笑，并无不悦。东坡回去后讲与苏小妹，说自己打机锋赢了佛印禅师。苏小妹却道：‘是兄长输了，佛印禅师心中如佛，故此看你也如佛；而兄长心中如牛粪，故此看禅师才像牛粪。’”

无穷双手合十道：“阿弥陀佛，师父讲得好，是弟子着相了，惭愧，惭愧。”

通天大师笑道：“佛云，今子骂我。我今不纳，子自持祸，归子身矣。犹响应声，影之随形，终无免离，慎勿为恶。”

无穷点头道：“恶者自恶，师父教诲得是。对了，有些人说伤了那放风筝老者的人便是小鱼，师父觉得如何？”

通天大师摇了摇头道：“别人不了解小鱼，难道你还不了解这孩子吗？”

无穷叹了口气道：“弟子自然也相信小鱼他，不会作出这种狠毒的事来，只是当着那些人的面，弟子也不得不交代些场面上的话。那重伤老者之事，弟子正在派人查访。对了师父，当年您遍寻巴蜀，还请少林、武当的掌门人相助，怎么就找不到小鱼这孩子的亲生父母呢？”

通天大师黯然道：“这也是缘分吧。那年老衲武当山作客，与那玄和师兄一连下了三天三夜的围棋，他原本就是国手，但偏偏被老衲连胜九局，真乃快事啊，嘿嘿，老衲回来的时候，路过清音阁下的牛心石，第一眼便见到这孩子，他醒着，不哭也闹，一头猛虎便在不远处蹲伏，却也没有来伤他。这孩子一点也不怕，忽闪着两只大眼睛，看到老衲，就咧开小嘴笑了起来。老衲将这孩子从竹篮子里抱出来一看，他的颈上还挂着一颗圆润晶莹的珠子。说起那珠子，恐怕就不是普通官宦人家能有的。”

无穷看上去以前曾经听通天大师讲过此节，于是也口宣佛号道:“阿弥陀佛，师父后来还将那头猛虎擒了来，喂了小鱼虎乳，也算是他的造化啊。对了师父，这些年小鱼的亲生父母也毫无音讯，我们是否还要瞒着这孩子，不把那珠子交还与他，不让他知晓身世呢？”

通天大师道：“按理说，这小猴儿已经长大成人，就该告诉他这些事，让他去找寻自己的亲生父母。但是老衲总有些不祥之感。这孩子的身世恐怕极不寻常，他那襁褓之中，无一字迹，用的布料显然也是临时更换的，与那颈中挂珠完全不搭调。可见送他来的人，并不想让人猜到他的身份。那颗珠子，原本也没有什么记号，但是老衲当年身在先皇左右随侍，怎会看不出那乃是皇家大内之物？”

无穷大吃一惊，道：“师父是说……”

通天大师闭上了眼睛，叹了口气答道：“无穷，你也曾出入宫禁，也知那皇家的事是如何之凶险。这孩子出生不久便被送到这峨眉山来，或许说明他的父母已遇不测。倘若现在教他得知了自己的身世，恐怕大祸立刻便要降临在他身上。老衲，绝不能眼见这样的事情发生。这孩子生得便异于凡人，一身皇家气派竟难以掩盖，所以老衲才有意将他交付与那好吃街上的司徒夫妇收养。那夫妇二人家境清贫，为人正直善良，老衲正是有意让这颗‘珠子’磨去光彩啊。那颗颈珠暂时还不能交给他，如果让他带在身上，实在难以预料是否会引来灾祸。”

无穷点了点头道："知道此事的人，已经不多。除了少林、武当掌门，当年的邹知县也已经故去，本门之中除弟子外，再也无人知晓，师父大可放心。"

就在此刻，通天大师和无穷谈论着的那个人，正在好吃街上一个人走着。已经两天没有见到少帅送给自己的汗血马了，他正往客栈而去，突然看到街头迎面驶过来一辆围挡得严严实实的马车，那个赶车之人缩头缩脑地看了小鱼一眼，慌慌张张地张开手掌把脸遮住了。也就是一眨眼的工夫，马车便已经擦身而过。

小鱼其实本来并没有太在意这辆马车，但见那车把势鬼鬼祟祟的样子，只是觉得很有点意思。不过，他稍一回想那人的模样，突然想起那人竟是自己在县衙里见过的那个班头。

小鱼摸了摸一层浅胡茬子的下巴，心中暗忖道，那个狗官吴连才很有些令人怀疑之处，如今他手下这个班头突然又打扮成一个车把势，难道这些家伙也在乔装办案？嘿嘿，说来鬼都不信。

小鱼心中一动，他反身便向马车追去，然后不远不近地坠在了那辆车的后面。

其实，作为一名斥候，尾随侦察乃是最起码的功夫，小鱼这个斥候统领自然是做到了随心所欲的地步。只见他一会坐在路边逗逗正在玩耍的小孩子说话；一会又买了张烤得酥脆的锅魁，吃得津津有味，周遭之人也完全不知道他竟然在跟踪那马车。

那个驾车的班头看来也是小心翼翼，在大街上七拐八绕的同时，还不住地回头四处打望。

小鱼心中暗笑，若是被你发现了，我这斥候统领干脆买块豆腐自己撞死算了。

跟了好一会，眼见这班头转了一阵后，突然驾车往镇外拐去，小鱼心道，这家伙倒也狡猾。

原来这大街上人来车往，最适合尾随跟踪，若是到了镇外，路人便没有了几个，遮掩也难，跟远了容易被甩掉，跟近了又容易被发现。不过小鱼毕竟是小鱼，在军中做斥候，往往任务比这要艰险数倍，那班头如此伎俩不过了了。

只见他突然甩掉锅魁，纵身掠起，接连几大步，便已经追到了马车后面，正当马车减速转弯驶出镇口那一瞬间，他就真的像条鱼一样轻轻巧巧地钻进了车底。

那马车来到了镇外之后，速度也明显快了起来。大概是感觉到自己很是聪明，神不知鬼不觉地乔装上了路，那班头的心情极好，大鞭子抡起的同时，竟然还扯着破锣嗓子唱上了。

二十一岁的小寡妇，扫兴没神儿，
思想起奴家好命苦，
过了门子犯了白裙儿，
死了这个当家的人儿。
过了门子九十二天他没骂过奴家一句儿。
难为他耐性子儿，是一个好脾气儿。
昨夜晚做了个梦啊，
他来要铜子儿。
奴一想接三天了我该去圆坟儿。
带上一块孝包头啊不擦胭脂粉儿……

唱的居然是北方流行的“小寡妇上坟”！

藏身车下的小鱼哭笑不得，就这嗓门还唱啥子嘛？时间再长点自己非听吐了不可。可你不让他唱也不行啊，自己两手抓着车横梁，也没法堵上自己的耳朵了。无奈之下，他只得咬着牙苦笑，心道，我忍！

谁知道这一忍，便一直忍了近半个时辰，那班头的小寡妇总算是把坟上完了。小鱼长长地吁了口气，心想，这下世界清静了吧？可一口气还没有缓得过来，便听到那班头又一个吊嗓，接着就又来了一出“宋二嫂思夫”。

小鱼的脸早已皱成了苦瓜，后悔为什么没问过师父，这世上有没有能够闭住耳朵听力的功夫。看来这个该去当戏子的班头还得唱上大半个时辰，那宋二嫂的心思才能找到寄托。可要真是再听大半个时辰，自己说不定便要被逼疯掉。

正当没有抓拿，忽然有了救星，只听那车中有人大吼了一声：“别唱啦，闭嘴！”接着就听车帘一动，啪的一声响起，似乎有人挨了一记耳刮子。

又听那班头蹦下车来，怒道：“你这混蛋可是疯了？”

车中那人冷笑一声道：“你哭起丧来没完啦？比狗叫还难听，全家死光光了么？”

那班头恨恨地道：“老子好心好意送你出去，你还这样对老子，还有点良心没有了？挨千刀的东西，怎么你就没死在姓李的家院子里？”

车中那人一把抽出刀来骂道：“你再放个屁试试，看老子不活扒了你的皮！”

班头见那人作势便要行凶，当下便也怂了，吓得不敢再作声，忙向后急蹿了两步才道：“大哥大哥，您这是干什么？大家好兄弟，怎么动不动就拿刀动枪的。”

车中那人哼了一声道：“少废话，赶快赶你的车，再敢发出点声音来，老子便一刀送你归西。”

趁着这两人狗咬狗的工夫，小鱼双腿一撑，手臂翻上来搭住车门后面的边沿，全身一耸，又像一条鱼般滑进了车厢，连一丝声音都没发出。他刚才在车下听得明白，这个班头要送走的，便是那天把李家大娘装进麻袋扛走的那个胖子，这回正好抓他个正着。

那胖子骂完了班头，转身掀开帘子往车里钻来，小鱼早已等得不耐烦了，斜里一掌劈在那胖子的颈部。胖子还没来得及叫出声来，便像一口袋土豆般，一头就栽倒到了车外。那班头还没反应过来，只见那布帘一掀，就露出了小鱼的英俊的小脸来。

那班头如同见了活鬼，一只脚正要往车上跨，这会吓得几乎要瘫了，一下子便摔了下去，在地上打了个滚，怀里倒还抱着赶车鞭子，哆嗦得如筛糠一般，上下嘴唇光打架，话也说不出来了。

小鱼本打算也给他一掌，但见他这副模样简直下不去手了，于是一指着那个昏过去的家伙道：“你去解他的裤腰带，把他给我捆上。”

那班头这才回过神来，咬着牙强自镇定了片刻，蹭过来开始捆人。

等他捆完了小鱼一看，呵呵，还真的是术业有专攻啊，居然是押解死囚用的那种五花大绑的死猪扣，一般人解都解不开，更不要想自己挣脱了。

那班头见小鱼面露微笑地看着他，心中盘算了一下，忙单腿跪下道：“千……千总大人的吩，吩咐，小人已经做，做好了，那……那我小人就告，告辞了啊，这车就孝敬了大人……”

小鱼叹了口气，慢慢地抽出长剑道：“如果你不想死，就想办法把自己也捆上吧。”

听了小鱼这话，那班头噗通跪倒在地大哭道：“千总大人啊，求求您就放了小的吧大人，小人家里上有……”

小鱼心道，“上有八十老母，下有三岁幼儿”，这家伙难道也是常听陆三哥的评书么？也无心再听他胡扯，干脆一脚把他踹倒，扯下他的腰带也把这班头捆了个结实，然后将其也随手丢进车厢，这才赶着大车朝着嘉定州城的方向奔驰而去。

“没想到我这条小鱼儿这一网倒网到了两条大鱼。”小鱼暗笑道，将这两个家伙交到袁大人手中，必然能问出些什么名堂。

跑了近半个时辰，车里却什么动静都没有了。小鱼感到有些奇怪，有些不对，那个班头可是一直哭兮兮地不停向自己告饶，怎么现在突然没声儿了？还有那个被自己劈了一掌的家伙，也总该醒过来了吧，怎么也没发出一点声音来？

小鱼心中疑惑，回身一把拉开了车帘，哪知就这一瞬间的工夫，他却看到那班头嗖的一下将自己的脑袋从那胖子的身上挪到了一旁。小鱼微微一笑，看你们搞什么鬼！他把车停了下来，凑过去一看，只见那胖子手上的绳结潮湿一片，而且那绳扣明显比刚才松了许多。

看到这里小鱼笑骂道："你们两个家伙鬼主意倒不少嘛，连用嘴啃这招儿都用上了，死猪扣也啃得开吗？"

胖子摆足了死猪不怕开水烫的样子，闭着眼睛一声不发，班头却抽泣道："大人，这是他逼着小人干的啊，小人不答应他就拿嘴咬小人的胳膊，不信您看看，小人这胳膊都让他咬出血了。"

小鱼摸了摸一层浅胡茬子的下巴，想了想，干脆将车里一件单衣扯成两半，一人一半塞住了那两人的嘴，然后又重紧过绳扣，笑道："都老实一点，如果再被我发现了，我也不在乎用刀剁下你们的手指头。"

赶到嘉定州城，已是掌灯时分了，小鱼请门役通禀了袁子让，简单说明了情况。不一会，几位捕快便跑了出来，连人带车将小鱼迎进了知州衙门。

将车子上的人交给了捕快，小鱼就在堂下等候。稍过片刻，袁子让便匆匆从内堂赶了过来，当听小鱼讲了经过，他沉吟了一下，道："应霖进京述职，这个来打秋风的吴观风竟敢赖在县衙搞出这许多是非，本官须立即将他捉拿，送交朝廷处置。"随后便唤来心腹捕头马肃超，点齐一哨人马，准备悄然赶到峨眉擒拿吴连才。

小鱼抱拳道："大人，小鱼还有一事相求！"

袁子让笑道："小鱼啊，只要本官能帮得上忙，你尽管说嘛。"

小鱼不好意思地挠了挠头皮，道："小鱼想跟大人借一匹马用。"

袁子让点了点头道："借马？此事容易，你便领匹马来随着肃超一同回峨眉去便了。"

小鱼忙道："回大人，师父寿辰，小鱼想去城中买些礼物，不敢耽误兄弟们办差！"

袁子让笑道："也罢，这是你的一番孝心，本官就单独借马匹与你，你回到峨眉后将马送到县衙说明就是，也不必再还回州里来。若还有事，我再着人寻你便了。”

小鱼应诺，辞别了袁子让，随人前去领了匹大黑马，跨上便往城东而去。

原来，通天大师不喜财帛，亦不好收礼，小鱼原也想不到送些什么礼物为师父庆生。后来突然想到，武林群雄前来给师父拜寿的人必然很多，虽然师父和佛门中的师兄们不饮酒，但其他人总要喝呀，这无酒岂能尽兴？于是准备到州城的佛峡去为寿筵添置些上好的白酒，就算是送师父寿礼了。那佛峡自古出得好酒，名唤“东岩酒”，方志云：“嘉城东佛峡，即圣冈山。岩半有洞，出泉清冽，宜酿。”

天将将破晓之时，小鱼总算带着许多好酒，打马赶到了峨眉县城，将马匹交还与袁子让的属下，手提着两大坛东岩酒，便甩开大步向山上奔去。

群雄拜寿

1

小鱼一路狂奔赶到了金顶西极天，刚刚跑到近前，便见那门里门外到处人头攒动，前来拜寿的武林群雄豪客也是络绎不绝，南北好汉越聚越多。峨眉派的男女俗家弟子们自然是跑前跑后地招呼客人应接不暇，还有充当司仪的弟子不断地高声唱名道：

"少林寺掌门人，觉慧法师到！"

"武当掌门弟子清云道长等师兄到！"

"神拳铁胳膊刘大全老师到！"

"南海金鲨派掌门人霍大先生到！"

"潇湘剑客雁南飞雁大侠到！"

"东海黑鲨门大当家甄可坚大侠到！"

……

……

……

这些不分远近从西面八方赶来贺寿的人纷纷拱手回礼，口中连称"不敢当"，在众峨眉弟子的接引之下或从容不迫，或顾盼自雄，或局促不安地走进西极天。那觉慧法师一类的人物，自然是前呼后拥，气度雍容，虽然尚在壮年，一代宗师的气质早已是周体流溢。

武当掌门人玄和真人已近百岁高龄，如今在山中闭关，不问世事也有十年了，此次代表武当派前来为通天大师祝寿的乃是当今武林青年一代的翘楚，武当掌门弟子清云道长和一干师弟，武当弟子真个是仙风道骨，行迹之处，众人无不艳羡。

说起来也很有趣，似乎每一代的武林之中都会有一位潇湘剑客，而能够称得起这样名头的人，往往也都是相貌英俊，武功高绝，为人自然也多少有些自负骄傲，这雁南飞三十岁上下，剑眉星目，果然也是一位难得的美男子，行止之间顾盼自雄。

而那什么神拳铁胳膊一类的人物，却大多是武林中不入流的小把戏，平时吃了几分老酒之后，也自吹自擂些“走江湖”的“英雄往事”，博得乡亲邻里叫声好，其实峨眉掌门、少林掌门、武当掌门、潇湘剑客这一类的名字，在他们的心目之中早已是神仙一般的人物，今天能够趁着来给通天大师拜寿亲眼见到这些大人物，那真是哪怕回头便死了都值得，心中自是激动不已，连手脚都不知道该往哪里放了。

当然，席中还有许多是东海黑鲨门大当家甄可坚这样的各地方小门派的舵把子。毕竟武林中鼎鼎有名的侠士就那么几位，更多的自然就是这些虽然名气不是很大，但在地方上却都有些斤两的好汉，其实也便是这样的人多了，才有了所谓的武林，也才有了所谓的江湖。

小鱼看到客人越来越多，便也赶紧将两坛东岩好酒交与知客弟子，问了几句寿筵准备和客人的情况，得知是段云峰在掌总照应，心道段师兄处事一向周全，人来得再多也不会出什么乱子，于是自己便来到门前准备帮忙接待。刚走到院坝里，忽听背后有人喊道：“那不是小鱼嘛，快过来给我搭把手！”接着便见到师兄欧阳岷江手中抱着两个大礼盒，后面还跟着七八个抬着箱笼的趟子手，一起赶了过来。

小鱼呵呵一笑，忙跑过去从欧阳岷江手中接过礼盒，应道:“欧阳师兄辛苦，带了这么多寿礼来啊。”

欧阳岷江自得地一笑道:“听说你娃娃回来了，还没来得及找你摆哈龙门阵，听说你当了个啥子千总，那是不错。师兄我现在已经做了总镖头了，倒也比你在军旅之中自由宽泛得多些，”说着用手一指那些礼物，又道，“这些算得了啥子哟，若不是有师父他老人家吩咐一切要搞啥子从俭，师兄我还要带来更多的寿礼上来。对了，现在客人都来了哪些？”

小鱼笑着回道：“少林觉慧法师到了，青城派的紫云道长、丐帮的龙帮主、潇湘剑客雁南飞、天山派掌门云先生、武当的几位道家师兄……嗯，还有好多好多，小鱼有些也认不到，总之各大门派的掌门帮主都到了，听说正在后堂上吃茶。”

欧阳岷江听罢眼珠子骨碌碌一转，点了点头道：“那正好，你快帮师兄把东西都抬到前厅上去，就摆在师父座位的后边，全都要码整齐喽。”

小鱼一愣，忙问道："师兄，你要把寿礼摆在前厅？是不是张扬了些哦，怕不太好吧，武林中各位前辈，各大门派送来的贺礼，都没有哪个摆出来……"

欧阳岷江听这了话有些不悦，哼了一声道："有啥子不好，要的就是这份气派噻，咱们师父是当今峨眉派的掌门，天下武林至尊！咱们峨眉派又是当今武林中的翘楚，三大流派之一，岂能不把排场做足些？你娃不懂这些板眼儿，莫废话了，按师兄说的去做就没得错……诶，你还愣着搞啥子么，赶快帮忙抬噻！"

小鱼习惯地伸出右手的大拇指和食指摸了摸一层浅胡茬子的下巴，皱眉道："师父素来不喜欢张扬很了，今天的寿筵又是段师兄在掌总照应，欧阳师兄总还是该先去问哈他嘛。"

欧阳岷江突然发怒道："问他作啥子？他好久成了峨眉派的掌门人了？现在未必已经轮到他来管我了哇？算了算了，你不帮忙拉倒，我自己难道整不起？"说罢一把抢过小鱼手中的礼盒，也不理会小鱼，领着一干趟子手抬着礼物横着膀子便从人群之中穿过，往前厅挤了过去。

望着欧阳岷江离去的背影，小鱼不禁叹了口气，这欧阳师兄的脾气硬是比以前更厉害了哟！

他回过头来，突然看到文震孟从院坝外面走了进来，忙上前将他拉到僻静处，将自己护送李家大娘去嘉定州城这一系列的事情讲与他听，那状元郎听了个目瞪口呆，半晌才道："幸好吉人天相，小鱼你做得很好！那些太监和锦衣卫，我现在暂时也琢磨不出他们所为何来。至于师父和段师兄，我看还是由你找机会告诉他们大师兄的情况，我毕竟不是峨眉门下，有些话还是你去说更好。李老夫人一事，你也告诉段师兄吧，如果他回去请刘铤将军出面寻那杨应龙的晦气，也许反会坏事。待我和你师姐下山时，便将李老夫人接走，有我们照应，你也尽管放心罢。"

小鱼想了想也是这个道理，便点了点头，两人分头去忙着接待客人不提。

随着离吉时越来越近，各路英雄也到得越来越多了，前厅大堂里固然坐满了诸多门派的掌门人、帮主、大侠；就连那西极天外的空场坝里，在几天前便也早已搭起了大棚，各地小有名气的帮派头脑都坐在一处兴高采烈地互相打着招呼，连神拳铁胳膊刘大全也混迹其中，和人攀比着述说自己与通天大师的"交情"。

这些人自然不像前厅大堂里那些掌门、帮主们一般从容，而是喧哗不已，好在这寿典之上，热闹些倒也正是题中应有之意。在这大堂之上，有三张主桌高位空着，却没有人敢上前就座，想来必是为通天大师和少林、武当、丐帮等当今武林最受尊敬的大人物预设的席位。

不过此时这些大人物都在后堂里茶叙，坐在上首的是少林掌门人觉慧法师。六年前少林方丈悟风大师圆寂，是他接过了衣钵，然而虽在壮年，却一心向禅，寻常足不出嵩山，此次千里迢迢从中原赶来西蜀为通天大师祝寿，也可以算得一件异事。

丐帮弟子遍布中原，有十万之众，帮主妙手神丐龙大富游戏风尘，与当今身处顶峰的武林高人都极是熟识，他性格又十分诙谐，从不摆什么中原第一大帮主的臭架子，此刻在后堂也是见人就作揖，连着打诨插科，逗得这些个武林头面人物纷纷大乐。

只有那素来以为摆张死人脸才最帅气的潇湘剑客雁南飞不声不响地啜饮着一杯峨眉雪芽。这峨眉雪芽自然也不是凡品，大唐诗僧贾岛就曾在《送朱休归剑南》一诗中吟道："芽新抽雪茗"。与他同代的大学者李善在其所著的《昭明文选注》如是说道："峨山多药草，茶尤好，异于天下。今黑水寺后绝顶产茶，味佳而二年白一年绿，间出有常。不知地气所钟，何以互更"。及至南宋，陆游陆放翁曾经牧守嘉州，他尝自诩"江南老桑葶"，一生品饮江南诸多香茗，见识品饮"峨眉雪芽"后，喟叹赞誉："雪芽近自峨眉得，不减红囊顾渚春"。此刻这骄傲的年轻人已经连饮了数杯，依然回味不已，倒也不怕被人讥笑为"驴饮"。

青城派的紫云道长和天山派掌门云先生是通家之谊，两人都是棋痴，趁着通天大师还没到，竟让人摆下黑白子，兴高采烈地杀将起来。

天府双侠丁冠英、丁冠雄两兄弟都是峨眉派的近支，在整个巴蜀极富侠名，这两人刚到，小鱼赶紧上前以晚辈身份见礼，忙着引领着到后堂看茶。

这丁氏两兄弟也和龙大富一样，从来不自恃身份，性好诙谐，他们一来，便在众人中东拉西扯，后堂里此刻也是笑声不断，颇为热闹。

后堂之上其乐融融，小鱼笑着和几位前辈打着招呼，正待出去帮助招呼客人，忽见文震孟手里拎了个大茶壶，也走进帮着倒茶，不由得心中暗笑：能喝上状元郎亲手沏的茶水，这帮子武林豪杰福气还真是不小呢。

此时，了解内情的客人见状元郎前来沏茶倒水，赶紧纷纷起身双手托杯，礼数都极是周到。当文震孟来到被峨眉当地父老共同推举前来为通天大师祝寿的乡绅刘三太爷面前时，只见此人正坐在那里和别人聊得口沫横飞，端起刚斟满的茶碗一饮而尽后，头也没回地对文震孟道："小兄弟，给老夫换个大碗来，这么小的盅子实在是整不过瘾啊！"

坐在他旁边的丁冠英一向诙谐，便有心开个玩笑，于是笑着对刘三太爷道："老爷子，你果然不愧有老太爷的大架子哦。"

刘三太爷哈哈笑道："这叫啥子话哟？通天大师这么些年来做了好多善事，阿弥陀佛，我们峨眉百姓都把峨眉派当作自家人一般，哪还用得着那些个虚礼客套。"

丁冠英呵呵一笑道："老太爷晓得这位给你斟茶的年轻人是哪个嘛？"

刘三太爷看了一眼文震孟，迟疑地道："硬是有些眼生，不过想来肯定也不是的外人嘛。"

丁冠雄也跑来凑上一角，在旁边接道："好教老太爷知晓，这位文先生便是当今山东布政使大人的大公子，前科的状元郎，真资格的天子门生，那可是金殿赐座、御马夸官的人物，现在而今眼目下给你老太爷沏个茶，你老人家还摆的啥子架子哦？"

刘三太爷哎呀一声赶紧从座位上跳将起来急道："这哪里敢当，哪里敢当哦……"

文震孟赶紧上前搀扶着，笑道："这位老先生不必如此，状元郎也没有啥子了不得，两顿饭不吃一样饿得要死。在下是峨眉派的女婿，您老人家是峨眉父老乡亲推举的士绅，给您老奉茶那正是该当的。"

众人见文震孟言语平易，礼数周全，心中不免对他又多亲近了些。

那刘三太爷听了文震孟的话后也不那么紧张了，慢慢地坐了回去，脸上大有光彩地笑道："还是状元公说得有道理，有道理。"

大家听在耳中，也都笑了起来。

这时，忽见段云峰急步跑进来说道："本派掌门，通天大师迎候各位前辈英雄！"

其实"迎候"二字，也不过是出于礼节。且不说那些前堂和院中的武林群豪，即使是这些"登堂入室"的武林顶尖人物，哪一个不是通天大师的晚辈？

通天大师与武当掌门玄和真人、已故少林方丈悟风大师是至交好友，少林、武当今日前来的都是他们的弟子辈。

丐帮龙帮主名扬四海，但对通天大师从来都是以晚辈论交。

其余众人无论是紫云道长还是云先生，都不过是龙帮主的平辈。

天府双侠丁冠英、丁冠雄与峨眉派沾亲带故，更不必说都是晚辈。

就连那个从进门到现在一直摆着张死人脸的潇湘剑客雁南飞都立刻站了起来，面容变得很是恭敬。

众人正想到此，那通天大师却已含笑步入后堂，路过段云峰身边时，嗔怪地道："没有规矩，这些都是至亲的朋友，还要大呼小叫？"

转身对着大家双掌合十道："诸位朋友远道而来，老衲本应自出山门相迎，无奈这年岁大了，身子也有些耍赖，行动不免迟缓了些，怠慢之处在此给大家赔罪了，阿弥陀佛。"

其实，通天大师虽在佛门，却最是真性情之人，若是依着他的性子，原本不拘这些俗礼，更不会端什么架子。但无穷之前却劝道："来的都是子侄辈些，师父倘若前去迎接，倒害得人家不知如何还礼，岂非与人为难？只好按得俗例行事罢了，佛云'与人方便，自己方便'。"

通天大师一想，还真是如此，也就罢了。

众人赶忙纷纷还礼口称不敢，丁冠英更是嚷道："大师怎么如此说？谁不知道大师的为人，有幸前来祝贺您八十寿辰，我们这些做晚辈的那都是上辈子修来的福分啊。"

通天大师笑道："老衲身在佛门，四大皆空，说不准哪天就要侍奉佛祖去了，哪有那么多穷讲究？本来就和这些不成器的孩子们说过了，诸位都是百务缠身的人，就不要劳烦大家了，可他们却是阳奉阴违，把老衲的话都当耳旁风了……不过你们来了老衲很是高兴，"向众人合十一礼，表达了谢意，接着又道："外面那些朋友也等了许久，不如我们出去和他们说说话吧！"众人答应一声，便前呼后拥地随着通天大师往大堂走去。

段云峰素有大将之风，行事稳妥，此前早已把大堂和院子里的朋友安顿停当，放眼望去，足有三四百人，济济一堂。此时见得通天大师在少林、武当、丐帮、青城、天山等名门大派顶尖人物的簇拥中走出，无不欢声雷动，有的性子粗豪的好汉忍不住高喊："恭祝大师寿比南山啊！"这一开了头，许多人也跟着喊起了祝词，就连一些老成的世家子弟也深受感染，祝祷不休。

通天大师对着众人合十施礼，朗声谢道："贫僧何德何能，劳动诸位玉趾？不过看到你们，贫僧很是高兴，眼见得年岁大些的精神壮硕，年轻的也都俊秀有成，老和尚心里喜欢。不成器的弟子们倒也做了件好事，备下了这素斋素酒，让大家聚聚，亦是难得。老和尚虽然不能喝，各位英雄大可尽兴啊！"

此时下头有人笑道："大师啊，您这西极天是峨眉派的总堂，又不是寺庙圣地，干嘛还要给咱们大伙吃些素斋呀？"

通天大师呵呵地笑着回答道："这西极天虽不是方外之所，但这也在峨眉山之巅呀。诸位都知道这峨眉山乃是普贤菩萨的道场，贫僧禅房之中供奉着我佛如来，这金顶之上便是那四面十方普贤金像，如何可动得荤腥？你这南宫家的小六儿，自是锦衣玉食，不过也别小瞧了老和尚这素斋，保证让你大快朵颐。”

众人闻听此言无不哄堂大笑，通天大师口中的“南宫家的小六儿”其实已经年过不惑，正是这一代的南宫世家的家主南宫均。南宫家世代经商，乃是一方巨富，自然“锦衣玉食”没有错，南宫均剑术号称江南第一，平时也是架子端得十足，可现在成了通天大师口中的“小六”，不但不生气，反而一脸的荣光。

2

通天大师招呼众人入席，此时峨眉的一众二代弟子也纷纷忙碌起来，素斋素酒流水价传了上来，那些素斋菜肴大多是蘑菇山珍和西坝镇的豆腐所制，却也雕刻成鸡鸭鱼兔的样子，色泽诱人，鲜香四溢。待到杯盘都布好之后，通天大师拿起一杯酒笑道：“诸位英雄，各位都知道的，老衲虽是个僧人，但峨眉派却不是方外的门派，因此数十年来也结交了天下如此多的好朋友！今天大家为老衲贱降不远迢迢，老衲实在愧不敢当，”说着拉过小鱼，“小猴儿，你来，为师持戒不能饮酒，你就代为师向众位英雄敬上一杯，聊表谢意！”

小鱼一愣，按理这杯酒应该是二师兄段云峰代师礼敬群雄。但此时怎好迟疑？他忙依言双手举杯，恭身面向群雄。身后，无穷对着段云峰微微一笑，段云峰严肃的脸上也难得地露出些笑容。但在另外一边，欧阳岷江却脸色难看起来，他狠狠地瞪了小鱼一眼，口中低声嘟囔了几句，却也无可奈何。

正在此时，一名段云峰门下的二代弟子突然慌慌张张跑了进来，看看酒席上的情形，欲言又止，生怕打断了师祖说话。段云峰今天是寿典的总执事，所有知客大多是他的弟子，见状忙上前将那弟子拉到一旁低声问道：“发生何事，现下正是你师祖的寿筵，怎地如此慌里慌张？”

那二代弟子忙禀道：“禀师父，是，是唐九前来给师祖，给师祖贺寿。”

“唐门的唐九？”段云峰一惊。

“回禀师父，就是他，他正在接引殿外，要徒儿上来禀报。”

那二代弟子的声音不大，但附近一些席上的人都已经听得清楚，不少人当时就变了脸色。

此时正是明朝中叶，中华武林群雄并举，武术生机繁荣。少林、峨眉、武当三大门派为天下武林所尊崇，丐帮、唐门、天山、崆峒、青龙会五家次之，被江湖中人称为“八大门派”。其实，少林、峨眉、武当三大门派门规严谨，非但弟子很少涉足江湖是非，连三大门派的掌门人也并不干涉他人，最多有时为江湖纷争稍作调停而已。

天山和崆峒两派此时人才已经十分凋零，行事则与少林、峨眉、武当接近。丐帮此时仍为天下第一大帮，南北帮众号称有十万人之多。龙帮主降龙十八掌和打狗棍法绝技威震江湖，但他为人诙谐又好隐逸，对江湖中事大多概不过问，帮中大事小情都交由三位九袋长老处置，因此，丐帮虽然人多势众，却很少与人争执。

相形之下，四川唐门和崛起不过十数年的青龙会就名声显赫得多了。

四川唐门其实并不与中原武林联系，子弟大多只在川内，非当家人所命，没有人敢擅自到江湖中去闯荡。但是，毒药和暗器天下无双的唐门子弟，一旦走进江湖，就是一等一的高手，而且往往出手致命，令人闻风丧胆。许多曾经在江湖中被人传说得出神入化的唐门子弟其实在家中不过是中下流的角色，也正因为如此，唐门就更加令人感到可怕。

唐门中人武功诡异暗器无杀，行事也是亦正亦邪，是向来不与别的门派交往的，这个唐九的身份也非同一般，其父大当家唐剑门向来深居简出不问世事，这唐九三年前就是唐门中打理一切事物之人，江湖传言未来当家之位也必属于他，是个了不得的人物。

一想到唐门普通子弟身上的暗器和毒药都不得了，这位实际上的大当家突然到来，怎么会不引起众人的惊疑，何况唐门素不与人交往，与峨眉派也少有往来，难道此来是要做个恶客？

众人正在发愣，通天大师却笑道：“远来是客，岂可怠慢？快快有请吧，小猴儿，你这杯酒还没有喝，大家都在等你呢；峰儿，你是知客，快去迎接唐施主吧，不要失礼。”

众人心道：“难怪听闻大师虽在佛门，却是一等一的精明人物，当年就连皇上也是十分敬重的，往来朝堂之上，与王公齐身，若不是不喜虚名，早就是一朝国师了。今日一个如此厉害的人物突然上门，却在须臾间安排得妥妥帖帖。”

段云峰领命，便带那弟子一路奔向接引殿而去。

那接引殿就在金顶之下不远的地方，段云峰带着弟子一路飞奔下来，远远地便看到了唐九。这个人，估计无论隔得多远，只要是目力可及之处，就必然能被发现的，因为他的目标实在是太大了。

这位足不出川，却令许多江湖人提之变色的妙人正半躺半坐在一顶滑竿之上，穿着一件大红的缎子长袍，身体极是肥胖，四肢又颇短小，此刻缩在滑竿之上，简直活像一个大皮球，看上去十分滑稽。

但是跟着段云峰同来的那个小弟子却怎么也笑不出来，一想到传说中唐门那些可怕的令人生不如死的毒药和暗器，全身都不自在起来。

段云峰却没有看唐九，他在看那几个抬着滑竿的人。

唐九那足有二百三四十斤的身体，就算有四个人去抬着他坐的滑竿，都不会轻松。但是，抬着唐九的不过两个人，并且全都是身材消瘦的年轻人，这三个人和一架滑竿加在一起就像一只大红薯放在了两根钉子上面，令人实在忍不住想笑出声来。所以，许多路过的游山客人都在捂着嘴巴窃笑，有的人还偷偷地指指点点。

段云峰却笑不出来，因为他已经认出了那两个抬滑竿的人，确切地说，是认出了那两个人的身份。

唐九就是当今四川唐门大当家剑门先生的嫡长子。唐剑门年事已高，唐九接班已是为期不远之事，如今唐门中的具体事务很多都已经是由他来处理了。唐九训练出一支最精锐的特殊卫队，这支卫队的成员全部是唐九亲自从唐门十八岁至二十五岁中的后辈中选拔出来的，不仅对他本人忠心耿耿，而且每个人都具有一种很可怕的武功。

唐九为这支卫队取的名字就叫做“钉子”——钉子，是可以钻到任何一个地方去的，就算是坚如铁石，也无法抵挡。

没有人知道“钉子”一共有多少人，有的人猜是三十人左右，也有的人猜测说有上百人。段云峰也不知道这个世界上究竟有多少根“钉子”，他只知道师弟小鱼的结义兄长“鬼手”陈千重的手就是中了“钉子”的暗器后才锯掉的，没有人天生就会装一只钢铁的手。

眼前这两个抬滑竿的人是不是“钉子”？

段云峰正暗忖间，唐九却已经被抬到了他的面前。

没有人看清楚唐九是怎么从滑竿上下来的，也没有人能够想象得到这样一个巨大肥胖的身体怎么能够跟着峨眉派有名的高手段云峰并肩行走在那陡峭的山路上，而且看上去比段云峰走得还要轻松。但这一切偏偏就活生生地发生在大家的面前。那些远处的香客游人此刻也笑不出来了，张大的嘴巴里简直可以塞进一个鸡蛋。

其实不管那些抬滑竿的人是不是钉子，段云峰都不敢大意，他决定过一会便将一些精明能干，武功不错的二代弟子找来，加强警戒。

然而唐九的人却没有跟上来，他们只是停在原地，在唐九之后，还有一架滑竿，不过那滑竿改装成了轿子，也不知道里面是空的，还是另有人在，抬轿子的轿夫倒一眼便能看出只是下苦力之人，并无武功在身。段云峰心道，只要我等加强戒备，不要说一个唐九或几个唐门的高手，就是整个唐门都上山来找麻烦，峨眉派又有何惧？他自信地一笑，引着唐九，来到了西极天。

不过也不是所有的人都像段云峰一样从容淡定。这赴宴之人甚多，其中与唐门结过梁子的也颇有那么几位，得知唐九要来了，神情立刻就不自然了，虽然还在与人谈笑，手中端着酒杯，却怎么也喝不下去。若说要在此向唐九寻仇，恐怕也并非对手，一个普通唐门子弟都不好相与，何况当家人？再说这是怎么地方？峨眉派的总堂，天下武林顶尖人物今天算是都在这儿了，更何况今天是通天大师的八十大寿，在这里拔刀动剑，就算峨眉派不追究，恐怕其他人也能把自己给拆了。不过倒也有一宗好处，就算曾经得罪过唐门，今天也不必害怕，道理也是一样，那唐九再厉害，也不可能在此乱来，当然也不得不防……

按下这些江湖人物的心思不表，只听门外有二代弟子唱名：“四川唐门少当家唐九公子到！”片刻之间，段云峰便陪着一人走了进来。只见这人身穿一件大红的缎子长袍，身体极是肥胖，四肢又颇短小，简直活像一个大皮球之人，手摇折扇快步大笑着走进了厅堂。

一见此人的尊容，那些从来没有见过唐九的人齐齐愣住，难道他就是那个名满天下，江湖传说中心黑手狠可比地狱恶鬼的唐门少当家唐九？

谁知那唐九似乎根本就不在乎别人怎么看自己，趋步直奔到通天大师面前扑通跪倒大声道：“晚辈唐九，祝老禅师寿比南山。”

说罢便重重地叩了三个头。

通天大师赶忙闪到一旁身手相搀道：“不敢当，这么大的礼老和尚哪里消受得起，快请起快请起。”

那唐九哈哈笑着站起身来，递过个一件东西道：“咋个受不起喃？大师您可是咱武林中的泰山北斗，能在您寿诞之日来给您磕个头，那还是晚辈的造化呢，晚辈此行来得仓促，只随身带了这么一件小玩意儿算做贺礼，还望大师莫嫌微薄。”

通天大师笑道：“唐施主你也太客气啦，来者都是峨眉派尊贵的客人，但这礼物老衲是万万不能收的，还请施主先用饭，届时收回吧。”

唐九微笑道：“晚辈也晓得大师您平生不好金银珠宝那些俗不可耐的阿堵物，岂敢拿来献丑？所以为大师上寿带来的贺礼只不过乃是一本书法帖子罢了，大师如果不收，那便真的是嫌弃了。”

通天大师也不好拂了唐九的面子，接到手中展开默读道：“永和九年，岁在癸丑，暮春之初，会于会稽山阴之兰亭……”他将那书法字帖又略微一翻，不由得轻轻一笑道：“兰亭宴集序，这本‘不过罢了’的书法字帖恐怕远比一座金山还要贵重了，老衲岂敢收受啊。”

原来那唐九口中轻描淡写的“书法帖子”竟是《兰亭宴集序》真本，也便是世人所熟知的《兰亭集序》。东晋穆帝永和九年三月三日，王羲之与谢安、孙绰等四十一人，在山阴兰亭“修禊”，会上各人做诗，王羲之作序。手本共二十八行，三百二十四字，章法、结构、笔法无不是世间完美之作，后人评曰“右军字体，古法一变。其雄秀之气，出于天然，故古今以为师法”。故此，历代书家无不公推《兰亭集序》为“天下第一行书”。

相传，当年右军先生一挥而就，自己也极得意。回到家中，他又重写过几篇，但最终只能掷笔叹息道：“此神助耳，何吾能力致。”再也无法写出那原稿的神韵，于是将此原稿珍藏为传家之宝，一直传到了他的第七世后人智永。智永少年出家，酷爱书法，临终前又将这《兰亭集序》传给弟子辨才法师。

唐太宗李世民酷爱书法，尤爱右军字。一日，太宗闻听《兰亭集序》在辨才手中，便派人前往索取，辨才却始终推说并不知真迹下落。太宗见不能硬夺，便改为智取。他派监察御史萧翼装扮成书生模样，去与辨才接近。那萧翼亦是书法大家，与辨才谈得很投机。待两人相交日厚，萧翼故意拿出几件王羲之的真迹与辨才欣赏。辨才看后，不以为然地道：“真倒是真的，但不是好的，贫僧有一本真迹更胜其他。”萧翼追问是何帖子，辨才告知了真相。萧翼故作不信，称此帖早已失踪。辨才便从屋梁上取下真迹给萧翼观看，那萧翼一看，果真是《兰亭集序》，随即将其纳入袖中，并拿出太宗的圣旨。辨才此时方知上当。失去了真迹，更是失信于先师，辨才心中懊悔难过，不久便积郁成疾而终。那真迹后来在太宗驾崩后便作为殉葬入陵，从此永绝于世。

而大唐传世有《兰亭集序》五大摹本，均是价值连城。其中《虞本》为唐代大书法家虞世南所临，因卷中有元天历内府藏印，亦称“天历本”。虞世南得智永真传，直接魏晋风韵，与王羲之书法意韵极为接近，用笔浑厚，点画沉遂，此本最具真迹之意韵。而《褚本》为唐代大书法家褚遂良所临，因卷后有米芾题诗，故亦称“米芾诗题本”。此册临本笔力轻健，点画温润，血脉流畅，风身洒落，深得兰亭神韵。被世人公认为最近真迹原貌的则是《冯本》，为唐代内府榻书官冯承素摹写，因其卷引首处钤有“神龙”二字的左半小印，后世又称其为“神龙本”。而另外一本《定武本》则是唐代大书法家欧阳询的临本，于北宋宣和年间勾勒上石，因于北宋庆历年间发现于河北定武而得名。定武原石久佚仅有拓本传世，此本为原石拓本，是定武兰亭刻本中最珍贵的版本。

唐九此次带来的贺礼，竟是失传已久的《褚本》，此本集王右军之文章、褚遂良之临摹与米芾之题诗于一身，尤为珍贵，故此通天大师说它远比一座金山还要贵重得多了。

唐九见通天大师不肯收受礼物，仍只是一再拱手不肯拿回。通天大师于是笑道：“时辰已经不早了，若是再与施主推来让去，恐怕这素斋早已凉了，大家嘴上不说，心里却都该骂娘了，施主与老衲又何苦来哉？唐施主早早收回字帖，大家也好入席啊。”

那唐九听得此言，也不好再争，尴尬地笑了笑，将书法字帖揣回到怀中，向通天大师施了一礼，便来到席间，挨着丁冠英、丁冠雄兄弟坐了下来。这唐九与丁家兄弟都是蜀人，彼此一开口便立刻亲切起来。丁家兄弟历来是个乐天的，与唐门虽然没打过什么交道，倒也并不惧怕这位名震四方的“毒人”。

峨眉山的美食佳肴实在太多，即使是一场素宴，也足以让老饕餮们食指大动了。单说一道雪蘑芋，每桌都连上了三盘，却都被抢了个精光。说起这雪蘑芋，山外之人久闻大名，却少有人亲口品尝过，乃是世间罕有之物，它本这峨眉山巅峰积雪之处生长，地上叶柄如蛇，叶子却像美人手掌，要以童男之人，才能刨出叶子下面的小球，个个都如鸡蛋般大小，煮熟之后晒干，又掩埋于冰雪之中七七四十九日才能挖出，此时小球内孔如蜂巢，即使以白水一瓢，几粒精盐，便可胜过龙肝凤髓。吃惯了钟鼎玉食的南宫均都吃得满头大汗。

就是那些小吃点心也能让不少人想做个席间怀橘的陆郎。那用糯米细粉做皮，内用白糖、花生、核桃、芝麻等合制成心子，用粑叶包好蒸熟的叶儿粑，一口咬下去，口中鲜美之感无以言传。还有那用黑糯米、黄豆、芝麻、花生等材料精致而成，吃起来皮面干脆而心里柔软的三合泥，也让人不留神就能咬了舌头。

武林群雄大多都好酒如命，这宴席之上所备之酒也大不简单。此酒名唤“东岩”，便是小鱼三进嘉定州城办回来的那些好酒了。

说起东岩酒，实在是大有来历。这嘉定州自古人杰地灵，尤其在大宋年间，更是出了一门三父子，美名天下传，那便是朝野人人景仰的三苏，苏洵、苏轼与苏辙了。而三苏之中，苏轼苏东坡更是这中华古往今来顶天立地的大文豪。大宋元祐五年，苏东坡牧守杭州，得知好友张伯温出任嘉州太守，便作诗一首，与伯温共勉，诗云：

少年不愿万户侯，亦不愿识韩荆州。
颇愿身为汉嘉守，载酒时作凌云游。
虚名无用今白首，梦中却到龙泓口。
浮云轩冕何足言，惟有江山难入手。
峨眉山月半轮秋，影入平羌江水流。
谪仙此语谁解道，请君见月时登楼
笑谈万事真何有，一时付与东岩酒。
归来还受一大钱，好意莫违黄发叟。

从此，此诗传遍了大江南北，士人无不传唱。那产自嘉州的东岩酒竟也名扬四海。小鱼带回了两大坛酒，要匀到每张桌子上，其实也就不甚多了。好在远道而来的群雄也都知道这酒难得，倒也不好学人驴饮，加之虽然西极天并非寺庙，却总还在寺庙附近，何况寿星又是得道的高僧大德，如若个个喝得酩酊大醉，恐怕也不是好事。因此，尽管酒不甚多，群雄也是个个豪兴大发，倒也其乐融融。

段云峰领着小鱼、杨晋、欧阳岷江、汤思切等人四处敬酒，也都喝了个酩酊小醉；李云兰带着一些二代女弟子们则陪着客人的女眷们聊着天。

酒足饭饱，群雄纷纷前来告辞，此来峨眉山，除了给通天大师上寿，大多数从外地赶来的人也还要在山中盘桓数日，去万年寺、报国寺上上香，到清音阁、雷洞坪看看水。

通天大师率段云峰、杨晋、李云兰、欧阳岷江、汤思切等门下一代弟子肃立门前送客，小鱼按照师父的吩咐，带着二代弟子们向所有前来拜寿之人赠送回礼。通天大师道："老衲乃出家之人，四大皆空，既无家，又何须这许多物事。然而武林同道一番盛情美意，老衲十分感谢，就回赠些老衲的几张涂鸦书画，与诸位祈福增寿。"

通天大师出家之前贵为翰林，一手右军体的好字更是海内知名，加上又含有祈福增寿之意，因此回赠礼物虽然事违常例，但武林群雄也仍是纷纷拜领，有些在江湖上名头不显，帮派又不大的人心中还不免暗喜，能够得到这样的书法，不但家中多了一份值钱的收藏，而且和堂堂的峨眉派也算是攀上了交情，脸上有光。那神拳铁胳膊刘大全也得了一幅斗方，上有通天大师手录诗仙李白的句子“蜀国多仙山，峨眉邈难匹”，不由得激动得口中念念有词:“俺的亲娘哎，回家就要找宝铭斋的师傅裱起来，以后天天香火伺候着，可以当传家宝啊……”

3

午夜，喧哗热闹了一天的峨眉派总堂西极天内终于又恢复了往日的宁静。

无穷正在外室禅房之中打坐参禅，神态静穆，法相庄严。突然，他睁开双眼，微微一笑道：“阿弥陀佛，有朋自远方来，不亦乐乎，施主既然来了，何不进来说话？”

话音刚落，门外果然走进一位又高又胖的男子，居然便是那唐九。唐九怀中还抱着一位身着重裘脸色苍白，没有一丝血色的少女。这少女呼吸异常沉重，似乎出的气多，进的气少，生命已近垂危。

见到无穷，他抱着那少女扑通一声跪倒在地连连磕头。

无穷起身回礼道：“唐施主快快请起，贫僧果然没有料错，唐施主此来为家师祝寿，果然还另有他事。这位姑娘乃是何人？”

唐九伏地不起道：“此乃是在下嫡亲的幼妹琳儿，因误中奇毒，特来求大师慈悲为怀，不吝相救。”

听得此言，无穷不由得一诧，问道：“世人皆知四川唐门乃天下第一用毒高手，既能用毒，必能解毒，令妹这事……”

唐九道：“大师有所不知，我唐门的确对毒药有些心得，却也并非江湖中传言得无所不能。幼妹琳儿，从小心地善良，对本门用毒的法子也很有些不满，总想研制出些解药来，克制毒药。在下虽然并不赞同她的想法，却也不愿干涉。其实研制解药，就必须以身试毒，方能检验。舍妹……舍妹她从小到大，也不知道服用过多少毒药，也研制出无数解药来……”说到此处，这位江湖中人畏之如虎的唐门少当家早已泣不成声。

“阿弥陀佛，善哉善哉，令妹大义，堪比神农先贤。”无穷听闻此言，心中也颇为感动。

唐九又直言道：“在下素来并不赞同令妹所为，身在江湖，用毒故能伤人，用刀便伤不得吗？但在下从小便疼爱这妹子，又自信家中解毒之方甚多，也不担心她出事。谁知……谁知半个月前，舍妹不知从何处找到了一个中了厉鬼阴风掌的江湖人，尽力医治，似乎有些好转，但仍因遇到晚了，那人最后还是死了。谁知舍妹生性倔强，又听说这厉鬼阴风掌害人不浅，当年家父也曾追随尊师清剿厉鬼阴风门……那人死后，舍妹竟……竟将那人所中之毒引到了自己身上，继续试药，可是却一直不见好转，这些日子，竟已极度恶化了……”

无穷心中震撼，这唐琳儿心地十分善良，而那厉鬼阴风掌重现江湖，恐怕又是一件大事，说不得就可能引来一场腥风血雨。正思虑间，唐九又拜道：“在下无能，已经用遍了门中所有的方子，却仍于事无补。”

无穷听到这里，心中突然想起一件事来，不由得疑惑地道：“令尊剑门先生天下医毒之奇才，难道连他也救不得令妹吗？”

唐九长叹了一声道：“家父……家父用了最冒险的办法，用功力逼住了舍妹体内的阴毒，令其不能在体内游走，以免逼近心脉，他也仅能做到这一步了。家父多年前曾追随尊师，知道尊师的峨眉十二桩功已入化境，唯此内功方能化解厉鬼阴毒……”

无穷面色微变，道：“阿弥陀佛，家师年事已高，身体也并不是很好，恐怕也爱莫能助……”

唐九不敢说话，只是重重地磕头，不消片刻额头便已经见血。

突闻内室一人朗声笑道：“慈起无缘之化，悲含同体之心，阿弥陀佛，这女娃娃行善之心感召日月，老衲焉能袖手旁观令其不得善终耶？”话音未落，在内室参禅的通天大师双手合十，缓步而出。

无穷大惊，忙唤道：“师父，不可，您年事已高，身子又不是很好，倘若强行运力，弟子恐怕……”

通天大师摇了摇头道：“痴徒，痴徒，你可知此山为何山？”

唐九见大师出来，知道他必愿搭救幼妹，心下稍安，此刻听到大师的问话，不由得也有些奇怪，此山不就是峨眉山吗？

只听那无穷低声道：“此山为大光明山。”

通天大师追问道：“为何叫做大光明山？”

无穷端容恭声道：“当年慧持祖师从庐山入蜀，在此修建普贤寺，供奉普贤菩萨，有善财童子伫立妙高峰上，观此山如满月，大放光明，于是称赞此真乃大光明山也，是为普贤菩萨道场。”

通天大师微笑道：“你明白了。”

无穷叹息道：“是，弟子明白了。普贤道场，大慈大悲，舍己救人，乃证菩提。”说到这里，他坐回蒲团，口中默诵佛号。

通天大师扶起唐九道："令尊现下如何？"

唐九抱着唐琳儿，泪流满面道："家父用尽毕生功力，又将舍妹之重导引至自己身上，终于将舍妹心脉护住，使厉鬼阴毒不能在舍妹体内游走，而家父他……他已经去了……"

通天大师叹了一声道："阿弥陀佛，剑门先生曾率唐门七十位高手，与老衲共讨厉鬼阴风门，那一战唐门十损八九，武林正派也多有壮烈捐躯，而阴风门也从此烟消云散……剑门先生当年的英姿风采，犹在老衲眼前……今日你来，也是老衲的缘分。将令妹放下来吧，老衲尽力而为。"

无穷猛然睁开双眼，哀求道："师父，弟子愿意替这位女娃娃医毒……"

通天大师微微笑道："此毒难解，稍有不慎，便是两败俱伤，都逃不得性命。老衲不想看到意外发生，你且与唐施主一同为老衲护法，任何人等不得搅扰。"

无穷和唐九不敢多言，齐道："遵命。"转身来到室外，两人站立于门口，相视无言。

良久，唐九向无穷鞠了躬，道："在下劳烦尊师出手，实在也是再无他法可想，尊师大恩大德，在下真不知如何才能报答……"

无穷还了一礼，苦笑："家师平生大慈大悲，岂能见死不救，贫僧只是担心他的身体，恐怕此次全力施为后，难以恢复。"

唐九暗叫惭愧，想了一想，从怀中摸出一只似金非金，似铁非铁的匣子，双手呈上道："尊师不肯收礼，在下亦无以回报，此物……"

无穷摆了摆手道："施主既知家师不会收礼，又何必再……"

唐九忙道："法师误会了，此并非在下之物。前日在下从唐家堡赶来峨眉山时，曾在路上救起了一个年轻汉子。此人当时受伤极重，已是奄奄一息了，临终之前，他托在下将此物送交通天大师，还留有遗言说，他乃是贵派的李长风将军亲卫家丁，李将军为奸佞所害，生死未卜，而此匣中可能便是本朝奸佞与日本国勾结的秘密信件之类。"

无穷大惊，颤抖着双手接过那匣子道："长风，他出事了？唐施主，你此话当真？"

唐九苦笑道："此事关系如此重大，在下岂敢胡言乱语……说句实话，在下也曾怀有小人之心，本想着舍妹此毒甚重，大师也许不会出手相救，那时……那时再拿此物出来……唉，谁知通天大师之慈悲，竟是如此……在下枉做小人了。"

无穷双手长叹道："朝中出了奸臣，长风又不知道生死，这又该如何是好，唉……”

唐九劝解道：“法师不必过于焦急，李将军吉人自有天相，再说您与尊师深受当今圣上钦敬，或许此事还大有周全的地步……至于说朝中出了奸臣，既然此物已经落入我们手中，必然能够将其揭穿。”

无穷默然点了点头，手捧匣子盘膝坐了下来，不再言语。

禅房之中，通天大师的呼吸声越来越重，而唐琳儿原本粗重急促的呼吸，却越来越趋于平缓和安静。唐九本来正像驴拉磨一般地在门前胡乱转来转去，当他听到禅房之中的动静时，脸上突然露出了狂喜的笑容，心道：“小妹的毒正在拔除，所以呼吸吐纳也不再难过，看来这峨眉十二桩气功救小妹的命是没有问题的了。”正暗思间，旁边已然入定的无穷却长身而起，眼望着对面的屋顶朗声道：“对面的朋友，何必藏头缩颈？既然来到我峨眉派，不如下来一叙如何？”

唐九大吃了一惊，急忙向对面望去，问道：“法师，对面房上有人？在下武功粗浅，竟未有察觉……贵派弟子似乎也并未被惊动……”

无穷呵呵一笑道：“唐施主心系令妹，关心则乱，与武功无干；鄙派几个小徒儿，哪里有这样的本领，听得到如此高手的来往？”

唐九面上一红，抱拳道：“此处便法师多多操心，管他是什么高手，总不能让他来搅局，在下不才，先去会会那人！”

如果不是亲眼所见，可能没有人能想像得到，唐九那么圆胖肥大的身子，竟然比燕子还要灵动，“会会那人”几个字犹在耳边，他的人却早已飞上了对面的屋顶，连穿数步，便已不见。

见那唐九去得远了，无穷的脸色突然变得有些古怪，回身向着禅房内说道：“师父，唐施主已经去得远了。”

通天大师在房内长叹了一声道：“进来吧，罪过，罪过，出家人不打诳语，这一次为师却是让你破了戒啦。”

无穷苦笑了一声，手捧匣子走进到屋中，看了看地上一个铁碗之中黑色的液体，问道：“这女娃娃怎么样了？”

通天大师摆了摆道：“无妨，她此刻已经睡熟了，老衲已经尽了全力，毒已经被老衲逼了出来，吐出了整整一碗，应该已经无事，再经过些调理，这条命就算找回来了。不过，她中毒时间太长，以往身体又浸在各种毒素之中，全身经脉都有些损伤，痊愈之后恐怕也不好再练武功了。”

无穷点了点头，又道：“师父，适才就唐施主所言，弟子颇有些不解之处。

这女娃娃之事想来没有那么简单，莫非那中毒的江湖人竟只是一个诱饵……”

通天大师睁开眼睛，微微点头，道：“无穷，不必吞吞吐吐，还有什么话便说罢。”

无穷道：“这中毒的江湖人来得蹊跷，弟子以为，说不定此事正是有人在背后谋划，针对唐门与峨眉。这女娃娃中毒，唐老先生必然不顾性命去救。而他救不得时，武林中唯有师父能救，如此一来，正是一石二鸟之计，目的只是嫁祸唐老先生与师父。对了，师父运功一个多时辰，此刻感觉如何？是否需要弟子助您回转一些功力？”

通天大师道：“不必，老衲此刻只是有些乏了，倒也没有什么不适的感觉。若是果然有人行此奸计，老衲也只好一力承担，难道能为此猜疑而见死不救么？对了，唐施主所言长风之事，你如何看待？”

无穷从袖中取出匣子，交与通天大师，道：“师父都听到了？”

通天大师点了点头，又道：“这匣子倒有些古怪。”又在手中翻看良久，他终于摇了摇头道：“此物非金非铁，好精巧的机关，连条缝隙都没有，恐怕便是那佛朗机所传的‘浑天宝盒’了。”

无穷点了点头道：“师父所言极是，弟子在京城时曾闻，传说此物乃是大海那边极远之国绝世的一位匠人所制，由于装入物件合上之后连一道缝隙都不见，所以称之为‘浑天宝盒’，这宝盒极是怪异，乃是内藏机关，若不知其开启之法，若是用强，里面的东西便会灰飞烟灭……”

通天大师道：“你说的不错，当年老衲尚在朝中之时，曾经见过一个‘浑天宝盒’。这匣子就由为师想想办法吧。此处便交与你了，待唐施主回来，你告诉他，小女娃娃已无大碍，他唐门药材比我们还多，就带回去慢慢调养身子吧。还有云峰、小鱼这些娃娃，你去告诉他们，不得随意下山，老衲要单独待些时间。”

无穷一惊，急道：“师父，您要破解这‘浑天宝盒’？为了救那娃娃，您现在内力恐怕已然耗尽，恐怕不宜再耗费心力……”

通天大师摇了摇头道：“长风危在旦夕，老衲早一时将此物破解，或许还能救得他的性命，何况这朝中如果真的有大臣与日本国勾结，恐怕会出天大的事，那些人狼子野心，我们不能失去了先机。”

又过了一会，唐九急匆匆地赶了回来，见无穷已经不在门外，忙也走进禅房，却只见无穷一人闭目打坐，通天大师却不在房中，小妹唐琳儿盘膝而坐，仍未苏醒，但呼吸已是十分匀净，脸色也变得非常红润，显然已经被大师从鬼门关前救了回来，不禁大喜。心下一安，脑筋便了也清楚了许多，忙向无穷施了一礼道："多谢尊师等慈悲相救，在下定当后报……对了，法师，方才那来的也不知是何等样的高手，在下自问武功还勉强说得过去，竟连那人的影子也没有见到！"

无穷也不睁眼，双掌合十道："救人一命胜造七级浮屠，唐施主不必耿耿于怀。家师已经尽力，但这女娃娃中毒过深，平日里又常与毒药相伴，经脉已损，此番性命无碍，但恐怕再也不可动武了……"

唐九明知那厉鬼阴风掌阴毒之烈，就连自己的父亲也无能为力，拼上了一条老命也只是将毒逼住，此番能将小妹性命救回，通天大师不知耗费了多少功力，虽然这无穷法师也不提及，但恐怕也是异常凶险，而此时又有高手窥视在侧，自己全力追踪竟也未能见到对方的影子，这来者若有恶意，自己是否留下助峨眉派一臂之力？想到这里，唐九忙道："多谢了，舍妹的性命已经保住，唐门上下对峨眉派大恩感念在心，岂敢再奢望其他。敢问尊师此刻在何处？在下想去给他老人家再叩几个头。"

无穷微微一笑道："叩头就不必了。家师累了，此刻正在休息，唐施主有心，但也就不必过于客套了。明日天亮以后，施主即带这女娃娃下山吧，回去细心调养，不出半月便可行动如常。现在施主就在此陪护，贫僧还有些事情，就先失陪了。"

说罢，他起身向门口走去。唐九突然想起一件事来，忙唤道："法师留步，在下想起一件事来。那时在下在路途之上，遇到了那个年轻人，他当时已经被人打伤，命在旦夕，在下将他带到客栈医治，发现他全身刀伤、箭伤无数，而且伤口新旧不一，可见此前一直被人追杀。他临终前将那匣子交给了在下，在下带着舍妹便径直往峨眉山而来，结果却遇到几个商人要出钱买下这匣子，在下自然不肯答应，虽然看他们有些古怪，又不知如何得知匣子在我手中，但在下自恃有几分手段，部下数人也都有几招三脚猫的功夫，便也不去管他。结果这些人阴魂不散，居然几次三番前来抢劫，被在下杀了几个。在那些人的尸体上，在下曾发现了些疑点，这些人都身材短小形貌古怪，其中一人身上还带着这个小竹牌，上刻着次郎二字。"

无穷接过唐九手中的小竹牌，细细地看了一遍，道："次郎，难道是哪一国的官职？确实有些古怪。"

唐九点了点头道："在下原本也是这样认为，但在下的人中有一位曾在福建军中效力，他说此乃人名，乃是日本国人惯用的名字，倭寇中有许多人都叫次郎。”

无穷吃了一惊，正待发问，唐九又皱眉道：“今日在尊师的寿宴之上，那些人也来了，虽然易了容，但却还瞒不过在下这双眼睛。”

无穷忙道：“是哪几个？”

唐九道：“那个东海黑鲨门的大当家甄可坚和他的几个手下就是。”

无穷恍然道：“难怪贫僧从未听过这个什么黑鲨门的名头……多谢唐施主，这个竹牌可否暂时借贫僧一用？”

唐九拱手道：“此物本应交给贵派处置。”

无穷轻轻点了点头，道：“阿弥陀佛，贫僧去了，施主自便。”

乱局

1

在千里之外的大海另外一边，丰臣秀吉的心情愉快极了。十年前，由于天皇的册封，他成为了关白。如今，他已将关白的位置交给了外甥丰臣秀次，自号太阁。他相信，无论如何，没有人可以比得上他的功绩。有人说德川家康是日本的第一枭雄，他觉得真是好笑。早在十年前，他就已经降伏了织田信雄与织田家的老盟友德川家康，织田家的基业尽在掌握。担任关白不久，他便征伐了纪州、四国和九州，征服了西日本全境，并且远征关东，包围小田原城并击败北条氏，使陆奥国的伊达政宗等东北诸大名皆皆归服，结束了日本战国时代。德川家康，那个在自己面前卑躬屈膝的人，也算是第一枭雄么？

丰臣秀吉现在只有一件事不满足，所以他总是对自己的心腹说着这样一句话："在我生存之年，誓将唐之领土纳入我之版图。"也许是因为日本在唐朝时向中国派遣了太多的留学生，带走了太多的技术与文化，甚至政治制度，因此很多日本人常常把海的彼岸称作"唐"，尽管这个"唐"的名字其实是"明"。

然而德川家康却并不看好那个战胜了自己的人，尽管那个人看上去那么强大。事实上不仅仅是德川家康，就连德川家康最贴心的人，断水流的家主小野犬男也对丰臣秀吉嗤之以鼻。不错，"将唐之领土纳入我之版图"，这句话谁都会说，稍微有一点抱负的日本大名都会说几次。但是，"唐"是可以轻易被纳的么？那需要很大的代价，也需要花费更多的心思。小野犬男觉得丰臣秀吉脑子里只有大粪，虽然他统一了日本，但谁知道那是不是因为运气暂时在他那边呢？

在小野犬男看来，德川家康只是名义上成为了丰臣秀吉的臣子，但事实上却一点也没有失败。石川数正那个混蛋投奔丰臣秀吉之后，德川家康遭遇了严重的背叛，但他并没有倒下，只不过因为母亲被送往冈崎作为人质之后，他才决意臣从。然而，丰臣秀吉征伐九州的时候，德川家康却巧妙地躲避了征调，保存了自己的实力。此后，在讨伐北条氏的时候，德川家康只是参与了援助，但却得到了关东八州。这一切都是丰臣秀吉的自大和骄傲造成的。德川家康与丰臣秀吉一样，期待着征服“唐”，但他不会像丰臣秀吉那样急功近利，对于“唐”的渗透，他全部交给了断水流，一切都在暗中进行。

小野犬男曾经是德川家康最得力的战将，当德川家康要求他离开军队，建立一个武林门派时，他立刻明白了主公的远见。如今，丰臣秀吉已经为了他的最后目标而急于动手了，断水流的作用应该是什么呢？“在为太阁大人帮忙的同时，也随时给他捣点乱，就这样做吧。”小野犬男微笑着喝下一杯来自“唐”的酒，对自己说道。

此时，小鱼正在就着宴会上剩下的素菜，和几个师兄弟推杯痛饮。

小鱼与众师兄弟都已五年不见了，段云峰两年前也应邀去了刘铤统率的镇南军中担任枪棒总教头，而欧阳岷江虽然人在蜀中，却也早就回到家中镖局做事，算起来兄弟们都有很久没有见面了，这次能够重逢，又全赖师父终于同意做一次寿，大伙聚在一处，都有心喝他个一醉方休。几轮过后，不胜酒力的杨晋和欧阳岷江、汤思切等人都已醉倒，唯有小鱼和段云峰都是杜康中人，仍如斗鸡一般一碗一碗地碰着对灌。

又喝了两轮，连段云峰也已有些头晕脑胀，他又强自灌下一大碗后笑道：“小鱼，你娃娃从前硬是个滴酒都不沾的人嘛，咋个现在就有恁个好的酒量了？”

小鱼失声笑道：“段师兄你在云南那四季如春的地界哪里晓得，小鱼身在大西北，那可是苦寒之地，要是不喝些酒，又咋个能挡得住那些风寒呢？我们在那里不得喝这种软绵绵的酒，我们喝的叫‘烧刀子’，第一口下去，立刻从嗓子到胸口都是热辣辣的，安逸得很，以后有机会师兄去那里看我，小鱼请你喝‘烧刀子’！”

段云峰点头笑道：“你说的这个我也听到人家摆起过，大西北的酒都烈得很，有个啥子‘汾酒’很有名，听说你那个‘烧刀子’最有名堂，喝下肚子去后在嘴巴边边上燃起火折子，那火就一下能顺到嘴钻到肚子里，是不是真的？”

小鱼笑道：“嘿嘿，师兄硬是见多识广哦，那当然是真的啦，这样的事小鱼就亲眼见到过，那一年我们和蒙古人在……”

哪知还没等小鱼把话说完，无穷便一步跨了进来。小鱼和段云峰同时一缩脖子，这下坏了。这位身在佛门的师兄为人正统严谨，而且持戒极为严格，半点都闻不得酒味，今日师父寿筵之上，他便借故躲避在一旁，离酒水远远的。当初众弟子在山上习武之时，虽然常常弄些酒喝，但谁也不敢当着无穷法师的面。李长风下山最早，走的时候还不善饮酒，这也不提了，就是俗家的二师兄段云峰，也从不敢在无穷面前造次，从来不称呼其师兄，而是称之为“法师”，更遑论小鱼等一帮年纪小的弟子？今天大家难得相聚，也就没有想到跑远一些去喝，竟就近在这西极天的一间偏厅之中大战起来。

见到无穷突然出现，段云峰忙有些趔趄地站了起来道：“法师来了呀，法……师您请坐。”

小鱼吃了一吓，讲了半截的故事也吞了回去，此刻他的脑子也有些乱了，还以为无穷是要来责备他那个放风筝的老人一事呢，谁知无穷先是皱着眉头闻了闻空气中弥漫的酒气，然后咳了一声坐了下来，板着脸道：“你们都听着，师父有令，从即刻起，所有峨眉弟子无令都不得下山，那些二代的弟子便由你们自己去招呼管束。”

小鱼眼皮一跳，心道，难道山中有大事发生？

段云峰酒意已浓，竟也忘了对无穷的畏惧，呵呵笑道：“法……师啊，您说的有些晚了，师父的寿宴过后，云兰师妹就和文状元下山去了，要……要不要我去追他们回来？”

无穷一摆手道：“他们去就去吧，一个不会武功，一个还拖着个小娃娃，留在这里倒有些拖累。师父有令，自现在起，任何人都不能去打搅他清修。”

小鱼和段云峰被无穷冷冰冰的声音吓了一跳，还没反应过来，那无穷又指着如醉得不省人事的杨晋、欧阳岷江和汤思切等人道：“阿弥陀佛，孽障，孽障，如此行状，哪里还有一点峨眉弟子的模样？真是朽木不可雕也……”说罢一甩袍袖转身而去。

段云峰和小鱼对视了了一下，两人酒已醒了大半，心中也是明亮，看来眼下有麻烦找上门来了。那个放风筝的老头的影子还在他们的心里一动一动，风筝究竟是谁做的？此人到现在也没有露面。拜月教和崆峒派的高手同归于尽地死在了山下，也是件蹊跷的事。还有那些在路上遇到的太监和锦衣卫，以及那个奇怪的赶车老头……这么多奇怪的人，奇怪的事加在一起，虽然纷乱无章，但似乎桩桩都与峨眉派有关。此时山上倒也有许多二代弟子，但这些人年纪尚小，习武时间又十分有限，有麻烦找上门来，真正要有能力和胆略站出来担当的就是自己几兄弟，可眼下杨晋他们已经醉成了一滩泥，难怪无穷口称“孽障”，气愤而去。

其实此时不止杨晋他们都在昏沉地睡着，就连武功高强，酒量过人的段云峰都有些站不稳了。

小鱼笑道："段师兄，你且在这里守着吧，早点把这几个娃儿弄醒，这里有你在，小鱼也就安心了，我到外面去看看哈。"

段云峰抓住小鱼的手，道："万事小心，为兄这就设法醒醒酒。对了，师妹和文先生下山便要将大师兄的娘亲接走了，要我告诉你一声。"

2

峨眉金顶，摄身崖上。

小鱼大马金刀地坐在一块巨石之上，眼前云雾似海，时而波涛翻涌，时而风平浪静，变幻无穷。苍茫的云海，似雪、似棉，厚厚的，无边无垠，似能让你卧、让你踏。风一吹，一缕微云便扑到脸上，薄薄的凉意沁人心脾，让人刹那间忘却身后的世界，似乎只要纵身云海，便能到达神仙居住的地方。

摄身崖，难怪叫它摄身崖。原来美丽到了极致，竟成为一种危险的诱惑，让人产生想飞的渴想。

或许，那仙人葛由，便是骑着木羊从这里飞升于天的？于是千百年来，便有无数期待成仙之人在此受了那云海美丽的诱惑，在这里舍却肉体凡胎，成为美丽的殉道者吧。

人在此处，真的感觉人如孤叶，万物皆空，难怪这是师父最喜欢来的地方，也许他老人家就是在这里悟道的吧。

小鱼被风一吹，酒意有些上头，脑海之中各种念头肆意翻腾着。

突然，他的眼睛直了。在那不远处的山道之上，一顶轿子，兀然出现在眼前。这竟是一顶宽大华丽的八人大轿。

其实，峨眉山山道崎岖陡峭，通行的都是滑竿，就连唐九带着妹妹前来求治，也是坐了滑竿上山来的。在这样的路上抬轿子，实在是件难以做到的事，更何况是八人大轿，比路还要宽些，这些轿夫的脚究竟踩在了哪里？

小鱼心中大奇，然而那抬轿子的八个人却似乎丝毫都没有被这些问题所烦扰，他们只是轻快简捷地走着，轿子也不断地接近。

只是转眼之间，那顶华丽的轿子便已经来到了卧云庵的附近。

随着距离的拉近，小鱼也看得越来越清楚了。轿中究竟是什么人他当然还无从知晓，但这抬轿的八个人已经可以肯定个个都是了不得的高手。

随着轿子在“之字形”的山坡上一个转弯，小鱼惊讶地看到，那轿子后面竟还跟着一个穿着一身古怪黑衣的白胡子小老头，他身高不足四尺，手捧着一柄长剑身如轻烟般地跟随着轿子移动，似乎腾云驾雾一般。

小鱼只觉得嘴巴里面有些发苦，在这里人中他居然看到了一位熟人。

那黑衣白须的老者，竟是那个神秘的赶马车的老头！

只不过这一次他换上了一件奇怪的衣服，这件衣服比夜晚还要黑，却比星光还要闪亮，前短后长的裁剪，胸口上一朵红色的小花。

江湖之中，只有一个人穿着这样的衣服，那就是曾经名震天下，却在三十年前失踪了的鬼神童子诸葛白。

江湖传言，这诸葛白武功极高，但为人却心胸狭窄。三十年前只是因被一醉酒的江湖好汉嘲笑他个子矮，便一剑砍掉了那人的头颅，如此尚不解恨，竟又追到那人家中，将其妻子杀死，并将两人的独生娃娃绑去。

此事引起了公愤，许多武林中人纷纷前去找他要讨个公道，但却通通死于他手。此后，通天大师与少林方丈悟风大师、武当掌门玄和真人亲自下山，终于才算在九宫山的老崖尖将此人围住。

一般人若是滥杀无辜，绑掠孩童，此时被当世三大至尊高手围住，大概只有三种对策，要么束手就擒，要么负隅顽抗，要么百般抵赖——谁知这却是要和三大掌门人打一个赌。那诸葛白道：“三大掌门人围攻我这江湖中一个无名小卒，即使取胜，面上有何光彩？其实天下人都惧怕于你等，偏偏我诸葛白不怕，假如你们敢与我单独对阵，并无一人是我的对手！”

三大掌门人无不是悟道的高人，哪里还把这些虚名争执放在心头，仍直围住诸葛白，只劝其交出被绑掠去的小娃娃，然后随自已去衙门投案了断此事。

那诸葛白见激将不成，又道：“你等身列当世至尊高手，是否欺世盗名，有谁知晓？不如今天就让我诸葛白一一领教你们的武功，假如你们全都胜了我，我便将那娃娃交出来，并且束手就擒。”

三大掌门人心道，要杀此人不难，但那被绑掠去的娃娃还不知道是否有危险，不如就答应他比试一番，在我等三人眼前，难道还能让你从容遁去不成？

想到此处，三大掌门人便答应下来，与诸葛白相约每人十招为限，只要他连负三场，便实践诺言。三大掌门人不肯占那诸葛白的便宜，约好每十招过后，可休息一炷香的时间。

诸葛白自称拳、剑、掌都已臻化境，要与三大掌门人比试这三项。

第一场比拳，悟风大师出场，只用一套最普通的少林罗汉拳与诸葛白相斗。那少林罗汉拳招数十分简单，河南境内许多农夫樵子都能打上几招。但悟风大师使来却完全不同，他每出一拳，老崖尖上好似响起了一声春雷一般。那诸葛白用的却是一套武当太极拳，使的是以柔克刚的路子。这诸葛白也实在是厉害的人物，那套太极拳打出来，连玄和真人都不禁点头。然而悟风大师毕竟功力远胜，第七招便将诸葛白击败。

第二场玄和真人出场与诸葛白比剑，真人使的是武当全真剑法，此乃武当最正统的剑法，玄和真人当时在此剑法之中便浸淫了四十多年的功力，剑花如雨，翩翩若仙。而那诸葛白竟用的是峨眉派的猿公剑法，招招式式颇见功底，通天大师见了心中暗赞。玄和真人在第七招上将诸葛白的长剑挑飞，便也已取胜。

剩下的一场便是诸葛白与通天大师比试掌法。

这一次，这诸葛白又将使用什么掌法呢？

此前两局，他分别用武当太极拳对阵少林罗汉拳；又用峨眉猿公剑法对阵武当全真剑法，这第三场，是否要用少林金刚掌一类的掌法来与通天大师相斗？

三大掌门人心中都在猜想，而那一炷香很快便已烧完。诸葛白站起身来，对通天大师道："先斗了两场，在下气力有些难支，大师可否再稍等片刻？"

通天大师心性慈和，岂肯占他的便宜，便微微点了点头，没有上前。

三大掌门人见在诸葛白在地上走来走去，以为正在喘息休整，也都静静地等待，并无太多的防备。谁知他突然一步跃起，便到了老崖尖的边缘，面朝着三大掌门人，后脚跟下便是虚无缥缈的流云，下面便是万丈深渊。

三大掌门人大惊，正待上前，那诸葛白狂笑道："你们再往前一步，我便即刻跳了下去！"

三人只得停住，通天大师劝道："诸葛先生才具高绝，何必……"

那诸葛白抢道："大师不必相劝，在下绝不会去那劳什子的衙门受辱，你们要的那个娃娃已经被我杀死，你们三人今日将我逼死，日后必受报应！"

说罢，他往后一蹭，整个身子顿时便已坠下了山崖不见。

事后，许多武林中人赶来在山崖之下大举搜索，却始终未能找到诸葛白的尸体，此人也便从此失去了踪迹，有人怀疑，也许那山中自有狼虫虎豹，将诸葛白的尸首吃掉了也未可知。

当年通天大师闲暇之时向弟子们讲起江湖往事，也曾提及诸葛白的故事，由于此事十分曲折，小鱼和众位师兄弟总是不厌其烦地缠着师父多讲几遍，所以对诸葛白殊异于常人的打扮印象极为深刻。

通天大师也曾讲道，这诸葛白武功十分诡异，内力也非常深厚，不知道他是从什么地方学去了峨眉派的猿公剑法和武当派的太极拳，而且所学已有几成功力，假以时日，必有大成，实在是个不得了的人物，只可惜他气量狭隘，做下了滥杀无辜之事，落得个活不见人，死不见尸，否则也是当世武林中大有成就之人。

眼前这人，便是诸葛白?

这样一个人，竟会跑去赶大车？竟会跪在地上哭泣求告？即使是做戏，也太匪夷所思。而此刻，他跟随着那八抬大轿，竟似乎是人家的仆人一般。这样一个人，竟会给人当奴仆?

若真是如此。这轿中的主人又会是怎样的来历？！

如果这个人真的是诸葛白，那么他是否是来向师父寻仇的？那轿子中的人又是谁？或许都是来找峨眉派的麻烦?

小鱼心中暗道，无论如何，也不过是兵来将挡，水来土掩，堂堂峨眉一派，又何惧别人上门启衅？他轻轻地捏了捏拳头，便立起身来，向西极天总堂奔去。此时，立于门前的两名身负长剑的二代小弟子见到小鱼直奔过来，忙施礼招呼："小师叔。"

小鱼见这两人都是入门不久的弟子，不过十四五岁，全是段云峰的门下。他心道，若有事情发生，我也难以照料他二人，不如让他们先去禀报段师兄，也好做些准备，免得有人上门找麻烦，我们还弄个措手不及。不过也别吓着他们，引起不必要的恐慌，于是道："你们且进去告诉你们的师父，有客人到了，让他准备准备，此处有我来接替你们。"

那两名弟子对视了一眼，答应了一声，便走进总堂寻段云峰去了。

小鱼转过身来，双手倒背在身后，便一个人背对着西极天的大门，面朝前方，静静地站立在那里，默默地等待着。

不到半炷香的时间，九个人，一抬大轿便从那山峰之下露出头来，不过片刻，便已来到了小鱼身前不远的地方，慢慢地停了下来。这一次，诸葛白走在了轿子前面。

小鱼还是沉默着，没有说话，他的脚步稳稳地立着，腰板挺得直直，静静地看着眼前的那些人。

诸葛白看了一眼小鱼，转过身来，走到轿前躬身道："少主，我们已经到了。”

接着，他头也没回地道：“小子，我家小主人便在门前等候，你快去告诉通天老和尚，让他快点出来迎接。”

小鱼伸出右手的食指和大拇指，轻轻地摸了摸长出了一层浅浅的胡茬的下巴，正待开口，只听那轿子里面有个温婉的声音说道：“诸葛先生您这个话可错了，晚辈专程前来拜见通天大师，怎么能让大师出门迎接呢？”

话音刚落，一只纤细白皙的小手从轿帘中伸出，将帘子轻轻一挑，紧接着，一位身材娇小，面罩紫纱的少女便从轿子里面走了出来。

小鱼一愣，那诸葛白是何等样人，连他都恭恭敬敬地追随着这抬轿子，还口口声声地称这轿中之人为“少主”，原本便想象不出这“少主”究竟是何等的威风，或许是一位威风凛凛的雄伟男子？或许是一位风度超凡的青年俊彦，却怎么也没想到竟会是一位小姑娘。

那蒙面少女见小鱼正在发愣，于是掩口轻笑道：“这位兄台，难道你也是峨眉门下？听说峨眉弟子个个文武双全，一表人才，怎么还有你这样一只呆头鹅呢？难道峨眉派没人了，就派你这样的呆瓜出来接待客人么？”

小鱼揉了揉鼻子，也笑了笑，双手抱拳一本正经地道：“非常抱歉，本派素来有个规矩，有什么样的客人来，就有什么样的弟子前来接待。在下是峨眉派最不肖的呆瓜，所以便只能在此迎接姑娘了，还请姑娘不要见怪。”

那姑娘听了眼波流转，望着小鱼轻声笑道：“呆瓜倒也伶牙俐齿的。算了，本姑娘也不与你这呆头鹅一般见识，就有劳你去向通天大师禀报，就说青龙会总舵主沈剑非的女儿沈月奴代表爹爹前来向他老人家贺寿。”

小鱼心头微微一惊。难怪诸葛白这样的人物竟然跑来给别人当起了仆人，原来她竟是七海龙王沈剑非的女儿。

在二十年前，青龙会不过是福建一个名不见经传的江湖小帮派。没人知道它是如何出现的，更没人想像过它会有着辉煌的未来。然而，仅仅十年之后，无论是东海还是黄海，也无论是南海还是渤海，几乎无人不知青龙会的名头，更无人不敬畏青龙会总舵主七海龙王沈剑非。势力庞大到令人难以想像的青龙会，不仅一手包揽了明朝大陆至琉球，吕宋，马六甲等地的跨海贸易，并且时常虎口拔牙，直接掠夺倭寇海盗的船只财物，势力之大，财富之雄，令人咋舌。

然而青龙会尽管也与倭寇为敌，却只是令人畏惧，而并不受人尊敬。原因说来很简单，那就是他们其实更像一支无比强大的海盗。许多来往于沿海口岸的商船货主们都在做着同样一件事，那就是按月到青龙会的堂口买一面旗帜，那旗帜上面除了有一个大写的“沈”字之外，还有当月的月份字样。将这面旗帜张挂于风帆之上，便一路畅通无阻，假如没有这面旗帜，就会遇到很大的麻烦。也许开始的时候很多人并不明白这面旗帜的威力，但是当自诩武功高强，保镖众多的东海小船王不肯购买旗帜，结果在一次出海时莫名其妙地船毁人亡之后，就很少人不去购买这面旗帜了。

这面旗帜的“法力”十分高强，当然，它的价格也很高，往往是出商船一次海所获取的总利润的两成。

对于青龙会，小鱼仅仅知道这些，不过还有一点他也知道，那就是这些人与峨眉派素无交往，怎么会来为拜寿呢？不过尽管心中疑惑，来人既然口中提到师父，小鱼也不愿意失了礼节，便笑道：“非常抱歉，家师的寿典已经结束，沈姑娘你来得晚了。”

沈月奴轻笑道：“我们道路遥远，本来就没想到能够赶上，不过再晚也是来给大师拜寿的啊，怎么，这位小哥可有意见？”

小鱼摇了摇头道：“姑娘误会了，姑娘前来拜寿，在下与同门感激不尽，哪里有什么意见？”

沈月奴收起笑容问道：“那为什么你还不赶快进去通报大师，只是一味堵在这里不让我们进去？再说了，本姑娘一来就自报了家门，你一个堂堂的男子汉大丈夫，为什么也不报上名来？这便是你们峨眉派的待客之道吗？”

这位沈姑娘倒也真的厉害，小鱼毕竟对那诸葛白有些忌惮，再加上无穷之前那番告诫，也不知眼下还有多少麻烦要找上门来，自已果然也便失去了从容。他自失地一笑，道：“不错，在下司徒小鱼，给姑娘赔礼了。”

沈月奴“哦”了一声，上上下下打量了小鱼几眼笑道：“原来你就是那个吃老虎奶长大的司徒小鱼？嘻嘻，还真是虎头虎脑的……喂，老虎奶是个什么滋味你还记得吗？”

她刚才倒也颇有几分成熟的举止，但此刻竟又变成了一个天真好奇的小姑娘，也不知道是她故意做作，还是这才是真正的她。小鱼却有些哭笑不得，简直不知道说什么话才好。突然听得旁边一人道：“老虎奶段某就不知道是什么滋味了，不过青龙会段某还是知道几分。”

小鱼心中暗笑道，二师兄一向不苟言笑，对付这个姓沈的精灵古怪的丫头倒正是合适，正所谓以不变应万变，乃武功之中最高的境界也。

沈月奴端容道：“还没请教这位大侠高姓大名？”

段云峰道："不敢当，在下峨眉派段云峰。"

沈月奴笑道："原来是段总教头，总教头在云南的名声比巡抚都大，小女子也还是知道几分的。"

听到段云峰的名字，一直站立在轿子旁边并未上前，也一直就像从没有见过小鱼的诸葛白木无表情的脸上突然跳动了一下，看来他对镇南军枪棒总教头还多少有些兴趣。

段云峰却不笑，他拱了拱手，也不接言，而是平和地问道："还没请教姑娘尊姓大名，光临峨眉有何贵干？"

沈月奴一本正经地答道："小女子姓沈，家父沈剑非。此次前来峨眉派，是专程代表家父前来为贵派掌门人通天大师拜寿的。"

"原来竟是七海龙王的女儿，这青龙会与我们素无交往，为何大老远的专程来给师父拜寿……"

段云峰正暗忖道，沈月奴却一指小鱼，又道："段大侠，小女子也来了半天了，这位小哥却唧唧歪歪挡在这里既不通报也不让进，难道峨眉派便是如此的待客之道吗？"

段云峰历来不苟言笑的脸上却露出了一丝笑容，道："小鱼师弟怎样唧唧歪歪，在下并未耳闻，只听到姑娘正在追问老虎奶的味道。"

沈月奴刚才说这话的时候并无顾忌，但此刻脸却腾得一下子红了起来，她狠狠地瞪了一眼小鱼，精灵伶俐的嘴巴却也讷讷地不知道该说什么是好。

段云峰又道："远来都是客，峨眉派从来广结善缘，岂能不奉茶以待？不过家师正在闭关，确实无法见客，还请沈姑娘多多谅解。沈姑娘与诸位就请进来喝杯茶吧。"

小鱼轻轻一笑，也做了个"请进"的手势。

沈月奴哼了一声，当头走在了前面。诸葛白紧随其后，走过小鱼身边时，却没有看他一眼，似乎根本从来就没见到过他一般。那八名显然也都是高手的轿夫却远远地守着轿子，似乎这么长时间以来什么都没有看到，什么也都没有听到。

段云峰在后面一直盯着沈月奴主仆二人的背影，当诸葛白也进了西极天之后，小鱼笑了笑，轻声道："师兄，你觉得是不是他？"

段云峰点了点头："不错，我想他就是诸葛白，不过在峨眉派总堂，也容不得他撒野。小鱼，这客人便由我来接待，还要劳烦你在这里继续做做迎客。"

小鱼知道段云峰担心这八名轿夫会有异动，而诸葛白和那沈月奴则更不好对付，两兄弟也只能暂时分开，各自照顾一边。相形之下，还是“招待”诸葛白和沈月奴风险更大一些，于是决定自己对付，将轿夫交给小鱼。

谁知小鱼与段云峰心意相通，想法也是一样，只听笑道：“段师兄酒刚醒，何不在此吹吹凉风，晒晒太阳，也给小鱼一个机会学学如何‘招待客人’。”说罢已转身先进了大门。

段云峰稍稍一愣，但也没有再争，没有必要让那几名冒充轿夫的高手看笑话，管他什么诸葛白诸葛黑诸葛绿，又怎能让峨眉弟子乱了些须阵脚？他沉稳地笑笑，闭上眼睛，真的去感受那清新的山风了。这位历来让人感觉严肃的峨眉二师兄，他的内心有谁知道？

3

西极天庭院。

照壁之前，沈月奴却停下了脚步，细细地观摩起通天大师的题字。

良久，她口中出声道：“银钩铁划，气势如虹，酣畅淋漓，通天大师果然是国手。诸葛先生，你看呢？”

诸葛白却是一脸的冷笑，远远地抱着宝剑站在一旁，似乎并没有听到沈月奴的话，也不开口。

小鱼笑道：“多谢沈姑娘谬赞，家师……”

沈月奴一挥竟打断了他的话道：“这哪里是什么谬赞，本来写得就是好嘛，再说本姑娘又不是赞你的，何用你来谦虚？好了好了，我们既然进来了，总得让我们拜见拜见大师吧？”

小鱼叹了口气道：“原来沈姑娘的耳朵和记性都不太好，真是可惜。在下师兄刚才说过家师正在闭关，言犹在耳，姑娘何必旧话重提呢？”

那沈月奴听了也不恼怒，却像好不容易拿了母亲的铜钱到街上买糖吃，那挑担子的货郎却早已经走了一样，脸上充满了失望之色：“大师真的闭关啦？他老人家那多久才会出关？”

小鱼道：“少则数日，多则数年，师父闭关，在下怎么能够预知出关的时间呢？。”

沈月奴皱紧了眉头，稍稍地歪着头想了想，笑道：“也罢了，既是通天大师闭了关，那本姑娘也就不便再打扰了。”

小鱼一躬身，微笑道："事不凑巧，有劳沈姑娘了，拜寿之情，峨眉派十分感谢。待日后家师出关，在下一定向他老人家禀明，今后还望有机会到青龙会总舵回拜沈先生。沈姑娘一路慢走，在下在此恭送，后会有期。"

沈月奴跺着脚怒斥道："本姑娘还没见过你这样急着送客的，"她眼珠子转了转，突然又笑了起来道："本姑娘可没说要走啊。千里迢迢身入宝山，岂有空手而归的道理？早就听人家说，蜀国多仙山，峨眉藐难匹，风光如此秀丽天下无双，本姑娘要好好地玩玩再说。"

小鱼心道，这死丫头实在难缠，居然这样也不恼怒发作，看来还真是气她不走。他笑了笑，拍手赞道："沈姑娘引经据典，文采飞扬，说得一定没错，峨眉山风光无限，那山下寺庙也多有灵验，姑娘不如前去拜拜佛求求签，也就不必身入宝山，空手……"

沈月奴不等他说完，在一旁慢悠悠地接道："这位兄台，难道你也是峨眉门下？听说峨眉弟子个个文武双全，一表人才……"

小鱼叹了口气，苦笑道："在下这只呆头鹅难道又得罪姑娘了么？"

沈月奴扑哧地一笑道:"既然你也知道本姑娘千里迢迢的那般辛苦前来拜寿，不过也便只是迟了一日嘛，不但见不到寿星，也吃不到宴席，可起码也还算是个客人吧！现在好不容易被你这呆瓜放了进来，却茶也没有一盏，饭也没有一碗，还恨不得本姑娘马上出门下山，这还不够得罪本姑娘的啊？"

小鱼看了看诸葛白，这小老头自从见了面也没有与他说一句话，就好像前些日子那赶车的可怜老头不是他似的。此刻诸葛白的脸上都微露笑容，想来早也习惯了沈月奴的死缠滥打、胡搅蛮缠。小鱼头大如斗，心道，这死丫头必然是我这条小鱼儿的克星，自从见到了她就没有占过她的上风，自己一会变成呆头鹅，一会变成呆瓜，还被追问老虎奶水的滋味，若是谁娶了这样一个死丫头回家，岂非大大的糟糕？

他咳了一声，恭恭敬敬地施了一礼道："沈姑娘请到正堂上座，在下立刻取那峨眉雪芽请姑娘品尝。等到了中午，在下再来侍奉姑娘用饭；假如姑娘现在肚子便已经饿了，在下马上就给弄点东西来吃。"

沈月奴掩口笑道："前倨后恭，你这呆瓜难道没安好心……对了，你这里可有什么好吃的峨眉特产吗？"

小鱼揉了揉鼻子，心道，我绝不可再接她的话，这死丫头嘴巴实在厉害，我可说她不过，口中却仍笑道："此处四周皆是佛门圣地，自然都是素斋待客，不过倒也确有一些山珍味道极佳，比如灵芝草……"

沈月奴眼睛一亮，忙道："灵芝草？我知道我知道，公鱼先生写的'白娘子永镇雷峰塔'不就是说这峨眉山上的白蛇和青蛇为了救那许仙盗取了灵芝草么？嘻嘻，他是公鱼，你是小鱼，有趣有趣……"说到这里不禁吃吃地笑个不停。

小鱼知道她所言的公鱼先生乃是本朝一大才子苏州人冯梦龙。这冯梦龙表字犹龙，又字公鱼，亦是名门世家，兄弟三人人称"吴下三冯"，其兄梦桂是名扬四方的丹青妙手，其弟梦熊也是个大学问家。

原来这冯梦龙所著《警世通言》第二十八卷名为《白娘子永镇雷峰塔》，便是讲述这峨眉山上的白、青二蛇精，修炼成仙之后，羡慕人间生活，化身为少女白素贞、小青，至那西湖边游玩。白素贞在此巧遇千年之前曾于自己有救命之恩的许仙，于是对许仙以身相许。金山寺僧法海蛊惑许仙，离间其夫妇，许仙听信谗言，弃家出走金山。白素贞至金山索夫，与法海大斗，败走断桥。后来，那法海终于拆散这对夫妻，将白素贞压在了雷峰塔下。日后，小青请来四方神将，烧毁了雷峰塔，救出了白素贞。

这段故事被苏州人编成了弹词，从此天下皆知，沈月奴也早就听说这故事，一听到灵芝草，立时便想起了白娘子的事迹。

听到沈月奴在那里"公鱼"、"小鱼"地纠缠不清，小鱼苦笑着接道："除了灵芝草，还有雪魔芋、猴头菇等也都是峨眉特产山珍，在下一会儿便可亲手为姑娘烹制。"

沈月奴"咦"了一声，笑道："猴头？不错不错，我上山之时发现那满山遍野尽是些猴子，你去弄一只来炖一炖，不要光是猴头，猴腿猴尾也都不错。"

小鱼愣愣地盯着沈月奴，心道，这死丫头竟要吃灵猴，果然和她那个龙王老爹一般残忍心黑……他从小便与山中的虎豹灵猴厮混，将百兽都当做好朋友，此时心中对沈月奴不由得生出几分厌恶之感。

沈月奴见小鱼也不说话，正色道："怎么，难道你抓不住那些猴儿？这位兄台，难道你也是峨眉门下？听说峨眉弟子个个文武双全，一表人才，怎么会连个猴儿都抓不着？不对，既然能吃到猴头，自然也就有办法抓住它们是不是？"

小鱼气道："姑娘恐怕误会了，猴头菇乃是山中所产的一种蘑菇，极是美味，却并非猴子的脑袋。此处四周都是佛门圣地，沈姑娘留神老天有耳。"

沈月奴嘻嘻笑道："这样就生气了？本姑娘只不过是和你开了句玩笑嘛，真是呆瓜……好啦好啦，我以后不和你开玩笑了——诸葛先生，我突然有些倦了，你让阿三阿四他们把帐篷支起来，再把咱们带来的海产准备一下，本姑娘要请这位小鱼吃几条大鱼。”

诸葛白点了点头，转身走出了庭院。

小鱼见沈月奴原来只是开了个玩笑，心中对她也不太厌恶了，他摸了摸长出了一层浅浅的胡茬的下巴，问道：“难道姑娘还要住下来么？”

沈月奴点头道：“是啊，不然我还能住哪？”

小鱼慢慢地道：“这山下到处都有的是客栈，你何必住在……”

沈月奴却不答话，一转身也走出了院子。

小鱼随后而出，来到西极天大门之外，正看到一脸不爽的段云峰。

顺着段云峰的眼光看去，只见那西极天大门外不远的空场之上，诸葛白正站在那里指挥八名轿夫搭建帐篷，三个支架已经树起。

这西极天在金顶之上，铜殿华藏寺之侧，四周空地既非寺庙，也非峨眉派总堂私属，游人也可自由来往，这些人在此搭建帐篷，段云峰自然也找不出理由阻止，心中不免冒火。

小鱼看了看段云峰的脸色，拉了拉他的衣襟，道：“段师兄，门中事务繁杂，师父闭关，无穷法师操心佛事，也无暇多顾，上下大小事情，都还需要您处置，不如您先回去，这里就交给小鱼。”

段云峰明知小鱼所言有理，并且暂时也看不出沈月奴、诸葛白这些人要做些什么，峨眉派两大弟子在此盯着也有些小家子气，于是握住小鱼的手，低声道：“你素来机智有决断，一切小心在意，这里便交与你了。”说罢他便转身走进了西极天。

沈月奴款款地走了过来，笑道：“大男人之间也要说些悄悄话吗？”

小鱼不答反问道：“沈姑娘，你怎么真的在这里搭起帐篷了？游人香客来往行走也多有不便啊。”

沈月奴一脸无辜地道：“有何不便，这里那么宽大，也只有一尊菩萨像，一座庙和你们一座峨眉派总堂，难道容不下我们三个小小的帐篷？”

小鱼气闷，也不知该说些什么才好。

沈月奴却一扭身转了过去，走到帐篷前，撩起帐帘道：“司徒少侠，奴家这就进去歇息了，咱们有事晚些再说如何？”

小鱼心下无奈，只得回到西极天的院子中。

他也不进正堂，拖了张椅子就坐在庭院当中，照壁之下，闭上眼睛假寐起来。

也不知道过了多久，小鱼猛然睁开眼睛，他嗅到了一屡奇异的鲜香味道。这味道钻进鼻孔，立刻便令肚子咕咕作响，饥饿之感顿生。

随着轻轻的脚步声，鬼神童子诸葛白忽然走了进来，他径直来到小鱼的面前，突然躬下身道："司徒少侠，我们正在外面烹制吃食，都是一些鲍鱼鱼翅等海里面的小玩意，不过在这连海都看不到的巴蜀之中也算是极为难得的了。我家少主有令，烹制好后还请峨眉派诸位大侠少侠什么的都来尝尝鲜，老朽当年与贵派掌门人有几分过节，自然也就不便在贵派之中四处走动，所以还要请司徒少侠前去通知一下各位吧。"

小鱼站起身来，躲开了诸葛白的一礼，道："多谢贵上，鄙派弟子身在总堂时不吃荤腥，盛情心领了。"

诸葛白点了点头，突然嘲讽地一笑道："那晚少侠一句'俺爹'，倒教老朽多少有些惭愧，这烹制好的菜肴，还请少侠赏光，这不仅是我家少主的邀请，同时也算是老朽的一点赔罪吧。"

小鱼眼中好无怒意，呵呵笑道："无妨无妨，那晚在下可怜那位跪地求饶的小老儿，生怕他被太监抓去阉了，所以才特意冒充一下两父子，帮他逃过一难，喊声'俺爹'又有何妨？在下至今并不后悔。"

诸葛白眼中一厉，冷哼了一声，道："果然也是个尖牙利嘴的小子，老朽话已带到，我家少主届时在外恭候，那帐篷之中不是你们的总堂，开开荤没有什么关系的……对了，老朽素会看相，眼下见你印堂发黑，双目无光，恐怕多有劫数，你自己还是多求菩萨保佑吧。

看着诸葛白的背影，小鱼又习惯地伸出右手的食指和大拇指摸了摸长出了一层浅浅的胡茬的下巴。雄霸海运的青龙会少主和昔年独斗当世武林三大至尊却在他们眼皮子底下全身而退的高手，说他们只是单纯来给师父拜寿的，恐怕连傻瓜都不会相信。那么这些人究竟为何而来呢？他们是刚刚才到，还是早就已经来了，只不过刚刚浮出水面？那风筝到底与他们有没有瓜葛？大师兄正直忠孝，有勇有谋，究竟是什么原因令他被人陷害至死？前线军中战事频繁，少帅为什么会在这种时候派自己回来给师父祝寿？少帅命自己带给袁大人的书信中究竟写了些什么？为什么袁大人看后脸色数变？这沈月奴和诸葛白与这封书信中所言之事有没有什么干系？

近来所有发生的一切，在小鱼的脑海之中就像一壶煮沸的水般，不断地翻腾着，许多事情似乎互不关联，毫不相干，但有些事情仔细想想却好像又有些联系。他又寻思了片刻，还是没有能够理出一个清晰的头绪，于是决定暂时不去再想，而是先着手调查一番再说。

拿定了主意，小鱼慢步来到了帐篷外，那些轿夫——或许现在称为伙夫更为贴切——的面前，在他们正在烧火的大锅旁问道：“这锅里都煮的是什么？闻起来味道不错。”

一个手拿锅铲的大汉看了小鱼一眼，嘴皮子动了动，还是开口回答道：“回少侠，里面煮的是鲍鱼。”

小鱼点了点头，又指着锅中其余几样东西问道：“那些呢，又是些什么？都是怎么个吃法？”

那大汉看了看小鱼，心道此人看来真的没有吃过海物，于是正经作答道：“这些是干海参，那个是鱼翅，这些都是要先用肥鸡蒸煮发起来的；还有这些，是用精盐腌制过的海鱼还有干贝。”

小鱼笑着点了点头道：“很香，看着肚子就饿了。请教这位大哥，这些东西杂七杂八，为何都煮在一口锅里，岂非成了乱炖，不怕相互串了味道么？”

那大汉笑道：“少侠果然聪明，这道菜的做法叫做‘四海一锅鲜’，确实是全部炖在一起。这些东西虽然不是一种，但是经过我们特制的佐料调和，只会变得味道愈发鲜美，不会串的。”

小鱼“哦”了一声，突然挽起袖子，从边上的大缸里舀出一盆水后道：“你还真以为我没吃过海参啊，不就是葱烧红烧嘛，在下也做一个给你们尝尝。”说罢也不顾那大汉的阻拦，抓出两大把备用的海参扔到了水盆之中。

那大汉眉头一皱，瞪着眼道：“少侠干什么？我家少主的食物一定必须是要由本人亲手烹制的，外人绝对不可以插手。这样吧，少侠你就把这些海参端走自己用吧，千万不要弄到我们的菜里！”

小鱼笑道：“大哥这是说得什么话来？难道是嫌弃在下的手艺不好？这个你大可放心，在下可以保证让你家少主品尝这道峨眉风味的爆烧海参。”

那大汉微怒道：“请少侠暂且离开锅子，这里只需要有本人在便可以了。”

小鱼却毫不在意地笑道：“大哥你在生什么气呀，你们千里迢迢到了峨眉山，我等岂能不尽地主之谊？招待也该由我们来办才好。我们这山中自然不产海物，但起码还是让在下也借花献佛做一道菜来，好好地招待你们一番嘛。”说着竟一把抢过菜铲，探进锅里翻动起来。

那大汉顿时气急，上前一把扯住小鱼的衣袖怒道：“少侠还请自重，再若如此胡闹，小心在下不客气了！”

谁知小鱼故意找了半天的茬，正是为了这一刻。

这些人神神秘秘的也不知道在什么主意，只有设法冲突起来，才能让对方露出几分破绽。

那大汉伸手扯住了小鱼的衣袖，“不客气了！”四个字话音刚落，就发现自己手中只剩下半截袖子了，然后他便发现自己的下巴底下被一只锅铲顶得发疼。

他本是五虎断刀门的传人，多年前便已跟在沈剑非的身边，后来又专职负责沈月奴的安全和饮食。他原本志向远大，然而进了青龙会，却连本名都不能再用。有的时候，在夜深人静的床头，他也曾追悔往事，如果当年不去与同胞的兄弟争夺家主的位子，不去做那一失足成千古恨的毒杀亲人的亏心事，又如何会落得个路人不齿，家族共愤的地步，又何必走投无路地进了青龙会，成为了一个连本名都要忘记的仆人。不过尽管落魄至此，他也并没有把一般峨眉弟子放在眼里，却没想到刚一动手，便在眼前这位年不过弱冠的年轻人面前落了下风。

那锅铲虽然不是刀剑，但前端十分锐利，倘若再进一分，就能横着切断他的脖子。这大汉又惊又怒，却一时也束手无策。

这时，只听耳边有人柔声道：“阿四，司徒少侠是个有心人，你这样紧张做什么？”

那大汉阿四早已恭顺地低下头来，回道：“是，属下知错。”

小鱼心中却是一沉，这沈月奴果然厉害，平平淡淡一句话，便让这剑拔弩张的气氛顿时冷了下来。他心思转得飞快，立刻将那锅铲收回，大声笑道：“哎，这才对嘛，客人就该有客人的样子，否则不就成了反客为主了么？”

沈月奴却并不去理会小鱼话里的那根刺，只是淡淡地回了句：“此言甚是，阿四，司徒少侠想做什么就做什么，不要阻拦——这边就有劳少侠了。”对着两人说罢，她转身向那远处的帐篷走去。

小鱼自嘲地一笑，看来这一拳已经打在了棉花上，对方不仅完全在预料之中，并且也根本不在意。初见之时还以为这沈月奴不过是个口无遮拦、嘴利无知的千金小姐，现在看来，有句话果然说得没错，谁要是以为女人无知，那他就要倒霉了。

阿四在沈月奴的面前十分恭顺，但转脸一看小鱼，却又一脸愠色，站在一旁冷冷地盯着这个嘴角总是挂着一丝顽皮的浅笑，气质像个王孙贵族，举止却又像个市井泼皮的青年，心中也不知道在转些什么念头。

小鱼却也不管人家怎样看待自己，仍是东一下西一下地围着大锅添些乱子。阿四心中气极，却也没有法子，竟只好摔盆砸碗地自己出着闷气。小鱼却也不纠缠他，只是一味地四处一阵乱搅，一根银针将所有的饮食都刺探了一遍。

然而无论如何刺探，那银针却一点点颜色都没有变化。嘿嘿，这些东西还真是干干净净。难道青龙会还真是准备弄点好吃的来办我们的招待？有趣有趣，这事情越来越有趣了。

小鱼将银针揣回身上，心道，沈月奴不是说我是个有心人么，我这有心人就要像块膏药紧紧地贴在你的身上。把你误看作不晓事的千金小姐是我的错，不过你要是把我这条小鱼儿当成傻子，那就太好了……

正暗忖间，突然又有一个大汉快步进了过来，他先是扫了小鱼一眼后，对那阿四道："老四，少主有令，要你轻着些，不要这么连摔带砸的，弄出些响声惹人厌恶，还有，要你手脚麻利些，不要总是慢慢腾腾的。"

阿四气道："二哥，你看看这小子在干什么，我快得起来么？你看看他这个样子，明明就是成心来捣乱的！二哥，劳烦你帮我回禀少主，这小子要是再这样没完没了，我可就真的不客气了。"

那二哥瞪了一眼小鱼，又对那阿四道："老四，你昏头了么？少主之令你也敢违抗？"

阿四也是个火爆脾气，浑劲上头也便不管不顾，他将手中的菜铲往锅中一摔，怒道："阿四并无此意！少主的饮食向来就是由我负责，现在这个小子在这里动手动脚，摸东摸西，若是出了什么纰漏又该如何是好？"

那二哥哼了一声道："少主说了，这位司徒少侠想干什么就由着他干什么，你不要干涉。再说你本身便在这里，又能出什么纰漏？难道你的眼睛是瞎的？好了，老四，你就把他给盯好了，凡是是他动过的东西，就重新查验一番，不就没有问题了么？"

小鱼呵呵一笑，对着那二哥道："你这人有点意思，不过你好像忘了一件事吧？这里是峨眉，是西极天，却不是你们青龙会的堂口，既然我们都不放心彼此，几位何不就此离去呢，这样大家都清静，岂不是更好？"

那二哥傲然道："离去不离去，在下说了不算，少主没有下令，所有人都不能离开。还有，我不管你这是西极天还是西极地，我们青龙会有青龙会的规据。"

小鱼笑道："好，说得好，我倒要看看你们的规据有没有天那么大。"说罢他操起案板之上的石蒜杵便向大锅砸了下去。

小鱼出手极快，待那阿四出手阻拦时，正炖着菜的铁锅却早已被砸出了一个大洞，汤水漏进了柴火之中，哧哧乱响。

阿四一把抓住小鱼的衣襟，便想上前厮打，又不敢违抗少主的命令，气得眼中火星四射。小鱼却好整以暇地站在那里，动也不动地看着阿四抓着自己衣襟的手，静等着该来的人。闹出了这么大的动静，这两个人要是再不露面，自己岂不是白白浪费力气。

果然，不过片刻的工夫，就听到诸葛白上山以来第一次大声怒喝："阿二阿四你们两个混账东西，到底在做些什么？"

阿四手指小鱼怒道："诸葛先生，他砸了我们做饭的锅。"阿二也在一旁点了点头。

小鱼展颜笑道："不错，是我砸的，你待怎样？"

阿四气得浑身乱抖，怒瞪着双眼，抓着小鱼衣襟的手竟也忘记收回。

沈月奴冷哼了一声道："阿四，我已有令请司徒少侠自便，你为何还要横加阻拦？你自己该怎么做了？"

阿四的脸瞬间变得惨白，抓着小鱼衣襟的手像被火烧到一般猛然收了回来。他的嘴唇抖了抖，垂下了眼帘，躬身低声道："是的，属下错了，属下知道该怎么做。"话音一落，他右手一翻，掌中突然多了一把匕首，反手便向自己的胸膛急刺了下去！

"住手！"小鱼近在咫尺，也不及多想，口中大喝一声，右手成掌，猛地直劈而下，正切在了阿四的右手脉门上。

阿四猝不及防，脉门一被切中，整条手臂一麻，右手立时便瘫软下来，当啷一声，匕首便掉到了地上。

阿四看了看小鱼，眼中不但没有感激之色，反而更是愤恨之极，全身颤抖得更加厉害。他又看了沈月奴一眼，眼中的愤恨变成了极度的恐惧。他毫不犹豫地蹲下身去，左手拾起地上的匕首，后退了一步，便抬手又向自己的胸膛猛刺下去！

难道此人如果不自杀，便会受到生不如死的责罚么？小鱼心思转得飞快，出手却是更快！

青龙会中之人，不管犯错有多么严重，只要肯当即自杀，便不必再受那百蟹噬身之苦，而且死后尚能得到所属香主甚至总舵主的祭奠。故此，阿四这次用力更猛，只想一下子便刺穿胸膛，从此便一了百了。

然而，当他的手撞到胸膛之上时，才发现掌中竟是空的。那把锋利的匕首正在小鱼的手上。没有人看到小鱼是如何将匕首夺去的，因为他实在是太快了。

千机变化无影手。

不仅阿四木立当场，就连沈月奴和诸葛白的脸色也有一点点变了。那阿二武功也不弱，但见此情景，心中也不禁一凛，这峨眉派的弟子果然扎手。

“咳……司徒少侠，此乃青龙会的家法，你这个外人一再插手，恐怕了有些过分了吧。”诸葛白冷冷地在背后说道。

小鱼却没有抬头，他把玩这那把匕首，嘴角上轻轻地笑了笑，道：“匕首，凶器也，不祥之物，为什么出现在峨眉山这种美丽的境界？”说完他二指一错，那把锋利的匕首便从中间断了开来：“青龙会的家法，不要在峨眉派总堂圣地出现，此人有何大罪，你们要逼他自尽？只要我还没有倒下，就不会允许有人死在这里。”

沈月奴的眼睛中有一种光彩突然一闪，却听那诸葛白怒道：“无知小辈，大言不惭，青龙会要做什么，没有人可以阻拦——阿四，你难道还想再抗一次命么？”

那阿四脸色苍白得没有一丝血色，他听到诸葛白的话之后，显然心中已经慌乱之至，全身止不住地打着冷战，喉咙之中发出“格格”的声音，突然伸出双手狠狠地掐住自己的脖子，随后又抓起灶旁的一棵大木柴，直向自己的天灵盖砸了下来。

这下小鱼也有点哭笑不得了，这阿四简直是不死都过不得了嘛！他轻轻地叹了口气，心道，师父当年传我千机变化无影手，只是为了给自己“一件护身的法宝”，大概没有想到今天还能拿来和这个一心寻死的阿四“拉锯”。

那根大木柴自然也是在一瞬间便到了小鱼的手中，他心中对青龙会已经很有些反感，看着诸葛白的眼神也愈发气愤，他就用那根大木柴指着诸葛白，冷冷地道：“如此逼人自尽，我终于知道青龙会是怎么回事了！我再说一遍，只要我还没有倒下，就不会允许有人死在这里。”

诸葛白哼了一声，从牙齿缝中缓缓地吐了口气道：“无知小辈，死到临头还要堂皇大言。”他屈起了双手的手指，骨节咔吧作响，慢慢地向小鱼迎面走了过去。

小鱼右手横举那根木柴，搭在左边胳膊之上，凝视着诸葛白，脚下却丝毫不肯退让。他知道自己绝对不是诸葛白的对手，但他已经说过“只要我还没有倒下，就不会允许有人死在这里”。“言必行，行必果”，这是自己十三岁第一次开始学习猿公剑法时，师父讲述峨眉派祖师司徒玄空的故事，最后说的就是这六个字。

峨眉派传人，无论身在庙堂之上，还是处于江湖之远，永远都要将“精忠报国，勇毅智信”作为人生信条，处世“言必行，行必果”，顶天立地。

此刻，小鱼明知诸葛白武功远在自己之上，但却悍然无惧。

只有山风在吹拂，阿四等人也已经全都屏住了呼吸，连大气都不敢喘一下。在他们的印象之中，诸葛白已经很久都没有出手了，上一次他出手的时候还是在五年前，青龙会朱雀香主被雄霸湖广的“一剑动九州”风从云所杀。诸葛白随后从总舵出发，一人前往风从云的大剑山庄，独挑风从云和他的八大金刚。

没有人亲眼目睹这一战。

三天之后，才有人来到大剑山庄，结果被眼前的一切吓呆了。八大金刚之中只有老五还活着，但这个曾经能生裂虎豹的大汉已经成了一个傻子。

至于风从云，所有看到他尸首的人，包括他的亲人在内，也认不出来这的确曾经还是一个“人”。

青龙会的人只知道，诸葛白从大剑山庄回来后，全身上下几乎也没有一块肉是好的。但是，仅仅一个月后，他便似乎什么也没发生似的重新站到了沈剑非的身后。从那以后，青龙会没有人敢再对他不敬。对于这样一个可怕的人，即使是阿四那种曾经有过见识的武林世家子弟，也噤若寒蝉。

诸葛白与小鱼的距离只有五步。

尽管他走得很慢，但仍是很快便已站到了小鱼的面前，触手可及。

小鱼依然不动，面不改色。

诸葛白的袍袖却鼓了起来，空气仿佛在这一刻凝固了。

突然，沈月奴银铃一般的笑声响了起来：“哎呀，好了好了，什么家法规矩都是人定的，既然司徒少侠说情，阿四，你就谢谢他吧。”

诸葛白听到这句话，眉毛轻轻地跳动了一下，慢慢地退回了两步，没有作声。

阿四此时早已万念俱灰，心中对小鱼又产生了几许尊敬。他很后悔，为什么自己当年遇到生死关头，就不能像眼前这位青年一样做呢？这年轻人明明知道自己万万不是诸葛白的对手，却也绝不让步，而是用生命在信守诺言。阿四没有再想下去，他扑通一声跪了下来，感激地说道：“多谢司徒少侠。”

小鱼忙双手将他搀起，心中也不免有些惭愧，其实这阿四差点被执行家法，实在也是受了自己的连累，于是道："四哥切莫如此，之前在下多有得罪，还请您多多谅解。"

这一声"四哥"，让那阿四心中又热又愧，口中喃喃地道："不敢当不敢当，是小人鲁莽了。"

沈月奴轻轻一笑，道："阿四，锅子也已经打破了，这顿饭就重新做吧，反正我还不饿。"

那阿四忙点了点头，回道："遵命，属下马上就重新做，很快就会做好的。"

沈月奴笑吟吟地看了一眼小鱼，转身走了。诸葛白却再也没有看众人一眼，而是跟在沈月奴的身后，慢慢地踱了回去。

当一口新锅又被架到临时搭建的灶火之上后，阿四就又忙活上了，但这次他手脚十分麻利，再也没有没摔东砸西，但却也不与小鱼说话了，只是不停地洗剥那些菜料。

小鱼这回也不知道该做些什么了。只得百无聊赖地在一旁看着阿四做菜。

说起来这阿四的手艺确实不错，他从小便酷爱美食，家境又颇为富庶，自然是南北大菜、京城点心、塞外小吃，都有机会品尝，饕餮之余，自己也偷偷下厨小试牛刀，却也无师自通，做得出许多佳肴。当年他与亲兄弟争夺五虎断门刀的家主之位，族中长辈大多偏袒其弟，他一时激愤，竟用毒将亲兄弟杀死，结果又被人发现，走投无路之余，这才投身青龙会，隐姓埋名，深藏爪牙。沈剑非无意中发现他擅长烹饪，于是便令其专为沈月奴照料饮食。

海鲜本来就是这世间最可口的美食之一，即使用一锅白水煮熟，也多有鲜味。阿四从小便喜食海鲜，后来醉心厨艺，也还是最喜烹制海鲜，无论是对虾海蟹还是海鱼贝类，无不拿手。

小鱼这回也不捣乱，静静地在一旁观看，倒好好地见识了一番。

只见阿四先洗净两只木瓜，用小刀削成长方片，放入热水中略浸了一下，又拿出将水甩干，放在一只大盘中，随后烧起一只油锅，待冷油烧滚了，忙将洗剖干净的银雪鱼放入，炸成浅金色，全部捞了起来，又将调料放入油锅略爆，这才放入木瓜，再注入鸡汤，以文火煮沸，又加入银雪鱼，须臾起锅。这一连串的手法一气呵成，小鱼心中不由得暗叫"佩服"，那浓烈的鲜香之中又带着些木瓜的清雅，尤为诱人。

"这便是'鸡汤木瓜焗银雪鱼'了，少时还要请司徒少侠多多指教，接着小人还要做'海盐焗海蟹'和'四海一锅鲜'，少侠稍候，这菜肴便都可做好了。"阿四说到烹饪，神色不由得一变，精神也足了许多，显然这些都是他的拿手好菜。

那“海盐焗海蟹”是海鲜之中最是简单的做法，将铁锅烧热，放入海盐爆炒，然后再入海蟹焗制，味道差异全在火候，多一分少一分，都无法达到妙处。而那“四海一锅鲜”之前其实已经做成了一锅，却被小鱼砸烂了，此刻只好重新再做。小鱼听了这“四海一锅鲜”的名字后，脸上也不免有些发热，便道：“四哥你先忙吧，在下去四下转转。”

离开阿四，小鱼有意向那三个帐篷附近走去。

这三个帐篷成“品”字形排列，沈月奴的一间在前，诸葛白的一间在左，其他众人合住的一间在右。此时沈月奴和诸葛白都各自在帐篷之中，那些青龙会门下的大汉则在来回忙碌，为开席做着准备。小鱼围着三个帐篷转了一圈，也没有发现什么异样，那些大汉显然都看到过阿四几乎被迫自尽的一幕，见到小鱼，无不退避三舍，生怕沾惹上这个小魔头，便要倒霉。

小鱼看看也有些无趣，心道，不管你们弄些什么花样，我便以不变应万变，兵来将挡，水来土掩。想罢，便一转身走了回去，也不再去看阿四做菜，而是直接路过那几口铁锅，走进了西极天的庭院，在照壁下面慢慢地坐了下来，暗自调节气息。

又过了一炷香的时间，又有人走进了西极天的庭院，这一次来的人却是阿二。他轻轻地走了进来，躬身站下，深深一揖道：“司徒少侠，酒宴已经摆好，请少侠入席。”

小鱼也不说话，起身便随他走出了西极天，来到了右边的帐篷前。青龙会的几名属下都在帐外伺立，只有阿四还在远处的锅前忙碌着。阿二一掀门帘，道：“少侠请进，我家少主已经恭候多时了。”

小鱼对着他点了点头，便一步踏进了帐中。

浓烈的菜香和酒香扑面而来，又与自己适才在锅前锅后闻到的味道不同。那时锅边乱七八糟的东西太多，各种调味料混杂一处，味道杂陈，并不清晰，此时的感觉却完全不同，菜肴的鲜香淳厚而独特，令人实在忍不住想要抢双筷子冲上前去，这阿四的厨艺果然不同凡响。

帐篷之中只有一个人，一个席地而坐的女人。

沈月奴换了一件衣服，这是一件腰身紧束却又十分合体的大袖丝袍，连那覆面的紫色纱巾也已经变成了淡黄色的，她笑吟吟地看着小鱼走进帐篷，然后跪直了身子，在席子上深深地行礼。

小鱼心中暗奇，这死丫头突然行起了上古之礼，又打扮得愈加美丽，又想搞些什么古怪？不过此刻自己孤身前来赴宴，也算是暂代峨眉派门下，却也不能失了礼数。所以尽管还在腹诽，却也快速来到客座，深深地还了一礼。

沈月奴轻轻一笑，直起身子，取过几案上的羊脂白玉酒壶，双手为小鱼斟满了一杯酒，道："其实听到峨眉派掌门人通天大师文冠当世，武功绝代，门下弟子也无不是文武双全等传闻久矣，今日可见一斑。奴家以古礼待君，君亦以古礼还之，实在难得。"

小鱼心道，确实有些古怪，这丫头居然突然变得文绉绉地如此啰嗦，也不知道究竟要耍些什么花样。口中却笑道："沈姑娘谬赞了，在下愧不敢当；姑娘盛情款待，在下此来叨扰，心中十分感谢。"

沈月奴似乎也感受到了他的心绪，娇声笑道："哎呀，我看我们俩还是不要文绉绉地说话，累死人了。呆瓜，我们还是喝酒好了！"

小鱼苦笑一声，道："姑娘还是如此更让在下感觉好过，虽然'呆瓜'听起来也不是什么好名字，但总比'少侠'听着舒服些。这里有那么多鱼虾蟹贝，在下腹中饥饿，能否先吃些东西？"

沈月奴道："席中只有我们二人，这里却有十几道大菜，难道你都吃得下么？还是先干了这杯酒，然后再开席，"说罢，她为自己也斟上了一杯，笑道，"小女子先干为敬了！"说罢便一口将酒饮尽，然后默默地盯着小鱼。

小鱼微微一笑，也将杯子端了起来，那酒杯碧绿色的玉壁，映衬得杯中的酒，也是碧绿的，晶莹剔透，散发着一缕淳厚的异香。

沈月奴道："堂堂峨眉派嫡传弟子、提督陕西讨逆军务总兵官李如松大帅标下的司徒千总，上阵冲锋十七次，杀敌斩首四十九人，宁夏城外生擒叛军大将哱承恩，怎么了，居然害怕这一杯酒么？千总大人是担心这酒中有毒？"

小鱼心中暗惊，这沈月奴居然将自己的底细查得一清二楚，青龙会的势力居然大到如此地步？自己在前线的种种情形，竟被她知道得如此仔细，难道他们的手已经伸到了自己所在军中？看来这两天一定要去拜见袁大人，请他立刻派人通知少帅，谁知在青龙会是否居心叵测？还是防备仔细为上。心中翻腾，脸上却面不改色，笑道："沈姑娘原来还是个千里眼、顺风耳，就连在下千里之外一点鸡毛蒜皮的小事也了解得清清楚楚，佩服，佩服。"

沈月奴叹了口气，道："唉，千总大人废话连篇，到底要不要喝酒，本姑娘可是个女人哎，都已经先干了一杯……怎么，你怕这酒是苦的？放心啦，我保证这酒很香，一点都不苦。"

小鱼也叹了口气道:“唉，其实，不管苦的还是甜的，我都得喝下去，对吗？”

沈月奴笑了，却不再说话，而是侧过身子，去看帐篷之外。

小鱼也没有再犹豫，他端起杯子，一口就将里面的酒全部喝了下去。

沈月奴没有回头，叹道：“我说过，一点都不苦，对不对？”

小鱼笑道：“何止不苦，而且有点甜。”

说完，他便倒了下去。

沈月奴用食指在脸颊上轻轻地画着圈。过了一会，她突然站起身来，慢慢地走到小鱼的身子前，蹲了下来，认真地看着小鱼的脸，长长地叹了一口气：“司徒小鱼，你究竟是一头猪，还是一只狐狸？”

小鱼却已经听不见了，他最后看到的东西，是帐篷穹顶之上系着的一簇鲜艳如火的野花。

夜战

1

西极天内室禅房里，唐琳儿还在沉睡之中。

唐九盘坐在侧护持了许久，看看小妹的熟睡中的脸庞，已是越来越红润，呼吸也越来越匀净，心下大安。这颗心一放下来，立时感到乏意尽消，这才觉得自己坐得太久，腿脚也有些麻了，肚子里骨碌碌一阵子响，也有些饿了。

他站起身来，轻轻地打开房门，从内室禅房里做了出来，准备随处走动走动，顺便看看在哪里能找到些吃的，想来昨日寿筵还会剩下些吃的，只是不知道这西极天的伙房在何处。这在暗忖，突然见到一个人从后堂直愣愣地走了出来，行不择路，简直就像僵尸一般，直往那后墙根下走去。

唐九心中暗道，这人举止甚是奇怪，看样子又有些熟悉，此人是谁呢？唐九体阔心细，自小便有过目不忘的本领，略微一忖，这峨眉弟子中，自己只与段云峰、欧阳岷江、司徒小鱼说过话，此人的身材样貌在夜色之中虽然模糊不清，但也依稀可辨……唐九正想到这里，忽见那人竟纵起身来，一跃登上了后墙，转眼之间便翻到院外去了。

唐九一惊，此人在峨眉派的总堂之中不走正门，却从后墙上翻出，事有蹊跷，通天大师不顾自损功力为小妹疗毒，这与峨眉派有关的事既然发生在眼前，自然要关心一番。他也顾不得再细想，便一步跃起，嗖地一声就跃到了后墙之上，凝神一看，那人并未走远，便急忙跃下，飞快地追赶了过去。

那人却似乎仍在愣神，也未发觉唐九，只顾呆呆地向前走着。唐九靠得近处，这才看清，这人乃是通天大师的门下弟子欧阳岷江。

“欧阳兄，你要去哪里？”唐九在背后唤道，谁知欧阳岷江却回过头来，抬手便是一拳击来，力道很是惊人。

唐九早有提防，向后急退一步，堪堪避过。那欧阳岷江却状如疯虎一般连续挥拳打来，竟也无招无式，就像那市井之徒斗殴时一般只顾猛冲猛打。

唐九能够执掌天下闻名的四川唐门，武功之高自不必说，那肥大的身子却也极其灵巧，闪转腾挪轻松自若。其实以唐九的武功，击败欧阳岷江并不太难，何况此时欧阳岷江就像一个完全不会武功之人，唐九只需二十招之内就可将其打倒。然而此时通天大师义救唐琳儿，可以说峨眉派对唐门恩德极大，这欧阳岷江又是通天大师的亲传弟子，这时还不知道是中了什么邪，自然不可伤他。唐九心有顾虑，既不好用暗器，更不好用毒，只好凭着自己拳脚上的功夫，斗了半晌，才卖了个破绽，趁欧阳岷江扑得太急收不住脚，这才将他制住。

唐九用小擒拿手将欧阳岷江制住之后，见他还在不停地挣扎，只得出手将他上半身的穴道统统封住，再去看看刚才打斗了半天，有没有伤到此人。唐九凑近细瞧，口中不禁“咦”了一声。他是用毒用暗器的大行家，对人身上的异样之处尤其敏感。旁人在这样的黑暗之中也许什么都发现不了，但在唐九眼中，越是细小的东西越是能够吸引他的注意。在那欧阳岷江的头部百会，神谷和后背灵台三个穴道之上，竟然各插着一枚细如牛毛的铜针！

黄昏时分，峨眉山的景色从清新奇丽进入到了悠远绵长。沉沉暮霭之中，远处的钟声愈发清扬。这峨眉山的钟声也是天下之奇，有来自白水寺，有来自永延寺，最令人向往的，自然是那圣积寺的晚钟。原来，那铜钟高达丈余，钟口阔达八尺，重二万五千斤，乃是已故峨眉山临济宗一代高僧大德别传大师于嘉靖年间铸造。

相传当年别传大师铸好铜钟之后，便亲自带领弟子将其悬挂于圣积寺的钟楼上，他嘱咐弟子们说:“老衲要去外地云游，三日之后，尔等始可敲钟，切记，切记！”不料大师刚刚离寺不久，一个小沙弥急切想聆听那钟声，竟忘记了大师的叮嘱，抡起钟锤便敲，“铛”的一声，亮彻天际的钟声在峨眉山的空中与四野回响，山谷齐鸣，越传越远，一直传到了别传大师的耳朵里。此时，大师刚刚走出三十里，他听到钟声，神色大变，苦笑道：“唉，可惜可惜，若要等三日之后再敲钟，那钟声将会随老衲传到走了三日路程的地方啊！”从此以后，圣积寺的晚钟敲响，便会声传方圆三十里。

在悠扬的钟声里，小鱼突然醒了过来。映入眼帘的，是帐篷穹顶之上系着的一簇鲜艳如火的野花。野花无芳，身畔有香，如兰如麝。小鱼的眼睛盯着那簇野花，倏然出手，一把擒住了身旁那人的手腕！

入手的一段皓腕十分柔滑，却无人惊叫。小鱼转过脸来，却见被他擒住的沈月奴正目不转睛地瞪着自己。

见小鱼转过脸来，沈月奴才冷冷地开口道："原来你不是呆瓜，而是一个登徒子！"

小鱼坐了起来，手中紧扣住沈月奴的右手脉门，笑道："呵呵，登徒子？姑娘好手段，竟在酒中下毒……迷药……"

沈月奴一动不动地坐着，眼神却是冷冰冰地微怒道："峨眉弟子就是如此恩将仇报，不知好歹的么？"

小鱼一愣，反问道："姑娘将在下迷倒，也不知用的是什么毒药蒙汗药，这倒成了恩德？"

沈月奴似乎已经气急，不怒反笑道："司徒少侠，你中了厉鬼阴风的内力暗击，若非本姑娘以家传的解药相救，你以为自己还能活得很久么？"

"厉鬼阴风……"小鱼何等聪明之人，立时便想到自己与诸葛白在赶车进峨眉时遇到的那群东厂太监和锦衣卫，那阴人用内功试探自己时，自己不敢运功相抗，果然是着了道，事后虽然运功调息，暂无大碍，但小腹时时总有一股隐隐的阴冷，这沈月奴恐怕并非虚言……想到这里，他赶忙放开沈月奴的手腕，抱歉地道："在下鲁莽了，还请沈姑娘海涵……不过姑娘那解药喝下去便立时人事不省，也难怪在下误解啊……对了，姑娘怎知在下中了阴毒，你可知道那个人究竟是谁么？"

沈月奴伸出左手，轻轻地将右边袖口拉下来一些，用手掌揉着手腕，气尚未消地哼道："睡上几个时辰便能解去了厉鬼阴毒，你这呆瓜还要抱怨——哼，也幸好那人只是用内功暗中进袭，若是被那厉鬼阴风掌打中要害，我这解药也无法解救了，"她看了看小鱼，突然扑哧一笑，又道，"诸葛先生当时不是和你在一起么，那人在外面用阴功试探于你，诸葛先生在车中便已发觉，至于那人的来历，却一时也看不出来。呵呵，你是不是还让诸葛先生假扮了你的爹爹？"

小鱼面上一红，心道，这诸葛白实在可恶，当时事急从权，自己灵机一动才假冒乡下父子，以免和那些冲突起来，谁知这个小老头竟到处去宣扬自己喊过他一声"俺爹"，等到有机会一定要狠狠地教训一下这个家伙。他一边想着，一边暗运内力在体内游走了一番，发现那股隐隐的阴冷果然已经不见，小腹之中又温暖如常了，看来这解药十分灵验。

小鱼刚才抓住沈月奴的手腕时，心中有气，因此也不觉得有什么不便，此时已知她并非下毒或下迷药算计自己，而是有心相救，不禁心中歉然，再见到沈月奴正在揉着的一段洁白如玉的皓腕，想想自己适才手中抓着的细腻，脸色顿时红了起来。他从小到大不是在山中与僧人生活，便是在军中与战士同住，虽然师门中也有女人，但却也只是如家人一般，哪里未知晓男女之情，此情此景，心中已经害羞得无以言说，眼睛也不敢再看沈月奴，口中期期艾艾地道："多，多谢沈姑娘相救，在下这就告辞了……"说罢再也顾不上那许多，起身便奔出帐篷去了。

来到帐篷之外，被山风一吹，小鱼发烫的脸庞这才冷了下来，他摇了摇头，往西极天慢慢地走去。这位沈姑娘藏在面纱之下的脸庞究竟是什么样子的？小鱼不知道，只记住了那如兰如麝的香味，只记住了那段洁白细腻的皓腕。

他自嘲地笑笑，走进西极天的庭院，突然感到肚中一阵雷鸣。从早上起来便没有吃些什么东西，后来虽然与师兄弟们大喝了一场，灌在肚子里的却全是些酒水，连雪魔芋也没吃上几筷子。现在已是日薄西山，再过上一会儿天也就要全黑了。

沈月奴出手救了自己，如果真是来找峨眉派麻烦的，这似乎又违背了常理，难道她会以为这样让自己感念人情，自己就会不顾师门站在她一边？这又怎么可能？看那沈月奴如此精灵聪颖，必然也不会作如此之想。难道他们并非是来找麻烦，而是真心诚意前来为师父拜寿的？这青龙会行事强横霸道，但也并不欺凌一般百姓，与峨眉派又素无仇隙，有什么理由来找麻烦呢？何况峨眉派堂堂中原武林名门大派，虽说常年在山的弟子并不多，但武林中有多少成名的英雄好汉出自峨眉派？更不消说少林、武当、丐帮这些人多势众的大帮派更与峨眉有着千丝万缕的交往，否则通天大师寿辰，也不会有那么多武林顶尖人物纷纷具礼而来了。青龙会与峨眉派无冤无仇，莫名其妙找上门来为敌，确实也很难令人相信。诸葛白当年倒也确实和师父有些过节，但现在他口口声声称沈月奴为"少主"，可见也不过是青龙会的一名部属，青龙会为了他而与峨眉派为敌，实在也有些说不过去。小鱼想到这里，心下稍安。

这心下一定，不免肚中愈发饥饿起来。说起来也真正好笑，守着阿四做出来的那么多海鲜大菜，自己竟然一筷子都没吃到，就被沈月奴的解药放倒了，这丫头也真是要命。

想起那些美味的螃蟹大虾鱼肉扇贝，心中更是大悔，早知道喝酒之前，一定要先大吃几口才是。他看了看天色，心道，这些时辰已经过去了，段师兄一定早已经布置停当，醉酒的师兄弟们大约也都醒了，师父尚在闭关，无穷法师不知道是否还在山上，但无论如何，只要众人齐心协力，管他有什么魑魅魍魉敢来挑衅，都不必怕他。打定了主意，便向伙房快步走去。

谁知寿筵剩下的酒菜竟然都已经没有了，大概午时早已被二代弟子们吃了干净。煮饭的钱大伯也不在，算算时间，正好是老人家下山采买的日子，这峨眉山山高路远，说不得明天凌晨才能回山。看来坐等钱大伯也不是个办法。

小鱼叹了口气，又翻箱倒柜地寻了半晌，只找出一小口袋粟米，心道，就拿这些东西煮点粥吃也还不错。说把便又去生火烧水。谁知将一切打点好了，粟米也煮进了锅里，这才发现有些黑色的细碎杂物漂浮了上来。他忙取了一盏油灯凑近观看，不由得暗叫“晦气”，原来那粟米之中竟有些老鼠屎，适才光线暗淡，竟也没有发觉。

盯着锅里翻滚的粟米粥，小鱼长长地叹了口气，又伸手去把灶台里的火灭了。这粥自然已经不能吃了，又该如何是好呢？

小鱼沉吟了一下，突然想到，何不到西极天院落的背后那个小湖去捉几条鱼来烤着吃，那湖中小鱼味道十分鲜香，佛家有戒律不可杀生，附近寺中僧人从不去惊扰，只有小鱼少年时常常从湖中偷偷捉起几条来，不敢拿回伙房煮吃，往往跑到山谷避风之处烧起一小堆火来烤鱼，即使不放调料，那滋味也异常甘美。

此时夜色已然降临，满天的繁星闪烁，亮晶晶地悬在头顶之上，仿佛伸手便能摘下来一般。小鱼少年时，每到这样的时辰，都会来到这秀丽的小湖边，脱了鞋袜，挽起裤角，探进水中，静静地躺在湖畔仰望星空，任那湖中的鱼儿轻轻地蹭着自己的小腿，轻轻地啄着自己的脚趾，什么也不用去想，仿佛自己也与那湖光山色融合在了一起。

现在，他又来了，还是那个小湖，还是这满天的星斗，不过小鱼这次却不是为了看星星的，他右手提着一支白蜡杆子的长枪，高挽裤腿光着脚站在水中，目光炯炯地寻找着水中的游鱼。

谁知此时这些鱼儿也似乎感到了危险，平时都成群地围在自己的脚边，现在却都跑得无影无踪，加之夜色迷蒙，小鱼努力睁大饿得有些昏花的眼睛，尽自在水中寻了半天，竟然连一条游鱼也未遇见。

肚中饥饿，想捉几条游鱼来烤吃，却又连鱼儿的影子都不见，小鱼心中长叹一声，口中喃喃地道：“想不到我堂堂大明威武的斥候千总，文韬武略的峨眉少侠，今天居然要饿死在这小湖之中，可叹可叹，可怜可怜……”

就在此时，忽听湖边有人笑道：“喂，你手里拎着支长枪，站在水里嘟嘟囔囔地做些什么？”

2

小鱼回头一看，原来是沈月奴，只见她左手托着一张木盘，盘中放着一个大碗，竟轻快地走了过来，自顾自地坐在了湖边，又道：“呵呵，多么美丽的景致，你这呆瓜为何如此大煞风景，居然打起之后水中小鱼儿的主意来了？你是小鱼，它们也是小鱼，难道你要同类相残么？”

小鱼满脸通红，好在天色黑暗不显，他将长枪扛在肩膀上，趟着水回到了岸边。沈月奴伸手递过那个木盘，揭开盖碗，柔声说道：“快吃吧，这是鱼翅捞饭，刚刚出锅，还热着呢。”

小鱼闻着那大碗中的香气，垂涎欲滴，鱼翅捞饭是个什么东西他倒是一点概念都没有的，家乡不产海货，从军西北，也总是大口吃着牛羊肉，海里的东西却很少吃到。不过此刻腹中饥火难耐，再也没有心思客套了，于是伸手便去接那大碗。沈月奴却将手向回一缩道：“怎么，千户大人不用银针试了？难道就不怕小女子下毒？”

小鱼也不答话，一把抢过碗来，真的从怀中掏出银针，在饭菜中探了一下。沈月奴嗔道：“哎呀，你这个呆瓜，是不是故意要气死本姑娘啊？”

小鱼也不理会，竟还将银针放在眼前仔细地看了看，然后收起针来，大口地扒起饭，边吃边道：“小心无大错，家师有言，小其心而平其气，临事先惧而后谋，事乃可成。”

沈月奴哼了一声道：“都说峨眉乃是天下第一正宗，怎么教出来的徒弟却都是如此的小器。”

小鱼口中吞饭含含糊糊地道：“这不叫小器，而叫小心，害人之心不可有，防人之心不可无，难道你爹没教过你么……”

沈月奴冷笑道：“照着你的说法，天底下便没有什么好人了，早知如此，本姑娘就不该给你送饭来。”

小鱼笑道：“沈姑娘坦荡荡，小鱼儿常戚戚，勿怪，勿怪。”

沈月奴也被他逗得扑哧一笑，忙又掩住小嘴，狠狠地瞪了他一眼道：“算了算了，说不过你这呆瓜。哎，这里的景致可真好啊，我从来都没有上过这样的高山。”

小鱼嘿嘿一笑道：“峨眉山的好景致好多哦，就算姑娘在这山上盘桓半年，也未必能看得尽然。”

沈月奴拍手笑道：“好呀，那你便应承领着我到处去看吧！”

小鱼也不答话，大口吃着鱼翅捞饭，一低头却看到那沈月奴竟也脱下了鞋袜，将两只洁白晶莹的小脚也放进了水中。沈月奴瞟了一眼小鱼，脸上顿时有些发烧，伸足踢起水花恨声道：“子曰非礼勿视！”想了想，又道：“你要偷看我，本姑娘就把你眼珠子挖出来。”

小鱼差点被口中的饭团噎着，费了半天劲硬咽了下去，这才笑道：“沈姑娘做了什么非礼的事，怕被在下看到？”

沈月奴气得狠狠捶了小鱼的肩膀一下道：“哼，我刚到峨眉的时候，看着你这人虽然是个呆瓜，却也还好，谁知道你竟然也是一个油嘴滑舌的登徒子。”

小鱼心道，这一天都被这丫头压在头顶耍来耍去，简直要命得紧，眼下自己倒是大占上风，岂能不再气她一番？于是嘻嘻地笑道：“沈姑娘又没有亲过我的嘴巴，怎么知道我是油嘴滑舌？”

沈月奴双眉倒竖，倏地伸出两根手指，狠狠地掐住小鱼的腰肉用力拧动道：“你还说，你还说……”

小鱼腰部吃疼，赶忙放下大碗，一把抓住她的手道：“你这招二指禅也太狠了，娇滴滴的大姑娘怎么如此下得辣手？”

两手相握，四目相交，两人都忽觉心底涌出一些异样的感觉，沈月奴忙抽手低头道：“那。那饭好吃么？”

小鱼咳了一声，点头道：“好吃，这些粉条叫做什么鱼翅，实在美味。”

沈月奴轻笑了一声边踢着水边道：“嘻嘻，粉条，这哪里是劳什子粉条，那是鱼身上的翅膀做成的！”

小鱼又细细看了一眼这碗中的饭道：“啊，鱼身上还有翅膀么？”

沈月奴笑道：“怎么没有，鱼身上的鳍难道不是翅膀么？”

小鱼挠了挠头道：“这倒也是，这嘉定州城三江绕郭，水中的江团、黄辣丁、潜鱼、鲶鱼，我也吃过不少，这些鱼身上的鳍展开来确实也有些像是那鸟儿的翅膀。只是这鳍又如何能够制成粉条一样的东西呢？”

沈月奴道：“那不同，这乃是鲨鱼的鳍制成的，”她手伸到小鱼的颈下，又道，“我知道你有一条小鲨鱼，所以你的名字就叫做小鱼……让我看看，是什么样子。”

小鱼一愣，直到她拉出了自己颈上挂着的小鲨鱼，才回过神来，只见沈月奴借着星月的光辉仔细地摩挲着那宋太祖赵匡胤当年起兵时的祭器，轻轻地道：

“真美，似乎是有灵性的东西……你知道么，在我们海边，鲨鱼就是海神他老人家的坐骑，所以每当有船要出海时，那些船老大便要在船头上供上几根鲨鱼的鱼骨，像我们这些经常出海的人，更是要随身戴着一颗鲨鱼的牙齿来祈求平安。”

小鱼心道，那些船老大买一面青龙会的旗帜岂非比鲨鱼的牙齿更为保险？但看到沈月奴柔柔的目光，此话便说不出口来，道：“原来鲨鱼的牙齿能够保人平安。对了，那鱼牙是什么样子？你戴着吗？”

沈月奴羞涩地看了小鱼一眼，然后背过身去，也在颈间拉出一条皮绳，将那鲨鱼牙齿取了下来，这才转过身来，道:“怎么，想和你嘴里的牙比一比吗？”

小鱼接过了这枚鱼牙，放在手心里，细细地观看，那鱼牙上还带着沈月奴的体温，小鱼忽觉心中一荡，忙敛住心神道：“好大的一颗牙，这边缘之上居然还带着锯齿，这是鲨鱼的门牙还是尖牙？”

沈月奴此时正看着小鱼，听此一问，不禁笑出声来，嗔道：“鲨鱼哪里有什么门牙、尖牙之分，统统都是一般形状，而且口中生着好几排呢！”

小鱼看了一眼巧笑倩兮的沈月奴，但见她眉如翠羽，水剪双眸，肌肤胜雪，秋波湛湛妖娆态，春笋纤纤妩媚姿，不由得呆住了，情不自禁地伸手去拉她脸上的鹅黄面巾。

沈月奴忙将身子向后一闪，惊问道：“你做什么？”

小鱼猛然惊醒，心中大惭，忙道：“对不住，沈姑娘，在下唐突了……刚才……刚才……。”

沈月奴暗叹了口气，轻声道：“下次可不许如此了，否则……否则我真的要把你的眼珠挖出来！”

小鱼奇道：“为什么你要将脸遮住？戴着面纱，难道不觉得累赘么？”

沈月奴浅笑道：“因为我长得很丑啊，怕把你吓着了。怎么，你真的想看我的模样，那就要……就要……。”

小鱼想起了山下茶馆里说书人的话，便笑道：“就要怎样？难道看了你的模样，便要娶你为妻么？”

沈月奴笑道：“对呀，你不是想看吗，那就来看吧！”说罢双手做势便要去摘那面纱。

小鱼忙摆手道：“算了算了，我不想看了。”

沈月奴气哼哼地道：“无胆鼠辈，怕娶一个丑姑娘回家吧？”

小鱼心道，切莫再与她纠缠这些话头，否则不知道又会发生什么，忙打岔道：“沈姑娘，你究竟来峨眉做什么，蒙你相救，在下铭感于心，但既然姑娘好意，为何不将此行目的告知，在下也好放心。”

沈月奴皱了皱眉毛，叹了口气道：“本来我爹在临来前有过交代，有些话一定要当面告诉通天大师的，谁知路上紧赶慢赶竟还是来晚了一步，大师他老人家竟闭了关。”

小鱼点了点头，道：“家师闭关确属突然，即使是我们也是事后方知，不过峨眉派还有无穷法师，有段师兄他们在，足以应付一切事务。沈姑娘若是事情紧急，也不妨先告诉我们，也免得误事。”

沈月奴嗯了一声，道：“无穷法师、段云峰段大侠，都是一时之英杰，这我都知晓。不过我与他们素昧平生，平白上门去找他们……还不如……还不如……将这事情告诉于你……再作计较。”话说到一半，她突然似乎察觉到这话过于亲昵了，立时便垂低了螓首，娇羞不已，最后几个字已经细不可闻。

小鱼心中一荡，也有些手足无措，和沈月奴在一起，什么杀伐决断，果毅聪慧，似乎都消失得无影无踪，只感觉自己与她好似多年前的旧友，虽然见面便要拌嘴，但心中却极是亲近。他呆了一会，才又问道：“令尊大人所言，究竟是些什么事呢？”

沈月奴抬起头来正色问道：“呆瓜，你可知道应德先生此人么？”

司徒小鱼脱口而出道：“当然知道，应德先生，不就是右佥都御史，凤阳巡抚唐荆川大人么？”

沈月奴点了点头。

小鱼道：“唐大人生前便是家师的好友啊，可惜我还没有出生，他便已经过世了，我没有机会一睹他老人家的风采，我的大师兄李长风，却是见过应德先生的……”说到李长风，小鱼的神色不由得有些黯淡。

原来，这位唐荆川大人不是别人，正是明代一位赫赫有名的大忠臣唐顺之，他表字应德，一字义修，江苏武进人。这唐顺之在嘉靖八年会试第一，文名震动朝野，被皇上钦点为翰林编修。他原本是位书生，却又平生好武整军。嘉靖三十二年，倭寇集结了几百艘海船在浙江、江苏等地沿海登陆，抢掠数十城，一时动摇京师。当地官吏与明军望风披靡，致使倭寇气焰愈发猖狂。此时，经重臣举荐，朝廷急招唐顺之为兵部郎中，督师浙江，亲率兵船大破倭寇于海上，因功升右佥都御史。此后，朝中奸臣担心唐顺之因功而进入内阁，故与太监勾结陷害于他，将其调离京城，巡抚凤阳。唐顺之心忧国事，加之旧伤复发，于是在通州病故。

这唐顺之学识渊博，对天文、地理、数学、历法、兵法及乐律皆有研究，他著有《荆川先生文集》共一十七卷，其中文一十三卷，诗四卷，因此被世人敬称为荆川先生。他不仅与王慎中、茅坤、归有光等同为文坛代表，又与戚继光、俞大猷等人一般因抗倭闻名而备受武林尊崇。

他与曾为翰林的通天大师最为相得，故此生前常到访峨眉山。一日，唐顺之与通天大师讲禅论道谈至兴浓，通天大师飞身而起，龙行虎步，将一身武功绝学施展给好友观看。唐顺之看到入迷，诗兴大发，当即挥毫作《峨嵋道人拳歌》一诗赠与大师。

诗曰：

浮屠善幻多技能，少林拳法世罕有。
道人更自出新奇，乃是深山白猿授。
是日茅堂秋气高，霜薄风微静枯柳。
忽然竖发一顿足，崖石迸裂惊砂走。
去来星女掷灵梭，夭矫天魔翻翠袖。
翃睒含沙鬼戏人，髬髵磨牙鷩捕兽。
形人自诧我无形，或将跟絓示之肘。
险中呈巧众尽惊，拙里藏机人莫究。
汉京寻橦未趫捷，海国眩人空抖擞。
翻身直指日车停，缩首斜钻针眼透。
百折连腰尽无骨，一撒通身皆是手。
犹言技痒试贾勇，低蹲更作狮子吼。
兴阑顾影却自惜，肯使天机俱泄漏？
余奇未竟已收场，鼻息无声神气守。
道人变化固不测，跳上蒲团如木偶。

此诗极为传神，从此传遍江湖，而通天大师的武功也便因此而为天下武林赞美传诵。两人相交之厚，甚于他人，峨眉派与唐顺之自然也是渊源极深。

见小鱼凝神沉浸在追慕先贤的遐思之中半晌不语，沈月奴又笑道：“其实，我爹爹本名并不叫沈剑非，他老人家原本姓杨，原本是应德先生的部属。”

小鱼何等聪颖之人，听到一个“杨”字，脑海中立刻想起一个人来，脱口便道：“啊，令尊名讳可是上亦下松？曾以一人之力独退百名倭寇的铁胆将军杨亦松！哎呀，在下一时激动，叫出令尊名讳，恕罪恕罪！”

沈月奴掩嘴一笑道：“哀家恕爱卿无罪。”

小鱼见她开如此大不敬的玩笑，却也不怪，武林中人本就开化洒脱，与那些读书的士儒一味尊君的思想本就不同，小鱼虽然身有官职，却并未沾染一死官场气息，倒颇有几分军人粗豪之风，于是也不以为忤，只是喃喃地道："没有想到，没有想到，姑娘竟是铁胆将军的女儿！'因君亦解草书诀，君枪岂让公孙剑？'令尊大人的威名，好教小鱼敬仰！"

原来这杨亦松并非别人，乃是唐顺之麾下第一员猛将，他原本是关中的响马巨盗，手中一杆大枪重一百三十斤，祖上是大宋朝赫赫有名的杨家将，一身杨家枪法世间罕遇敌手。嘉靖三十二年，倭寇犯境，杨亦松愤而烧毁山寨，率众响马投军，正遇唐顺之，被收至麾下，从此随唐顺之讨伐倭寇，威震沿海，他曾率轻骑与大队日本浪人武士作战，直至部下全部壮烈殉国，杀敌数百，最后只剩他一人，单枪独挑百余日本武士，竟将群倭击溃，前面一百多浪人四散逃遁，后面一名铁枪将狂呼追击，场面骇人听闻。此战他一人斩首七十余级，以至于倭寇从此听闻"铁枪杨亦松"所在之处连船只都不敢靠岸。

唐顺之壮之，特为杨亦松赋诗一首，诗曰：

老杨自是关中客，短衣长躯枣红面。
千里随身丈八矛，到处寻人斗轻健。
谓余儒生颇好武，一揖滚滚发雄辩。
坐惊平地起波涛，蠕蠕龙蛇手中现。
拨开双龙分海嬉，攒簇两蛇合穴战。
争先尽教使机关，缩退谁知卖破绽？
目上中眉犹自哂，绵中裹铁哪能见？
满身护著不通风，百步撺来激流电。
飞上落下九点丸，放去收回一条线。
问君何为技至此，使我凭轩神䀹眩。
答言少小传授时，五步七步画地践。
迩来操弄三十年，浑身化作枯树干。
心忘却手手忘枪，眼前只见天花旋。
乃知熟处是通神，解牛斫轮安足羡！
因君亦解草书诀，君枪岂让公孙剑？

故此，小鱼一听沈月奴的话，想起那传说中"铁枪杨亦松"的英雄盖世，心头岂能不立时便激动起来："真没想到……沈姑娘，待你回去见到总舵主时，一定要代在下问候一声。"

沈月奴笑道："好，我会的。"

小鱼这下心中更是大安，感慨地道："原来总舵主竟是应德先生的旧部，说起来与我们峨眉派也是大有渊源，沈姑娘为何又不早说，以至于彼此闹出了这许多的误会来。"

沈月奴却叹了口气，半晌才轻声说道："应德先生当年被奸臣陷害，被褫夺军权，明升暗降外放凤阳巡抚，我爹等众将不服，联名上书朝廷请求仍由应德先生执掌水军，谁知奸臣势大，竟又罗织罪名，诬陷我爹等人意图谋反，爹无奈，只得弃官而走，隐姓埋名，至今还有人想要缉拿于他，我又岂能不小心行事呢？"

小鱼点了点头道："沈姑娘说的也有道理，不过姑娘能否明示，此次莅临峨眉，究竟有些什么事呢？"

沈月奴"唉"了一声，皱眉道："还能是什么事，还不是贵派李长风李大侠之事。"

小鱼一惊，忙问道："姑娘何以知道此事？"

3

沈月奴面露自豪之色地道："这又有何奇怪？想我青龙会雄霸七海，我爹身在江湖之远却心怀社稷君父，有些事就算朝廷不知道，却也瞒不住青龙会。"

小鱼心道，难怪青龙会在沿海声势如此之大，行事异常高调，的确是自有所恃。不过一个江湖帮派如此气焰滔天，难道就不担心犯了朝廷官府的大忌？

正暗忖间，只听沈月奴又道："我爹得知李大侠临终之前，曾经派人送回一只匣子，据说匣子之中有朝中奸臣与倭寇勾结的来往信函与海图。他担心奸臣的爪牙以及倭寇假扮中原武林人士，以为通天大师祝寿之名混上山来，在此间逗留，伺机对峨眉派不利，夺取信函海图。峨眉派固然是天下名门大派，不但通天大师是当世武林至尊，无穷法师、段大侠等人也是一时英杰，就连……就连你这个呆瓜……武功也不弱……"说到这里，沈月奴又微微一顿，脸上一阵发烫，与小鱼接触愈久，她之前那精灵跳脱的性子似乎也渐渐不见，似乎越来越娇羞起来。她又看了看小鱼，慢慢地又说道："然而，明枪易躲，暗箭难防。大英雄最难免为宵小暗算，所以我爹才派我领人来峨眉，一来是向通天大师禀明此事，二来就是要协助峨眉派保住信函海图，用这些东西就可以将朝中的奸臣扳倒，所以我爹眼下正在秘密联络朝中一些忠贞之士，只要能将这些东西送交到皇上手中，那一切就都好办了。”

小鱼心中一动，看了看沈月奴，轻声道：“总舵主身在江湖，心系国家社稷，令人感佩万分！但在下只知道大师兄的确为奸人陷害去世，那些什么信函海图，在下却丝毫不知，这内中情由究竟是怎么一回事，完全懵懂，现在师父又在闭关，此事只能待师父出关之后再向他禀明，沈姑娘你也不用过于心急。”

沈月奴神色一黯，也只好勉强笑道：“你说得没错，大师没有出关之前，也只得等待了。好在我们已经来了，倘若有人前来搅扰，我们也可以帮得上忙，也不枉这一路紧赶慢赶了。”

小鱼正色道：“沈姑娘此来相助，在下心中十分感动，不过那些宵小贼子想要找峨眉派的麻烦，我们却也不怕！”

沈月奴薄嗔道：“人家又没有说你们怕了，你这呆瓜有时候傻……”

这句话尚未说完，她突然停了下来，与小鱼一同沉默地盯着月光下平静的湖面，湖面倒影中，一条黑影自西极天前院的屋顶之上一掠而过。

两人猛地抬起头来对视了一眼，小鱼点了点头，没有说话，猛地掠身而起，右手抓起一件物事，左手绰起地上的长枪便向那黑影追了过去。沈月奴忙在后面轻声呼道：“你要小心些……”

小鱼听了心中一暖，但他没有回头，而是纵身跃起，也掠上了屋顶。此时那条黑影却已远远地跃到了前方，小鱼的轻功是通天大师亲传，在峨眉派俗家弟子中名列第一，比李长风、段云峰还要高多些许，但此时他却觉得眼前那人的轻功竟似乎还在自己之上，身形几乎淡如轻烟，纵跃在西极天院落的屋顶之上，如履平地。小鱼随后急追，当他看到那人跑到了一个眼熟的地方时，小鱼不由得扑哧一笑，口中数到：“一、二、三、倒！”“倒”字刚刚喊出，那人身子一晃，竟失足一滑，竟几乎真的跌倒在屋顶上。

其实小鱼并非在作法，这世间本来也没有真正的魔法，只是他在白天阿四做菜的时候，特意在前面那片屋顶上洒满了菜油，原本是担心青龙会的人有所异动，事先设下的一个小阵，没想到竟用在了这里。前面那人飞奔之中突然一脚踏上厚厚的菜油，如何还能站稳？饶是他轻功极高，却也几乎滑倒在屋顶上。

小鱼此时距那人还有两丈，见此机会怎肯放过，右手中那件物事便挟着劲风向那人飞击而去！那人见有“暗器”袭来，忙拧身急闪，只听当啷啷一连串脆响，圆圆的“暗器”便顺着屋顶滚落，原来竟是沈月奴送饭时所用的铁碗。

那人站立不住，又拼尽全力躲开铁碗，虽没有被击中，却也手忙脚乱，大为狼狈。在这一顿挫之中，小鱼已经飞身奔近，手中长枪唰地抖了一个枪花，朝着那人的胸膛便刺。那人大惊，眼见大枪刺来，铁碗的声响又引来了许多人在院落之中，院外也有不少人点起了火把，看来峨眉弟子出来了不少，心下大急，口中怪叫一声，不退反进，竟合身向小鱼扑了上来！

小鱼这一枪已经刺出，但却并非要取他性命，此招却是虚招，形似点刺胸膛，其实枪尖到时却会旁移半尺，以前端横扫，意在将其扫倒生擒。不料这一枪刚刚递出，尚未变招，那人竟不要命似的直扑了上来，收枪后撤却也有些不及。小鱼久战沙场，经验也是极为老道，他左手一抬，右手猛地一送，竟将那大枪直直地向上抛了出去，双手直向那人胸膛拍出。那人反应也甚是敏捷，双手也同时拍出，两人正正地对了一掌，小鱼直觉双臂有些发麻，但却也无碍，那人却被震得踉跄了一下，一手捂住胸膛，似乎受了内伤，另外一只手却倏地伸进了腰间的皮囊。

小鱼一笑，此人难道也想发回暗器？跨前一步，便向那人肩头抓去。那人却已伸出手来，将掌中之物猛地砸向了屋顶，只噗的一声，一股浓烟立时升了起来，将那人包裹了起来。

“毒烟？”小鱼一惊，也不顾再与那人纠缠，纵身一跃，便避到了一旁，待那浓烟散去，却发现那人早已没有了影踪。此时突然听到沈月奴院外道：“不用追了，小心调虎离山。”几个声音纷纷应道：“遵命！”接着又有人唤道：“小鱼，你没事吧？”却是杨晋的声音。

小鱼笑道:“师兄放心，小鱼没事！”说罢拾起长枪，纵身从房顶跃了下来。

“呆瓜！”“小鱼！”“小师叔！”

下面众人见了，纷纷出声唤道，有两人则从人群之中快步向他走来。原来，阿二、阿四等青龙会的人和峨眉二代弟子差不多有三十多人都聚集在此，双方之间隔着两丈远的距离，界限甚是分明。

小鱼应声看去，原来是沈月奴和杨晋，两人见小鱼跃下，心忧他刚才在屋顶与人相斗是否受伤，见他跃下，便不约而同地走上前来。沈月奴喊了一声，刚想再说，却又觉得脸上发烫，娇羞地不知如何是好，只得顿在那里。那杨晋惊异地看了沈月奴一眼，这便抓住小鱼的手臂，急切地问道：“师弟，那人适才发的可是毒烟？你没有受伤吧？”

小鱼微微一笑，道：“多谢师兄关心，我看那应该不是毒烟。对了，段师兄他……”刚说到这里，杨晋拉着他往旁边走了几步，道：“段师兄已经与无穷法师布置停当，总堂所有弟子正在戒备，段师兄担心你一个人应付不来，所以正叫我带人出来接应，正赶上看到有人上了我们的屋顶，这狗贼还真是胆大包天，竟敢老虎脑壳上扯把子……对了，那个女人便是青龙会总舵主的女儿么？还有那些人，对了对了，还有个诸葛白——他们有没有对你不利？”

杨晋为人十分老实诚恳，因家境清贫，自幼便上山习武，如今已经过了而立之年，自己也收了十余名弟子，却始终不愿下山自立门户，只愿在山中随身侍奉师父。由于小鱼上山时已是父母双亡的孤儿，杨晋年长八岁，便时时照拂这位性精灵顽皮的小师弟，两人感情甚好。小鱼知道这位师兄的性子，也不打断，含着笑听他将一大段话啰啰嗦嗦地讲完，这才道：“师兄放心，这位沈姑娘……她爹沈总舵主，你晓得是哪个？”

杨晋一诧，问道：“是哪个嘛？”

小鱼呵呵一笑：“说出来师兄定然要吓一跳，她爹就是杨亦松！”

“杨亦松？铁枪杨亦松？一枪退百敌，斩首七十级的铁枪杨亦松？”杨晋还真是遭吓了一跳。看到小鱼笑嘻嘻地点了点头，杨晋忍不住又看了沈月奴一眼，喃喃地道：“这么说，他们不是来找麻烦的？对了，段师兄说，一切都已布置妥当，所以让我来帮着你应付青龙会的人。”

小鱼“嗯”了一声，道：“杨师兄放心，我自己应付就好，对了，我来给你们引见！”说罢便拉着杨晋转过身来，对着沈月奴道：“沈姑娘，这位是在下的师兄杨晋，”然后又对杨晋道，“师兄，这位便是青龙会的沈姑娘了。”

杨晋为人忠厚本分，忙作了一揖，道：“总舵主安好？”

那沈月奴面上又是一红，也赶忙福了一福，道：“多谢关心，家父安好。杨大侠白猿通臂拳名震西南，小女子也是如雷贯耳了。”

杨晋一笑，道：“沈姑娘过奖，在下可不敢当了，”他想了想，又道，“那贼人也不知跑到哪里去了，在下还要带人四周巡查一番才好。”

说罢带着一干峨眉二代弟子顺着西极天的院墙一路巡视了过去。

小鱼看了看沈月奴，想起刚才自己跃下房顶，她那脱口而出的一声“呆瓜”，声音里透着特别的关心，并且又急忙上前想要查看自己是否受伤的事，心中不禁一荡。他定了定神，开口问道：“沈姑娘刚才喊了声‘不用追了’，是否已经知道那人的来历？”

沈月奴点了点头，道：“没错，我确实已经看出来了，那人乃是日本的忍者。”

小鱼闻言皱眉道：“日本的忍者，那又是什么东西？是倭寇吗？”

沈月奴瞪了他一眼，嗔道：“我都说了你是呆瓜！日本人并不全都是倭寇，那些倭寇早年就是在日本国内也是要遭到剿灭的。”

小鱼撇了撇嘴，道：“那又怎么可能，在下听说这些倭寇与日本国内的幕府都多有勾结……”

沈月奴叹了口气，又道：“你说的没错，听我爹爹说，眼下倭寇与日本幕府有着千丝万缕的关系，不过，早在洪武年间，我大明就和日本国相约，共铲那些倭寇。后来，到了永乐皇上在位时，更是恢复了与日本国的朝贡贸易，日本的足利义满国王在永乐三年十一月，就派遣使者源通贤入贡，献上所俘获的扰边倭寇，受到了皇上的嘉奖。永乐四年正月，义满国王又抓到许多倭寇，并献所获的倭寇魁首，尽歼其党类。皇上大喜，特派使者赍玺书褒谕，赐白金千两并海舟两艘，还封其国之山曰‘寿安镇国之山’，亲制御文立碑其地。永乐五年五月，义满国王又派遣僧人坚中圭密来我朝进贡，再献所获倭寇，皇上赐敕褒谕其‘忠贤明信，恭敬朝廷，殄灭凶渠，俾海滨之人咸底安靖’。”

小鱼听得一愣，不由得道：“居然还有此事？那为何如今倭寇又与日本国的幕府勾结在一起，屡屡犯我海疆？”

沈月奴幽幽地道：“因为现在日本掌国之人早已经不是义满国王的后代。他本是日本室町幕府第三代将军，十岁便继任将军职，此后战功赫赫，一统日本国南北朝分裂之局，他奉我朝为正朔，坚持称臣纳贡，故此被我朝册封为国王。在他的治下，日本国内自然也容不得倭寇。可惜，‘祇园精舍的钟声，发出无常之响；娑罗双树的花，显出了盛者必衰的道理’，义满国王去世之后，日本国内又战乱四起，室町幕府也终于被灭，如今日本掌国的早已变成了丰臣秀吉和德川家康等枭雄。至于倭寇，对他们来说往往有些用处，自然也就不再大力剿灭了。”

小鱼听了点了点头，道：“原来如此，看来那个什么义满国王倒还是不错，可惜，可惜。”

沈月奴又叹了口气，并未回答，心中却道，足利义满虽然奉明朝为正朔，坚持称臣纳贡，并且协助打击倭寇，但也并非没有打着自己的如意算盘。每次朝贡，日本国都可以与明朝进行一次大宗的贸易，且不说明朝对其贡物要以高于几倍的价值予以赏赐，即使是贡使进京，沿途往返的车、船、食宿均由官府供给，那也是一笔极大的开支。入朝者沿途往还，明朝给支廪粮之外，每人肉半觔，酒半瓶；若至会同馆，光禄寺还要支送常例，下程每人日肉半觔、酒半瓶、米一升、蔬菜厨料；若奉钦赐下程，五日一送，每十人羊、鹅、鸡各一只，酒二十六瓶、米五斗、面十二觔八两，果子一斗，烧饼二十个、糖饼二十个，蔬菜厨料；日本使者启程回国时，还由明朝市舶司给海上三十日大米，人各六斗，而日本使者随行人员常常一次多达千余名，一次供给的粮食至少六百石以上。

小鱼见沈月奴皱着秀眉没有说话，不由得一笑，又问道：“可是在下仍未想明白姑娘为何说‘不用追了’，若说害怕中了他调虎离山之计，我们这里人手众多，只是我一人追去，并无大碍，他轻功我看也不过了了……”

沈月奴听到这里却冷哼了一声道：“不过了了？我们青龙会与这些忍者打了那么多年交道，还不知道他们的本事究竟如何？那些人轻功确实也并非很高，武功可能更是比你不上，但他们对于隐藏和逃遁的功夫却是已经练到了极致。在日本国，用武力正面解决问题的人就叫做武士，而暗地里下手杀人的便称之为忍者。这些忍者主要修习的便是刺探和暗杀，那些旁门左道的阴狠招数令人防不胜防，也许……”

沈月奴的话音未落，站在旁边的诸葛白却突然出手捉住了她的衣襟！

沈月奴尚未惊呼出声，小鱼已经作势欲扑诸葛白，却在那一瞬间看到，诸葛白并非是要对沈月奴不利，而是一把将她拉到了自己的身后，眼睛直视前方，口中低声道：“少主小心！”

小鱼手中攥紧大枪，顺着诸葛白的目光望去，只见对面屋顶果然有些蹊跷，右边飞檐处的斗拱，竟似乎比往常大了几倍。小鱼心下暗道，这诸葛白的武功的确了得，夜色之中，洞察之力依然超人一等。他没作多想，而是踏上一步，手拄长枪，向那斗拱之处大声喊道：“既然是贵客临门，岂能屈尊屋瓦之上以鸟类自居？不如下来相间，峨眉派有雪芽清茶一杯待客！”

唐九

1

沈月奴听到“以鸟类自居”几个字时，扑哧笑出声来，就连那诸葛白脸上也是忍俊不禁。

小鱼的话音刚落，便听那斗拱之处有人喘着粗气笑道：“好兄弟，你便是不说，哥哥我也是要下来的，这屋瓦虽厚，却也有些承受不住，唉，我这身子，实在是太胖了……”

那人说罢，一条肥大的身影在斗拱之处一闪，嗖地一声便向大门外跃了下来。那么大的身胚，落下时竟比狸猫还要轻捷，连一丁点声音都没有发出。

一见那人现身，沈月奴笑得更加灿烂：“真没想到，名满天下的唐门少当家唐九公子，居然也会做这等梁上君子的勾当。”

唐九打了个哈哈，笑着走了过来，清了清嗓子，道：“沈姑娘这张聪明伶俐的小嘴巴，唐某是甘拜下风了。不过话说回来，梁上君子岂是唐某能做的么？啥子房梁能承受得住在下我哟？”

此话一出，众人心中都是暗笑不已。

那唐九自顾自地“哥哥兄弟”喊得亲热，小鱼却一点情面也不给，板着脸问道：“唐大侠深夜上房，难道是准备捉老鼠么？”

唐九哈哈笑道：“好兄弟，你定是生哥哥我的气了，哥哥这就给你赔罪。其实哥哥早就来啦，适才便歇在通天大师的禅房之中。”说罢真的躬身施了一礼赔罪。

四川有句俗话，叫做伸手不打笑脸人。小鱼虽然心疑，但那唐九却执意套着亲近，口口声声兄弟相称，此人年纪虽然不大，但已是唐门之尊，并且也已经是名满天下的大人物，此时竟然如此放得下身价，又是当着青龙会众人，小鱼也不好再咄咄逼人，让人家太没有了面子，于是也还了一礼道：“唐兄何出此言，赔罪一词在下绝不敢当，只是唐兄既然在此作客，在下却未能办好招待，实在是太过失礼了，不如请唐兄里面就座，品尝品尝峨眉山的雪芽香茗……”

唐九却摆一摆手，笑着打断了小鱼的话，接口道：“我的好兄弟，这都是啥子时辰了，我们俩兄弟还喝的啥子茶哟，不瞒兄弟你说，其实哥哥乃是贪恋这大光明山之上的美景，所以四处游荡观赏一番，这走着走着的，便不小心迷了路，这西极天又有如此多的房间，哥哥竟然找不到借住的禅房了，唉，这不是一不小心，又听见兄弟你与沈姑娘在那小湖边……那个……那个对坐谈诗，夜观星相……甚觉不便打搅，遇到便窝在那里避上一避的。”

小鱼闻言心中不禁好笑，这唐九完全不顾自己武林名家身份，杂七杂八地鬼扯了半天，竟然没有一句话可信，不过想一想他当日前来拜寿时，当众便给师父下跪磕头，行迹十分洒脱，不拘小节，或许本身便是这样的性子，倒也怪他不得，只是听他说到那“对坐谈诗，夜观星相”，脸上不禁也是一红，正不知该如何说话，却听沈月奴在旁边冷笑了一声道：“唐公子是贪恋美景四处观赏，还是生就了司马昭之心，却也令人无从考证，不过既然那般留意司徒少侠与小女子的行踪，何不光明正大一同前来‘对坐谈诗，夜观星相’，又何必藏头露尾，上房捉鼠呢？”

这一番话道出来句句都是绵里藏针，小鱼心道，这丫头到底嘴巴还是比我厉害得多，心机恐怕更是玲珑剔透，以后自己在她面前行事说话还是多多小心，不然“呆瓜”这个名字就算是跟定了自己了……

小鱼心中自在胡思乱想，那唐九却丝毫不恼，他爽朗地笑了笑道：“彼此彼此，在下固然有司马昭之嫌，但沈姑娘驾临峨眉山，怕也不是为了学那诸葛亮吧——对了，这位一定便是诸葛白老前辈了，在下一时失言，提及令祖尊讳，罪过罪过。”说罢既不等沈月奴再说什么，也不去看诸葛白难看的脸色，一把拉起小鱼的胳膊，便举步往大门里面走去，口中急道：“哎呀我说好兄弟，哥哥在屋顶上受了些风寒，现下又困倦得睁不开眼睛，就拜托你指引道路，让哥哥回那禅房去吧，这一晚上走得哟，实在是太恼火了……”说着手指在小鱼的手臂上轻轻点了两下，却没有人看到。

小鱼心中一动，忙道：“唐兄初次前来作客，在下自应带路，”他回过头来又对沈月奴道，“沈姑娘，对不住了，在下先行告退，待明日再设素宴招待你们。”

说罢，便随着唐九走进了西极天大门，两名二代弟子随即上前将大门关了。

沈月奴没有答话，她与诸葛白相互对视了一眼，那诸葛白摇了摇头，沈月奴道："既然主人家都已经离去了，我们也不妨先回去歇息了，明日再说明日之事吧。"说罢转身向自己的帐篷走去。那青龙会一干人等纷纷弯腰对着沈月奴的背影施了一礼，各自散去。诸葛白看了看西极天的大门，嘴角轻轻地撇了撇，转身也回自己的帐篷去了。

此时，小鱼已经随着唐九走到了大堂外。他知唐九必是有话要说，于是站了下来，道："唐公子，究竟有何见教？对了，公子此次前来峨眉，又没有随众人下山，反倒留宿在西极天，却又是为何？"

原来，唐九携妹上山求救，至此峨眉派上下只有通天大师与无穷知晓，其他人并不知道唐九和唐琳儿此刻还在西极天中。唐九也知不说个明白，必然还要引起诸多误会，便将唐琳儿中毒命危，自己携妹上山，通天大师慈悲相救，自己在路上曾遇李长风的亲卫家丁与日本浪人相斗等事简略地讲述了一番。小鱼听得此事，这才知道师父为何闭关，想来全力施展内功救治唐琳儿，令得他元气大伤，自己前日上山时就已经发现师父身子有些不妥，此番又伤了元气，也不知境况如何。

小鱼心中担忧师父，但也素知师父为人，绝无见死不救之理，便也不好多说些什么。只听唐九又道："司徒少侠，适才唐某言语之中许多得罪之处，还望见谅，只是在那青龙会众人面前，不得已而为之。唐某冒昧，但一定要提醒少侠，对那位沈姑娘，还是多加小心为上。"

小鱼一愣，不由得问道："唐兄此言是何意？"

唐九正色道："好意！司徒少侠，唐某绝非无故拨弄是非之人，何况尊师刚刚才救了舍妹的性命，唐某岂会有啥子歹意？"

小鱼脸色微红，道："在下出言不当，还请唐大哥多多见谅，对了唐大哥，这少侠二字再也不要提起，无论武功、年齿与名望，在下都远不敢望唐大哥的项背，若不嫌弃，就以名字称呼可好？"

唐九闻言甚喜，呵呵一笑，道："啥子武功名望，你莫把哥哥这双眼睛小瞧喽，你小鱼儿的武功，恐怕不在段大侠之下吧，又何况区区唐九？好兄弟，若论起年齿，唐某倒确是长你十岁有余，此来峨眉有缘，尊师的大恩大德，此生难以为报，今后峨眉派如有差遣，唐门全力以赴，在所不辞！如不嫌弃，你我二人便结为兄弟，如何？"

小鱼听了这话心中也十分喜悦。这唐九适才言辞过谦，三十四岁便已执掌武林最古老、最知名的世家大派，轻功、暗器固然是当世之尊，就连唐门的"轻风拂柳流云掌”，也名列当今武林七大掌法之一，哪里是一个“区区”可以形容的。这唐九因执掌唐门，名气可谓极大，为人虽然亦正亦邪，但从不伤及无辜，不恃强凌弱，与那鬼手陈千重颇为相似，他对唐门子弟约束又十分严格，若有敢在外作奸犯科者，无不亲自出马擒拿惩治。故此，小鱼对他也是十分钦敬，忙点了点头，道：“大哥不弃，小鱼何幸如之？

唐九大喜，道：“贤弟何太客套，唐九能与贤弟相识，亦是人生一大快事耳！”

两人便在大堂之上插香为盟，结成生死兄弟，唐九年长十岁为兄，小鱼为弟。两人磕了头，互相搀扶站起身来，心中都俱是欢喜。

唐九担心小鱼尚不知那青龙会的厉害，忙又道：“贤弟，为兄有一句话，不知当讲不当讲？”

小鱼笑道：“大哥本是豪迈之士，有话尽管直说罢了，既然已经结为兄弟，还有啥子事当将不当讲哟？”

唐九点了点头，直言道：“贤弟，为兄确实看到你和沈姑娘在一起相处，你二人郎才女貌，又都正值青春年少，难免有些好感。但为兄担心，那沈姑娘此来并不简单啊。”

小鱼面上发烫，呵呵地傻笑了一下，但他心性机灵多智，自然也知道唐九的意思，想了想，问道:“大哥发现了些啥子问题么？小鱼身在局中，自然不明，还望大哥点化。”

唐九却摇了摇头道：“现下为兄倒也还说不出个所以然，但是为兄的感觉向来硬是很灵验的，那青龙会似乎与峨眉派并无交往，这些人千里迢迢赶来祝寿便有些奇怪，再说，就算他们是想结好峨眉派，那也该赶在寿典之日抵达噻？既然明知路远，为啥子又不提早启程呢？还有那诸葛白，这个家伙当年性子偏激，做下了伤天害理之事，通天大师曾经与少林悟风、武当玄和两位老前辈追剿于他，甚至还逼得他跳崖。这诸葛白本来就是个睚眦必报之人，咋个可能会有好心来给大师祝寿喃？现在大师闭关，他们又赖着不走，总归让人觉得奇奇怪怪……贤弟，总之一切小心谨慎，这青龙会心怀叵测，还有那日本浪人竟然冒充中原武林门派混进寿筵，看来这些日子峨眉派可能也会不太安静，琳儿既然已经无碍，为兄心头也便安定了，不如便留下来助你一臂之力。”

小鱼点了点头，道：“大哥所言有理，不过小鱼听说沈姑娘的父亲原本并不姓沈，竟是那铁枪杨亦松杨将军避祸更名，杨将军曾是唐应德大人的部属，说起来与我们峨眉派渊源极深，所以小鱼也不好胡乱猜疑，至于那诸葛白，倒硬是有些奇怪，早在寿筵之前，小鱼便已经见到过他，那时他竟装扮成了一个赶车的老者，不晓得在搞啥子名堂。至于大哥见到的那些日本浪人，说不定便是倭寇，这也不得不防，如此之多的事情搅在了一起，倒也硬是有些麻烦，嘿嘿……对了，令妹刚刚解毒，身子恐怕也要及时调养，大哥尽管带令妹回家，不必担心小鱼，峨眉派上下还有这许多的弟子，绝不会让宵小得意。”

唐九也不接话头，而是笑道：“呵呵，琳儿醒来之后发现多了个哥哥，又是个上阵杀敌的勇士，一定会笑安逸了。你不晓得，她自幼便喜读史书，虽然是女儿家，但却对卫青呀霍去病呀，还有岳飞岳爷爷向往得紧！这次你们大军平定宁夏叛乱，我们唐门特意捐献了些银两，这也是琳儿的主意哟，等她见到你这从宁夏前线回来的哥哥，定然欢喜。”

小鱼微笑道：“原来大哥也送了军饷，小鱼代弟兄们拜谢了！那前方无论是打仗还是安民，这银两的用处都是极重的。小鱼在前线还得了一把鞑靼人的短刀，不过只有几寸长短，但真正的削铁如泥，待唐姑娘醒了，便请大哥交予与她做个纪念。”说罢便从怀中摸出一柄短刀来，连刀鞘都十分纤细，比一般匕首还要短上一些，刀鞘上镶嵌着十余颗绿色的宝石，竟都是一般大小。由于这刀太小，小鱼一直揣在怀中，至今也没有机会使用，听说那唐琳儿喜欢读那驱除胡虏的故事，这便想起将这刀不如送与她便了。

唐九嚓地一声抽出刀身，在那月光的映耀下，刀身闪着点点寒辉，凑近眼前，但觉冷气逼人。唐九乃是兵器的大行家，立时便知这定是价值连城，但他本来就是豪爽之人，唐门又富甲西南，便也并不推拒，只是又还给小鱼道：“这兄妹见面之礼，岂能由人转交？贤弟，依愚兄之间，还是你当面交给琳儿吧，哈哈哈……对了，说实话，为兄确实不是为了看风景才出来的，而是因为肚子太饿，贤弟可知伙房里还有没有东西可吃哦？”

小鱼忍不住也笑了起来，这结义兄长与自己还真是投契，都是饿着肚子到处找东西吃，只不过自己运气好些，那沈月奴亲自送了一碗鱼翅捞饭来，吃得甚饱……想起沈月奴，再想想唐九的提醒，他心情不禁一黯，虽然这沈姑娘与峨眉派大有渊源，又曾经出手相救，但那青龙会的名声与诸葛白的诡异，也不得不令人生疑，眼下又有日本浪人乔装假扮出现在寿筵上，那风筝的事还没有眉目，大师兄的事也没有下文，这回又出来一个亲卫家丁送来什么宝匣，事情可以说是越来越复杂了，如此多事之秋，纵使心中对那沈月奴再有些好感，也都不敢深入细想。

耳边听那唐九一再追问吃的，小鱼突然想起那锅老鼠屎粟米粥来，伙房里就那么点东西算是吃的了，但拿东西给大哥吃显然是不成的了。伙房再没有粮食，下山采买粮食蔬菜的钱大伯怕是要到天快亮的时候才能回到西极天，等到那时也该吃早饭了。眼下只有青龙会那边有东西吃，而且还都是香喷喷的海鲜，可刚才看大哥和沈姑娘相互之间的态度便知道，不但沈姑娘不一定给面子，大哥也未必就肯去吃。

想到这里，小鱼心中甚为抱歉，难为情地道："大哥，不瞒你说，眼下伙房头啥子吃的都没得，小鱼起先也是饿得来遭不住，摸到伙房才想起煮饭的钱老伯下山采买去了，要到天明之前才能回来，实在不行的话，我去那边的华藏寺问问小沙弥，看有没有剩下的斋饭。"

唐九一听忙摇头道："不可不可，人家现在都睡下了，为了咱这个大肚皮再去把人家吵醒也要不得……唉，算了算了，为兄少吃些东西倒也罢了，你看这肚皮，简直和那有了身孕的婆娘一般喽，我们这就分手，各自去安歇了罢。"说罢摸了摸自己的肚皮，叹着气转身先去了。

见这位刚刚结义的大哥饿得如此"狼狈"，小鱼心中又是想笑，又有些同情，不禁也轻叹了口气，目送着唐九的身影消失在黑暗之中。

他转过身来，朝内堂走了两步，只听有人低喝道："是谁？"接着有灯笼照了过来，原来是几名巡夜的峨眉二代弟子，见是小鱼，忙施礼道："小师叔好！"

小鱼还了一礼，道："大家辛苦，这些日子需要打点精神，若是困倦了，便喊人来换班，切不可松懈。"

那些弟子诺了一声，又往别处去了。

小鱼想了想，没有回去，而是轻轻地将大门打开，走了出来，再将大门关好，自己将把杆大枪抱在怀中，在台阶上坐了下来，看了一眼不远处青龙会的帐篷和帐篷前的一小堆篝火，也不想再去管他们，而是闭上眼睛养起神来。

夜风轻拂，虫儿鸣唱，树影摇动，初夏的金顶之夜安详静谧。也不知过了多久，小鱼突然醒了过来，他左右看了看四周，心中暗忖，如此安静，反倒有些奇怪。唐大哥说的话，多少还是有些道理，虽然沈姑娘和她爹爹都是与峨眉派大有渊源之人，她爹爹还是抗倭的大英雄大豪杰，可那青龙会行事也的确有些横行霸道，与峨眉派虽不至于水火不相容，但也不算是一个道上的人。至于那诸葛白，早在寿筵之前便就先后出现在嘉定州城和峨眉县里，难道他是先与沈姑娘而来？他提前到来，又做了些啥子？与那放风筝的老头有没得啥子干系？如果说他不是提前来的，而是与沈姑娘等人一起前来的话，那沈姑娘他们之前又在何处，又为何说谎呢？还有那些化名东海黑鲨门的日本浪人，此刻在何处？是否也正潜伏在左近，企图对峨眉派不轨，取得那个劳什子宝匣？

一大堆问题犹如一团麻线搅在脑海之中，小鱼心思转动得飞快，思来想去，似乎感觉有了些眉目，但还有些关键的问题想不透彻。他站起身来，看了看那不远处青龙会众人搭建的帐篷，帐篷前的一小堆篝火旁，两名青龙会的汉子正坐在那里守夜，其中一人模模糊糊地看上去有些像阿四。小鱼笑了笑，那人武功不错，又做得一手好菜，今天却差一点送了命。想想那青龙会内部的刑罚定然极重，首脑之人也必多残忍冷酷，可是看那沈姑娘，却怎么也不像这样的人，还有她爹爹，铁枪杨亦松，曾经是多少习武的少年心目中的大英雄！实在也想不通，青龙会为什么会如此，难道是诸葛白这样的人在会中左右着一些事情？或许这倒也有些道理？正沉思间，耳畔突然听得庭院内发出了一些细微的声响，那是常人难以觉察的声音，但此刻正值深夜，细微的动静也比白日里清晰得多，小鱼耳朵又极灵，早已经判断出声音的方位。他起身推开大门，便回到庭院内，循着声音走了几步，发现那声音正是出在伙房之中。

小鱼轻轻一笑，看来唐大哥到底还是饿得挺不住，又跑到伙房里碰运气了。可惜那里真的没有什么东西可吃。一边想着，一边轻轻地走近伙房，凑到窗边一看，朦胧的月光洒进窗棂，勾勒出屋中的影像，一个黑影正蹲在锅灶边，低着头嘴里还发出唏唏呼呼的声音。

小鱼几乎喊出声来，难道是唐大哥饿得遭不住，到底跑到这伙房来寻食了？听那声音岂不正是在喝那粟米粥？他定睛细看，不对，这人绝对不是唐九，因为他实在比唐九瘦得太多了……可是不管是谁，这粥也喝不得呀，那里面可有老鼠屎，就是喂猪也不成嘛。小鱼忙冲着屋中喊道："莫再吃了，那粟米粥脏得很哦。"

屋中那人正吃得聚精会神，猛然听到窗外这一声喊，顿时吓得全身一颤，手中的粥碗也咣当一声失手打翻在地。他突然回过头来，一张惨白的脸在月光之下显得十分骇人。

小鱼见到这张脸，心中也是震惊不已，原来此人并非别人，正是师兄欧阳岷江！可是此刻的欧阳岷江却和平时讲究衣着打扮的巴蜀大镖局少东家竟完全不像是同一个人了，只见他披头散发，衣袍零乱，肩膀和袖子上还有些撕裂的口子，原本一张飞扬傲气的脸孔，竟也变得如同鬼魅一般的颜色，眼中更是闪动着有如惊兔一般的惊骇光芒。

想起白天还曾在一处饮酒，怎地这么半天时间不见，欧阳便变成了这般落魄惊魂的模样？小鱼心中又惊又怜，忙快步奔向房中，口中急道："欧阳师兄，你……你这是咋个了哇？"

不料那欧阳岷江身手却仍是十分敏捷，他见到小鱼奔进伙房，哆嗦着嘴唇看了一眼自已的师弟，忽然如发出野狼一般的嗥叫，连退几步，一转身便破窗而出，身子到了屋外，飞快地几个起纵，跃上院墙，一下子便又消失在了黑暗之中。小鱼拧身追了出来，只听不远处传来一阵脚步声，几个人举着灯笼也追了上来，口中还低喝道："是谁，报上名来？"

小鱼匆匆地道："是我，你们不要追来，小心有变！"也不等那几个巡夜的峨眉弟子反应过来，便跃出了院墙，四顾远处，却哪里还有欧阳岷江的影子？

这时，那帐篷前的篝火堆已经熄灭，旁边也已经没有了人，想来看到黎明即至，已经无须守夜，边都已进帐篷去睡了。看来，适才欧阳岷江和自已先后跃出，也没有惊动到帐篷里的人。当然，以诸葛白那样的武功，这些动静哪里瞒得过他去，只不过多半是想着"事不关已，高高挂起"，并不出来查看而已。

小鱼想了想，决定还是先将欧阳岷江的怪异举动告知段云峰。

他的手刚刚触到大门，忽然心中一动，一种芒刺在背的感觉弥漫在空气之中。

2

小鱼猛然回过头来，此时已经是黎明时分，天地之间都笼罩着一层淡淡的薄雾，虽然离那著名的金顶日出还有些时间，但是四周的一切却已经能够看得非常清楚。就在对面不远处的一棵大树下，一个身子纤细如支竹竿，披头散发，舌长过腹，白衣黑帽的家伙，有如轻烟一般随风飘荡着，乍一看倒像是个刚刚吊死的人。

小鱼眉头一皱，原来竟还是个"老相识"，自已少年时奉师父之命下山游历时，便曾经遇到过这个家伙，"湘西一窝鬼"的老大僵尸王。这湘西一窝鬼其实不过是些赶尸匠，偶尔还做些掘坟盗墓的勾当，为了掩人耳目，平时打扮举止便刻意作出十分古怪。当年小鱼与陈千重携手畅游湘江，正巧遇到僵尸王与手下的一干宵小做些伤天害理之事，便忍不住出手将这"一窝鬼"狠狠地教训了一顿。嘿嘿，没有想到，这种下三滥的小角色居然也敢跑来西极天凑热闹了？小鱼心中又好气又好笑，他摸了摸长出了一层浅浅的胡茬的下巴，便准备上前去和那僵尸王“叙旧”一番。

不料尚未迈步，耳边边听有人懒洋洋地道：“啥子鬼东西哦？硬是怪事年年有，今年特别多，咋个啥子臭虫耗儿都敢跑到这来装怪了哇？”

小鱼回头一看，唐九打着哈欠，用手不停地按着嘴巴，摇摇摆摆地走出了大门来。他笑了笑，道：“大哥，你还起得硬是早喃！”

唐九也笑道：“传说这金顶日出乃是绝世景观，愚兄来一次峨眉不容易，自是一定要观看的。”说着，他又叹了气道：“如此美景当前，却有些臭虫耗儿不知趣，站在那儿惹得老子心头想冒火，不如请他尝尝我唐家的耗儿药……”

话音未落，唐九便已出手！

唐门暗器一出，天下英雄变色！

只见那树下的僵尸王突然像一只倒空了的麻袋一般从半空中委倒于地，紧接着簌地一声，竟消失得无影无踪了。

唐九和小鱼心下俱是一惊，不论是唐九自己，还是小鱼，都坚信唐九不可能失手，无论是角度、力度还是对光线、风力的把握，这世间已经难以有人可以与唐九相提并论了。而那僵尸王武功低微，根本不可能躲得过唐九的一击！

然而谁也不能不承认眼前的事实，那僵尸王虽然委倒于地，但似乎并非是被暗器所伤，而且他能在一瞬间便消失不见，这轻功之高，岂非比自己二人还要更胜一筹了？

不过唐九与小鱼都是心机沉练之人，眼下大敌当前，暗中还不知有多少贼人环伺，自己岂能先乱了阵脚，所以虽然心中都有些惊疑，脸上却丝毫不露，相视只是一笑。唐九仰天又打了个哈欠，口中道:“好兄弟，还是你年轻人好啊，你老哥我，精神头就赶你不上，这肚子也不争气，一大早便咕唧咕唧一阵乱叫，硬是安抚不住，非要整点东西来吃了！”

小鱼笑道:“大哥不必着慌，伙房的钱老伯大概再要一会也要回到山上来了，这顿早饭误不到你的，现在时辰还早，不如你去多睡一会儿，等早饭煮好了我来唤你。”

唐九摇了摇头道：“不睡啦，越睡越胖，好不容易起个大早，就是想看一哈金顶的日出，二天回去也好给那些没来过的家伙冲哈壳子。”

小鱼叹了口气，道：“我看今天这雾气越来越重，也许看不到日出的好景致了。”

唐九嘿嘿一笑，道：“天有不测之风云，你我只要听天命而尽人事便好，贤弟，愚兄去找个看日出的好地方，你等那早饭熟了，千万要来唤我。”说罢便向摄身崖那方去了。

此时，晨曦已然将天色渲染得十分亮丽，不过这金顶的迷雾却是越来越浓重了。小鱼这一夜除了假寐了片刻，并未好好地睡上一觉，但此刻精神仍然十分抖擞。他见有一名二代弟子拿着长把扫帚正走出门来清扫，心中突然涌起了一种莫名的情愫。他上前要过那弟子的扫帚，在西极天里外仔细地打扫了起来。

此时，已有不少二代弟子在院落之中洒扫，小师弟汤思切也在其中，他远远地对着小鱼笑了笑，又埋头干起活来。又过了一会儿，伙房的钱老伯也回到了西极天，几个滑竿汉子将钱老伯采买的油米菜蔬送进了伙房，不一会儿伙房里便升起了炊烟。

小鱼见庭院之中已经打扫得十分洁净，便持着扫帚走出了大门，在台阶上扫起了落叶尘灰。这时，沈月奴正好走出了帐篷，正想抻臂伸个懒腰，却一眼见到小鱼，脸色红红地硬收住了，笑道："你这呆瓜起得好早，这扫帚声，让人听起来倒也感觉蛮舒服的。平常在家时，也总是有个老家人在这个时辰打扫庭院。"

小鱼扫完了台阶，也笑道："沈姑娘也早啊，怎么，已经开始想家了？"

沈月奴叹了口气道："怎么会不想家呢，本姑娘还是第一次出远门呢。小时候便在海边住得惯了，听惯了那海风的呼啸，又嗅惯了又咸又湿润的气息，听惯了惊涛拍岸的巨响，这一夜住在你这鸟鸣山幽之地，确实有些不习惯呢。"

小鱼却并未见过大海，他又是好奇心极重之人，忙追问道："沈姑娘，那海边都有些什么好看好玩的物事？"

沈月奴一说起大海，顿时神采奕奕，笑道："何止好看好玩啊，海边还有一个好吃呢！没有事情的时候，便可以下海游水，待游累了便舒舒服服地躺到海滩上晒太阳，还可以将身子都埋进沙子里……哎呀，你若不去，仅仅是我说了，怕是你也体会不出那滋味来。"

小鱼不禁神往道："不错不错，想来那必是好玩的。对了，你说除了好看好玩，还有个好吃，在那海边都吃些什么？"

沈月奴笑道："海边的美味何止万千，呆瓜你起先不是也吃过几样？"

小鱼听了这话，又想起阿四做的"鸡汤木瓜焗银雪鱼"、"海盐焗海蟹"以及"四海一锅鲜"，还有自己吃过的那碗"鱼翅捞饭"，忽觉舌内生津，忽道:"沈姑娘，不知道你们今天的早饭做的是些什么？"

沈月奴看着小鱼扑哧一声笑了出来："嘻嘻，我便知道你这呆瓜馋了。可惜昨天那些菜没有人吃，我也只好全都倒掉了。”

“没有人吃？”小鱼气道：“那么多好吃的就倒掉了？这也太……”

沈月奴捂嘴轻笑道：“对虾海蟹本来便只能吃个新鲜，隔了夜的味道早就已经变得不堪入口，你又何必惋惜呢？好了啦，不要生气了，晚上我让阿四蒸一条老鼠斑与你品尝。”

小鱼也是一笑，人家自己的菜肴，倒掉不倒掉自然是人家自己的事，他也想不出为何对沈月奴的事如此关心，接着听到这话，又奇道：“什么老鼠斑？这老鼠难道也是海中之物？”

沈月奴跺了跺脚道：“呆瓜！什么老鼠，老鼠斑是一种鱼，因为头长嘴尖地样子颇像老鼠，所以才有这样的名字。阿四的木桶里还有两条，晚上我要他只用豆豉蒸了，不放其他调料，味道更是鲜美，到时便送给你吃。”

小鱼叹了口气，道：“你们那个地方还真好哦，以后有机会在下一定也要去海边看看。”

沈月奴笑道：“嘻嘻，青龙会随时欢迎司徒少侠，等你来了啊，咱们就带着锅带着柴火，往那海边一架，等那些打渔船回来了啊，咱们就选些最新鲜的好东西拿来煮着吃，保证把你吃个肚儿圆。”

小鱼心道，别再说了，再说我口水都该流出来了。

两人正说话间，突然有人在后面唤道:“小鱼，一夜没睡，现在可是困了？”

两人循声看去，却是段云峰。

小鱼拱了拱手道：“多谢师兄关心，小鱼精神甚好，并无困意，对了，这位沈姑娘……”

段云峰接道:“哦，杨晋已经告诉了我，原来沈姑娘竟是铁枪杨前辈的千金，先前实在是失礼了。”

沈月奴笑道：“段大侠这话却折杀小女子了。”

小鱼此时心中却有件事急着询问：“段师兄，今日可见岷江师兄么？”

段云峰一愣，道：“岷江？好像没得，咋个，你找他有啥子事？”

小鱼心叫糟糕，看来昨夜自己并未看错，那在伙房偷吃老鼠屎凉拌粟米粥的真的是欧阳岷江。不过此事当着沈月奴却不便说起，再说听段云峰的口气，似乎也并不知晓欧阳岷江的事，于是摇了摇头道：“没得啥子事，小鱼就是在酒后一直没有见到他，随口问问罢了。”

段云峰不在意地笑道：“岷江现在是大镖局的少东家了，人家现在为人收拾得周正得很，哪像你娃娃一样不修边幅，我看他是不穿戴打扮巴适了是不得出来见人的，现下还不晓得在哪儿梳洗呢。对了，小鱼，我看你还是去睡一会，打熬了恁个久嘛也该要歇一哈了，这里有我和杨晋照应着，没得啥子问题。”

小鱼暗道，欧阳岷江虽然性子急躁傲慢，与自己素来没有太多来往，但不管怎么说也还是一起长大的师兄弟，同为峨眉门下，此刻他眼见是出了什么状况，自己既然看到，定然要去关心才是，不过此事十分古怪，欧阳岷江那个样子又不好张扬，于是也不与段云峰交底，见他和杨晋可以接替自己的执事，便笑道：“师兄又不是没有在军中干事，不过是一宿未眠罢了，又有啥子打紧？却是在这里闷得恼火，既然师兄来了，小鱼便去耍个懒，四处走走。”

段云峰心思缜密，知道小鱼不肯去睡，必然还有事情要做，当着沈月奴却也并不说破，只道：“快去快去，你这淘气鬼回得山来也没得机会到处走走逛逛，我看那些老虎狗熊灵猴个个都在想你了，现在也是大人了，还是如此顽皮，不晓得以后咋个才好哦，我看还是要接个媳妇才要得……”

小鱼脸色绯红，也不搭言，转身便想离开，突然心中想起一件大事来，忙叫道：“师兄，请借一步说话。”

沈月奴听了此言，小嘴撅得老高，哼了一声，远远地走到一旁，口中恨声道：“死呆瓜、臭呆瓜，一天到晚悄悄话说不完，就像女人家一样！”说着说着又忍不住扑哧一声笑了出来。小鱼看着她的背影，摸了摸后脑勺，无奈地叹了口气。

段云峰见这二人小儿女情态，自然又想取笑小鱼一番。他原本是个面冷心热之人，自李长风离山从军之后，他在峨眉派俗家弟子中居长，师弟师妹们的终身大事，自然也是记挂在心里。起初他对沈月奴并无什么好感，因为青龙会这些人在海上横行霸道，无论本朝还是外邦的商船，只要不向他们纳税，立时便会横遭大祸，轻则血本无归，重则还要搭上身家性命。是以，在武林正派人士看来，青龙会也如同海盗一般，虽然也与倭寇争斗，但不过是利益之争罢了。当他得知青龙会的总舵主竟是昔日抗倭名将，与本派交情深厚的大英雄唐顺之的爱将铁枪杨亦松，沈月奴原是杨亦松的女儿，原本的看法也有了改变。毕竟，杨亦松一枪退百寇，浴血杀倭贼的事迹说起来无人能不敬仰追慕。看那沈月奴和小鱼虽然时常吵嘴，但显然都对彼此极有好感。小鱼自幼失去父母，若能早些成家，有个女人知冷知热，便是最好。

段云峰正暗自寻思间，却听小鱼低声道：“师兄，大师兄在前线出事了。”猛然听得此言，他不禁愕然，连忙抓住小鱼的胳膊，便要追问。小鱼摆摆手，道：“师兄切莫着急，待小鱼慢慢道来！”便将文震孟带回来的消息以及自己去接李家大娘，一路之上的遭遇前前后后讲了一番。

段云峰听得脸色铁青，咬牙切齿地恨道：“阉狗陷害忠良，天理难容，我要……”小鱼忙劝道：“师兄切不可造次，眼下朝廷尚未盖棺定论，我们如有不慎，反而害了大师兄的名节和他娘亲的性命。此事吴惟忠将军已经联络众多军中宿将联名上书朝廷，为大师兄鸣冤，就是我家少帅和刘将军得知此事，必然也会站出来说话，我们不如静观其变，更要紧的还是处置好眼下的事情。”

段云峰点了点头，深知这小师弟虽然年纪不大，但做事机智沉稳，判断局势之能不在自己之下。他在峨眉派俗家弟子中历练最久，胸中也颇有韬略，只是猛然听到李长风遇害，一时激愤，这时听得小鱼的话，心中也觉得有理，这才强压住怒火，努力平息下来。

小鱼道:“眼下诡异之事甚多，那诸葛白早在这次与沈姑娘之前我便已见过，却装扮成一个赶车的老者；那放风筝的事至今尚无啥子眉目；师父的寿典上又混进来了化名东海黑鲨门的日本浪人。这些人目前还不知藏身何处，或许也正潜伏在左近，企图对我不轨，这些事情千头万绪，件件桩桩都颇是棘手，师父闭关，师兄乃是我等众兄弟的主心骨，可要稳得起哦！”

段云峰拍了拍小鱼的肩膀，道：“放心吧，师兄自有主张，不管有多少鬼蜮魍魉跳梁小丑敢来觊觎，我峨眉派兵来将挡，水来土掩，绝不会让他们得逞。”

小鱼嘴角挑起了一丝微笑，点了点头，道：“师兄辛苦，小鱼还有件要办，这便先去了。”

辞别了段云峰，小鱼便一路向摄身崖而去。身后却有轻巧的脚步声追了过来，小鱼回头一看，却是沈月奴，小鱼奇道:“沈姑娘，这是去哪里？”

沈月奴一本正经地道：“跟着你去啊，你不是答应要带本姑娘要在这峨眉仙山上游览一番的嘛。”

小鱼忙摆手道:“这次恐怕不行，等下次一定陪姑娘好生游玩一番。”

沈月奴气道：“你这呆瓜怎么翻脸不认人？刚才说起到我们海边吃东西，你口水都要流出来了，现在到了你们峨眉山，连带本姑娘去游玩一番都不肯么？”

小鱼暗忖，虽然沈姑娘看来并非与峨眉派为敌，但欧阳岷江一事毕竟是门内之事，实在不足为外人道，于是只得扯谎道：“沈姑娘莫怪，其实……其实是这么回事，在下是想找条小溪去洗个澡．这几天来忙得一身臭汗，恼火得不得了，要不明天在下再陪姑娘游玩可好？”

沈月奴瞪着眼睛，哼了一声道：“呆头鹅！你倒真懂得干净！”说罢扭转身子，气着走了。

小鱼看着她袅袅婷婷的背影，长长地吁了一口气，转过身来向山下走去。

刚刚走出几步，却听到一道劲风扑至，小鱼一凛：“难道这丫头到底还是不甘心，又追上来了么？”

他回头一看，却并不是娇小的沈月奴，而是一个肥胖如猪的大身躯，扑通一声落到了自己的身旁，竟然是唐九。

小鱼诧异地道：“大哥起先到何处去了？咋个突然又落到了小弟身后喃？”

唐九呵呵一笑道：“先别管愚兄到何处去了，刚才姓沈的俏丫头亦步亦趋地跟着你，愚兄也不敢现身，坠在后面东躲西藏地，这么多肥肉还真不好遮蔽。”

小鱼听他提起沈月奴，不好意思地挠了挠后脑勺，又问道：“大哥跟着我们一路来的？难道又发生了啥子事情？”

唐九“嗯”了一声，道：“你那位当上了总镖头的师兄欧阳岷江，昨天晚上好像……好像是出事了。”

小鱼一惊，忙问道：“没错，大哥你咋个知道的？”

唐九并未答话，而是叹了口气，道：“看来愚兄没有搞错，他果然便是欧阳岷江。”

小鱼追问道：“大哥你快说说嘛，小弟昨天夜里见到他一个人躲在伙房里头喝……喝那被老鼠屎污了的粟米粥，行状硬是好狼狈，衣着不整，披头散发，又好像竟认不得我了，小弟没有能够将他留到起，此时也不晓得他究竟跑去了何处，端的令人担心……”

唐九点了点头，道：“贤弟且莫要着急，此事说来话长，愚兄晓得他现在何处，你还是先随愚兄来嘛。”

两人并肩又走了一段，唐九慢慢地将昨天晚上遇到小鱼和沈月奴之前，发现欧阳岷江的怪异举止，并与其交手的来龙去脉一一告诉了小鱼。唐九道：“那时待愚兄细细查看之下，这才发现，在他的灵台，百会，神谷三穴上，竟然各自插着一枚铜针。”

说着，他从怀中摸出一只小小的青竹筒，一只手掌摊开接住，另一只手把青竹筒小心翼翼地侧转过来，从里面倾倒出三枚细如牛毛般的铜针。

看着这纤细的铜针，小鱼一时却愣住了，虽然他不在江湖，但师父博学多才，峨眉门下弟子对武林中的常识最为熟知，何况他少年时便受师命下山游历，仗义行侠，增长见识，对江湖上的事情也知道得不少。这“铜毫刺穴”的手法，似乎只有湘西僵尸王那一门的邪门功夫，莫非这就是号称能够定住活人三神七魄的僵尸锁魂针？

唐九见小鱼面色阴晴不定，已经猜到他的心思，便又接着说道：“这却还算不得啥子最要紧的大事。当愚兄从欧阳岷江的穴道上取出了僵尸锁魂针后，却发现他竟然并未清醒过来，”见小鱼一脸不解，唐九耐心地解释道，“这僵尸锁魂针也有一处特性，便是将针除去，中招之人即可恢复常态，其实就像是蒙汗药对人迷醉的作用一般。所以愚兄硬是奇怪了，这针也取了，咋个欧阳岷江却又清醒不过来喃？还有，能够使僵尸锁魂针的人，又是哪个？僵尸王？恐怕他根本不是欧阳岷江的对手……”

小鱼点了点头，肯定地道：“欧阳师兄武功虽然不及段师兄，但是也已经是武林一流的好手，不然他咋个能够在外面走镖呢！僵尸王这种下三滥的角色，咋个能够弄得到他哟！”

唐九颔首道：“不错，正是这个道理。你那个师兄死活醒不转来，愚兄也没得啥子办法，无奈下便只得先将他安顿好。愚兄这次拜访峨眉，带来了两个手下，他们没有上金顶，都在接引殿外等着，这两人都是愚兄的心腹，所以便暂时将欧阳岷江交给了他们好生照顾，愚兄当即又奔回金顶查访那僵尸锁魂针的来历，哪晓得这一回去嘛，便看到了你和沈家大姑娘在夜观星相，吟诗作对……”

小鱼脸色绯红，忙摆手道：“大哥快莫取笑小弟了，你还是说说到底查访到了啥子？”

唐九呵呵一笑，又道：“查倒没有查出啥子，不过却发现鬼神童子诸葛白也在青龙会此行之中。贤弟可能并不晓得，此人三十年前便是用毒用暗器的一把好手，硬是凶喃。”

小鱼心道，大哥执掌唐门，用毒、暗器可谓当今天下第一人，既然连他都说这诸葛白用毒用暗器是一把好手，那还真是让人不得不防。只听唐九接着又道，“说实话，这些事情搅到一起，愚兄便怀疑与僵尸王可能没得啥子关系，又或者是僵尸王也是参与到这件事中的一个小角色，所以，才喊你对那青龙会小心在意些，人心隔肚皮，你那位漂亮的大姑娘，恐怕并不简单。”

小鱼叹了口气，道：“大哥，沈姑娘的爹爹乃是铁枪杨亦松哟，如此说来，青龙会与我们峨眉派又是大有渊源，唉，小弟昨晚抠了好久的脑壳皮，实在是想不出他们到底会有啥子歹意。对了，按照大哥所言来看，我们刚才见到的那位僵尸王，恐怕是个假冒的喽。”

唐九颔首道：“不错，僵尸王不过是个三脚猫的货色，‘湘西一窝鬼’也不过是一群宵小之辈，借他娃一个胆子，怕是也不敢跑到峨眉山西极天来撒野！”

小鱼想了想，却暂时找不到头绪，心中又担心着欧阳岷江，一时也不知道说什么是好。唐九何等聪明之人，当即也看出他的心情，心中暗自摇头，我这贤弟一表人才，又资质不凡，行事果断机智，乃是少年儿郎之中的翘楚；那沈月奴生得娇媚动人，虽然脸上戴着纱巾看不出模样，但绝对是个大美人坯子，这两人“夜观星相，对坐谈诗”，不用问都晓得，恐怕早已是双双暗生情愫，若那青龙会果然怀着绝大的阴谋，还不知我这贤弟当咋个自处。他心中想着，嘴上却不好点破，只道：“贤弟莫要着急，你那位欧阳师兄，被愚兄安排在接引殿外冷杉林中，我们这便快要到了。”

小鱼听得此言不但不喜，心中反是大急，忙道：“糟了，小弟遇到他的时候，已是在遇到大哥之后……如此说来，他怕是已经不在你安置之处了！”

唐九一惊，恍然道：“原来如此，这便如何是好？哎，此刻一时也无头绪，我们还是先赶到接引殿外冷杉林中去，问问我那些属下，便可问个究竟了！”

那接引殿外冷杉林，距离金顶并不遥远，小鱼和唐九心中着急，加紧脚步，不消片刻，便已经赶到了。

然而，这里并没有欧阳岷江，甚至连唐九的部下也不见了。

3

小鱼看了看唐九，唐九纵是性子老辣沉稳，此刻却也有些焦躁，大声道：“妈哟，硬是扯拐了！老子明明就把人安顿在这里的，咋个连个鬼影子都不见喽！”

小鱼拍了拍唐九的手臂，道：“大哥少安毋躁，小鱼并无相疑之意。大哥且仔细观察，这四周同你离开之时有何变化？”

唐九点了点头，也不答话，而是走近一处林子，蹲下身子仔细地查看起来。突然，他举起右手，示意小鱼走过去，指着一棵树下道：“看看这里，硬是有点板眼儿。”

小鱼蹲在唐九身边仔细查看，发现那树下竟有一串血迹，以他久经沙场的经验，一眼便可以看出，那是激喷而出的鲜血痕迹，很像是被弩箭所射而造成的。

小鱼抬起头，问道："大哥，有句话不晓得当不当讲？"

唐九一摆手，道："你我兄弟伙之间，有啥子不当讲的，说嘛！"

小鱼站了起来，问道："大哥的随从，都是靠得住的人么？"

唐九点了点头，道："原来你想问这个，放心，那些人当然靠得住，你晓得他们是些啥子人么？"

小鱼心中一动，忙问道："莫非，是'钉子'？"

唐九微微一笑，笑道："贤弟身在军中，江湖上的事倒是知晓得清楚哟！不错，就是'钉子'，两根'钉子'。"

小鱼"嗯"了一声，又道："既然如此，想是他们遭遇了强敌！"

两人一个是军中的斥候统领，一个是江湖中的老狐狸，心思转得都是快极，想到此处，便也不再多言，而是顺着周遭的蛛丝马迹一路寻找了下去。

"在这里了！"不多时，小鱼先有了发现，忙唤住正在另外一处找寻的唐九。

一个清瘦的年轻人仰面倒在草丛之中，他衣着整齐，面容安详，全身无伤，但却早已经没有了呼吸。

唐九的手脚却也已经冰凉。

一见那年轻人的模样，他的牙齿之间便发出"嗞嗞"的声音，双拳越握越紧。

小鱼见唐九的脸色越来越黑，忙问道："他可是……"

唐九点了点头，蹲下身来，凝视着那具年轻的尸体，表情有些呆滞。

小鱼见那尸体的眼睛半闭半睁，便伸出手去，准备帮他阖上。却听唐九断然低喝道："莫动！有毒！"

小鱼一惊，将手慢慢地收回，看了看唐九。

唐九指了指那尸体的身旁。小鱼低头一看，竟然倒毙着一些蚂蚁和蚱蜢以及一只山鼠。显然，这些小东西在路过此地时，碰触到了尸体，竟立即全都死去，足见尸体上有剧毒，并且沾之即亡。

唐九哼了一声，咬着牙低声道："好手段，竟然有本事对老子唐家的人下毒……"

唐门自古以来便是武林中用毒用暗器的第一世家，用毒药对付唐门的好手，一般人想也不敢去想，没想到现在竟然有人毒杀了"钉子"，难怪唐九又惊又怒。

要知道，“钉子”乃是唐九训练出来的一支最精锐的特殊卫队，这支卫队的成员全部是他亲自从唐门十八岁至二十五岁中的后辈中选拔出来的精英，不仅对他本人忠心耿耿，而且每个人都具有一种很可怕的武功。那个不知为何方神圣的敌人竟能将“钉子”毒杀于此。而且用毒药杀死唐门高手，这本身便没有将唐门放在眼里，如此说来，这一定是个极其可怕的对手。

小鱼知道他此时心情必然很差，但也不知道该如何宽慰，只得默默地站立在一旁，拍了拍唐九的肩膀。

唐九咬着肥厚的嘴唇沉思了半晌，突然说道：“他叫做唐力，今年只有二十岁。对了，贤弟，你可晓得他们为啥子叫做‘钉子’？”

小鱼摇了摇头，没有回答。

唐九的眼中又恢复了几分霸气，道：“因为‘钉子’是最尖锐的东西，无坚不摧，哪怕是铜墙铁壁，也能够钻得进去。为兄带来的是两根最硬的‘钉子’，一根虽然折了，但只要另外一根还在。唐力死了，唐遇还在，他一定会给为兄留下线索！”说到这里，他精神又是一振，接道，“贤弟且随我来，看看那藏在暗处的究竟是些啥子龟儿子些，老子要拿他们的脑壳给兄弟伙祭灵！”

小鱼一笑，大哥精神振作起来，自是好事，他点了点头，便随着唐九向前走去。

峨眉山山高林密，路途险峻。小鱼虽然熟悉山路，却偏偏要随着唐九前行，因为唐遇在一路之上所留下的痕迹，只有唐九能够辨认得出来。于是，本该做向导的人跟在了后面，对此地完全陌生的人却当起了向导。

不过，穿行在丛林之中，小鱼望着眼前那肥大如猪的背影，心头却十分佩服，这位超级大胖子如此庞大的身躯，行动起来竟滑如游鱼、灵若猿猴。每当看到唐九从一个细小的缝隙中安然而敏捷地一钻而过时，小鱼都觉得实在是不可思议：大哥不愧是大哥，如此之多的一身肥肉，究竟是咋个过去的哟？想一想，如果是换作了自己，非得被卡在那些地方不能动弹不可。

唐九却并没有留意到小鱼的感慨，此时，他也只顾得上蹿高伏低地跟着“钉子”一路之上留下的暗记，一步步地向前追寻着。这峨眉山本就险峻异常，他又对道路完全陌生，幸亏轻功奇高，总算没有遇到太大的困难。不过，追寻的路途越来越远，唐九脸上的神色也便越来越凝重，最后竟变得十分难看。

跨过了一道小溪，他猛然停了下来，没有回头，口中却道：“糟了，唐遇这死娃娃遭别个套起了！”

小鱼忙一步跨到唐九的身边，问道："大哥，咋个喃，发现了啥子？"

唐九也不回答，而是用手往前面不远处指了指。小鱼顺着唐九的手指看去，那里有一个由石子和木棍搭成的木石堆，约有饭碗大小。

其实这东西一路之上已经出现过多次，而每一次出现，那木石堆的样子都是表面上粗略看去完全相同，但却每次都有一些极其细微的变化，比如有时候是五根小木棍插在一起，有时候却又是六根，一般人不仔细观察是不会留意到的。小鱼身为斥候统领，最擅长的便是刺探敌人军情，观察力自然超乎寻常，对这木石堆的变化早已暗自留心。而那唐九看到不同的木石堆后，时而欢喜，时而面露忧色，有时甚至低声咒骂着，一脚将那木石堆踢飞老远。因此，小鱼也早就猜出在些木石堆便是唐遇留下的暗号路标。

眼前出现的只个木石堆与前面几次发现的又有些不同，不过小鱼也仅仅能够发现其中细微的变化，却无法参详到其中的含义。他低头看了看，问道："大哥，你说唐遇遭人家给套起了，你究竟看出了些啥子问题？"

唐九哼了一声，道："他已经被他追踪的人看出了行藏，不过别个却并没有采取啥子行动，所以这娃儿还继续坠在后面。"

小鱼一惊，奇道："你是说唐遇已经被别个发现了？那为啥子还要跟着喃？"

唐九叹了口气道："这就是唐门的规矩了，只要为兄并未撤回指令，作为'钉子'，就必须要执行到底，不管前面是刀山，还是火海，哪怕再前进一步便会死去，他们也不会退后半分。"

小鱼心中感慨，难怪唐门偏居西南一隅，在江湖中威名之盛却远远超出许多所谓的名门大派，平常武林人物宁可得罪名头极响的中原大帮，也绝不愿轻易去招惹唐门。从大哥所定的门规便可管窥到这唐门的威名来得并非侥幸。

唐九看了小鱼一眼，知道这位贤弟的心思，他苦笑了一声，道："规矩严，有严的好处，不过却也有些坏处。就像现在，明明晓得继续跟踪下去已经没得任何意义，但他却绝不敢停止，而那被追踪之人竟然如此放心大胆地任人尾随，恐怕已经安排了啥子可怕的圈套，这根'钉子'大概也要折断了。"

小鱼点了点头，道："大哥现在已经执掌唐门，既然感到这规矩有些弊端，不妨作些修订更改，不也就好了？"

唐九微微一笑道："老祖宗留下来的规据并非是为兄一人说改便可以改的。再说，这规矩已经延续了百年，自然也是有着它的大用处。唐门上千口子人的性命安危都在为兄的肩膀上，许多事情在去做它之前，便要先考虑很久很久方着手才得行哦。"

小鱼听得此话，心中不禁一黯，大哥身为唐门之主，江湖中人大凡见之无不退避三舍，看上去风光无限，可个中苦处，又有谁知？

唐九见小鱼默然，不由得一笑，道：“你在想啥子哟？担心为兄这一大家子人平时咋个过哇？”

小鱼点了点头道：“小弟在想，像我这样顽皮自在惯了的人，若是生在大哥这样的大家族里头，不晓得会不会憋闷得要死。”

唐九拍了拍小鱼的肩膀，哈哈一笑道：“没得啥子，习惯就好啦，其实也不是好不得了……”

说到这里，唐九突然停住脚步，盯着前面的草丛，脸色阴沉起来。小鱼顺着他的目光看去，只见一滩殷红的鲜血洒在其间，草尖、地上到处都是，而在距离血迹五步远的地方，还有一柄尺许长的短刀半插在土中。

唐九看了一眼，口中吁了一口气，低声道：“那是唐遇的刀。看来，对方到底还是下手了。”

小鱼心中明了，唐九和他一样，对此早有预料，只不过没有见到唐遇的尸体之前，谁也不想揭破。对方既然能够动手杀了唐力，再杀唐遇又有何难？之前一直被追踪却引而不发，只不过是时机未到而已，所以唐九才会说唐遇已经被人家套住了。对了，尸体呢？小鱼仔细看了看那些血迹，突然伸手折下一段树枝，蹲下身子拨弄起来。

唐九勉强笑了笑，道：“贤弟，唐门也不是啥子东西都要下毒，何至于如此防备过甚？那滩血里，却并没得啥子毛病。”

小鱼头也不抬，仍然用那段树枝小心地拨弄着那滩血迹，挑起一些来，放在眼前细看，口中应道：“小其心而平其气，遇事先惧而后谋，事乃可成。”

唐九摇了摇头道：“有时候为兄都有些诧了，贤弟到底是军将，还是秀才啊，那夜坐观星相，谈诗论对，现在又是出口成章，日后却不妨去考取个功名来哦……”此时此地，虽然安静如常，但莫大的凶险也许便潜伏于四周，唐九故意说出这些话来，不过是要缓解两人的情绪而已，谁知小鱼却根本没有注意到，在他拿小鱼和沈月奴的事打趣时，小鱼却正在小心地将沾了血的树枝凑向鼻下，仔细地嗅着。随后，就听小鱼轻轻一笑道：“大哥，这根本便不是人血，恐怕我们兄弟被人家耍了。”

唐九一惊，也蹲下来细看，口中疑惑地道：“这不是人血？贤弟如何看出来的？”

小鱼缓缓地道：“这并不难辨认，马血发腥，羊血发膻，鸡血发甜而人血发臭，大哥可曾读过宋慈的《洗冤录》？”

唐九瞪眼道：“宋慈？贤弟所说的莫非是那个宋朝的六扇门第一断案高手宋慈？为兄却未读过。”

小鱼笑了笑道：“不错，正是那位高人，《洗冤录》的记载便能帮我们辨别这些诡计……”

唐九猛然站了起来，恨声道：“难道是他……”

小鱼点了点头，也站了起来，轻声道：“大哥，也许从一开始我们就已经错了，以为他在追踪敌人，然后又不小心被发现了行藏，有了危险，到了这里又看到鲜血和他的刀，自然会以为他已经遭遇不测——其实这一切可能都是圈套，从我们发现唐力中毒身亡到路标暗记的变化，都不过是他设计好的，只为让我们上当。对了，大哥，前面你那位属下是中毒死去的，而且尸体衣着整齐，面容安详，全身无伤，可见他死前非但没有同人打斗，甚至完全没有经过挣扎。小弟素知‘钉子’的能力，就算对方武功再强，难道他连一分还手之力都没有么？何况他既然是唐门的高手，又岂能轻易被外人毒死？”

唐九目瞪口呆地看着小鱼，眉头却越皱越紧，显然心中波澜大起，小鱼的分析让他不愿接受，又不能不接受。唐力是“钉子”中的一把好手，而能够被选作“钉子”的，在唐门子弟中无不是佼佼者，不但武功高强，而且机敏过人。除非是被亲近信任之人突袭一招毙命，岂能连挣都不挣扎一下？何况对方用的还是毒药，唐力若非不是根本没有提防对方下手，又怎么会轻易中毒？

但无论是谁，遇到这样的变故，心中总是不愿意相信，也不愿意承认，即使是唐九这样的豪杰，也迟疑着犹自强辩道：“可是，唐遇乃是我的堂弟，他的父亲唐墨是我嫡亲的叔父……再说，他能够成为‘钉子’，也是经过严格的筛选……唐力与他一同长大，他怎么忍心下得手去……”

小鱼拍了拍唐九的肩膀，却也不知说些什么是好，被属下背叛，天下又有几人能够轻易接受呢？即使是帝王将相，遇到此等痛心之事，也不免心中愤怒惊疑彷徨，又何况是唐九这样的门阀之主。

唐九勉强地对着小鱼一笑，口中自言自语道：“为啥子，为啥子要吃里扒外？他要做啥子呢？难道竟想把老子诓进啥子鬼圈套？”

小鱼没有回答，他想了想，突然指着前方道：“大哥，你可晓得，此处便是这峨眉山最幽静之地冷杉林了，那林丛的高度恰好耸立在云层之中，所以终年都是云雾缭绕，一丈之外皆不可见。那林子之中的冷杉树又密又高，地上还有无数的怪石杂草，却是个人迹罕至的好去处。”

唐九顺着小鱼的手指，狠狠地瞪着前方，口中突然冷笑道：“好，好，果然是一个好去处！唐遇，既然你已经选好了死地，那老子今天便来成全你！”说罢，率先迈步向前走去。

小鱼见状忙出声道：“敌情不明，逢林莫入！大哥，小心林中有埋伏！”

唐九闻声站住，口中却哼道:“那又怎样，他的武功有一半是为兄亲手所授，为兄不出十招便可轻取他的狗命，怕他怎地？”

小鱼赶上唐九，和声道：“大哥，你的心情小弟自然能够理解，但大哥却有所不知，顺此方向而进，自然能够入林，但这峨眉山却是小弟自幼便跑惯了的，何必非要走这一条路径呢？大哥既然要擒拿叛徒，何不与小弟绕到他的前面去？”

唐九神色顿时一振，笑道：“不错，贤弟对此地再熟悉不过，既然这叛徒沿途所留下的路标暗记都是些圈套，为兄带路已无意义，接下来便要劳烦贤弟了！”

小鱼盯了盯着唐九肥大的肚子，突然扑哧一笑道：“大哥，小弟要走的那条路极为陡峭，大哥这肚皮……确也无碍么？”

唐九一拍肚子佯怒道：“贤弟此言欺人太甚！适才一路之上，为兄可曾落与你的身后？今日一定要拿出看家的本事，将你娃娃比了下去！”

小鱼哈哈一笑，唐九的轻功的确高超，他便也不再调侃，转身便在前面带路而行，三扭两拐，一个纵身便先跃入了峭岩之中。

他少年生性顽皮，常常漫山遍野疯跑，常常与虎狼灵猴为伴，不仅对这大山四处极为熟悉，并且还从灵猴、岩羊身上学到了许多攀登悬崖峭壁的本事，因此尽管脚下陡峭险峻，他的人却如御风飞行一般平稳迅捷地前进着。

紧随其后的唐九更是没有胡吹大气，恣意施展出一身的好本领，尽管身躯肥大，却始终步履轻盈，甚至每一步都能准确地踏在小鱼刚刚落过脚的地方。遇到需要凌空翻上之处，他使出的身法竟还似在小鱼之上。

小鱼少年心性，见此也暗暗生了竞赛之心，前行速度也是越来越快。身后的唐九口中喘息声倒也越来越重，但距离却是一点都没有拉远。小鱼心下佩服，大哥能够名满武林，恐怕也不仅仅是因为执掌唐门，一身的真功夫在年轻一辈却也一时无两，倘若自己与大哥一战，也不知能有几分胜算。

两人飞步疾行，一方面是为了尽快赶到唐遇的前面，希望出其不意将其擒住，另一方面却是真是存了竞赛之心，于是一路无话。从岭侧翻上冷杉林边时，已是接近正午时分了。头顶之上金乌交辉，但林中却是黑沉沉地夹着浓雾，连一丝声响都没有，竟仿佛阴曹地府一般阴森可怖。

小鱼趴在林边的一块岩石之后，借着透进密林之中仅有的那一点微弱的阳光，静静地打量着自己少年时代便熟悉无比的林子。从表面上看起来，林子和往常并无什么不同，但斥候的本能却让他感觉到空气中异样的东西。正在细心观察中，突然听到身后传来了几声小狗儿低沉的信信呋叫，声音不大，但在此刻四周只有虫鸣，自然也显得十分清晰。小鱼不禁愕然，回头一看，却见唐九正怀抱着一只瘦小的白毛小狗，手上竟还拿着一件专门给它穿用的灰绿色外衣，正忙着将其套在小狗的身上。

小鱼看得发愣，半晌才指着那只小狗道："大哥，这小狗儿又是从哪儿捉将来的，咋个还有给它穿的衣衫？"

唐九费了半天劲，终于吃力地为小狗套上衣衫，随口应道："这小东西毛色极是太扎眼，穿上灰绿色的衣衫在这密林之中便十分方便。"

小鱼上下打量着唐九，吃惊地道："大哥，这狗儿是你藏在身上的？"

唐九嘿嘿一笑，却不答话，只顾在怀中摸索着什么。

小鱼默然，心道，这位结义大哥还真是花样百出，不知道身上到底还有多少秘密！居然把小狗带在身上，这可一个活物哦，居然就这般毫无破绽地被他藏在身上了，除了这只小狗，他的身上还会带着些什么？

莫非，大哥的身子原本并不是外表看上去那般肥胖，而是衣衫之中藏着太多的秘密么？

小鱼正胡思乱想间，唐九却已摸出一条长长的绳索，又套在了小狗颈上，然后又拿出一片破布，塞到小狗的鼻子下面。那小狗使劲地嗅了嗅布片，脑袋动了几动，两只耳朵突然一立，四条小腿也挣扎起来。唐九随手一放，那小狗便嗖地一声蹿了出去，转瞬便已跑得远了。

唐九招了招手，牵着狗绳，和小鱼一同随后跟了上去。浓雾重重，两人跟着那精灵的小狗，只奔进了林中数丈，头顶上原本便已经十分依稀的阳光便彻底消失不见了，稍稍落后两步远，彼此的身影在眼中就已变得有些暗淡。

那条小狗却仍然在山石之中轻快地攀爬着，小小的身子也是时隐时现。有它在前面探寻，小鱼心中又多了几分把握。

原来，军中盛传，当年名将俞大猷巡防晋江沿海，有一次倭寇攻占永宁卫，便带着两只猛犬，警卫营盘，侦缉军情。明军斥候几次前往刺探倭情，都难以接近。俞大猷左思右想，终于想出一计，他将大军带至倭寇巢穴附近，自己亲率斥候，乔装成百姓，深夜潜入敌营，用事先专门打造好的铁钩挂上五香牛肉，将倭寇的猛犬诱上钩来突然击杀，然后挥师冲入敌营。因失去了猛犬警戒，倭寇毫无防备，一接即溃，争相登船从海上逃窜，明军奋勇追击，在永宁卫海口一块大石旁全歼敌寇。后来，俞大猷还亲自在这块大石上题刻了“镇海石”三个大字 。

小鱼虽然并未在军中见过此物，但关于俞大猷的传说却是耳熟能详。他也相信，无论人的功夫练到多么的高，有些感觉还是不如兽类，例如这鼻子便永远也不可能比犬类更灵敏。他是少年心性，情不自禁地道：“大哥，你这宝贝不错，其实小时候小弟也曾想喂养一条狗儿，不过家里很穷，爹爹和娘亲供我读书都是省吃俭用，所以心中虽想，却也始终并未启齿。”

唐九也不停脚，口中应道：“贤弟，原来你也喜欢狗儿？嘿嘿，说起这养狗嘛，却是一门大学问，假使会养，即便是条土狗，也能将它训成好帮手；倘若一窍不通之人，即便喂着名种，养出来也不过便是一口猪而已。”

小鱼听得开心，忙问道：“那大哥这个宝贝可是啥子名种么？”

唐九扑哧一声笑了出来，道：“哈哈，这其实只是一条杂交的土狗，然而却颇有些灵性，虽然不大，身子却十分结实，说起来还是为兄从那厨师手中抢回来的性命。若是贤弟也喜欢养狗，为兄回家之后给你弄条好的来，我们屋头那条母獒马上也快要生崽了。”

两人正说得高兴，突然见到前面那小狗忽地停下，原地打着旋，不住地四下乱嗅。唐九与小鱼相顾一眼，做了个“噤声”的手势，两人都是此道高手，心念也是一般，全身一紧，一前一后地悄然扑至小狗的附近，潜伏于地，四下观察。

此刻已是正午时分，四周看上去并没有什么异样，但小鱼和唐九却都感觉脊背发凉，似乎空气之中有一种令人毛骨悚然的东西在弥漫着。两人屏住呼吸，细细地观测了良久，仍然没有发现动静，那小狗却仍在原地打转不肯停下，更显得十分诡异。

唐九终于忍不住在小鱼耳边轻声问道：“贤弟看见啥子没得？”

小鱼摇了摇头，反问道：“小狗在搞啥子，它发现东西了哇？”

唐九低声道：“不错，不过似乎头绪断了，它找不到接下来的踪迹，难道……”

话说到此，小鱼和唐九不由得相视一眼，两人心思都极敏捷，立时便想到了一处，不约而同地都向林子上面望去。林密无光，周遭暗淡，几十丈高的古生冷杉树，难以看清树冠，此时更是只见得一些淡淡的雾气，如虚如幻地飘荡在头顶。

唐九咬牙道："怕是就在那上面。"

小鱼点了点头，正要开口时，唐九牵着的那条小狗却突然仰头狂叫了起来。吠声起时，一阵阴森森的鬼笑便也随即在头顶之上响了起来，紧接着，只见一个细如竹篙般的身影，自那半空中轻飘飘地荡了下来。

那条影子身在半空之中一扭，动作突然加快，跟着便是一道白光直射了过来。小鱼猛然抽出长剑，身子一纵而起，直扑那道影子，口中呼道："护住小狗儿。"

说时迟，那时快，唐九袍袖一挥，但听"叮当"一声，那道已经接近小狗身子的白光倏地折到了一旁，没入草丛便不见了。

另一边，小鱼尽力一跃，便已接近那道黑影，人到剑到，一招"恶龙入水"狠狠地对着黑影刺出，手下并不留一丝余地！

4

谁知长剑明明已经刺入黑影，小鱼却觉得如击败革，接着那影子竟一下子挣脱了剑锋，又是一连串地鬼笑着，身子却同过年时所放的烟花"冲天炮"一般，竟又笔直地向树顶射了上去。

小鱼一剑击中，此时全身不得借力，便也连人带剑落下了地面，心下却是大惊，刚才自己那一剑绝对已经刺中了那影子的小腹，但不知为何如中败革，而且这影子竟还能挣脱剑锋，那岂非会令伤口变得更大？莫非这影子并非是人？

正在惊疑间，唐九怀中抱着小狗，从后面走了上来，轻声问道："贤弟，如何，我见你已一剑命中，怎地他竟还能挣脱？"

小鱼将剑锋凑在眼前看了看，应道："他身形太快，瞧不清楚，我的剑上也无血迹……不过，那笑声和动作却有些熟悉。"

唐九点了点头，道："不错，我想起来了，好像有些像僵尸王，嘿嘿，这个世道硬是变了哇，居然连这等小猫小狗都敢跳到老子的头上了！"

小鱼轻轻一笑道："呵呵，此刻在你我头上的，说不定还不止他一个哟。"

唐九撇了撇嘴，哼道："一群藏头露尾的鼠辈，再多几人又能如何，贤弟且在此歇息，待为兄上去会会这些瓜娃子。"

小鱼忙道："敌暗我明，大哥少安毋躁……"

话未说完，唐九已经将小狗往小鱼怀里一扔，一个腾跃便蹿上树去，口中道："这是我唐门的事，为兄岂能观望？"声犹在耳，唐九那硕大的身躯却已经消失在树干之上，随即一切都寂静下来，只有山风刮过树叶时发出的哗哗声和小狗的呜咽声轻轻地和着。

小鱼轻轻地将小狗放在地上，自己悄无声息地躺了下来，手中长剑横胸，仰面看着眼前的几棵大树，耳朵倾听四方声音，看似放松，实则戒备森严。

又等了半炷香的时间，一切还是那样静寂，唐九仿佛也被树冠吞噬了，就像是倒进大海里的一瓢水，没有一丝的波动。

难道大哥一上去便被人暗算了？不会，凭着他的身手，当今能够让他一声不响便失去反抗之力的人应该也没有几个，就算是诸葛白那样的高手，恐怕与大哥也就在伯仲之间。可若是大哥没事，怎么连一点动静都没有？莫非那僵尸王真的成了鬼魂，竟无处可寻，大哥啥子也还未能找到么？

正胡思乱想间。却听得头顶处突然传来几声扑拉拉的响动，紧接着便是一道黑影从顶上直坠了下来。小鱼突然双腿一搅，整个身子竟从地上呼地旋了起来，手中长剑便直向那道影子递了过去。只听耳边一声疾呼："贤弟，是我！"

小鱼原本就存着些谨慎，闻听此言，右手急往外挥，长剑顿时荡向一边，脚步却已经收不得，直与径自落下的唐九撞了在一起。两人相撞之时都不约而同地卸去了力道，饶是如此，唐九下坠之势过猛，还是撞得"砰"的一声，各自摔了开去。

两人坐在地上四目相对，不由得都是一笑，互相伸手借力站了起来。小鱼正待开口询问，唐九却忙摆了摆手，又蹲下身去，在地上一阵乱摸，寻着几粒石子，这才又站了起来，轻声道："贤弟，且先莫问，你也找些石子，我们用得上。"

说罢，他右手一扬，不远处的一棵树干发出啪的一声响，显然正是被他甩出的石子击中。只不过，树干被击中之后，周围一切依然如旧，并无甚变化。唐九也不着慌，随手又是一粒石子抛了出去，这一次击中的却是另外一棵距离三步左右的冷杉树。

小鱼此时也已抓了一把石子，他的心思原本便极是机灵，见唐九连抛二石，便已猜到了他的用意，于是忙摇手示意唐九先停下。随后，他轻挥剑锋，将衣袍的下摆削了一角下来，接着又用这角袍布包住了一块大些的石子，再将小狗脖子上的绳子解下，将布包扎紧。

唐九此时也已经看出了小鱼的意思，他伸手将这布包接了过来，然后一扬手，又直接击向前方的树干。那石子被布包着，击中树干的声音颇似脚踏发出的，由于另外一端有绳子拴着，便也不会发出落地时的撞击音，唐九微微一笑，将绳子还给小鱼，示意小鱼继续击树，待他再次敲击树干时，自己突然长身而起，如同壁虎一般飞身上了另外一棵树，猱身向上爬去。

小鱼却不断地出手用布包的石子撞向不同的树干，每撞击一次，便将石子击中的目标抬高几分。当他撞击到第五次时，半空中突然有一片金光闪闪的飞针兜头向自己飞击而来。

小鱼等的便是这一刻，飞针尚未射近，他早已抱起小狗直窜出几丈开外，一蓬飞针全部射进了泥土草丛。不过那暗中偷袭之人竟也硬得扎手，没等小鱼脚跟落稳，又是几点银光追至。小鱼拧身又是一个急闪，堪堪避开那几点银光，心中暗恼，随手抓起一块拳头大的石头向那暗器击来之处打了回去。

但听嗵的一声，石头似乎击中了上端的树枝，不过又是一阵暗器便向下雨一般回敬了过来。小鱼心中恼怒，唐九在此，可以说是这天下暗器门的总瓢把子坐镇，这些贼子竟然还敢一次又一次关公面前耍大刀，鲁班门前掉大斧，着实可恨。他连闪身形，好不容易躲开那些暗器，脊背之上也冒出汗来。

背上冒汗，心头冒火，便再也按捺不住，把那小狗放开，纵身一跃，顺着身边那棵大树悄无声息地游身而上。小鱼自幼在这峨眉山上漫山遍野地疯跑玩耍，爬树攀岩，皆是拿手好戏，虽然那冷杉树十分高大粗壮，但只见他几穿几纵，便已经登了树冠。

这高大数十丈的树冠之上，又是一番天地，阳光灿烂，眼前为之一亮。小鱼刚把脑袋从树梢的枝叶中伸出，尚未来得及喘口气，却立时被眼前的场面吸引住了。

烈日洒下了一串玉珠般的光辉，在这串光辉之下，唐九正笔直地站在相距十余步之外的另一棵树的冠顶之上。而在他的三丈开外的对面，却立着一个蓝巾白衣的蒙面人。两人对视良久，看来一直没有说过话。此时，他们也均已看到了小鱼，但仅仅是扫视了一眼，又相互对峙起来。

小鱼呵呵一笑，向着四周又凝神观测了一番，然后慢慢地抽出长剑，与唐九形成犄角之势，静静地看着那蒙面人，也不开口。

那蒙面人忽然冷笑了一声，突然纵身一跃，向树下落去，接着便已经消失不见。

蒙面人的背影掠过小鱼的心头，他突然觉得心中一动，好熟悉！这个人一定是自已认识的，虽然他蒙着面，身材也没有特异之处，但他绝对是自己认识的一个人，可他究竟是谁呢？就像是一条真正的小鱼儿，在心湖之中唰地一声穿过，却掌握不住。

小鱼心中忽然感觉很茫然，唐九依然未动。

他本以为唐九一定会去追的，但却没有想到，这位结义大哥竟像是中了猴王孙行者的“定身法”一般，仍是稳稳地站在那里，一动不动。

小鱼心中一跳，将长剑收起，飞身跃出，双脚在身前的树干之上一蹬，借势便跃上了唐九所在的树冠之巅。凑近一看，才发现唐九目光有些发呆，额头之上油亮一片，竟是出了不少的汗水，心中一紧，忙唤道：“大哥，你咋个了？受伤了么？”

唐九鼻子之中重重地出了一口气，这才将目光转向小鱼，慢慢地摇了摇头，沉声道：“为兄没事。”话刚出口，身子却轻轻地晃了一晃。小鱼急忙上前扶住，道：“大哥，不要骗我，是否受伤了？”

唐九点了点头，道：“让蚊子叮了一口，没得啥子了不起。”

小鱼仔细一瞧，原来唐九的右胸上竟钉着一枚透骨钉，没入甚深。他忙道：“大哥，我们下去再说。”

唐九却道：“要不得，钉子上面有毒，若是一动，毒药便会顺着血脉流进要害，刚才与那人对峙，我不敢发功疗伤，否则便可能被其所趁。现下你上来了，倒是无妨了。贤弟，你且在我身后来。”

小鱼闻言点了点头，忙闪身避在唐九的背后。

唐九双手虚抱成球，置于小腹之前，突然弓背缩身，口中低叱一声，胸腹猛地一挺，但听噗的一声，一件细小之物便从他的胸前飞出，瞬间便已经消失不见。小鱼知是唐九运功将那透骨钉逼出了身体，忙上前将他扶住。唐九摆了摆手，道：“无妨无妨，为兄皮糙肉厚，伤得并不深，只是这钉上喂有毒药，却是十分讨厌，不过要想毒死唐门的大当家，那岂非是个天大的笑话，嘿嘿……”说罢，便从怀中摸出一只小小的玉瓶，将塞口的红绸扯下，倾倒了一粒白色的丸药出来，用手指拈起，吞了下去。

小鱼见他从容服药，心中也安定下来，其实唐九也未妄言，要想用毒药伤到这位天下第一“毒”门的大当家，实在也是匪夷所思。唐门用毒解毒都是高手，他适才服下的药物，必是解毒的灵丹，想来确已无碍。

唐九却将那玉瓶递了过来，道：“贤弟，此物名唤‘雪蟾玉露丸’，乃是我唐们独家秘药，可解鹤顶红、牵机、孔雀胆等各种剧毒，为兄就将其送与贤弟，今后或许能用得上。"

小鱼忙道："大哥平日常与毒药打交道，比小弟更有用处。"

唐九呵呵一笑，道："贤弟，你忘了为兄拿手的是啥子了？'雪蟾玉露丸'固然珍奇，但为兄家中仍有备用，你收下便是，不必推辞。"

小鱼点了点头，将"雪蟾玉露丸"接过揣进怀中，又问道："大哥此刻感觉如何，体内是否还有余毒？"

唐九道："无妨，这解药甚是灵验，现在已经无碍，我们下去罢。"说罢便与小鱼一同下到地面。

小鱼又问道："此人竟能用暗器伤了大哥，这武林之中还有啥子人物能够有如此的本事？"

唐九皱眉道："不晓得，他蒙着面，也不开腔，看那身材也与普通人无异，以往想必并未相识。不过事情也便奇在这里，此人的暗器功夫竟是我唐门的手法！"

小鱼奇道："唐门？！那还硬是有点奇怪了！莫非只是手法有些相似？"

唐九摇了摇头，道："为兄绝对没有看错，也看不错。此人绝对是唐门的正宗功夫……而且还是个高手。"

小鱼一顿，忖道："大哥想必对唐门子弟都极是熟悉，既然觉得此人很是陌生，莫非是有唐门的高手在外授艺所传之人？"

唐九找了小狗，将其三转两转竟藏到了身上，口中应道："唐门规矩极严，门中之人绝对不得外传武功，按理不会如此。但贤弟所言也未必没有道理，连'钉子'都出了叛徒，还有啥子事情不可能发生喃？"

听到唐九提到"钉子"，小鱼想起了唐遇，忙问道："对了，你有没有发现他呢？"

唐九哼了一声道："我们所料得不错，这小子果然是个叛徒！适才为兄跃上树梢之时，见那唐遇被人五花大绑地吊在树上，毕竟血脉相连，一时便动了恻隐之心，以为我等错怪了他，便想上前相救，不料他竟突然出手，打出一蓬'黄金夺命针'……你不要听得这名字俗气便小觑了它，此物在唐门五十六种致命暗器之中排名第十三……"

小鱼轻轻一笑，道："小弟哪敢小觑哦，适才在树下几乎中招，好像便是这'黄金夺命针'，若非我早有防备，此刻说不定早就呜呼哀哉，小鱼变作刺猬死鱼了。"

"他的武功一多半乃我亲手传授，虽然出其不意地发难，距离也颇近，却也被我轻身闪避，谁知这叛徒出手竟只是他二人设计好的虚招，明知这飞针偷袭伤不到我，却也必能迫我闪身躲避，那蒙面人却埋伏于后，向我打出了三支喂了蝮蛇涎的透骨钉，被我一掌拍落一支，却有一支射中了前胸。”唐九听他打诨插科，也被逗得一笑，怒气也渐渐平息，接着又道：“他们见我中招，以为诡计得售，竟想上来取我项上人头！”他原本便是好口才，这一番话讲述下来，虽然不能完全重现当时的情景，却也异常地惊心动魄。饶是小鱼常在沙场之中杀人，刀尖之上舔血，却也听得满心紧张，忙追问道：“然后呢？”

唐九傲然一笑，道：“嘿嘿，为兄这颗脑袋如此之大，岂是他们这些宵小之辈能够得去的！然后老子便以其人之道还敬其人之身，也送了一蓬‘黄金夺命针’给他们两人尝尝味道。那蒙面人见我虽然中招，却丝毫未减功力，而他自己也中了我的飞针，这才不敢妄动，而我那时已经感觉中毒，便也不敢再强出手，于是两人都成了骑虎之势……再接着便看到你上来，后面的事你自己也都晓得了。”

“想必是小弟上来之后，骑虎之势瞬间便成犄角之势，那蒙面人自知不敌，料定大哥中毒不能追赶，于是干脆逃遁而去。”小鱼喃喃地应道。

唐九点了点头，道：“正是如此了。”

小鱼突然又想起一事，忙道：“那唐遇到哪里去了？”

唐九听到“唐遇”二字，不仅咬了咬牙齿，显然心中依然恨极。他用手指了指身旁一棵冷杉树，道：“还吊在上面。”

小鱼顺着他的手指看上去，果然有一团模糊的身影半遮半掩地现于枝叶之间。他顺着这棵大树攀援上去，便见到了唐遇。

一个全身钉满了金色细针的唐遇，双腿依然缚在树枝上，双臂垂着，被风吹得微微有些晃荡。

他这次不需要装死骗人了，因为他真的已经死透了。

小鱼叹了口气，跃下树来，问道：“还需要解他下来么？”

唐九摇了摇头，脸色有些阴沉。小鱼拍了拍他的肩膀，也不知道该说些什么是好。

唐九此刻情绪自是有些低落，他虽然亲手除去了叛徒，但唐遇毕竟是自己的堂弟，血脉相连，甚至还有几分师徒之谊，如今竟然变成这样，他心中自然是百感交集，甚至还有几分担忧，不知道唐门子弟“铁板一块”的表面之下，究竟还有多少唐遇这样背叛家门的逆徒。此次自己携带小妹出来，唐门之中大小事务都交由叔父唐墨处置，唐遇乃是他的小儿子，他为何突然反叛？唐墨又是否知情？而那蒙面人为何使的也是唐门正宗的功夫？

莫非……

想到这里，他不由得心中大乱，一把握住小鱼的手臂，急道："这件事不简单，似乎并不完全是冲着峨眉派来的，只怕我唐门之中倒出了些麻烦。贤弟，为兄实在不能再耽搁了，原本想要留下助你一臂之力，现下看来也不能了，贤弟莫怪，为兄这便要赶回唐门，琳儿体弱，尚未复原，还要暂且托贤弟多多看顾！"

小鱼一惊，听唐九的口气，唐门似乎竟遇到了极为凶险之事，他急着赶回去处置，却是连妹妹都不敢带上，显然是怕唐琳儿身体虚弱，难以照拂。两人如今义结金兰，原本兄弟有难，定当鼎力相助，可是峨眉派眼下也正遇到天大的麻烦，自己如何能够脱身？想到这里，小鱼忙道："大哥说哪里话来？倒是原本想与大哥一同去唐门耍子，也想看看你那些獒犬到底咋个样的凶猛，可是眼下本派……"

唐九拍了拍小鱼的肩膀，豪迈地一笑道："贤弟不必如此，你我都是顶天立地的好男儿，哪怕前方便是刀山火海，又有何惧？风浪来袭，正是你我兄弟出头顶住之时，有贼上门，我们便做一条凶狠的看家狗，绝不允贼人伤害了我们的亲人去！何必学小儿女之态耶？"

小鱼胸中激荡，用力点了点头道："大哥放心，有小鱼在，唐姑娘大可安心调养，我师兄师姐都有不少女弟子，便让她们照顾唐姑娘，也十分方便。"

唐九呵呵一笑，道："原本想带你去认下个妹子，看来三个人一起见面还要等到将来了。此乃我唐家的桃木令符，出示则如家主亲临，唐门弟子见之必要听命，便请贤弟交予琳儿，她便知你所说是实。事出紧急，为兄这便启程了，贤弟多多保重！"

小鱼接过桃木令符，急道："大哥，你的伤真的不要紧么？"

唐九也不答话，抱了抱拳，转身大步离去了。此时林中的雾气已经散去，斑斑驳驳的阳光照在他的身上，山风吹拂着他的衣角，轻轻地飘荡着。

看着唐九越来越远的背影，小鱼只觉得喉头一哽，他暗自咬了咬嘴唇，一时找不到欧阳岷江，也只好先返回西极天了，这一天究竟还会发生多少事，尚未可知，但只要自己没有倒下，就绝不能让人伤害到峨眉派。

黎明之前

1

暂且按下小鱼匆匆返回金顶不提。却说那欧阳岷江，他被唐九救下之后，一直昏睡不醒，由唐力和唐遇照看着，便在接引殿外的冷杉林中休憩。唐遇见唐九离开已久，便趁唐力不备悄然下毒，将其杀死，随即又将欧阳岷江背到林外，然后自去办自己要做的事去了。

也不知过了多久，欧阳岷江悠悠醒转了过来，脑袋中却昏茫一片，他坐起身来，活动了一下身体四肢，一切自如，但却始终想不起自己到底是谁，为何出现在此。他一阵乱走，竟上到了金顶，这时正感到腹中饥饿难忍，四处观望，看到了西极天的院落，想必那里定能找到些吃的，于是便悄悄地摸上门去。他此时脑筋甚乱，但武功却并未失去，他跃过院墙，竟一路躲过了巡夜的二代弟子，误打误撞地摸进了伙房，见那灶台之上正有一锅冷粥，便盛了一碗猛喝了起来。随后遇到小鱼，他又以为小鱼是来捉拿自己的，也顾不得细听小鱼的言语，一路急急如丧家之犬般飞逃下山，竟浑浑噩噩地来到了好吃街上。

他不知道自己是怎么下山的，更不知道自己是什么时候走进了一家酒店，自己竟没完没了地喝起了酒。

醉，也许可以让自己不再去想，自己究竟是谁，眼前这一切究竟是怎么回事。

欧阳岷江想再倒酒，却发现手中的酒坛子已经空了，他那暴躁的脾气在酒后竟又不由自主地萌发出来，于是用手大力拍着桌子吼骂道："格老子的还有没有人活到在，快来给老子倒酒，你们这家破馆子还开不开了？咋个连酒保都没得一个？全都是他妈的瞎子哇？"

由于峨眉县令李应霖教化有方，当地民风极为淳朴，加之此地又与峨眉派近在咫尺，地痞流氓也不敢在此打混，故此好吃街上做生意的人大多和气，就是主顾们也都十分随和，少有借酒闹事之人。欧阳岷江这一声叫骂，倒也把众人吓了一大跳。

店小二赶紧一阵风似的跑了过来，赔着笑脸问道：“这位大爷，您老人家都已经喝了好几个时辰喽，还是……莫再喝了，要不要回去歇息？小店里备有大车，送大爷回家可要得么？”

欧阳岷江一听这店小二不但不给自己拿酒，倒有些想要催促自己出门的意思，不由得心头怒火更盛，猛然跳将起来，狠狠地扇了那店小二一记耳光，口中怒骂道：“你个小杂种算啥子东西，也敢来管大爷我的事？老子今天还没有整够，就是不得走，快去给老子拿酒来！”

那店小二原本只是个普通的汉子，虽然也是身强力壮正值当年，却哪里架得住欧阳岷江失神之下不知轻重的一掌？只听得啪的一声脆响过后，那店小二连喊都没喊一声，便仰面朝天踉踉跄跄地转了几个圈，口中喷出鲜血，人便瘫倒在地上。

这一切发生得突然，老掌柜和店里其他几个伙计以及几位食客都吓得愣在当场，有人连筷子都掉在地上自己还不知晓。有个胆大的伙计先反应过来，赶紧跑上前去抱住那倒在地上的店小二，大喊道:“三叔，三叔，你咋个了哦……”

这时老掌柜和另外几个伙计也醒悟过来，他们见自己的同伴被打得昏迷不醒，顿时起了敌忾之心，倒也不怕事，一齐扑上前去，死命揪住欧阳岷江，大叫道：“杀人了，这厮杀人了，街坊们快去报官啊！”

欧阳岷江被这么一闹，酒也醒了几分。但见那店小二不省人事，突然脑子也清楚起来，自己不正是当代武林至尊通天大师的嫡传弟子，峨眉派的青年俊杰，年纪轻轻便已当上了西南第一镖局总镖头的欧阳岷江么？

自己如何会在这里，适才果真是自己出手伤了那不会武功的店小二么？欧阳岷江心中不由得大是懊悔。他生性心高气傲，又是西南第一镖局的少东家，从小在家中也是被人人礼让，被爹爹送上峨眉山拜师习武，同门之中都是些胸襟开阔之人，哪里会与他计较，于是这暴躁轻浮的脾气随着年龄的增长不但没有改变，反倒越来越重。但他心地并非恶毒，又常年被通天大师耳提面命，也深知峨眉弟子绝不可恃技凌弱，欺压良善，这一时糊涂失手伤人，心中自是烦躁悔恨不已。

那些店中的伙计见欧阳岷江脸色阴晴不定，又不肯出言服软道歉，也都更为气愤，不但揪着他的衣襟不放，并且纷纷出言质问。担心店小二伤势的老掌柜，更是揪着他的衣领用力推搡起来。

突然，那种头疼欲裂的感觉又一次来袭，欧阳岷江胸中愈加烦躁，他想发功抵抗出手的冲动，却越想隐忍，就越想爆发。终于，他感到气血完全涌上了头顶，心智再也控制不住，口中暴喝一声，双手抓住那些伙计的手臂，一旋一拧，猛地向两旁一分，两名伙计惨叫一声，同时摔了出去！随着，他右腿提膝，将揪住自己衣领的掌柜直直地顶飞出去，砸倒了一张饭桌，软软地瘫倒在地，显然也是不活的了。

见这大汉突然发狂，几名原本便已吃了惊吓的食客再也坐不下去，也顾不上结账，发一声喊，纷纷逃出门去。这时街上虽然已经聚集了许多百姓，但见欧阳岷江势如疯虎发狂，谁也不敢上前阻拦，还有些土生土长的百姓交头接耳地议论着。这个说:“那人好像是峨眉派的，叫啥子岷江……是啦，好像就是他，前两天还看到他上山去……”那个道：“你有没有看错啊，通天大师门下咋个可能有这种人哟……”这个又道:“我咋会看错，你看他那身功夫……”

且不说百姓们在街面上远远地躲着议论，这边欧阳岷江见已经失去了羁绊，也不敢再滞留，跟着也逃出门外，直向镇外荒山狂奔而去。也不知奔跑了多久，他慢慢地停了下来，找了一棵大树，背靠着树干慢慢地坐了下来，把脸埋在双手之中，眼泪便无声地淌了出来。也不知究竟是何缘由，自己屡屡迷失心智，此刻又失手闹出了人命，一个已经扬名立万的青年总镖头，恐怕从此便要被官府追捕，隐姓埋名，东躲西藏，什么大好前程，什么美女金银，什么人前显贵，想必都已成泡影。

欧阳岷江的眼泪快要流干的时候，他忽然闻到了一缕沁人心脾的幽香，接着，他只感觉眼前朦朦胧胧，什么东西都瞧不真切了。就在这朦胧之中，一个窈娆曼妙的女人款款地走了过来，柔声地问道：“这位公子，你不舒服么？难道是受了什么委屈？来吧，喝下妾身为你带来的解忧茶……喝了它，就什么烦恼都没有了……”

解忧茶，喝了就什么烦恼都没有了，真是一种神奇的茶。欧阳岷江真切地感受到了这种神奇，他品尝着唇边那一丝清香和淡淡的青涩，然后便慢慢地躺了下去。

2

月朗星稀，万籁俱寂。

万年寺，虽然没有白日里的佛号传诵，却也肃穆庄严。

通天大师往日的奕奕神采却已不见，脸色有些苍白。但他的腰杆，却仍然挺得像松柏一般直，这世间没有什么可以压垮他，无论是伤害，还是疾病，他可以倒下，但却绝不肯委琐。

无穷沉默着。这位参详佛法已然得道的高僧，有着常人难以企及的刚毅，但此刻他的心仍然沉重。自从被师父召进闭关之所，他便难以淡定下来，师父体力明显大有不支之相，他素来精通医理，心中突然涌起不祥之感。

那个非金非铁的匣子已经打开来，静静地摆放在蒲团旁边的小几之上。

无穷低声道:“师父，唐施主的消息已经确实了，长风果然……已经受害了。浙江戚家军中的锦衣卫上报朝廷，诬陷长风勾结倭寇，行刺监军严年鹤时受伤而死。随后浙江副将吴惟忠联络了大批军中宿将联名上书，直指严年鹤才是勾结倭寇的奸细，长风因窥破他们的阴谋，中毒掌而死。朝廷连接两道奏报，兵部与东厂都已介入，而内阁诸位大人也颇为关注，此事在朝中争议不休，皇上目前并无旨意，不过那严年鹤是司礼监的红人，这些阉党自是不肯善罢甘休。”

通天大师叹了一口气，道:“长风这孩子用命换来的东西，必是十分要紧的。你且宽心，为师一时还不得去见佛祖。唉，你且看看，那装了机关的琉璃瓶可曾打破？”

无穷拿起匣子看了看，道：“师父，完好无碍。”

通天大师欣慰地点了点头道：“看来为师到底还是老啦，用了这么久才打开它，身子骨也不听话了。无穷，你看那匣中究竟是些什么东西，老衲暂时不想动了。”

无穷见师父疲惫已极，心中更是忐忑，他随口答应着，从匣子中取出来一封书信，急忙展开一看，不由得倒吸了一口凉气，道：“师父，这是播州宣慰使杨应龙与那日本国的太阁丰臣秀吉的书信，竟是相约要共同起兵攻打我大明……”

通天大师并未吃惊，只是喘了一口粗气，他闭上双眼，沉吟了片刻，叹道：“好，好，长风死得其所，不愧是我峨眉派的好男儿。无穷，你去将云峰、小鱼唤来，为师有些事要交代与你等。”

无穷不敢怠慢，答应一声，便起身出去了。

过了片刻，通天大师突然睁开眼睛，平心静气地道：“出来吧，何苦藏头露尾，莫非也是一只小老鼠么？”

话音刚落，欧阳岷江便慢慢地跨了进来，低眉顺目地走到通天大师的面前，扑通一声跪了下来。

“哦，原来是岷江啊，你找为师有何……”通天大师说到这里，突然停住。欧阳岷江的目光呆滞，形如木偶，跪在那里，一言不发。

通天大师叹了口气，又道：“既然已经来了，不妨也请进来罢。”

随着“嘻嘻”一声娇笑，一个相貌姣美，身材窈窕的妙龄女子果然背着双手，轻轻地走了进来。在她身后，还跟着两个胡子雪白的青衣老者。

那女子走到通天大师面前，款款地敛衽一礼，笑道：“小女子在这儿给大师见礼啦！大师在上，明察秋毫，小女子就不多绕弯子了。贵派欧阳少侠喝了一杯我的解忧茶，再过两个时辰的话，恐怕便是大罗金仙也救他不得了。不过，只要大师愿意将这个不值钱的匣子赏赐给我，那小女子立刻便可以将解药双手奉上，大师你慈悲为怀，对自已的徒儿不会见死不救吧？”

通天大师的眼中空明一片，似乎什么都没有听到那女子的话，口中慢慢地道：“故人一别三十载，大漠之西有歌声。梅岭双魔，为何还要踏入中原？当年你们发誓永居大漠，不再回来，老衲才放过你们，莫非你们还要违背誓言么？”

那两个须发皆白的老者突然全身一抖，不由得齐齐向后退了一步。两人对视了一眼，又咬牙切齿地瞪着通天大师。左边那老者冷哼了一声，道：“通天老秃驴，你猫哭耗子假慈悲，那大漠是何等去处？我兄弟二人在那里整整待了三十年，已经受够了！”

右边那老者却是哈哈一笑，道：“二弟莫要如此冲动——大师，当年我们兄弟虽然做错了些事情，但这三十年的大漠，也犹如坐牢，再大的罪过也算赎尽了吧？今天我们兄弟前来拜山，别无他求，只要大师能将那个匣子赏赐于我等，过去的事情便一笔勾销，你这乖徒儿的命也得以保存，如何？”

原来这二人便是三十年前武林中恶名昭著的梅岭双魔齐准、齐淮。两兄弟名字相差一点，心性却是一般无二。现下的年轻人自是早已不知他们的名头，但在三十年前，武林中人却视其如蛇蝎。这兄弟二人武功高强，性情残暴，喜怒无常，往往毫无理由地出手伤人，曾将许多武林中人和寻常百姓无故打伤致残。于是武林各大门派纷纷派出好手，合力将他二人擒住，群情激愤之中，许多人主张将其二人诛杀，为武林除害。通天大师念齐氏兄弟虽然作恶多端，但毕竟未伤过人命，于是提议让他二人发下毒誓，带上日用器物远奔大漠隐居，不再回来，并赠送二人一部《四十二章经》，令其常常诵读，自修其身。谁知道他二人在大漠之中常常怀恨，对自己当年犯下的罪过却丝毫没有悔意。一个多月前，一位姣美的妙龄女子赶着一小对驮着金银珠宝的骆驼，找到了齐氏兄弟，重金礼聘，请他们重返中原，寻一寻峨眉派的晦气。他二人虽然忌惮通天大师，但想想终老大漠，更是不甘，于是便答应下来，这才有了后面这所有的事情。

通天大师看了一眼老大齐准，叹息道："你兄弟伤人无数，许多人因此一生下不得床，用不得手臂，难道你们不该坐牢么？何况那大漠虽然荒寂，只要修身养性，自力更生，岂非比坐牢好上许多倍？"

老二齐淮在一旁怒骂道："老秃驴，你说得轻巧，吃了灯草！老子一去便是三十年，大好的光阴都荒废了，现在再也不听你的鬼话！嘿嘿，听说你这老秃驴寿诞，我们兄弟特意送了只风筝给你当作贺礼，不知合意否？"

通天大师呵呵一笑，道："承情了，老衲贱降，有劳贤昆仲了，不过那淫僧的雅号，却是受之有愧了。"

齐准笑道："诶，我们兄弟不过是和大师开个玩笑，大师得道高僧，想必也不会与我们这些凡夫俗子一般计较吧？"

齐淮却道："兄长怕他怎地，这老秃驴都已经八十多了，难道还能奈我们何？"

齐准瞪了他一眼："那又如何，我们兄弟岂非也已经接近花甲之年了？看这头发胡须，都和那雪花一般，可还有一根是黑的？"

这两兄弟一个唱红脸，一个唱黑脸，啰嗦了半晌，却离通天大师越来越远了，似乎心中依然十分忌惮。那姣美女子在一边冷眼旁观了许久，突然哼道："你们俩莫非是想着自己年轻些，等着大师自行坐化么？那无穷和尚少时去而复返，我们的事还如何做得？"

齐氏兄弟面面相觑，心道，这小娘子说得不错，若是少时再有些峨眉派的弟子来此，恐怕今天更讨不得好去！想到此处，不由得恶向胆边生，各自暗暗运功，积蓄力量。

原来，通天大师原本便身染微恙，前夜全力救治唐琳儿，使出了峨眉十二桩气功，更是透支了许多内力，他又没能歇息，便又殚精竭虑参详宝匣，费尽了许多周折，这才将其打开，精神已是十分不济，于是始终盘坐于蒲团之上，暗自调息。当梅岭双魔与那女子进来时，他的内力也才稍有恢复，于是便加意与那齐氏兄弟寒暄起来，拖得越久，体力自然恢复得越多。

恰巧那齐氏兄弟虽然是来找晦气的，但他二人自知武功与通天大师相去甚远，心中也颇多忌惮，虽然大唱双簧，放些狠话，但始终犹豫着不敢出手。直到那女子喝破，两人才想到，若是此时不出手，等到一会儿再有些峨眉派的高手来时，怕是更讨不到好去，何况他二人此番若不能带着那匣子回去，恐怕刚从大漠回来看到的许多金银珠宝、醇酒美人，都会与己无缘。那将他们从大漠请回来的小娘子的狠辣手段，他们也早已见识过了，而这小娘子看上去其实也不过是听命于人，那背后之人究竟如何厉害，实在不敢想象。既然左右都不是去处，说不得也只能放手一搏！

齐氏两兄弟多年形影不离，自是心念相通，口中暴喝一声，便一步跨出，同时向蒲团之上打坐的通天大师出手！

出手，便会有胜负！

只听得噗、噗两声，梅岭双魔身形一滞后，紧接着“噔噔噔”地双双后退了三步，胸腹之中翻江倒海般痛楚，脸色惨白，几乎站立不住。

仅仅过了一招，他们便败了。而且败得一塌糊涂。两人感觉自己连运气的力量都已经完全失去，心中不禁又怒又骇，嘴唇哆嗦着，对视了一眼，连话都说不出来。

而通天大师却连姿势都没有改变，依然端坐于蒲团之上，刚刚与双魔同时对掌的双手慢慢地收回到胸前，合十低诵一声：“阿弥陀佛。”

那姣美女子武功不弱，眼光自然锐利，刚才那一战虽然如电光火石一般一触既分，但双方如何出手，却已被她在一旁看得一清二楚。那梅岭双魔一左一右同时攻上，一人出左掌，一人出右掌，居高临下，拍向通天大师的左右肩头。两人出手迅如闪电，并且运足了全身内力，决心一鼓而下。而那通天大师看似极慢地抬起双手，却又稳稳地接住了双魔的手掌，双方手掌印在一起，竟成了内力对捍，完全没有招式，也根本不需要招式。当那噗、噗两声响起时，双魔已经被震开，他二人形象狼狈不堪，脚步虚浮，脸色惨白，嘴角沁血，显然已经受了不轻的内伤。而通天大师却面色安详，举止法相庄严，竟似并未与两大高手比拼过内力一般。她深知自己虽然可谓智计多端，但武功却还在梅岭双魔之下，就算三人夹攻，恐怕也不是通天大师的对手，何况那无穷和尚去唤峨眉弟子了，随时都可能会转来，届时或许连脱身都难了。只是主人有命必须夺得宝匣，但此刻说不得也只好暂且按下，再打主意。

她做事十分决断，心中虽然焦急，口中却还娇笑连连：“哎哟大师还真是老当益壮呢，既然那个破玩意您老人家不肯见赐，那小女子也就告辞了，你这乖徒儿便留给你送终吧！”说罢对梅岭双魔一使眼色，三人便急匆匆地闪出门去。

通天大师也不追赶，而是静静地看着门外。又过了片刻，他突然捂住胸口，狂喷出一口鲜血，原本安详淡定的面容也变得灰白无光。

他定了定心神，伸出手去抓住欧阳岷江的手腕，黯然道：“岷江啊，不是为师心狠不给你换取解药，实在是此物不可被奸人所得啊……，师父也这就用内力帮你祛除，莫要担……”说到这里，他突然停下话头，面色一紧，竟已无法感到欧阳岷江的脉搏。他伸手在欧阳岷江的鼻下一探，原来早已没有了气息。通天大师呆了呆，又是一大口鲜血吐了出来。他双目紧闭，眼角却渗出泪水来。

“师父！”

段云峰随着无穷走进通天大师闭关的万年寺般若堂内室，不由得被眼前的一切惊呆了，口中不禁惊呼一声。

往日里永远看上去都神采奕奕的通天大师竟形如枯槁，前胸衣襟之上沾染着斑斑血迹，他仍然闭目盘腿打坐在蒲团上，宽大的僧衣里似乎空荡荡地没有躯体存在一般。在大师在身前，欧阳岷江已经平躺在地上，这位一向行事高调、意气风发的峨眉弟子早已气绝身亡。

无穷和段云峰不约而同地扑上前来，双双搀扶住通天大师，急切地询问道：“师父，您老人家这是出了什么事了？”

通天大师的眼角又流淌出老泪来，他长长地叹了口气，道：“岷江这孩子，也去了……”

段云峰张了张嘴巴，欲言又止，无穷避开通天大师的视线，对着他轻轻地摇了摇头，段云峰眼神向下看了看，表示明白。

原来，欧阳岷江之前在好吃街上一时糊涂失手伤及众人，那店小二受伤虽重，但经医馆的安大夫全力救治，已经醒转；而那老掌柜却不幸被震碎了五脏六腑，已经无法回天。老掌柜的家人和受伤的众伙计查访才知，那出手伤人的欧阳岷江乃是峨眉弟子，便一并涌上山来要讨个公道。段云峰见众人言之凿凿，又有几位熟识的乡亲一起前来作证，苦主还披麻戴孝，可见此事必是有的。何况峨眉山一向对人和气，与周遭乡邻历来交好，通天大师多年来更是屡屡救人生死，还时常派遣弟子为有跌打损伤的百姓医治，是以前日大师寿诞，峨眉县的士绅百姓们还专门公推了乡绅刘三太爷前来祝寿，要说这些人特意上山来陷害欧阳岷江，实在令人难以相信，只是欧阳岷江此刻不知所踪，不问清楚个中经过缘由，段云峰也不知该如何回话，只得招呼了些弟子们将上山来告状的百姓先行住下，好吃好喝招待着，一面派人四处寻找欧阳岷江。无穷前去找他时，他正被百姓们围在中间讨要说法，忙得焦头烂额，无穷便也帮忙劝解了半天，众乡亲才随着峨眉弟子们去厢房里歇息。得知师父已经出关，且有要事相召，段云峰与无穷这才匆匆从金顶下来，赶到万年寺，谁知却也迟了一步，并未遇到梅岭二魔和那姣美女子，否则以他二人之力，足以对付双魔，本无须通天大师出手，大师自然也就不会受伤，谁知造化弄人，竟铸成大憾。

段云峰和无穷一走进般若堂内室，便被眼前的情景惊得心慌意乱，师父精神委顿，胸口又有血迹，不知是否受了重伤，欧阳岷江四处找不见人，原来竟躺在这里，听师父的口吻，这欧阳师弟竟已经是死了。段云峰扶住师父，一时不知道究竟要不要先将欧阳岷江之事禀报，无穷却见师父气色竟比自己离开时差了更多，也不知道究竟发生了什么事，但此时断断不宜再将欧阳岷江在街上出手伤人致死之事说出，恐怕师父已经难以再承受打击。他一手搭在师父的脉门之上，细细一号，只觉得师父体内经脉大乱，显然五脏六腑已经受了极重的内伤，不由得冷汗渗出，面色剧变。段云峰见无穷身子一抖，心知有异，忙也向师父的脉门上把去，通天大师却双臂轻轻一分，将二人缓缓推开，道：“你们二人不必如此，老衲一时三刻还死不了，尚有许多事要做，你等不可如此着相啊。”

段云峰与无穷均不知道适才究竟发生了何事，师父又是如何受伤，此刻心中都有又悲又乱，段云峰固是虎目发红，几欲发狂，就连那禅心修为甚深的无穷也竟有些把持不住。

通天大师却淡然一笑，摆了摆手，又问无穷道:“那小猴儿，他如何没有来？”

无穷道：“适才前去寻找，小鱼尚未回西极天，弟子已经吩咐下去，待有人见他归来，便让他立即赶来万年寺。”

通天大师轻轻地点了点头，又道：“无穷、云峰，你二人且跪下，为师有些事要交代了。”

3

圣寿万年寺，原本是峨眉山上最古的庙宇，故老相传，此乃汉代采药老人蒲公礼佛之处。东晋隆安五年创建时名普贤寺。唐乾符三年由慧通大师重建，易名白水寺。宋称白水普贤寺；这圣寿万年寺的名字乃是当今圣上亲赐。

这寺有殿宇七重，其中最为神奇之处莫过于无梁砖殿。此殿仿天竺之风，主殿长宽均为六丈，四壁全部用砖砌，砌到高三丈处，逐渐内收，建成穹窿形拱顶，上有手持琵琶、箜篌、笛子，仙琚飘拂的四天女。全殿无梁无柱，不用一木，故称“无梁殿”。此殿原本也是没有的，还是无穷一手草创。

原来，万历十七年，他随通天大师在少林寺做客，不料寺中的僧人不慎走水，白水普贤寺俱被焚毁，只有普贤菩萨铜像丝毫未损。万历十八年，当今天子赐金修复，无穷便率僧众建造了这无梁砖殿。万历十九年七月，佛殿竣工，正逢太后七十岁诞辰，为给太后祝寿，当今天子即赐白水普贤寺名为“圣寿万年寺”。

小鱼此刻正急匆匆地走进大殿。

他刚回到西极天，便听杨晋说师父在万年寺已经出关并有要事相召，便又一路飞奔下来。穿过大殿，他抬眼一望，但见那顶壁四周佛像密布，供有铁佛三千尊、金人十二、罗汉五百，此为“千佛朝普贤”，殿中便是铸于大宋太平兴国五年的普贤菩萨铜像。菩萨神态安详，趺坐于莲花宝座上，头戴五佛金冠，手执如意，体态丰满，神情肃穆；莲花花瓣怒绽，重叠四层。座下的六牙白象姿态浑雄，大耳下垂，鼻几触地，四足立于莲台之上。小鱼想起，幼年时与众师兄弟求师父讲古说书，师父便曾经讲过普贤菩萨的来历。原来这普贤菩萨代表德行。传说菩萨有延命之德，发过十大宏愿，因而成为主理德、行德者，尊号“大行普贤”。而行之谨审静重莫若象，故又常骑六牙白象……

想起幼年往事，他心中不禁一荡，嘴角又露出了顽皮的微笑，脚下却不停留，直奔般若堂内室。走近大门，却见段云峰正行色匆匆地走了出来，小鱼赶忙上前喊道：“段师兄，你……”

段云峰见小鱼到了，也顾不上多言，只道：“小鱼快进去吧，师父正在内堂等你，师兄还要再去一趟金顶，请沈姑娘下来与师父见面。”边说边走，竟没有停留一下，说到“与师父见面”时，人已经去得远了。

小鱼见段云峰如此行色，心中不禁大惑，也不知道师父为何一出关便要见那沈月奴，但此时也来不及多想，赶忙紧走两步，进了内室。

此时通天大师正趺坐于蒲团之上，无穷在他身后侍立，双掌合十，一动不动，有如入定一般。借着内室禅房里的烛光看了一眼师父，小鱼心中突然有一种非常不祥的感觉。师父的气色愈加黯淡了，与寿筵之时相比显得苍老了极多。小鱼心中又惊又乱，但他强自按定心神，轻轻地咬了一下嘴唇，便走到师父身边，在一个蒲团上跪了下来，口中唤道：“师父，小鱼拜见师父。”

通天大师乃当世武林第一人，且又通透禅机，早已证得大道，又是何等睿智之人？小鱼虽看似不动声色，但他的心中所动一切早已都在大师的法眼之内。

大师微微一笑，轻轻合上双眼，双掌合十，口占一偈道：“大梦谁生槐柯南，醒来黄粱犹未熟。善哉，善哉，阿弥陀佛。小猴儿啊小猴儿，为师与你一别经年，总是有许多话想要说给你听。”

小鱼点了点头，应道：“弟子还望师父多多教诲。”

通天大师呵呵一笑，问道：“你这小猴儿，你可知晓本派祖师是何人么？”

小鱼见有此一问，忙恭敬地再拜答道：“弟子知晓，本派祖师复姓司徒，名讳玄空，乃是先秦时人，因从仙猿学剑，创猿公剑法，在峨眉山开宗立派，又喜着白衣，故被世人称为白猿公。”

“嗯，你说得没错，其实这段来历，大凡武林中人，莫不知晓，然则，白猿公还有许多经历，这其间尚有许多曲折，却并不为外人所知，今日为师便尽告与你罢。”通天大师接着便将峨眉派开山祖师司徒玄空的来历一一讲解，一席话说出来石破天惊，就连那对此大半已熟知的无穷和尚也不禁动容，小鱼更是听得惊心动魄，怅然神往。

原来，这峨眉山乃是天真皇人授道之地，楚狂接舆隐逸之乡。道家之源，出于老子。其自言也，先天地生，以资万类。上处玉京为神王之宗，下在紫徽为飞仙之主。千变万变，有德不德，随感应物，厥迹无常。天真皇人者，即道家之先祖李老君也。彼时，黄帝轩辕氏历尽波折，来到峨眉山，求道于天真皇人，其修道的诚意打动了天真皇人，终于得到亲传仙道，被授天书一部，名为《开天》。

这《开天》一共分为三部，上部为“战典”，中部为“医道”，下部为“剑术”。轩辕氏学成之后，便以“战典”治军，击杀蚩尤，收服炎帝，统一天下;以“医道”济世，教百姓学医炼药，延长了寿命;以“剑术”教化，教战士强身御敌。后来，轩辕氏终于修道成仙，正当离开尘世之时，他担心世间之人学习了“战典”和“剑术”之后，相互之间会恃强争斗，导致战争与动乱，恐怕百姓会因此罹难，于是命令亲随童子阿灵将“战典”和“剑术”两部经书烧毁，只留下“医道”，更名为《黄帝内经》，将其流传于后世。

这阿灵本就酷爱剑法，哪里舍得将“剑术”烧毁，于是只毁去了“战典”，却私自将那“剑术”收藏起来。轩辕氏成仙飞天之后，阿灵孤身一人重返峨眉山，寻访天真皇人，却再也寻找不到。他便在山中结下茅庐居住，自行修习《开天·剑术》，此后偶遇山中老猿，便又仿老猿之能，创出一套拳法，取名“白猿通臂拳”。阿灵成年之后自名司徒玄空，招收山中猎户、山下百姓中年少勇武者教习之。此时，距那轩辕氏飞升已不知过去了多少年。一日清晨，司徒玄空与众弟子在金顶之巅观看日出，突然不知所踪。弟子们遍山寻找不得，只好自行习武，并纷纷住于茅庐四周，希望能够等到祖师回来。千百年之后，祖师虽然始终未归，而峨眉弟子却日渐壮大，至南宋建炎年间，白云法师创“峨眉十二桩”，德源法师又撰写《峨眉拳术》，世间终有峨眉一派，从此代代相传。

小鱼自幼便入了峨眉派，身为嫡传弟子，但却也是第一次听到师父如此详细地讲述本派来历。正听得要紧处，那通天大师睁开双眼，缓缓地道：“其实，峨眉镇派之宝还不止这本《开天·剑术》，还有一样至宝，更是世间难得！”

一卷《开天·剑术》已然石破天惊，谁知师父竟说还有更加难得的世间至宝，小鱼听到这里，心中不禁激荡不已。

通天大师微微一笑，道：“其实，《开天·剑术》所载的不过是武功而已，高妙倒也是确实是高妙，就算老衲一生修习，至今也不过参悟不到八成。”

小鱼和无穷对视了一眼，心道：“原来以师父这等天下第一的武功，也不过参悟到八成，可见这卷《开天·剑术》实在是浩瀚博大，不可揣测了。”

要知道，武林中人，有几个不想成为武功天下第一？即使当不成天下第一，至少也要成为武功高强的一方豪杰。然而，既然同处江湖之中，谁不都是如此相同的念头？若要成功，除非投拜名师，刻苦习武，方有机会，若想得到一卷武功秘籍，那还要看上天是否眷顾于自己。这卷《开天·剑术》古老相传，乃是道家先祖天真皇人所授，自然与一般武功秘籍又大为不同。通天大师天赋异秉，文武全才，少年时便已成名，及至壮年更已勇冠江湖，斩蛟屠龙，连少林方丈悟风大师和武当派掌门人玄和真人都甘拜下风，此乃何等英雄？不料却竟只是学得了这卷盖世奇书中的八成武功，若能尽学此书，岂非可与仙人同飞？

小鱼想到此处，不由得豪气满怀，热血沸腾，只听通天大师在耳边问道：“你这小猴儿，可知这峨眉山又名何山？”他脱口便回道：“师父，峨眉山又叫做大光明山。”

“呵呵，为师也曾经问过你无穷大师兄此言。不错，不错……但你可知这峨眉山为何又叫做大光明山呢？”通天大师继续问道。

小鱼摇了摇头，道：“小时候曾听师父说过，这峨眉山又叫做大光明山，却不知道来历——对了师父，徒儿这次回来，上山时看到山中有许多银色的光点飘来飘去，竟多如繁星，仔细一看，又似除夕之夜所放的焰火，竟连山路都照耀得通明！徒儿当时吃了一惊，以为是山中来了敌人，以为那银光是敌人举着的火把。未料奔至近前，那银光竟全都忽然不见了……”

“哦……”通天大师嘴角又露出微笑：“一点两点十百点，千点万点万万点；小者如豆大如碗，黯者如烬明如焰；定者如珠动者闪，不动不闪光渐敛……你这小猴儿啊，真乃有缘之人。”

小鱼听得师父说偈语，又口称“有缘”，不知师父何意，只听师父又道：“小鱼儿，那便是‘万盏圣灯朝普贤’啊，乃是普贤菩萨之灵迹，自古以来，不知有多少一心向佛之人修持百年也遇它不上，不想竟让你看到了，阿弥陀佛，善哉，善哉……”

“啊，原来那就是‘万盏圣灯朝普贤’呀……师父，这圣灯又是从何而来？”小鱼似是痴了。

“圣灯，从你的心中而来。每个人心中都有一盏圣灯，但只有心向我佛，以善为念，这灯才会亮，亮到极致，整座山都会大放光明。”通天大师微笑道。

小鱼更是痴了，问道：“师父，这大光明山与圣灯可有干系？”

通天大师点了点头，道：“自然大有干系。这万盏圣灯皆朝普贤，那大光明，便也与菩萨有关。小猴儿，你可知菩萨为何名为普贤？普者，乃是普及一切有情众生，此世界他世界，及至恒河沙世界，总之一切有情的生界。贤者乃最妙善之菩提心，救世之心。而普及十方世界，大千世界之谓也。以此菩萨之身相及功德遍一切处，纯一妙善，故称普贤。其时为汉，菩萨真身驾六牙神象而临峨眉山，善财童子伫立妙高峰上，观此山形如满月，大放光明，因此这峨眉山才称大光明山。”

“原来大光明山竟是这般来历！”小鱼听得心动不已。

“正是有了普贤菩萨法身亲临，本派才有了另一传世之宝。”通天大师轻声赞叹道。

小鱼又问道：“师父，莫非这传世之宝与菩萨有关？”

“岂止有关。这传世之宝便是普贤菩萨肉身的舍利子。其实，说是本派之宝，原本不确，这舍利子乃泱泱中华之国宝，本派只是担任护法之大任。菩萨生前曾发十大宏愿，当他肉身涅槃之后，留下这舍利子，可令人死复生、花谢重开，倾城之价而不可得也。”通天大师点头道。

小鱼点头道：“真没想到，世间还有如此之瑰宝。”

通天大师道：“不错。这卷《开天·剑术》，便传与你了，你要早晚好生修习，不可懈怠。”说到这里，他笑容忽敛，叹了口气道：“唉，小猴儿，你长风师兄已经去了……”

小鱼吃惊地一抬头，随后又低下头讷讷地道：“师父，您也知道了？”

通天大师“哦”了一声，道：“你已知晓了？是从何处得知？”

小鱼道：“是文先生告诉小鱼的，文先生还说……还说大师兄他，可能会被阉党诬为‘叛敌’。”

通天大师闭目良久，长长地叹了口气道：“唉，豫让伏死徒吞炭，秦桧善终究何因，这天下之事，这天下之事……”

小鱼忍了忍眼中的泪，禀道：“文先生还说，朝廷极有可能会派人捉拿长风师兄的家眷，所以，所以小鱼已经将大师兄的娘亲接走了。”

通天大师点了点头，道：“震孟这孩子，是个好人啊。小猴儿，你那长风师兄乃是得到了播州宣慰使杨应龙与倭寇以及阉党勾结的证据，才遭到这些人的陷害，为师料想，那朝中自然也有些手握重权的高官涉及其中。所幸，如今这些奸人勾结的往来信函，长风临终之前已经安排人送来了。”

“难怪杨应龙的人和日本浪人、忍者这些牛鬼蛇神都频频现身峨眉山，那些播州武士还冒充盗贼企图劫持李家大娘，看来无不与这事关重大的信函相关……”小鱼恍然大悟，这几日许多谜题也初见端倪了，他忙将几日来自己所遇之事一一禀报了师父知晓。

通天大师微微颔首，道：“你这小猴儿，居然与那唐家的小九结成了异姓兄弟，这也是机缘啊。唐家并非江湖之中传言那般残酷可怕，但毒药这种物事若是流传出来，也有伤福祉，你今后有机会也要多多劝解你这位义兄。至于其余种种，也是一言难尽，眼下为师想要你做的，便是将此信函带走，交与朝廷，上书天子，这不仅仅是要为长风洗清冤枉，也事关江山社稷与大明黎民百姓的安危。”

小鱼郑重地点了点头道：“小鱼明白。师父，奸党对此信函自然也是志在必得，若是……若是他们要拿我峨眉同门性命相要挟，小鱼要如何去做？”

通天大师抚髯微笑道：“小猴儿，你说呢？”

小鱼握紧了拳头，咬了咬牙道：“小鱼记得，少年时师父常常教诲我等，事无苟免，不为利挠，有死之荣，无生之辱，义将也。我峨眉派事临江山百姓之大义，又岂能因祸福而趋避之……”

“好孩儿，这才是我的好孩儿，你能如此去想，方不枉费老衲的一片苦心啊……小猴儿，为师已经写好了一封信，你要亲手交给袁子让大人，”通天大师呵呵一笑，又道，“这个匣子，便是长风派人冒死送来的，你也要一并亲手交与袁大人，他是大明的好官，又有一身忠良风骨……唉，此信函中担着许多人头落地的大干系，旁人恐避之不及，也只有袁大人这样的人才能站出来，再者他又与当今朝中首辅申汝默大人相交极厚，只要能通过申大人上书，皇上也一定会特别重视的。”

小鱼双手接过书信，道：“师父放心，小鱼绝不辱命。”

通天大师盯着小鱼，看了又看，心中却长叹了一口气，又道：“小猴儿，你要记住，小其心而平其气，谋而后动，则事无不成……外面可是云峰么，沈姑娘若到了，便请一并进来罢。”

门外果然有人应道：“是，师父。”

声音刚落，段云峰便陪着沈月奴一同走了进来。

小鱼看了看沈月奴，她换了一身素白的衣衫，显得愈加淑秀可人，手中还捧着一只大大的精致锦盒。

沈月奴却看都没有看小鱼一眼，她目不斜视地走上前来，对着通天大师盈盈一拜，恭恭敬敬地说道：“大师在上，小女子月奴奉家严之命，前来为大师祝寿，因路途遥远，耽误了时辰，还请大师多多见谅。此乃家严特为大师上寿的薄礼，象牙、犀角各一对，还请大师笑纳。”说罢便将手中的锦盒双手奉上。

无穷迟疑了一下，走出来将锦盒接过，又退到了通天大师的身后。

通天大师勉强笑了笑，低声道：“如此贵重之礼，老衲受之有愧，却之不恭……当年与令尊也有一面之缘，不知他现下身体，可还好么？”

沈月奴闻声抬头看了看，却见通天大师神色颇是疲惫，心中暗暗吃惊，忙道：“家严身子甚好，多谢大师记挂。”

通天大师“哦”了一声，笑道：“听闻青龙会收服了那鬼神童子诸葛白，此人若能重行正道，当是武林之幸，令尊功德不浅啊。”

沈月奴也浅浅一笑道：“多谢大师夸奖，家严知道了一定会非常喜悦的。”

通天大师点了点头道：“令尊当年在荆川先生麾下抗击倭寇，世人谁不敬仰。老衲还有一件事，要请沈姑娘帮忙，不知沈姑娘可愿襄助？”

沈月奴又躬身行了一礼，轻声道：“大师若有差遣，小女子何幸如之，但请大师吩咐。”

通天大师微微一笑，颔首道：“沈姑娘乃是晶莹剔透之人，想必已经知晓本派之事了。这些书信关系重大，老衲欲遣小鱼将此物送到它该去之处，但又恐路上不甚太平，所以还想拜托沈姑娘一同前往，而且不可再带随从，能答应吗？”

沈月奴毫不犹豫地敛衽笑道：“此乃晚辈的荣幸，怎么能不答应？”

通天大师缓缓地点头道：“好，好，那便多谢沈姑娘了……小鱼，你这便与姑娘去罢，此事事关重大，切不可轻忽，慎之，慎之。”

小鱼应承一声，将通天大师写与袁子让的书信与李长风送来的匣子放进怀中，与沈月奴相视一眼，两人对着通天大师又拜了拜，小鱼对着无穷和段云峰也施了一礼，默默地站起来，双双走了出去。

望着小鱼与沈月奴的背影，几次欲言又止的无穷急道：“师父，您真的要让那沈姑娘与小鱼同行么？此事关系重大，她毕竟乃是个外人，那青龙会……”

段云峰也道：“不错，师父，虽然铁枪杨前辈曾经为国抗倭，但这青龙会的名声却也令人不敢恭维，弟子看那诸葛白恐怕也并非是良善之辈……”

通天大师轻咳了几声，低语道：“哎……如果有两只手，却只能保住一只，你们会砍断哪一只？”

段云峰一愣，问道：“师父，您说什么啊？”

通天大师摇了摇头，却从怀中摸出一只布包，递与无穷，道：“几番拈起几番新，子期去后孰知音，天心有月门门照，大道人人放脚行……无穷啊无穷，今后的峨眉派，就全都交与你了，云峰啊，你可要尽心……”说到这里，他突然停住不语了。

无穷与段云峰一惊，忙扑近看时，却见通天大师竟已然圆寂了。

两人重重地跪倒在地，无声地哭泣起来。

4

离开了万年寺，小鱼又往金顶匆匆而去。

沈月奴跟在后面问道：“呆瓜，我们不是下山么，你要去哪里？”

小鱼道：“去见一个人。”

沈月奴追问道：“还要见谁嘛？”

小鱼道：“你难道也不与你那些部属告别么？要不你干脆不用陪我去了，现下黑灯瞎火，你我孤男寡女连夜行路也多有不便。”

沈月奴气道：“你也知道他们是本姑娘的部属，本姑娘有何举动，难道还需要请他们的令么？再说是通天大师亲口要我与你同行，难道你敢不遵师命？

你想做一只欺师灭祖的呆头鹅？”

两人一路吵着嘴，脚下却是一刻不停，很快便经过了接引殿，来到了西极天。

小鱼指着门外不远处的帐篷，道：“沈姑娘，想必他们还没睡下，你不去与他们道个别么？我们半个时辰后在摄身崖边会合下山可好？”

沈月奴狠狠地瞪了小鱼一眼，哼道：“难道你这呆瓜想要做些什么见不得人的事么？本姑娘偏要与你同去！”

小鱼嘴角又挂起了顽皮的微笑，道：“唉，难道在下要去出恭的时候，你也要跟来么？”

沈月奴闻言更是跳着脚不依，狠狠地掐了小鱼的手臂一把，小鱼疼得一脸苦笑，只得将这时而温文有礼，时而刁蛮无理的丫头带了进去。直奔通天大师平日静修参禅的内室，却见一名十四五岁的俊俏女弟子正从里面出来，小鱼忙上前问道：“阿草，唐姑娘可是住在此处？”

阿草点了点头，回道：“小鱼师叔来得正巧，唐姑娘刚刚醒了，吃了些鸡蛋羹，精神甚好，正托我来找她的大哥……”

小鱼“哦”了一声，道：“不必找了，你去看看，若是方便，我想进去见见她。”

阿草听了忙又转身进去了。

“哼哼，我说你这呆瓜怎么连师父的命令也不遵从，竟又上山来，原来是要见你的相好！”沈月奴一脸鄙夷地站在一旁，双手叉着小蛮腰，撇了撇嘴。

小鱼哭笑不得，忙正色道：“沈姑娘，切切不可乱说，我还没有见过这位唐姑娘呢，什么‘相好的’说得那么难听，我与她的大哥乃是八拜之交，她大哥走时叮嘱我时时照拂，现下我也要下山，怎么能不来看一看她嘛！”

沈月奴又“哼”了一声，别过脸去也不理会。

正在这时，那阿草陪着唐琳儿出得门来，向着小鱼施礼道：“小鱼师叔，唐姑娘来了。”

小鱼赶紧上前拱手道：“唐姑娘，可大好了？”

唐琳儿抿嘴一笑，敛衽回礼道：“多谢司徒少侠关心，小女子已经无大碍了。”

沈月奴在一旁冷眼看去，但见这唐琳儿二八年华，目如秋水，眉如翠羽，肌如凝脂，齿如瓠犀，手如柔荑；朱唇缀一棵夭桃，皓齿排两行碎玉，真是我见犹怜，不由得也有些痴了，心道：“这小丫头怎么生得如此娇媚秀丽，看那呆头鹅必定也要被她所迷了。”于是心情更是不爽，噘着小嘴远远地站在一旁，也不上前搭话。

小鱼则摇手道：“唐姑娘不必客套，你可识得此物？”说罢便将唐家的桃木令符摸出递与唐琳儿。

唐琳儿接过令符仔细看了一眼，忙道：“此乃家兄随身佩带之物，司徒少侠从何处得来？”

小鱼便将自己与唐九如何相识又义结金兰以及两人追踪冷杉林，唐遇反叛，蒙面人神秘出手，唐家可能发生变故，唐九已经赶回唐门，让唐琳儿暂时在峨眉山静养等事拣着重要的说了一遍，他口齿一向利落，心思又极是敏捷，这许多事一一说来却繁而不乱，听者三人也都动容不已，唐琳儿和阿草固然听得目瞪口呆，就算那沈月奴，尽管亲历了其中一些事情，但小鱼与唐九联手追踪冷杉林之后的种种事情她自然也都不知晓，此刻听来也是惊心动魄。

唐琳儿呆了半晌，猛然回过神来，嘴角不禁扬起了一屡略带羞涩的微笑，她年纪虽幼，但却是难得一见的才女，心地更是纯真，忙又重新行礼，道：“原来如此，那小妹倒要改口了，以后便要称你二哥了。二哥，我听这些照顾我的姐姐说，你是从宁夏平叛的军前回来的，小妹自幼最为倾慕之人便是卫青、霍去病，还岳武穆，敢犯我强汉者，虽远必诛；大丈夫匈奴未灭，何以家为；更要直捣黄龙，还我河山——这是何等的壮怀激烈，可惜小妹是女儿身，不能像二哥一样上阵杀敌……”说着脸上不仅红晕更深，看着小鱼的眼睛也渐渐积郁起仰慕之情。

小鱼挠了挠后脑勺，笑道：“对了，在下本来还有一件见面礼要托大哥转交与唐姑娘你，但是大哥又要我亲手给你，便是此物了，乃是在下在前线从鞑靼贼寇手中夺得。”说着便从怀中摸出那柄鞑靼宝刀，递与唐琳儿。

唐琳儿也不忸怩作态，双手接过来端详，但见那宝刀不过只有几寸长短，刀鞘十分纤细，上面还镶嵌着十余颗绿色的宝石，竟都是一般大小，随便取下一颗来，恐怕也价值不菲。她用力将刀抽出刀鞘，但见刀身寒如秋水，冷气浸入肌肤，竟不似人间凡物。唐门积富数代，家中宝物不可尽数，宝刀宝剑更是府中寻常可见，但这样的短刃却前所未有，何况又是小鱼亲手从敌军阵前夺来。唐琳儿极是欢喜，赶忙道谢，又道:“二哥为何还不改口，还要‘姑娘’、‘在下’的说话，岂非令人发笑？二哥如果不嫌弃，以后就唤我琳儿或是三妹罢。”

沈月奴在一旁冷眼旁观着，听到这里，见小鱼和唐琳儿亲亲热热，心中更是气闷，不由得出声道：“真没想到你一个娇娇弱弱的小丫头，却只喜欢劳什子刀枪兵事，真是怪事。”

唐琳儿知她是与小鱼同来的，心中也极感亲近，虽然听她语气冰冷，却也不以为忤，忙上前盈盈施了一礼道：“这位姐姐是我二哥的朋友罢，小妹唐琳儿有礼了，姐姐生得好美，真乃仙子一般的人物。”

沈月奴听得唐琳儿的夸赞，心中也不由得有些难为情，道：“哟，你这丫头可真会说话，本姑娘戴着面纱，你怎知我貌美？或许我比那无盐嫫母更要丑陋三分也未可知呢！”

唐琳儿见沈月奴似乎并不高兴，但也不以为意，她心纯如水，只觉得沈月奴十分亲近，自然便上前拉住她的手，轻声道：“唉，姐姐你虽戴着面纱，妹妹的眼睛却不差呢。”

沈月奴见小鱼赶来相见的人竟是位少女，原本心中不耐，但此时见唐琳儿粉雕玉琢般可爱，性子又极是纯真，却是自己年纪大着几岁，反倒一再使着性子，显得人品倒是落了下风，心中不禁难为情起来，便赶忙岔开话题，问道：“唐姑娘，令兄不是叫做唐九么，排行难道不是第九？”指了指小鱼，又道“怎地又喊这人二哥？”

唐琳儿笑道：“我父亲只有一双儿女，便是小妹与大哥了，并无其余兄弟姐妹，大哥名叫唐九，是因为他在九月出生，却并非是排行。”

二女手拉着手咕咕咯咯说了半天，竟将小鱼丢在一旁不管了。他摸了摸长出了一层浅浅的胡茬的下巴，“咳“了一声道：“沈姑娘，三妹……”

沈月奴回头白了他一眼，道：“你这人晓不晓得打断女孩子说话最是无礼么……我们姐妹正在说女人的体己话，你还在这里赖着不走，羞也不羞？”

这话一说，唐琳儿和阿草也都笑了起来。小鱼闹了个大红脸，不由得苦笑道：“我们不是还要赶路么……”

沈月奴“嗯”了一声，道：“你来找唐姑娘，到底有些什么事？”

看到唐琳儿和阿草也都专注地看着自己，小鱼忙对着唐琳儿道：“愚兄原本是答应了大哥，要照拂好你，可是眼下本派也发生了件天大的事，师父命我迅即下山，怕是一时也不得回来，于是便来先看看三妹，将大哥之事也告与你知。愚兄走后，本派同门也会照拂好你，待你身子复原了，再设法与大哥联络。”

唐琳儿虽然心地纯真，但自幼生在唐门这样的世家之中，遭遇变故首要的便是从容淡定，于是只点了点头，轻声道：“小妹省得，阿草妹子她们待我极好，虽然相处仅仅两日，都已情同姐妹，二哥尽管放心去办大事，切勿挂念，若是耽误了事情，小妹怎能安心？”

小鱼咬了咬下嘴唇，道：“如此，三妹多多保重，后会有期。”说罢又唤过阿草叮嘱了几句。沈月奴在一旁看着，心中暗道：“曾经听人说过‘侠骨柔肠’四字，也不知他算不算得上……”正有些发呆，却听小鱼在一旁道：“沈姑娘，我们这便走罢。”她这才又自失地一笑，忙着和唐琳儿道了别，与小鱼一同走出了正堂，边走边问道：“这西极天可有后院能够出去？”

小鱼道：“有啊，怎么，你不想从正门出去？”

沈月奴道：“是啊，大师要我随你前去，又不得携带随从部属，自然是为了保密，你这呆瓜究竟是真不懂得还是装傻？我们若是再从正门出去，万一遇到诸葛先生他们又怎生是好？”

小鱼呵呵一乐，也不接话，先去伙房弄了些干粮带在身上，又领着沈月奴转向后院，从一角门走了出去，门口百余级青石板的台阶，通向后山，与那正门外的帐篷隔着大半个院子，两不相见。所以，他们俩都没有看到，在那帐篷外，穿着一身古怪黑衣的诸葛白轻轻地捋着颌下的银须，远远地望着西极天，眼神捉摸不定，他抬起脚来向前迈出了一步，却又立时顿住，捏紧了拳头，似乎下定了决心，便转过身来，钻进帐篷去了。

踏上了青石板台阶，小鱼突然站住，回头问道：“沈姑娘，莫非你真的要与我同去？”

沈月奴嗔道：“你这岂不是废话么，是大师要我与你同行的呀！”

小鱼迟疑着道：“可是此行必定十分凶险，沈姑娘何苦趟这个浑水呢？”沈月奴气道：“司徒小鱼，你要搞清楚，这可不仅仅是你们峨眉派的事，现在你肩上担着的东西关系到天大的事，你身单势孤，又强敌环伺，真若有个闪失你又有何面目以对天下人？何况大师之命，你也想不遵从么？”小鱼摸了摸下巴，心中纷纶不已，其实他也并非不信任沈月奴，她虽然有时刁蛮任性，但既然是抗倭将门虎女，自然也不会与那倭寇有什么牵扯，只是青龙会的所作所为有些强横霸道，让人感觉亦正亦邪；而那诸葛白，给人的感觉还是颇为诡异，此前他装扮成赶车的老头子一事，还让人捉摸不透，何况结义兄长唐九的提醒犹在耳边，所以一时也难以决断，但此时沈月奴又搬出师父之命，自己自然也无法再和她争辩，不如先携她一起下山，看看能否找个机会把她甩开便是了。

想到这里小鱼笑道：“既是沈姑娘如此说，那便一起走罢，您先请。”

沈月奴看了看小鱼，迟疑地走到前面，回头道：“我走前面？我可不熟悉这道路啊。”

小鱼随手从一旁的小树上揪下一片叶子放叼在嘴角上，漫不经心地回道：“你就放心在前面走吧，我在后面给你压阵，免得遇到毒蛇什么的从后面袭击你。”

沈月奴一听毒蛇二字，饶是她胆大包天，毕竟是女人天性，立即跳起脚来叫道：“这里有毒蛇么？那我走在前面遇到怎生是好？”

小鱼摇了摇头道：“蛇也怕人，你在前面走过，蛇听到脚步声自然便先遁去了。”

沈月奴将信将疑地看了看小鱼一本正经的表情，转过头往下走去，脚步不禁变得小心翼翼起来。

小鱼忍着偷笑，指点着沈月奴经过九莲池，穿过郁郁葱葱的杜鹃、箭竹林丛，终于来到了台阶的尽头，九老洞的洞口。

沈月奴眼望着陡峭山壁下的黑龙潭，问道：“这又是哪儿啊？你带我到这里来做什么？”

小鱼笑道：“这里便是九老洞了，乃是这峨眉仙山最出名的风景之一，沈姑娘你可知道财神爷赵公明么？这里便是他老人家的洞府，咱们赶快进去吧。”

沈月奴微微怒道：“你这呆瓜究竟想做什么？我们现在哪有时间游山玩水啊？”

小鱼却哼了一声道：“我来这里自然有事，你若不来便回金顶去吧，早点回青龙会做你的大小姐岂不是好？”说罢也不回头，自己当先走进了洞去。

出峨眉

1

见小鱼进了洞，沈月奴急得跺了跺脚，却也无可奈何，她看了看四周，树藤密布，看着看着仿佛有的恍惚也像蛇一般，她武功虽好，但却极畏惧毒蛇毛虫等物，无奈之下也忙跟着一头闯进洞中，口中急道：“哎呀，快走吧，我们可没时间再胡闹啦。”

小鱼在前面也不理会，而是径自向里面走去。这洞内却并不昏暗，家什景致多能看能样貌。路过了石床，仙桥，龙泉等处，来到主道尽头供奉着赵公明神像的龛前，忙上前拜了拜，口中念念有词。沈月奴从小在海边长大，那里民风民俗颇信神道，见小鱼一本正经地拜那赵公明，赶忙也上前双手合十，闭目而拜。却听小鱼在一旁叹道：“我等在此模样，便与那戏台之上公子小姐在庙中拜佛私定终身一般。”

沈月奴闻听此言，满脸羞红，气道:“你又在胡说甚么，谁与你私定终身了，不害羞！”

小鱼对男女之事懵懵懂懂，口中虽有戏言，心中却仍是平静，倒不如沈月奴一般心头起了波澜。见她娇羞无状，生怕她又恼起来了，忙岔开话题道：“沈姑娘可知这财神爷爷为何在此受人香火供奉？”

沈月奴强压住心中异样的感受，也忙问道：“不知，却是为何？”

小鱼笑了笑道：“世人都知晓财神爷爷叫做赵公明，却不知这是他的字，却非名。他老人家姓赵名朗，字公明，便是在这峨眉山上修炼得道的神仙。相传古时天有十日，人间不堪其灼烧之苦，请来后裔射日，其中九日被射下后，便坠落在这峨眉山，化为了鬼王，其中八鬼行瘟疫害人，唯独赵公明隐居这九老洞中修炼。后来到了殷商朝末期，纣王暴虐无道，周武王兴兵伐纣。武王的姜子牙和纣王的闻太师，各事其主，请来了天兵天将，满天仙佛都加入其中，每日混战不已。那闻太师法术不及姜子牙，屡屡损兵折将，正无计可施时，忽然想起峨眉山的道友赵公明，便亲自来迎请赵公明出山相助。赵公明那时已经得道，算出了天下大势归周，而殷商必败，出山自是凶多吉少。但他为人最重义气，断不忍让闻太师独擎将倾之大厦，便毅然随太师下山，果然在与姜子牙争斗中战死沙场。后来，大周扫灭殷商，姜子牙封神，有感于赵公明忠肝义胆动于天地，便封他为金龙如意正一龙坛真君，率领招宝天尊、纳珍天尊、招财使者和利市仙官等，统管人世间一切金银财宝，世称财神爷爷。沈姑娘看那边的石床，便是他在此修炼时所卧之席。后人便在此修建了神龛，供奉神像，你看这里，还有一副对子，我从小便很喜欢。”

沈月奴听得入迷，忙顺着小鱼的手指去看那神龛两侧果然贴着一副对联，上联作“义气重云霄，拼将一死酬知己”，下联是“仙踪留蜀土，值得千秋享盛名”，果然好联，观之让人胸膛热血激荡不已。她叹了口气，喃喃地道：“义气重云霄，拼将一死酬知己，好一个义气，好一个知己……”

小鱼笑了笑，道:“是啊，所以从小我便与一位好友常常来此祭拜财神爷爷，并非是想要发财，只是崇尚他老人家的义气。沈姑娘，我们走罢。”

说罢，带着沈月奴又往前走去。穿过一条小道，出现在眼前的便是九老洞中那神秘莫测的六十七个岔洞了。旁人到此不免眼花缭乱，无从选择，小鱼却是前度刘郎，自然轻车熟路，他见此地已经黑暗无光，不慌不忙地从怀中摸出了两块打火石和一块火褶子，将其点燃后，举在手中，带头选了一个岔洞钻了进去。沈月奴紧随其后，走进岔洞后才发现，前面的道路越行越窄，接连又钻过几个岔洞中的岔洞后，竟只能侧身而过了，她不禁吃惊地道：“呆瓜，咱们这是去哪啊？这越来越狭隘的，再往前走怕是就要困死在这山腹里了。”

小鱼头也不回地笑道：“不会的，我是小鱼，又不是在沙滩上，怎么能困死？你跟紧点啊，别走丢了，这九老洞里岔洞重重叠叠，你若是迷了路，便再难找到出口，那时怕是真要困死在这里了！”

沈月奴不再说话，只得咬着牙紧跟在后面。小鱼手中的火褶子照亮了洞壁，脚下却还是有些暗淡不清，地面也多有坑坑坎坎，好在两人武功都不弱，虽然不停地走了两个多时辰，倒也没有遇到麻烦，只是身子多少也有些乏了。

沈月奴正想开口问问小鱼究竟还要走多久，眼前却猛地豁然开朗，她轻呼一声，忙抢先钻出岔洞，只见这里微微有些光亮，但映入她眼帘的，却并非九老洞的出口，三十余步之外，挡在面前的是一面望不到尽头的石壁，上面纵横交错的全是大大小小岔洞的入口，望也望不到边际。

沈月奴被惊得呆了呆，颓然地坐到一块石头上，有气无力地问道：“呆瓜，咱们这是在哪儿啊？你……你还没有迷路吧？”

小鱼见沈月奴坐下，便将火褶子一口吹熄了，走到她身旁的一块大石上坐了下来，道:“累了吧？那就先歇一会吧。”说罢从背囊里取出些干粮递与沈月奴。

沈月奴接过，又道：“适才我见得光亮，还以为已经出了洞口，谁知这里竟然还有这么多岔洞。”

小鱼咬了一口干粮，道：“嗯，那光亮是从上面漏下来的，这上面有一道裂口，我们唤它作一线天，大约有人的手臂般粗细，距离这地面怕有五六十丈高。”

沈月奴顺着小鱼的指点仰望头顶，果然有一道狭长的裂缝，但从这里看上去，大概只有发丝般粗细，足见这五六十丈之高并无虚言。她又看了看那无数岔洞洞口，心中不免烦乱，忙问道：“这岔洞如此之多，你能找到路出去么？”

小鱼点了点头，道：“小时候我和我的一位好友常来此处探寻神仙，有好多次都差点饿死在洞里了，不过倒也将路摸了个遍，沈姑娘尽管放心。不过若是别人闯了进来，恐怕只有死路一条了，就算他武功再高，总不能破壁而出。”沈月奴叹了口气道：“我知道你为什么要走这条路下山了。”

小鱼咬了一口干粮，微微笑着也不搭话。

沈月奴气道：“死呆瓜臭呆瓜，这里怕人得很，你为何又不讲话了？你带我从这里下山，是不是担心被人追踪嘛！”

小鱼点了点头，还是没有说话，而是自得地嚼着口中的食物，还摸出水囊来，拧开盖子，喝了一口。

沈月奴皱了皱鼻子，哼道：“你这水囊里装的是酒呀！对了，你的疑心真是重哦，我们从西极天的后院出来的，难道还会有人跟踪么？”

小鱼终于腾出嘴巴来说话了：“你不是也说过了么，现在我这小肩膀上可是担着关系到天大事的东西，不小心一点怎么行啊？再说了，还得带上你这么个如花似玉的大姑娘，也不知道要给我增添多少拖……累……”看着沈月奴能杀死人的眼神，他忙知趣地闭上了嘴巴又装起了哑巴了。

沈月奴狠狠地瞪了他一眼，又道：“人家都说峨眉派弟子行事光明磊落英明神武虽千万人吾往矣泰山崩于前而不动……哪个像你这样胆小嘛？”小鱼抹了抹嘴巴，双手相交支在脑后，舒服地躺在大石上，微笑道：“沈大小姐啊，你说了这许多，我都不挨边儿，我只晓得要把这东西送到，而不是在半路上就让人家给灭了。好了，你也睡一会罢，然后我们还要接着赶路呢。”

“孤男寡女瓜田李下的如何能睡在这里啊？”沈月奴嘟囔了两声，却见小鱼已经闭目不语了，不由得又上前用力拧了小鱼的胳膊一把，然后气哼哼地走到另外一块大石上坐下，抱着膝盖轻低螓首，暗暗地想着心思，竟不知不觉地睡着了。也不知过了多久，只听耳边有人轻唤道：“沈姑娘，沈姑娘……还说不睡，比我睡得还死，我要是就这么一个人悄悄地走了，你可咋个办哟……”她猛然一惊，忙睁开眼睛，却见小鱼正站在不远处，嘴角上挂着那屡顽皮的微笑，手中正啪啪地打着火石。

沈月奴赶紧坐了起来，揉了揉眼睛，问道:“你刚才说什么要悄悄地走了？”

小鱼将火褶子点燃，道：“你在做梦吧？我可什么也没说啊，走吧，又得赶路喽！”

沈月奴哼了一声，从大石上跳下来，从腰带中摸出一只精巧的火褶子，递给小鱼道：“你那个都快燃尽了，用我这个吧，这是诸葛先生亲手制作的，一共只有七枚，送了我爹三枚，送了我两枚，我在东海的时候用了一枚，这火褶子火光极亮，又比寻常的火褶子燃得更久，诸葛先生还教了我一个法子，能用它点燃极大的物件。”

小鱼接了过来，凑到眼前仔细端详，只见这火褶子比一般之物大了几分，并无一丝硫磺硝石的味道，反而有一丝淡淡的香味，却与沈月奴身上的香气一般，那火褶子刚从她身上拿出，还略有些体温，小鱼拿在手中脸色不禁有些发红，只是这里光线昏暗，他手中另外一只火褶子燃着火光又遮住了他的脸色。他心中一荡，忙故意不屑地道：“这也不过就是个火褶子，诸葛白那老儿又有什么了不起了，难道还能用来取暖生火么？”

沈月奴道:“取暖生火算得什么？你以为鬼神童子的名字是侥幸得来的么？我当初一时好奇，也曾缠着他说出了这火褶子的制作之技，乃是用夹江竹纸以白芨的汁液浸泡七日，晒干后再浸泡，反复九次，将其捶扁，再行浸泡三日，捞出加入西域长绒棉与黄河之畔的野生芦苇缨子再捶，然后晒干，再加上好的硝七钱、硫磺四钱、松香五钱，最要紧的是还须有韶州樟脑末一钱，如此这般，再以他的妙手炮制而成，用时无须打火石引燃，只须在地上摩擦即可，光亮可达丈余，雨水浇之不灭，你说可算得宝物否？”

小鱼嘿嘿一笑，道：“既然是如此了得，那倒不要随意糟践了去，反正我手中这个还能用，此物便先收着，待要用时再试试它的神奇罢。”说罢便将沈月奴的火褶子揣进了怀中。沈月奴见他将火褶子放进怀里，心中也不禁大羞，幸而脸上覆有面纱，也看不出神色。

两人说着话，已经来到了那有着上百个洞口的石壁前，小鱼将手中的火褶子举起细细观看起来。

沈月奴忙道："这些洞子看上去都大同小异，呆瓜你可千万莫选错了呀。"

小鱼笑道："放心，这洞子在你眼中自然是大同小异，在我看来却是各有千秋，此刻在下是不敢呆瓜的。"

沈月奴听了后面这句，不由得扑哧一笑，心中顿时也轻松了许多，又问道："这些洞子都黑得伸手不见五指，里面到底有没有藏着什么猛兽？"

小鱼摇了摇头，只顾仔细地寻找着。毕竟也有十年没有到过此地了，这些岔洞并不是好相与的，虽然大多数洞中并无伤人的野兽，但却都是内中蜿蜒崎岖，行走艰难，有些岔洞又是环环相套，一旦迷路在其间，弄不好十天半月转不出来，不饿死也渴死在里面了。当年他与张孝天先后下洞数十次，有几次几乎就要困死在岔洞里了，最凶险的那一回两人在一个岔洞之中转了整整十七天，最后不得不吃了洞中蝙蝠的血肉才得以活命……

小鱼回忆着岔洞的特征，手中的火褶子在石壁之上慢慢地移动着。突然，沈月奴惊叫道："血手印！两只血手印！"

小鱼顺着她的手指看去，在一个很不起眼的小洞口外，果真有两只小小的手印，颜色暗红，看上去确是血印，却早已不知干涸了多久，在火褶子的映照之下，却活灵活现，似乎跃跃欲动一般。

其实若是寻常女子，在这昏暗的洞中猛然见到两只小小的透着一种诡异的血手印，胆小些的怕是当时便要昏厥过去，即便是胆大之人，也要发一声喊掉头便跑。沈月奴虽然没有昏倒也没有跑掉，却也是脸色苍白，不由自主地拉着小鱼的衣袖，说话的声音都已经有些发抖："此地看来或有凶险，呆瓜你快点找出口罢……"

小鱼看了看沈月奴，眼睛里亮闪闪地转了转，突然呵呵地笑了起来。

沈月奴狠狠地掐了小鱼的手臂一把，气道："我都怕死了，你还笑些甚么？"

小鱼把那火褶子凑到血手印上，忍住笑道："没想到青龙会大小姐被两个小孩子给吓到了。"

沈月奴忙问道："甚么小孩子，你是说这是小孩子弄着耍子的？"

小鱼点了点头道："不错，而且还是你认识的小孩子。"

沈月奴也学着小鱼摸起了下巴，奇道："我认识的……你这呆瓜究竟在说些甚么，都要把本姑娘绕晕了……等等，你不会是说，这是你的手印吧？"

小鱼嘿嘿一笑，道："嗯嗯，沈姑娘不愧是沈姑娘，心思还是如此敏捷么。不错，这就是当年我和我的朋友留下的，这里便是出去的洞口了。"于是便将自已与张孝天困在洞中，无奈吃了蝙蝠的血肉，并且将粘了蝙蝠血的手印在了他们找到的出口岔洞旁石壁上一事原原本本地告诉了沈月奴。一边说着，他一边将自己的手掌覆盖在左边的血手印上，笑道："那时我的手还真是小啊，也不知洞里最窄的那个地方还钻不钻得过去了。沈姑娘，我们进去罢，再走上小半个时辰，就能出洞到外面了。"

说罢他便当先走进了洞中，招呼道："沈姑娘，你可一定要跟紧些，这里边仍有些深不见底的岔洞，你若走错了，我想找都找不回你来。"

沈月奴知他所言非虚，赶忙亦步亦趋地紧跟在小鱼身后，嗔道："知道了，可你也得走慢点呀，我可是女人哪。"

小鱼口中答应着，带着沈月奴顺着洞壁向前走去，大约走了百余步，便已无法挺直而行，又走了三五丈远，便连弯腰行走也不成了，前面的通道仅容一人爬行而过，小鱼抱歉地道："沈姑娘，对不住了，出去以后在下赔你一件衣裳罢，这前面有好远一段都得贴地而行了。"

沈月奴咬了咬牙道："事到如今不必多言，这点苦本姑娘还没看在眼里。"不过话虽如此，她本是极爱洁净之人，此刻趴在地上慢慢向前游动，衣裳和双手都已染尽灰尘，心中不禁有些委屈，眼圈也有些红了，只是小鱼在前面带路，洞中又极昏暗，自然也无从知晓。

前面一段路不但狭窄，而且弯多，小鱼少年时代爬上爬下习以为常，如今身在军中为斥候统领，无论何等险峻难行之路都不在话下。沈月奴却向来养尊处优得惯了，在地上爬行，更是想都没有想过的事，身手再是敏捷，此刻也变得不够灵便了。小鱼见沈月奴跟得吃力，生怕再把她带丢了，便也放慢了速度，每到一个弯道口，便唤她一声，又向前爬行了数百步，终于到了小时候便觉得最为狭窄难过之处，小鱼晃了晃手中的火褶子，又揉了揉眼睛，心中暗惊道："莫非我记错了道路，竟走得差了么？"

原来，此处本应只容孩童大小的身躯慢慢地挤过去，原本他还想着自己已经长大成人，身躯伟岸了许多，到这里时怕是还要使用些锁骨之法才能通过，可是眼前之地不但没有原来那么狭窄，甚至可以容成人弯腰侧身而过。小鱼见空间甚多，忙半立起身来，继续查看着。沈月奴这时也爬到了，见状也终于直起身来，呼了口气道："天啊，总算是能活动活动身子了，简直要命，"她揉了揉腰，见小鱼停步不前，又举着火褶子细细查看着什么，心中一颤，忙又问道"呆瓜，你在做甚么，莫非走错了路么，若是如此再爬回去，怕是我都要发疯了……"

小鱼用手摸了通道的边缘石壁，道："错，倒没有错……只是，这里可能有些变化……"

沈月奴一愣，忙问道："怎么会有甚么变化，莫非这里也有人来过？"

小鱼点了点头，道："不错，这里有人来过，"他摸着石壁，又道"怕还不是一两个人，此地已被人拓宽了许多，我已经仔细摸过，多是利斧开凿所留的痕迹，在如此坚硬的石壁上开凿，不知有何其难也，恐怕有好些人在此接力而作，需要一年半载，方可小成。"

沈月奴听他如此说，也不仅大为好奇："跑到峨眉山的深洞之中行此开凿之事，究竟会是谁呢？如此浩大工程，自然不可能是儿戏，莫非是你们峨眉派所为，你在军中多年，也未必知晓。"

小鱼摇了摇头，师父一生光明正大，虽然他现在已少有过问峨眉派上下事务，但不管是无穷法师还是段师兄，都没有在此开山凿洞的道理，若说是有其他的弟子未奉他二人之命自作主张，更是绝无可能。在他的心中，也和沈月奴有着同样的疑问——究竟会是谁呢？

难道，难道是他？

仅据自己所知，能到此洞者，只有两个人，一个是自己，另外一个便是他。

这是一个小鱼始终不肯怀疑的人，因为想不通他做这些事究竟有什么用意。尽管他是个大财迷，尽管他有时候并不够义气，但他始终是自己从小一起长大的朋友。

突然，小鱼又想到一件事，他的拳头猛地一下捏紧，竟有几分发抖。他暗自镇定了一下，回头咧了咧嘴笑道："管他是谁，反正是给我们做了件好事，前面这段路只须弯腰而进，却再也不必爬行了，好事，我们继续走罢。"

沈月奴在暗淡的火光之下，见小鱼的笑容比哭还难看，心中不禁有些怜惜，这少年虽然总是作出一副天塌下来当被盖的滚刀肉相，但他内心却不知有多少难以为外人道的担当？此刻见他如此模样，显然此地极其危险，说不定便有无可预料的强敌暗中环伺。若真遇敌，自己无论如何也要与他共同面对便是了。她心意已定，口中应了一声，便随着小鱼向前走去。

两人一前一后走了几十步，小鱼道："前面就宽敞多了，再走不远，我们便可出洞。"说到这里，他突然停了下来，回头看了看沈月奴，问道："你嗅到没有？"

沈月奴早已掩着秀气的鼻子，口中囔囔地道："怎么没有嗅到，都要臭死人啦！这是甚么味道啊？"

小鱼轻咳了一下，道："这是尸臭，这附近不知是什么东西死了，已经腐烂了，便是这般味道了。"

两人说着话，已经走出了窄道，眼前果然极是宽敞，足有厅堂大小，只是此处恶臭更甚，令人作呕。

2

沈月奴不怕刀剑，不怕猛虎豺狼，也不怕血怕死人，但对这臭味却怕得要命，几乎便要窒息过去。小鱼忙道："你就在此不要往前走了，待我去看看究竟是怎么回事。"说罢从衣摆上撕下一块布来，覆盖在口鼻之上，再把布的两端绕到脑后系住，然后又撕下一块部递给沈月奴，沈月奴原本戴着薄纱面巾，却根本挡不住臭味，于是也学着小鱼的样子做了，这才感觉略好一些。小鱼看了她一眼，无声地笑笑，转头向前走去。

沈月奴忙拉住小鱼的袖子，道："一起去罢，万一有事，也好多个照应。"

石洞广大，手举火褶的小鱼找了好一会，才在两块岩石间的缝隙之中，发现了一大块黑乎乎的东西。望着那个散发着恶臭的东西，小鱼和沈月奴齐齐愣住，两人也都算见多识广的人了，怎么这东西就看不出是个什么来呢？

紧捂口鼻小鱼皱了皱眉道："这是什么你看出来没？"

沈月奴摇了摇头道："没有，这应该是个什么东西的尸体，但我怎么就看不出它的四肢头尾来呢？难道这洞里的东西和外面的不一样？"

小鱼摇了摇头，这里他和小张是极熟的，除了蝙蝠和暗河里的鱼，就再没见过其他会喘气的东西，想到这里的小鱼抽出长剑就在那东西上拨了一下，哪知一拨之下那东西的骨肉立时分离，接着，一个上面还带着几丝肉的骷髅头，就张着大嘴从下面露了出来。

竟然是人，沈月奴被吓得向后急退了两步，小鱼也是心中一哆嗦，他倒不是怕的，而是他突然想到这里已不是从前那个安全的地方了，还有，这具尸体显示他是被人用极残忍的手段杀死的，能如此下手的，绝不会是个善类。

沈月奴在后惊道："这是个人，他的头，和四肢都被人砍下来了。"小鱼"嗯"了一声，刚想回话，却猛然感到旁边一道劲风直吹了过来。

有人偷袭！

在沙场之上死人堆里打滚的经验关键时刻自然便是救命的，小鱼将手中火光已然微弱的火褶子捻灭，同时拉住沈月奴的手，身子便向一旁急闪，也就在疾如闪电的一瞬间，他适才所站处响起了“叮”一声，紧接着沈月奴也娇呼一声，软倒在他的身上。

此时洞中已是伸手不见五指，无论敌我，都再不可见。小鱼也不出声，左手揽住沈月奴的身子，右手长剑便顺着敌袭的方位挥了过去，黑暗之中但听又是一声“叮当”作响，长剑已被来袭之敌的兵刃架住，但不等小鱼变招，那人的兵刃却猛地一撤，随后便消失在黑暗之中，随即，一串脚步声也渐行渐远。

小鱼长剑横胸，悄然无息地又站立了一会儿，这才低声问道：“沈姑娘，你怎么样了？受伤了么？”

沈月奴声音有些发颤地道：“我……我中了那贼人的暗器，现下整条手臂都没有知觉了。”

小鱼心中一紧，既是如此，那暗器之上必然喂有毒药了，于是忙叮咛道：“你且莫动，我先将暗器替你取下来。”

沈月奴却道：“暗器我已取下了，你看……”说罢便将手中的东西递到小鱼的眼前，小鱼暗骂“笨蛋”，随手将沈月奴手上的东西挥落，道：“此物怕是有剧毒，不可再碰，小心再要中毒……”

却听沈月奴的声音已带着些哭腔，战抖地道：“我……我……怕是已经晚了，我这只手也……也没有力了。”

小鱼叹了口气，抱起沈月奴，在黑暗之中凭着感觉快步走到一处凹洼之地，背靠着石壁，这才将沈月奴放了下来。适才他将她揽在怀中，随后又抱起走了这一会儿，心中只念着那暗器之毒，却完全忽略了男女大妨。沈月奴知道他一时权益，并无恶意，所以身子被他抱起，口中并未出声抗拒，只是一张俏脸儿早已经羞得发烫，讷讷地不知道说什么是好。原来有明一朝，礼教犹过于宋，男女之别极为世人看重。沈月奴虽然出身不同，心胸自然也与凡妇俗女有别，但自己的身子被那英姿勃发的男子拥在怀中，心中翻腾而起的波澜与身体本能而生的异样又怎能让她若无其事？是以，尽管呼吸越来越重，眼睛却渐渐地闭上了，连心绪也渐渐恍惚了起来。

小鱼不知沈月奴心中转了那么多念头，见她呼吸沉重，口中无言，只道这毒药端的厉害到了极致，忙将她双臂的穴道一一封住，以免毒性攻心，想了想，手上略一犹豫，又去点了她香肩靠近胸口等处。沈月奴见他的手指接近了自己的胸脯，几乎惊叫出声，但是这呆瓜人品尚好，想来并非是对自己产生了歹意，不过是想封住毒药流动，于是挣扎了一下，却也没有再动，心中的羞涩之意更浓了些。小鱼从小到大没有接触过男欢女爱之事，心下多少有些懵懂，并未想得太多，忙着又从自己的衣服下摆撕下几条布来，紧紧地将沈月奴的上臂扎住，这才在她耳边低声道：“你中针时候颇短，我已将要紧的穴道封死，想来暂时不会有碍，你就在这里不要动，我去抢解药回来，保你无事。”说罢将自己的外衣脱了下来，盖在沈月奴的身上，让她的身子靠在石壁之上，自己站起身来，便摸黑冲了出去。“小心些……”沈月奴口中说了半句，又咬着嘴唇将后面的话咽了下去，就在这一错愕之间，小鱼的脚步声却已经去得远了。凭着感觉，小鱼顺着偷袭之人消失的方向追了下去，心中甚是焦急。他对沈月奴说暂时不会有碍云云，大半却是安慰于她的。这针儿只是用手摸了摸便已经中毒不浅，何况还被射中了肌肤？如此霸道的毒药，显然足以与唐门不分上下，莫非，这偷袭之人便是在冷杉林中遇到的蒙面人？若真的是他，这毒恐怕就非同小可，若不早些拿到解药，沈月奴的性命便极是凶险。

然而洞中黑暗不可辨物，不知那人究竟躲在何处，此时万不可点燃火褶子来照亮，否则便成了活靶子，等着人家的暗器招呼。小鱼心中略作盘算，凭着感觉追出了数十步，但听得前方有哗啦啦的水响，心道：“不错，再往前走便是一条暗河了，那里的水道纵横交错四通八达，如果那人逃了进去，自己恐怕便再难以找到他了。不过此人既然暗中偷袭，却并未全然得手，想来未必肯罢手而去，或许就躲在暗处蓄势再发也未可知。转念到此，小鱼突然将裤子脱了下来，将剑鞘包裹好倒提在手中，另外一只手紧握长剑悄无声息地继续向前摸了过去。耳中听得水声越来越大，脚下感觉也有些松软，看来已经到了暗河之畔，那人十有八九便藏身在左近。小鱼握着剑鞘向外一抡，鞘上裹着的裤子立时发出呼呼的风声。

这一招果然见效，风声乍起，立时便有暗器破空击来，小鱼却将剑鞘猛往前面一甩，右手的长剑紧跟着缓缓地刺向右边。

噗的一声，长剑立时刺入肌肉的感觉从剑柄传来，小鱼用计得手，心中暗喜，随手弃剑，便向一旁闪过，几枚暗器此时也正擦着他的身侧飞了过去。小鱼闪身之后，只听那人轻轻地咳嗽了几声，接着便发出扑通一声响，显然是重伤之后身体不支而倒下了。

然而就这几声咳嗽，却令小鱼的暗喜一刹那间完全消失了，若是此刻有光亮，一定能够看到他的脸色变得异常苍白，全身都有些发抖。因为他听出了这咳嗽声是谁的，虽然之前他在脑海之中也曾经影影绰绰地怀疑过，但始终不愿往深里去想，然而此刻这几声咳嗽却让他彻底清醒了。

这时，只听那人低声道："格老子的，到底还是上了你这条死鱼儿的当。"接着只听"嚓"的一声，眼前亮光一闪，手里举着火褶子的张孝天，便倒在不远处，一柄长剑正插在他的腹中，鲜血已将衣裤全都打湿。

小鱼心中一痛，虽然明知此人如今并非是自己当年一起长大的好友，而是一个手段毒辣的劲敌，却仍眼下是敌非友，却仍忍不住奔上前去，俯下身子道："小张，没想到真的是你……且莫多言，肚子中剑未必会死，我先把伤给你裹上。"

张孝天却一把抓住小鱼的手，摇了摇头道："算了，没得用了，你老人家那一剑把老子的药囊刺穿了，那些药随着剑锋都进了肚子……"

火光之下，张孝天的脸色已经变得煞白，眼鼻口耳中已经淌出了黑血。

小鱼黯然地道："解药呢？为啥子不吃解药？"

张孝天苦笑了一声，道："诸毒齐至，就算是唐九亲临，恐怕也没有任何办法了。"

"唐大哥……"小鱼叹了口气，听张孝天提到唐九，他突然想起一件东西，忙从怀中掏出一个精致的玉瓶，又道："小张，我这里有雪蟾玉露丸，能解么？"

张孝天看了看小鱼手中的玉瓶，惨然一笑，叹道："没用，没用了，这是唐九送给你的罢？这个杂碎真是好手段，连唐门大当家才有的东西都能送人，是要你给他卖命吧！可惜，可惜，老子腹中的毒太多了，就算是雪蟾玉露丸也不得行了……"

小鱼摇了摇头，道："唐大哥不是你说的那种人。你……你娃娃到底是为了啥子嘛？"

张孝天想是腹中疼痛难忍，嘴角抽了几抽，口中却冷笑道："为了啥子？你以为老子一辈子就只能做个卖三合泥的小贩子，一辈子让人瞧不起么？老子张孝天，也有一身的好本事，老子也读过书，也是个堂堂八尺高的好汉子，为啥子有人生下来就可以穿金戴银作威作福，老子生下来就要为了混口饭吃奔波受苦？哈哈哈哈，你司徒大少哪一点强过老子？凭啥子你娃娃现在当上个六品的官儿，老子还是个卖三合泥的？只不过你命好，被峨眉派收养了，你这一生就注定要比我过得好么？不，老子不认命，老子也要做人上人！"说到这里，他又剧烈地咳嗽了起来，嘴角不断呛出黑血来。

小鱼默默地看着张孝天的眼睛，不知道该说什么才好。他没有想到这个从小一起长大，少年时代几乎形影不离的同伴，心中会有这些想法。然而，自己此时又说些什么呢？不错，两人生在同样的家境，自己若非蒙通天大师收养，或许便要和张孝天一样，每日在街头摆个小小的摊子卖些吃食，从黎明时分忙碌到掌灯之后，也不过有几文钱的进账，又怎么可能成为名扬四海的峨眉派门下弟子，又怎么可能有机会成为一个“六品的官儿”，随时能拿着大帅赏赐的珍宝？想来自己将那几颗东珠随随便便地送给他时，怕也是深深地伤了他的自尊心。

张孝天却没有看小鱼，他用手掌抹了抹嘴角的黑血，似乎平静了些，沉声道：“其实，你回来了，我还是很高兴。只是没有想到你会进到洞里来，你还记得不，我们小时候到这洞里来耍的事，已经过去十年了罢？”

小鱼忽觉鼻中一酸，狠狠的锤了身下的石壁一拳。张孝天叹了口气道：“你也不必内疚，我能死在你的手里，总算比死在别人刀下好些。别忘了，你去县衙投案，我还给你找了棺材……咳……你在前面看到的那具尸体，晓得是哪个不？我告诉你吧，那就是巩大官人，我把他抓到这里来关了差不多两年，让他每天干活，拓宽那个洞口，然后我便杀了他。”

小鱼的眼睛微微抽搐了一下，没有说话。张孝天问道：“你为啥子不开腔喃？吓坏了？没有想到我会做这种事？如果我再告诉你，巩大官人并非是我杀的第一个人，你还会咋个想……不要瞪到我，我杀也杀了，难道还能回头么？我杀的第一个人是青城派的上官青。他吃了我的三合泥不想出钱，借口说不好吃踹了我的摊子，打了我几耳光，于是我便跟着他走出了很远，然后便杀了他。”

小鱼见张孝天的呼吸越来越急促，脸色也由白转绿，挥手劝止道：“莫再说了。”

张孝天缓缓地摇了摇头，道：“我不想一辈子做个卖三合泥的，我也做出轰轰烈烈的大事来，风风光光地受万人敬仰，不要再过从前那种污水沟里的小泥鳅一样的日子……小鱼，你懂不懂？懂不懂？”

小鱼暗叹了口气道：“你为啥子要对付唐九？”

张孝天惨笑一声，闭上眼睛恨恨地道：“因为他该死，唐家的人都该死……”

“你和唐家到底有啥子深仇大恨？”小鱼不解地追问道，“还有，刚才为啥子还要杀我呢？”

然而这话问了半天，张孝天却并不回答。

小鱼再去看时，张孝天不知何时已经停止了呼吸。

他站起身来，心中长叹了一声。峨眉山脚下的人，即便是村夫酒保，也会几招拳脚。故此，对张孝天身怀武功，自己其实早已经有所察觉，但始终也没有放在心上，谁知道会发生后来这许多事。可小张为什么会勾结唐遇伏击唐九？他与唐门究竟有怎样的仇恨？还是仅仅被唐遇威胁利诱？适才在洞中他为什么会向自己出手，难道他真的那么恨自己？一起长大的兄弟，为什么会弄成现在这样？

一时之间，小鱼的心中像煮沸的热水一般翻腾不已，脑海之中乱得无法冷静下来。他狠狠地掐了自己的大腿一把，将张孝天手中的火褶子拿了过来，看了看那瓶雪蟾玉露丸，心道，小张已经死了，解药自然也拿不到了，幸好自己身上还有此物，适才为了追小张讨要解药，一时情急没有想起，此刻赶回去给沈月奴服用罢，虽然不知道她到底中的是什么毒，但也只能赌一把了，但愿雪蟾玉露丸能够奏效。

3

沈月奴双臂均中飞针之毒，当小鱼离开后，她也陷入了昏迷。也不知过了多久，当她悠悠醒转来时，却发现不远处燃起了一堆火，小鱼正背对着她在火中烧着什么，一股焦臭的味道扑鼻而来，忙出声问道："小鱼，这洞中又无柴草，你怎么弄起了一堆火了？"

小鱼听沈月奴说话，知道她已经醒了，便回过身头勉强一笑道："这里虽无柴草，但有一些煤炭，生起一堆火来却不难。"

沈月奴"哦"了一声，勉强支撑起身子，踉踉跄跄地走到小鱼背后，又道，"我睡了多久？"。

小鱼忙道："你莫要乱动，这三天都不可胡乱活动，免得毒性侵入肺腑，我给你吃了药，却不知道能不能解你的毒，不过你现在既已醒了，可见药有些效用。你已经睡了一整天，我也背着你走了不少路，现在离出洞的地方已经不远了。"

沈月奴点了点头，又掩鼻问道："你在烧的是什么？"

小鱼沉吟了一下，低哑地道："你不要来看，我烧的是死人，那个被砍了头的死人，还有射伤了你的人，去躺下罢，好生休息。"

沈月奴慢慢地退了几步，靠着石壁，问道："那个人，你杀了他？他……为什么你在伤心？"

小鱼却没有回答，只用剑拨弄着火堆。

沈月奴靠着石壁慢慢地坐下，道："发生了这么多事，我觉得好累，我想睡一会了，若是你实在急着赶路，那便自去罢，不必管我。"

小鱼微微轻叹道："你的伤没好，我会走么？沈姑娘，到了这个时候，拜托你就不要再耍那点子小心思了好么？”

沈月奴听了这话扑哧一笑道：“原来峨眉派门下到底还是讲江湖道义的……对了，本姑娘还有句话要告诉你，我知道你刚才摘去过我的面巾，看过了我的脸，待我复原了，再想想如何处置你，要不要挖去你的眼睛……”

小鱼郁闷地道：“……不摘面巾我怎么喂你吃药？”

沈月奴索性一把将面巾扯了下来，缓缓合上双眸，口中依然轻笑道：“那是你的事，我就管不着啦。”

小鱼摸了摸浅浅胡茬的下巴，回过头来正想说话，却发现沈月奴已沉沉睡去。火光之中，她那柔美俏丽的面容令人怦然心动。他忍不住站了起来，走上前去，将沉睡中的沈月奴抱了起来，向暗河走去。身后，那堆火已经渐渐熄了，一切都已化作了灰烬。

来到了暗河南岸，小鱼将沈月奴当在一张阔毯之上，阔毯旁边有些锅碗米面等家什，这些东西都是张孝天留下的，现在正好派上用场。沈月奴中毒甚深，雪蟾玉露丸虽然看似有效，但为了保险起见，一定要在此处歇息几天才行。好在米面皆有，暗河之中亦可取水饮用，住上几日并无大碍。

当沈月奴再次醒来时，一股扑鼻的香味立时扑面而来，小鱼见她醒了，笑道：“你醒得还真是时候，快尝尝吧，虽然我的手艺比不上你的厨子阿四，但煮出来的米粥也是非常好喝的。”

沈月奴睡了许久，早已饿了，接过碗来边喝边道：“算你有良心，对了，你哪里来的米？哦，这里还有肉脯……是鹿肉，真香……”一边说着，竟将一碗米粥喝了个干净。

小鱼笑道：“这鹿肉还是我从西极天带下来的，原本就是准备路上前不着村后不着店的时候充饥之用，放在米粥里自然又是一种滋味。”

沈月奴却不笑了，脸上有些薄愠地问道：“本姑娘怎么到这里来的？你是不是抱过我？”

小鱼脸上一红，讷讷地道：“不错……但若不抱你过来，难道把你放在地上拖来么？”

沈月奴“哼”了一声，俏脸也红了，扭过头去不答话。

小鱼咳了一声，道：“……你还要继续服药，这一次你自己吃罢，免得……”

沈月奴抿着嘴忍住笑，却问道：“你说……现在外面是什么时辰了？”

小鱼看了看暗河，道：“不知道，你这两次总共睡了十多个时辰，我想咱们在这洞里已经快过两天了。”

沈月奴转过头来悠然地道："如果我们便住在此处，永远也不必出去，那该多好……"

小鱼微微一愣，道："难道，你觉得此处比外面还好么？在这里可见不到你的大海了。"

沈月奴暗叹了一声，闭上双眼道："我随口说说而已，你，终究是要出去的。"

小鱼摸了摸下巴，道："此处有什么好？黑沉沉地什么东西都看不到，外面有大海，有阳光，有草地，有我的汗血宝马，还有许多好吃的东西……"

沈月奴冷冷地道："外面还有人。只要有了人，就身不由己了。"

小鱼"嘿嘿"一声道："沈姑娘，你呀，简直可以去与我师父说禅了。外面有人又能怎么样？难道能在你脖子上架把刀，迫你做事？"

沈月奴哼了一声道："算了，和你这个大呆瓜说就等于是对牛弹琴，我又困了，还要睡，你别打扰我。"

小鱼急道："先别睡呀，还有药没吃呢，你要睡着了那我只能像上次那样掰开你的嘴巴硬灌了哟。"

沈月奴撅着嘴唇狠狠地道："你敢？你要真敢这么干那我就……那我就像踩个臭虫一样一脚踩死你。"

小鱼哈哈笑道："踩死我？你有那么大的脚吗？一会等你睡着了我可得量量看。"

沈月奴狠狠地拧了小鱼的胳膊一把道："你……你……这个坏人！"

小鱼忍疼道："好啦好啦，踩死我谁还给你治伤嘛？"说着便将雪蟾玉露丸取出，递给沈月奴一粒，道："快些服用罢，这药吃了再睡一觉，大概便可无碍了。"

沈月奴心中暗暗感激，却没有再说什么，将药丸接过，吞了下去，便觉得眼皮渐渐沉重起来，于是又睡了下去。小鱼看了看沈月奴熟睡的脸庞，摇了摇头，轻轻叹了口气，和沈月奴斗了几句嘴，似乎便是想借此忘却张孝天的死，但是否真的能够忘记呢？他的心中依然烦乱如麻，只是轻手轻脚地走到另外一旁，盘膝坐下暗自调理吐纳呼吸，其实沈月奴说得不错，外面很多时候会身不由己，自己肩负着师父的重托，出去之后还不晓得会遇到多少难缠的人和事，但无论如何，长风师兄用性命换来的东西，绝对不能在自己的手上出一点差子。他又看了看暗河的对面，待沈月奴醒了，便带她渡过河去，再走不了多远，便可出洞了。于是静坐下来，心中演习着《开天·剑术》，这卷古籍已经烂熟于心，一有闲暇便潜心修习心法，脑海之中推演着招路。

一夜无话。待沈月奴再次睡醒过来，又是几个时辰过去了。小鱼已经收拾停当，见她醒转来，忙道："沈姑娘，你且慢慢地挥动一下手臂，看还有没有麻木的感觉？"

沈月奴揉了揉眼睛，轻轻一笑，真的将双臂在空中划了两圈，已经十分自如，便道："我已经没事了，现在精神头足得很？我们这也该出洞去了罢？"

小鱼点了点头，道："渡过这条暗河到对面，再走出不远，便可到达洞外了。你现在身子已经方便了，就随着我过河罢。"说罢便将裤腿挽得高高的，将长剑留在洞中，将一对精钢峨眉刺在袖中扎束停当，转身便往河中走去。却听沈月奴在后面叫道："不成，我穿的这衣裙怎么办，还不全都弄湿了啊？"

小鱼转过身来，道："那怎么办，这里又没有船，只能踩水过去啊！"

沈月奴的大眼睛滴溜溜地转了转，嘴角露出一丝笑意，道："那你背我过去！"

小鱼挠了挠后脑勺，道："我记得小时候爹说过男女授受不亲……"

沈月奴忙打断他的话，嗔道："反正我的脸也被你看到了，还说什么男女授受不亲，再说了，我昏迷的时候你难道没有背过我么？现在又来假撇清么？不管了，快来背我，我身子还有些发软，一步也走不得。"

小鱼无奈地叹了口气，慢慢地走了过来，又一转身，弯下腰去，要死不活地道："上来吧，大小姐！"

沈月奴嘻嘻一笑，双手环住小鱼的脖子，把身子放在他的背上，道："哼，你还不乐意背我，不晓得有多少武林成名的人物，家财万贯的世家子弟想来背我，我还不高兴让他背……"说到这儿，她不由得羞得脖子根都红了，忙将脸儿埋在小鱼的背上，这一来便深深地嗅到他好男儿的气息，心中更是猛跳起来，身子愈加松软。

小鱼本想又和她斗上几句嘴，但感觉到她在自己背上的异样，心中不禁一荡，当下便不再做声，将火褶子点燃，交到沈月奴的手中照亮，默默地趟过暗河，那河水虽然不是很深，走到中间却也及至腰间，小鱼的衣裤固然已经打湿，便是沈月奴的裙摆也都进了水。

好在那暗河并不甚宽，用不得多时，两人便已到了对岸，沈月奴从小鱼的背上跳下来，问道："河也过了，快出洞了罢？"

小鱼笑道："莫要心急，再走大半天，中途还要吃顿干粮，便能出去了。"

沈月奴叹了口气，不再多言，与小鱼又往前慢慢地走去，好在这里往前的道路并不狭窄，走得并不辛苦。中途两人累了稍事歇息，又吃了些鹿脯干粮，再往前行，也不知走了多久，穿过一道石缝，眼前突然之间豁然开朗，漫天星斗便挂在头上了。沈月奴笑道：“哎呀，我们可算出来了，对了，在洞里我们待了多久？”

小鱼想了想，道：“我亦不知，屈指算来至少也有三天了罢。”

沈月奴微微一笑道：“哎呀，竟然已经过去了三天，呆瓜，你觉得这三天过得如何？”

小鱼摸了摸下巴，道：“我还没有想清楚，沈姑娘呢？”

沈月奴缓缓地戴上面巾，笑道：“本姑娘也没想清楚呢。”说到这里，她面色似乎一黯，又道，“或许，很多事，是一辈子也想不清楚的。”

小鱼却没有看到她的脸色，只顾得四处察看，口中喃喃地道：“走罢，我们的衣裳都已经湿了，还是去弄两件来换换才是。”

两人渡过洞中暗河，身上的衣裳早已进水，贴在身上很是难受，沈月奴哪里这样穿戴过，小鱼不说还好，这一说该换衣服，自然立时便觉得全身都不舒展，忙道：“不错，便是该马上换件衣裳，我们现在已经下了山，此乃何处，可有沽衣铺么？”

小鱼哈哈笑道:“我的沈大小姐，咱们虽然已经下了山，可离镇子还远着呢，等找到沽衣铺，恐怕这衣裳早就干了。跟我来罢，找个人家弄几件便是。”

沈月奴眉头一竖，道：“难道，难道你要去……偷么？”

小鱼笑道：“谁说去偷了，我们是借……沈姑娘，你也知晓我们此去重任在肩，一路之上也不知有多少强敌环伺，我们换上农夫村妇的衣裳，乔装改扮一番，也可避人耳目。若是你不愿，那在下便自去了，大路朝天，各走……”

沈月奴忙一挥手打断他道：“好了好了，峨眉门下，话却恁多。我随着你去便是，没有本姑娘给你望风，留神你这呆瓜让人抓住扭送到衙门里去！”

她嘴巴上说得好，可当眼见着小鱼翻墙进到一家农户后，心中却忽然慌张起来。饶是她见惯了大场面，但跑到农户屋中做贼，却是从来连想都没想过的事，心中狂跳之余，却又有着几分莫名的激动。

过不多时，小鱼的脑袋从院墙里面露了出来，随后，他抱着一大包东西跃了出来，见沈月奴迎上前来，赶忙将手指竖在嘴唇上，示意她不可出声，这才低声笑道：“拿了不少好东西，我们快逃罢……”

沈月奴看他样子滑稽，不禁扑哧一笑，又赶紧噤声，两人相跟着跑到了一处僻静之所，小鱼将那包东西递给沈月奴，道：“我怕你不肯穿人家穿过的，便多找了些，你看这件，可是上好的缎子做的，人家压在箱底都没动过。”

沈月奴笑道：“算你知趣，别人穿过的衣裳，我也确是难以……对了，人家小小的门户，定然家境清贫，你拿来人家如此多的衣裳，岂非有损阴德？”

小鱼呵呵一笑道：“没事，衣服是拿了好几件，可我也没白要他的，已经留了几分银子在衣箱上，想来菩萨不会怪罪……对了，你快换上罢，我背转身不偷看你便是。”说罢便真的转过身去，自己也开始脱下湿衣。

“你……”沈月奴惊叫一声，赶紧也背转身子，心道，这呆瓜的脊背好有男子气……哎呀，我在胡思乱想些什么呀？她脸儿绯红地将湿衣除去，将小鱼拿来的蓝色绸缎新衣穿上，只觉得樟脑的味道直冲入鼻，再一摸那衣裳，硬邦邦地浑身不得劲。她仔细上下打量了一番，这才明白过来问题出在哪里，不由得气道：“死小鱼，你看这衣裳是不是有些不对劲儿？”

小鱼此时也换好了一身粗布衣裳，他闻言回头一看，立时也傻了眼，沈月奴这身衣裳真是怎么看怎么别扭，自己当时只顾得看绸缎那料子不错，莫非一不留神摸来了人家的寿衣么？他上上下下看着，嘴巴里嗫嗫嚅嚅不知说什么才好，心中有些歉意，却也忍不住想笑。

沈月奴见他的表情便知自己料想得不错，大吼一声：“死小鱼——”

小鱼忙把那衣包再递了过去，忍着笑，忙不迭地道：“沈姑娘息怒息怒，在下真的是看走眼了……那你还是换上件别的罢，这件衣裳，趁着天还没亮我还是给人家送回去……”说罢便又转过身去等着沈月奴更衣。沈月奴气哼哼地在小鱼的脊背上狠狠地擂了一记粉拳，忙着又换衣裳。小鱼拿着她换下来的寿衣，又跑回那户人家，个中如此这般，自有一番曲折，都且按下不表。

单说这小鱼和沈月奴换上了农夫村妇的衣裳，天也快亮了。小鱼索性又弄了一捆柴草负在身上，又劝说了许久，终于让沈月奴将面纱取下，还涂了些灰土在脸上，垮起那放了湿衣的布包，这才来到城池的边上。沈月奴借着微亮的晨曦光打望了半天，迟疑地道：“这不是嘉定州城么？莫非这些天来我们一直都在山腹之中打转？”

小鱼笑道：“自然如此，我们在山腹里神不知鬼不觉地一路到了城下，任他是谁也别想在半途之上对我们不利。”

沈月奴点了点头道：“不错，如果有人在半途之上想对我们下手，却也只能扑个空了。不过，到底会不会真的有人要埋伏沿途之中对我们不利呢？大师将那物事交与你时，只有你我二人与无穷法师、段大侠在场，难道你对你的师兄也信不过么？”

小鱼苦笑一声道："你想到哪里去了，我怎么会怀疑师兄。虽然师父把东西交给我时只有我们几人在场，但此物在峨眉山之事却已不是什么秘密，从师父寿筵的时候便早已有人为此混上山了，都是为此而来，"说到这里他突然看了看沈月奴，又道，"假设若是我是觊觎此物之人，这些日子必然也会守在山下要道之间，倘有峨眉弟子下山，难道我会放过他么？"

沈月奴被他看得一愣，不悦地道："你看着我做什么，莫非你还认为我也是为此混上山来的？"

小鱼笑道："你这人脾气就是急躁，我又没说你什么。走吧，城门已经开了，我请你去尝尝我们嘉定风味的早点。"

沈月奴皱眉道："我又不饿，你进城究竟要找谁呢？我们不如先办完正事再去吃东西罢。"

小鱼摇了摇头，缓缓地道："正事要办，肚子也要安抚，走罢，我请你吃早点，让你这生在海边的大小姐尝尝我们嘉定州的好东西，今天就去吃鬼蓬头。"

沈月奴奇道："鬼蓬头？是什么呀？"

小鱼嘿嘿一乐，口水都快流出来了，笑道："就是烧卖啦，来两笼屉烧卖，要一碗花生浆稀饭，再配上一碗嫩嫩的豆花，不行不行，想起来我都控制不住口水了，快走吧，那风味我保你吃得安逸。"

沈月奴听他说得热闹，抿嘴一笑，也颇有些心动，便随着他穿街过巷，来到了一间小小的铺面前。此时天色尚早，是以前来吃早点的妇孺士子并不算多，但看这家铺子的人准备停当的那几乎排了半条街的桌凳，便可知晓此店的场面必然是小不了的。

那桌凳虽已被擦拭得十分很干净，但多年积落下的油光仍让沈月奴看得直皱眉头。小鱼心中偷笑，知她习惯了排场，不耐这寻常苍蝇馆子，却也装作看不到，自己率先坐了下去。

沈月奴见小鱼已经一屁股坐在那里招呼掌柜了，也只得撅着小嘴，拿出块罗帕来仔细地抹过桌凳后，这才拿捏着轻轻落座。小鱼在一边低声道："沈姑娘，我们现在可是一对农夫村妇，若还是你那般大小姐的做派，留神有心人瞧在眼里去。"沈月奴白了他一眼，正待反驳，却见那小二手脚利落地端上了烧卖、稀饭和豆花，殷勤地招呼一声"客官慢用"，便拿了一双竹筷捏在手中，只见小鱼麻利地揭开竹笼屉，一股白腾腾的热气扑面而起，随即四周便充溢着鲜香的味道，他微笑道："尝尝罢，这便是烧卖了，芽菜猪肉馅的。"沈月奴定睛看去，只见那笼屉之中的烧卖个个宛若小笼汤包大小，但顶端都是捏出来的花样，十分有趣，难怪叫做“鬼蓬头”。她夹了一个放进口中一咬，鲜香的汁水便射了出来，十分好吃。又尝了口嫩嫩的石磨豆花，更是爽滑可口，不由得展颜一笑。

小鱼看着她晨曦下的容颜，竟有些发愣。

沈月奴偷眼看到小鱼的呆像，心中一动，却丝毫不形与色，只是慢条斯理地吃着。

小鱼心里淡淡地叹了口气，也开始大嚼起来。不多时，两人都吃得七七八八，小鱼付了账，又扛起柴捆，带着沈月奴出了馆子，又来到州城的街巷之上，沈月奴望着小鱼肩上的那捆柴揶揄道：“不错不错，你这呆瓜扮农夫甚有天分，一点也不像个六品官儿！”

小鱼嘿嘿一笑道：“多谢姑娘夸奖，小的原本也是农家出身，这也不是什么天分，只是本分罢了，六品芥子大的小官又何足道哉？对了，这鬼蓬头味道如何？”

沈月奴点了点头，道：“算你有良心啦，这东西还真挺好吃的，对了，你们这儿还有什么好吃的，不如带我都尝尝去吧。”

小鱼笑道：“这会你又不着急去找人了么？此地美味自然多极，等去将师父交代之事了了，我便带你去放开肚皮大吃一顿。”

两人说笑着来到嘉定州衙，大门早已打开来，总捕头马肃超正在门前左顾右盼，见到小鱼和月奴不由得一愣。此人与小鱼日前曾有一面之缘，他是袁子让的心腹捕头，为人机警，目光敏锐，略一错愕之间便已认出小鱼，见左近无人，忙上前抱拳行礼道：“马某见过千总大人，大人快请入内，我家大人早就等着您来了，马某这便去禀报。”

小鱼点了点头，带着沈月奴随着马肃超走进州衙。马肃超告了声罪，便快步走进后堂去了。不消片刻，袁子让便急匆匆地走了出来，小鱼拉着沈月奴忙上前行礼，袁子让一摆手道：“快坐快坐，此处并非公堂之上，你兄弟和我弄这些个虚礼做什么？这位便是沈姑娘吧？”

沈月奴见问，忙又站起裣衽盈盈一拜道：“民女沈月奴，拜见大人。”

袁子让微微一笑，道：“快请安坐，我两天前便已接到了无穷禅师的书信，这些日子便教肃超随时迎候，二位怎的此刻方到？一路之上可遇到什么麻烦么？”

小鱼笑了笑道：“多谢大人关心，小鱼身负重任，不得不行非常之事，虽然耽误了两日，所幸摆脱了眼线，倒也没有遇到麻烦。”说到这里，他心中突然想起张孝天，神色不由得一黯。

袁子让点了点头道：“不错，此事至为重大，这几天竟有歹人跑到我这府内哨探，你们又迟迟未至，我这心里还颇有些担忧。”

小鱼忙一抱拳道：“让大人担心，小鱼惭愧。对了，家师这里还有一封书信与大人，请大人过目。”说罢便将书信摸出，双手递上。

袁子让突然叹了口气，将通天大师的信接过展开一阅，良久，他将信放入袖中，慢慢地道：“果不出大师所料。唉……小鱼，你恐怕还不知道，大师已圆寂了。”

小鱼一愣，只觉眼前一阵发黑，嘴唇发抖地问道：“大人，您说……你说什么……”

袁子让站起身来，走近小鱼，抚着他的肩膀，道：“小鱼，你已是大明军中将官，凡事务要镇定。便在你们离山那日，大师便圆寂了，你要节哀顺变。”

小鱼紧紧地咬着嘴唇，竟将皮肉咬得出血，却也不知疼痛，只问道：“大人可知家师如何圆寂的？莫非有人相害？”

袁子让摇头道：“无穷禅师信中并未提及有人相害的话头，只是请我安排你们二人进京。”

小鱼强忍住泪水，应道：“小鱼此来正是为此，一切但听大人吩咐……”

袁子让道：“你送来的那人与那姓吴的观风使已被我押解上京了，我这里还有一封信，你到京城之后可直接去交与副都御史宋文举先生，他为官清正刚直，乃是我的同窗学长，必能助你面圣陈情。”

小鱼接过书信道：“多谢大人，小鱼正愁上京之后无法觐见万岁，若有宋大人鼎助，想必无妨了。”

沈月奴也道：“袁大人如此古道热肠，民女感佩不已。”

袁子让道：“事关国家社稷，袁某敢不尽心？我已给你们找好了船只，你二人顺着岷江过长江之后，到金陵下船，再从金陵直奔京城。”

小鱼皱了皱眉道：“大人，若走水路，恐怕会耽搁日子啊。”

袁子让叹了口气道:“我岂不知？二位就算武功再高，恐也是双拳难敌四手，这一路之上不知有多少歹人都在觊觎你携带之物，说不得也只好用个声东击西的法子，派人扮成你二人的模样由数十捕快护送从陆路进京，你二人却带着东西悄然从水路而走，如此这般，倒还稳妥些。”

小鱼与沈月奴对视一眼，都点头道：“大人妙计，如此甚好，不知何时可以启程？”

袁子让道:“一切都已准备停当，随时便可出发，你二人还有何事要我帮助，不妨道来。”

小鱼忙道："还有一事想劳烦大人，小鱼此次回来时骑的是我家少帅赏赐的一匹大宛汗血马，此马寄存在好吃街刘大叔的客栈，这次出来也无暇相顾，可否派人去将马儿取回，便暂放在大人衙门处？"

袁子让应道："无妨，此事我即刻要肃超亲自去办。"

小鱼与沈月奴点了点头，起身告辞。

袁子让忙道："小鱼，你且等等。"说罢转身从柜中取出一物，递与小鱼，又道："小鱼你此去一路艰险，此刀乃当年戚元敬戚大将军自用之宝刀，如今便转赠与你罢，我不过一书生耳，留此刀无非令其蒙尘矣。愿你继承戚大将军遗志，为国为民，英勇杀敌。"

小鱼双手接过那戚继光自用之宝刀，但见其刀身长三尺八寸、刀柄一尺二寸。他久在军中，惯战沙场，一见便知此刀不凡，不仅能当刀用，还可当枪使；既可单手握把，又可双手执柄，实乃战场之上的利器。小鱼常年征战，深知此类兵刃单、双手交换使用时便于发挥腰背整体力量，在临敌运用时，辗转连击、疾速凌厉、身摧刀往，刀随人转，势如破竹，杀伤威力极大，不由得十分惊喜，忙抱拳道谢。

袁子让摆了摆手道："你二人且从后院离去，为了避人耳目，请恕袁某不远送了，你们一路珍重。"

小鱼和沈月奴口称不敢，辞别袁子让，穿过后院，在马肃超的引领之下悄然出衙门去了。

水路

1

铁牛门，乃是嘉定州城最大的港口，此门原本叫做丽正门，始建于宋，位于州城正南，前临大渡河。本朝洪武二十七年，洪水滔天，冲毁城墙，东、南两段临水城墙均为重筑，为防备河水再次泛滥，官府便在丽正门门楼之上放置两座千斤铁铸水牛以镇水患，从此丽正门便更名铁牛门了。

马肃超引着小鱼和沈月奴来到铁牛门，只见那门券高三丈余，宽两丈，乃是四出门洞，四门券交汇于穹心。见沈月奴惊叹，马肃超笑道："好叫姑娘得知，这铁牛门又叫'一脚踏四门'，只本州有之，他处皆无。姑娘且看这门楼背面，还有'海棠香国'四字，便是嘉定州的别号，此地自古盛产香海棠，'一时开处一城香'，天下闻名。"

沈月奴点了点头，道："马捕头好见识。"小鱼也赞道："马大哥如此才学，难怪深受袁大人器重。"

马肃超摆手自谦了几句，已带着二人走下石阶，但见好大的一只官船，便静静地停泊在此。马肃超道："船上所用之物都已齐备，开船的艄公是我家大人亲自选定的。"说罢便喊出艄公，要介绍与小鱼认识，谁知小鱼一看，原来却是熟识之人，乃是嘉定地面上人称"踏江龙"的老艄公易三叔，这易老儿年约六旬开外，却精壮宛如少年儿郎，一身的古铜肤色，脸上也有几圈水锈，从小便在水上厮混，驾船掌舵四十余载从未失过一次手，乃是这一行里最老道的舵把子。小鱼当年奉师命下山游历时也尝有缘与此老相识，知他早已隐退多时了，没想到袁子让会请他出山。

上船之后，小鱼与沈月奴都已换过了一身簇新的锦袍。袁子让想得周全，还特意找了些簪环首饰让沈月奴佩带，虽说都是些不值钱的小玩意，但也让沈月奴在船中对着镜子高兴了大半天。

得知师父圆寂之后，小鱼本要穿孝，但也知孝服太过扎眼，所以也只得暂时从权，装扮成商人模样。除了易三叔手下几个小船伙儿，随船的另有船夫打扮的四名男子，其中一人竟是袁子让的亲随护卫韩铁索。此人双臂粗壮，肩宽腰细，太阳穴高高坟起，显然是外家功横练的高手。另外三人形貌精干体格健硕，身手看上去都颇不弱，想必也是袁子让亲手选拔而来。马肃超将韩铁索拉到一旁轻轻交代了几句，便和众人告辞，下船回衙门去了。韩铁索上前对小鱼行了一礼道："我家大人有命，韩某一路之上护卫千总大人，一切但听千总大人吩咐。"小鱼也不自恃身份，忙回礼道："如此有劳韩大哥了，多谢。"韩铁索生性寡言，告声罪便去招呼他的部属去了。

渡口对面不远处便是名闻天下的嘉定大佛，沈月奴见易三叔张罗着开船，忙说自己想尝尝嘉定城里的甜皮鸭。易三叔看了看天色，忙喊来船伙儿，道："去买几只甜皮鸭回来，时辰已经不早，快去快回。"

沈月奴见有人去买几只甜皮鸭了，不由得放下心来。回头望着那座如山一般雄伟的大佛出神。半晌，她看得心动，忙喊道："呆瓜，你可知这大佛建于何时？"喊了数声，却不见回应，回头一看，却见小鱼闷坐于舱内默然不动，脸色很是苍白难看。沈月奴见他不理会自己，本想发火，但一想到通天大师之事，也只得不去计较了。

小鱼没答她，易三叔却在舱外笑道："姑娘，你要的甜皮鸭子买来喽，咱们这就开船了，你想知道这大佛老爷的来历？那小老儿便给你摆一摆这龙门阵。"

沈月奴听了这话，兴致大增，赶忙出舱笑应道："好啊老爷子，您就摆来听听嘛。"

易三叔笑道："鸭子买回来了，姑娘趁热用些罢，正是好吃的时候。"

沈月奴却摆了摆手道："我现在吃不下去，你快讲讲这大佛老爷的故事罢！"

易三叔点了点头，道："我们有句老话，叫做'山是一尊佛，佛是一座山'，要说起这大佛老爷啊，那可是年代久得很喽。要算起来那还是大唐年间，有位海通法师就结茅在这凌云山中。那个时候，这眼前的岷江、沫水、若水汇聚此处，水势凶得很，管你啥子舟船，行到这里往往都要遭急流浪头弄翻，特别是到了盛夏汛期，那江水就直捣山壁，更是没几个人逃得脱船毁人亡的下场。海通法师看到了，他老人家慈悲为怀，就立了志向，要凭着这山崖开凿一尊弥勒大佛，仰仗大佛老爷的无边法力，减杀水势，镇住波涛。可是姑娘你想，要造这么大一尊佛像，得要多少银子？海通法师他一个出家之人，哪来的钱财？"

听到这里，沈月奴也不禁出声问道："啊呀，老爷子说的是，这位海通师父哪里有这么多财力呢？那如何是好？”

易三叔端起茶碗咕咚喝了一大口，用袖子抹了抹嘴巴，笑道：“法师倒也没有发愁，他老人家说干就干，马上就云游四方，走遍大江南北、江淮两湖，募化钱财。许多富豪听说了这事，无不慷慨解囊，很快便凑了许多银子，于是便回山请人开凿。谁晓得这边刚才动工，就有官府差人前来索要银子孝敬，若不答应，便要将法师驱逐下山，更将法师俗家的女儿捉去胁迫于他！”

沈月奴恨声道：“这狗官，若是本姑娘在，一定要将他斩于剑下！那法师后来如何了，还有他的女儿，可曾遇害？”

易三叔点了点头，附和道：“姑娘说的极是，这等狗官实在可恨。法师自然不肯将修建大佛的银子贿赂狗官，而是怒斥道‘吾自目可剜，佛财却是难得’。谁知那狗官也恼羞成怒，便道‘那你便剜来’！”

沈月奴回头看了看船舱里的小鱼，口中已惊呼出声：“接着怎样？”

易三叔道：“接着，接着法师便真的自己将双眼剜了下来，盛在盘子里，让那官差拿去！官差看了这才大惊失色，再也不敢索要钱财。”

沈月奴长长地呼出一口气来，忙摆手道：“这故事听来好让人震动，那法师真乃是至刚至烈之人，只是我这心中听了难过。”说罢便走进船舱，在小鱼身边坐下道：“你且告诉我，这尊大佛真是如此来历么？”

小鱼这时神色已与适才不同，似乎又恢复了常态。他点了点头道：“不错，我们乡土之中都有传说，便是海通法师建造大佛的故事。我师父说过，大佛老爷乃是大唐玄宗皇上开元初年动土，然而修到佛像肩膀的，海通便圆寂了，于是这工期也便停了十年。十年之后，剑南西川节度使章仇兼琼捐赠了俸金，工匠们这才有钱继续修造，你看这工程自然无比浩大，仅靠章仇兼琼自然也是不成，于是朝廷又下令赐了麻盐税款，这才让人修到了大佛的膝盖。这个时候，章仇兼琼却被调任回朝，大佛便又无人建造，这一回一停便是四十余年。后来又有一位当时的俊杰升任剑南西川节度使，此人名叫韦皋，他也学章仇兼琼捐赠了俸金，还亲自主持修造，一直修到大唐德宗贞元十九年，大佛老爷才终于出世。”

沈月奴静静地听完，凝望着大佛道：“如此大佛，奇伟雄壮可谓天下无双，谁知来历也是如此曲折动人，我真想爬上去看看。”

小鱼轻声道：“当年我师父与少林、武当两大掌门曾在上面煮茶论剑……”说到这里，他脸上哀伤之色又隐隐泛起。沈月奴有些不忍，也顾不得羞涩，一把抓住他的手，点了点头，却没有说话。

船舱外，易三叔却接话道：“这大佛老爷雄伟得很，一只脚掌之上便可立数十人。若非袁大人吩咐赶路要紧，小老儿便将船开到那里让姑娘你好生瞧瞧了。”

沈月奴钻出船舱，指着崖上密如蜂巢般的孔洞问道：“老爷子，那是什么？”

易三叔顺着她的手指看了看，回道：“那儿啊，是墓呀，大汉朝便已有了，这嘉定州四周山崖之上，还有许多这样子的石墓。”

沈月奴“哦”了一声，又问道：“老爷子，这江上还有什么好景致？”

易三叔笑道：“景致甚多，姑娘看来并不晕船，不如便和司徒大人一同在这甲板上观景，也是好的。”沈月奴看了看小鱼，撅起嘴巴没有搭腔。易三叔老于世故，把这二人的形迹看在眼里，只是抿着嘴巴微笑，也不再多言。

大船顺水直下，张着两张大帆有如在水面飞翔一般滑过江面。望着两岸处那刀削斧剁般耸立着的悬崖，沈月奴终于忍不住向小鱼喊道：“你快出来看嘛，咱们的大船和崖壁一比简直就像个小石头子一样。”

小鱼闷坐在舱中却仍不出声，过了一会，沈月奴却“啊”的一声又道：“死呆瓜快出来看，好雄壮的两只飞鹰，它们在围着我们的船打转呢，这只，这只是竟是纯白的……”

小鱼本无心情和她闲扯，但当听到有一只纯白色的飞鹰时心里突然一动，他抢到舱外一看，果见两只雄健的大鹰在船顶不远忽高忽低的盘旋打转，还不时发出凄厉的鸣叫。

小鱼“哼”了一声，转身喊道：“韩大哥，可有弓箭？将这贼鹰射下来！”

韩铁索在船尾应了一声，不多时便真的提着弓箭赶了过来，问道：“大人亲射，还是韩某效劳？”小鱼一抬手道：“韩大哥请罢，先射那只白色的！”

韩铁索点了点头，也不多说，将弓拉开，谁知那一双飞鹰却似乎极有灵性，竟在转瞬之间一振双翅钻入云中去了。

沈月奴在一旁气道：“看嘛，都被你们吓跑了，多漂亮的鹰儿啊，干嘛要杀它们？”

小鱼也不回答，他盯着那鹰儿去的去向皱眉道：“易三叔，咱们这船能否再快一些？”

易三叔道：“没得问题，可我们顺流而下，若是过快，却易出事。”

小鱼却道：“无妨，只管加快。”

易三叔有点担心地道：“那小老儿便上全帆了，大家伙都要坐稳哈。”说罢腿脚麻利地吩咐船伙儿们行事去了。

沈月奴见小鱼神色不对忙道：“怎么了？不就是两只鹰儿嘛，你干嘛这么紧张？”韩铁索虽未开口，却也看着小鱼。

小鱼道：“那不是普通的鹰儿，可听说过海东青么？刚才那两只便是，那只白色的还是海东青中的极品，我们已被人盯上了，那人不是在前面埋伏，便是尾随在后。”

沈月奴没有再问，脸色却有些苍白。

小鱼又对易三叔喊道：“三叔，这水上还有比咱们的船更快的么？”

易三叔已经吩咐了船伙儿，眼见大船也已经加速，他忙走了回来，答道：“自然是有，咱们这船虽快，但不管咋个说也还是官船大舟，吃水深，重量大，操作起来也没得小船灵活。”

小鱼看了看两岸那连绵陡峭的山壁，想了想，觉得还是说出来让众人明白为好，于是沉声道：“此刻下船已是绝无可能，恐怕不久便要有一场硬仗。”

此话一出，老江湖易三叔的眼皮也是微微一动，那韩铁索却悍然不惧，粗声道：“千总大人请放心，韩某拼了性命也会保得大人和姑娘周全。”

小鱼拍了拍韩铁索的肩膀，但他此刻想的却并非可能遇到的战斗。袁子让作出的安排自然是极为机密的，怎么会才登船不久便被人盯上了？莫非袁子让身边暗藏奸细？还有师父寿筵前夜所遇到的那些锦衣卫和太监，怎么便如泥牛入海没有了消息？莫非这些人真的只是凑巧路过？有些事自己暂时无法查明，但这船无论如何却已无密可保，看来只要有机会靠岸，还是改为陆路行走为上。

就在此时，一声凄厉的鹰鸣打断了小鱼的思索，接着就见那两只海东青从云中钻出，在头顶极高处不断地盘旋飞舞，然而这距离甚远，弓箭无可奈何，韩铁索只是瞄了瞄，便撇下不理，而是回头将几名手下聚拢在一处，低声吩咐起来。小鱼看了一眼海东青，心道，这贼鹰正在给主人发信号通报官船的位置，它们的主人也应该马上便要出现了。

果然不出所料，只一小会儿的功夫，官船尾后的江面上便冒出十几只如离弦箭般的小型江舟；而在官船前面不远处，则有三只大船一字排开停在江面之上拦住了去路。望着那大船上高高飘着的黑色大幡，易三叔牙缝里倒吸了一口凉气道：“这是长江匪寇‘翻江蛟’的船，这些人居然跑到这里来了？”

后有追兵，前有堵截，但见此情景，小鱼反而平静了下来，长笑了一声道：“三叔，咱们掉头，先把那股子追兵干了再说。”易三叔此时两眼也放出凌厉的光芒来，若非须发皆白，哪里看得出是位古稀老汉？他略一躬身，也不答话，转身去找船伙儿了。

旁边韩铁索抱拳道：“千户大人，韩某观那尾随而来的小船极多，我们却不满二十人，那些船伙儿也不知能否上阵，凭我等几人，恐怕不易抵挡，不如放开咱们的船速，向那三条拦江大船撞过去，选他们两船之间的缝隙直冲过去，或许能够闯出。”

小鱼苦笑道：“韩大哥有所不知，倘若他们在大船之间布上铁链，或趁我们冲过之机向我们船上扔火种，都是麻烦；何况冲撞大船，也难保我们的船不会撞裂漏水，再说那些小船就算等我们冲过去，一样还会追上来，不如先转身回去将他们收拾掉，这些小船对上我们这样的大船，倒看他们要得出什么花样？”

韩铁索面上一红，抱拳道：“还是大人想的周全。”

小鱼一摆手道：“韩大哥不必如此，我等此刻同舟共济，一定要同心协力，迎着那些小船上去，只等近到一箭之距，便可动手。”

正说话间，易三叔早已调度好船伙儿，调转船头，向那十几只小舟赶了过去，偌大一艘官船，却能从容调度，足见这老人家一辈子水上的功夫绝非浪得虚名。那小舟之上的水寇见大船调头，以为其怯敌欲逃，无不齐声大笑，发了一声喊，更加卖力地驱使小船迎头赶来。

2

见那些水寇一个劲儿地赶上前来，小鱼不慌不忙地要来一把长弓，一搭便是三支羽箭，韩铁索和几名部下看在眼里，心中暗暗吃惊。这几人都是百里挑一的好汉，都能开硬弓，射百步，但那“连珠箭”的本事却只是有听过没见过，这位千总大人难道真有这个本事，还是哗众取宠呢？小鱼却已将硬弓拉满，这手本事乃是李如松少帅亲传，小鱼在战场之上频频使用，那是熟得不能再熟的身手，哪里会想到韩铁索等人的心思，只是站在二层的甲板上沉住气地盯着前方，只等双方距离拉近，三只长箭“嗖”地便射了出去。

迎面那艘小船的水寇正卖力赶来，哪里知道勾命无常已经等得不耐烦，这下扑通连声，连同舵手在内三名水寇都是胸颈中箭，立刻翻落到水中。失了舵手的小船立时打横，后面的两只小船避无可避，互撞之下更是一同斜歪歪地翻覆水中。

韩铁索等人这才回过神来，齐赞一声，忙也纷纷发力射箭，对面又不断有惊慌失措的水寇中箭落水，十余艘小舟顿时失去了阵法，乱成了一团。

小鱼又搭上三支羽箭，口中喊道："三叔，保持着距离，多注意那边的大船！"说罢一放手，又是三箭"嗖"地射出，对面便又有水寇惨叫起来。韩铁索等见小鱼如此厉害，自然也是信心倍增，虽然他们不会"连珠箭"，但手脚却也着实不慢，尤其是韩铁索，可谓"百步穿杨"，箭无虚发。那水寇们船身甚为窄小，哪里有什么躲避的余地，一时间纷纷中箭倒下，有大胆的则干脆不等利箭射来，便纵身跳下水去。然而此段水域漩涡湍急，跳下水去要想捡得性命却也不容易，不仅要水性极好，还得看有没有那个运气。有的水寇虽然匆匆举弓还击，但射法却并不十分高明，又无人组织，几乎可以忽略不计。

如此几乎一边倒的屠杀，让水寇伤亡惨重，待那些小船拼命冲到官船附近时，十停之中剩下不到三停，水寇也仅剩二十多人，这些水寇见与官船贴住，赶忙舞刀弄枪，飞出搭钩向官船登来。小鱼冷笑一声，带着韩铁索等人趴在船舷之上又是一阵猛射，又有十余名水寇了账。那些水寇见小鱼等居高临下，弓箭似乎又没有用尽的意思，哪里还敢硬拼，互使了个眼色后，都翻身跳进了水中。

韩铁索等身手个个都很不错，但却也少经战阵，适才在小鱼的带领之下全凭一时血勇全力对敌，此时见小船队的水寇全军覆灭，心气儿一松，全都腿软身乏，坐倒在甲板之上。小鱼看着水面，心中却沉了下来。这些人横行长江水路，岂是如此轻易可灭的？他们一同入水，并非是要遁去，想必是要凿船。小鱼脱下衣袍，喊道："贼人是要凿船，谁会水性，可与我一同下去杀敌。"

那几名捕快面面相觑，脸色又有些发白，半天不敢应声，只有韩铁索勉力站起道："韩某愿同大人下水。"

话音未落，只听沈月奴娇哼一声，道："本姑娘下去。"说罢除下外衣，里面却穿着一身黑色水靠，也不知是何时换上的，那水靠似乎是鲨鱼皮打制，紧贴于身，滴水不透，将她原本傲人的身子包裹得更是凹凸有致。

易三叔手执一柄朴刀赶了过来，道："姑娘，'翻江蛟'这些手下生性凶狠，水性精熟，你还是守在船上吧。"

沈月奴笑道："老爷子放心，一个小小的'翻江蛟'，我'七海龙女'还没看到眼里！"说罢纤纤玉手一翻，攀出两把细长锋锐的匕首，竟抢先跃下水去。

小鱼见她跳下，不由得摇了摇头，抽出分水峨眉刺，扑通一声也跳了下去，韩铁索随在他身后也跃了下来。

小鱼一进水中，便见五六条黑影迅速向自己游了过来，他两脚一用劲，当时就向水深处潜下。水下相斗，最要紧的是身体灵活武器趁手，江水微浑，接近水面的浪头又大，在上面的人自然要吃大亏。

那几名水寇见小鱼潜向水底，赶忙各挺短刀扑了下来，小鱼心中暗笑，握紧分水峨眉刺，向着当先之人迎了过去。

此时水寇下潜，怎么也比不得小鱼上浮之速，当先那人见小鱼扑来，刚想挥刀急刺，小鱼却已游到面前，峨眉刺将短刀一拨，顺势刺入那人的咽喉。刹那之间江水之中血雾弥漫，剩下几名水寇见小鱼出手便杀一人，忙赶紧游到一起，慢慢地围了上来，眼前却只见血雾和同伴缓缓下沉的尸首，小鱼的影子却已经不见了。

这几人心中暗暗叫苦，要知这水下光线昏暗，又有水草杂物，视野远远不及陆上，敌人突然失其踪影，若是突出偷袭，真是防不胜防。几人正手忙脚乱四处搜寻之时，果然又有两人疯狂地挥手蹬腿，原来又被小鱼刺倒。剩下两名水寇这才明白对手水性不在自己之下，身手却高出很多，那这仗还怎么打？只得背靠背往旁边猛蹬几脚，躲避开去。

小鱼先下手为强刺杀一人，随后借着血雾、尸首隐蔽又偷袭杀死两人，此刻见另外两人逃开，便也不穷追，而是用力踩水，浮出水面换了口气。

那两名水寇也是常年在江面上讨生活的惯匪，水性自是极好，但人毕竟不是鱼，在水下憋气毕竟不能长久，于是拼命向旁边潜行开去之后，终于也浮上水面来。小鱼却已在水面上等候多时了，见两人浮出，便立刻迎面追去。这两人见状大惊，又不敢对阵，互相对了个眼神，突然分开向相反方向游去。

小鱼哈哈一笑，也不着急，只对准其中一人衔尾急追，那人见了心中叫苦不迭，心慌意乱之下，连连喝进江水，手脚胡乱挣扎起来，哪里还游得动？不多时便被小鱼赶上，出手取了他的性命。

逃脱的那人早已吓破了胆，竟也不知朝小船游去，只是拼命向远处逃遁。小鱼也不去追，转头向自己的官船下面潜去。

此时船下早已乱作一团，沈月奴水性武功固然不错，韩铁索水下功夫也还过得去，但水寇人多，剩下的这些又都是精锐，船底可争之地又窄，是以竟不能完全阻止对方凿船。小鱼游到时，正见沈月奴与一名大汉在水底厮杀得难解难分，韩铁索却被三名水寇围在中间，也冲突不出。

那与沈月奴对阵的大汉浑身精壮，身形巨大，但在水里却有如游鱼一般滑溜异常，手持一对又长又大的月牙钢凿威风凛凛。沈月奴水下功夫也是极好的，但手中的短刃却实在是太过吃亏，与这大汉交手丝毫占不到便宜。小鱼略一打量，便罩头直向那大汉扑了过去。那大汉见小鱼来得甚快，忙急挥钢凿将沈月奴逼退，接着便悍然迎上小鱼。

说时迟，那时快，钢凿已近面门，小鱼转身紧闪，待与那大汉擦肩而过时，手中峨眉刺迅如毒蛇般扎出，那大汉果然了得，左手钢凿向小鱼的峨眉刺上一磕，右手钢凿却跟着劈了下来，小鱼心道，这大汉水下功夫如此厉害，莫非便是“翻江蛟”么？见那大汉来势极猛，他也不硬接，只将身子一沉，闪身便向江底沉去。

那大汉见小鱼潜下，也跟着冲了下来，而且借着一对月牙钢凿的分量，越追越近。小鱼此时已潜至水下十丈之处，两耳中响声混沌，水下愈加黑暗，江底那些丛生的水草，也如无数怪蛇般前后乱摆。小鱼自幼上树下水惯了，但适才对了一招便知那大汉水下功夫在自己之上，若要胜他只有智取，于是便引着这大汉深潜至这乱蛇狂舞一般的水草丛中。

那大汉追近，却见小鱼径自游入了丛生的水草当中，不由得吃了一惊，此人常年纵横水域，岂不知水战的路数？此处水草丛生，若是一个大意钻将进去，又长又大的月牙钢凿根本施展不开，稍不留神还有被水草缠住的危险。小鱼游到草丛之中，显然就是想借助这些东西与自己缠斗。大汉心中骂了一声，转身便退，谁知小鱼却突然暴起，峨眉刺尾随杀来。

大汉慌忙闪过，正想回击时，小鱼却又隐入了水底。大汉心中暗叫不妙，这对手硬是狡猾，只要自己转身，他必冲出攻杀，水中行动又不像陆地之上，辗转腾挪并不方便，这真是跑也跑不得，打又打不得，气也换不成，这又怎生是好？那大汉咬了咬牙，索性两眼瞪得滚圆，身体定在水中，干脆与小鱼对峙相抗，比比谁憋得住气，说起来倒是与陆地之上高手对掌比拼内力相似了。只是适才他与沈月奴相斗时便没有换过气，此时与小鱼对上，却已是大大地吃亏。小鱼自然也算准了这一点，稳住心神暗运内功，瞪大两眼与大汉对上。

又过了半盏茶的时间，那大汉口鼻之间开始冒出气泡，突然，他挥手往自己肋下一划，接着一股血雾立时笼罩住了全身。

小鱼暗吃一惊，这大汉好本事，憋气不住，竟用自伤的法子帮助自己逃脱。那血雾一起，视线受阻，贸然出击自然不成，但若就这样将他放跑，却没有下次的机会了。不过那大汉换气心切，此刻必然是拼命上浮，露头出去吸气，想到这里，小鱼立即拼尽全力上浮，就在冲出水面那一瞬间，双刺脱手，直向那大汉露头之处甩了过去。

其实这也是尽力一赌，倘若那大汉只露出口鼻，峨眉刺也未必击得中；若是估算错了大汉露头的位置，自然也是徒劳无功。若真不能得手，却将兵刃丢弃，那大汉追来，后果便不堪设想。但此刻也顾不得那许多了，该赌的时候也只能一赌。好在峨眉刺飞射出去，顿时听得一声惨呼，小鱼定睛一看，但见那大汉左眼插着一枚钢刺，全身颤抖着又钻入了水中。趁他病要他命，虽然此时已是手无寸铁，但那大汉受伤甚重，恐怕也无力再战，自然还是要紧追上去。那大汉受伤如此之重，浑身已渐无力，见小鱼追来知道无法逃脱，返身轮起钢作困兽之争。

小鱼手无寸铁，也不想上前硬拼，何况这大汉已是强弩之末，再也坚持不住多久了，是以并不接招，只是一味闪躲，并不攻击。那大汉左眼已失，失血甚多，每挥动一下身子，伤处都痛得令人发疯，哪里还潜得下去，情急之下只得一头又钻出了水面，向自己的小船游去。小鱼钻出水面看了看，心中有了计较，也不再追，而是转身向自己的官船游来。船舷之上，易三叔见小鱼游近，忙放下绳索将他拉了上来。小鱼爬上船舷，顾不得喘息，赶紧操起硬弓，搭上三支羽箭，搜寻着大汉的影踪。

那大汉也极是了得，伤重如此，将还能游到自己的小船旁边，伸手攀住船舷，便要翻身上去，小鱼屏住呼吸，凝神瞄准，猛然出手，三支羽箭破空而出，“夺”地一声竟将那大汉钉在了船舷之上。大汉狂吼一声，全身一僵，自此再也不动。

易三叔又惊又喜，叫道：“没想到，没想到，纵横长江二十载的‘翻江蛟’，今天死在这里！”回过头来，又道：“千总大人这流星赶月的神射，赶得上养由基了。”

小鱼却顾不得惊喜，放下硬弓，一直憋足的气却在射死“翻江蛟”后泄了下来，顿时感到全身无力，坐倒在甲板之上，大口喘息起来。突然，水面上又冒出一人，却是沈月奴。易三叔忙又将绳索放下，将她拉了上来。沈月奴用手拧着头发上的水珠，笑道：“本姑娘也累了，好在那些贼人也都在水里睡着了。”

小鱼一笑，道：“‘七海龙女’当然是好本事……对了，韩大哥呢？”

沈月奴正待回答，但听下面有人叫道：“快拉我上去，全身都散架了！”

那几名捕快探身一看，正是韩铁索，忙又放下绳索将他拉上船来。

韩铁索上了甲板，也是一下子坐倒，他身上已有几处刀伤，伤口被江水泡得发白，却已没有流血了。易三叔忙唤船伙儿取药来与他敷，口中愁道：“小船对付了，那边还有几艘大的横在江心，咱们该如何是好？”

小鱼呵呵一笑道：“那些大船么，我们自然是有样学样，也去凿他一家伙。”

韩铁索颓然道：“韩某这下已经没了多少力气，这几位兄弟又不善水性，不如先歇口气，要不先弄点东西吃，吃饱喝足了再下水去干。”

小鱼叹了口气道：“恐怕我们没什么时间了，那些大船始终不来为这些水贼助阵，可见只是一心要堵住我们，看来他们正在等后援，如不出在下所料，一定还有大批的对手正在赶来，我们若不趁他们聚齐之前冲将过去，便再也没有分毫机会了。韩兄有伤在身，这几位兄弟又不善水性，一会儿就在船头坚守，我与沈姑娘前去凿船。”说罢，他看了看沈月奴，又道：“对不住沈姑娘，我这可是越俎代庖了，不知你可愿与我同去？”

沈月奴瞪了他一眼，道：“你以为只有你这条‘小鱼’可以在水里横行么？我们就比一比，看谁先将船底凿破。”

两人正说着，易三叔已让船伙儿将饭食弄来，众人随口用了些，小鱼拉住易三叔道：“三叔，咱们靠上去罢，离他们的船一箭之处停下。”易三叔答应一声，便亲自操舵去了，他在水上纵横一生，行船的功夫非同一般，官船笔直地向那三艘横江拦截的大船开去。

那对面拦江大船上的人马见官船对直开近，一时之间纷纷奔上甲板，看那人数，竟有百八十人之多。

韩铁索见此脸色更是苍白，小鱼笑道：“韩大哥不必担心，只管带人保护好咱们这只船便是，那些人让在下去对付。”

韩铁索却哑声道：“这如何使得？韩某奉了袁大人之令要保护千总大人周全，岂能遇事反让千总大人率先涉险？这个前锋便让韩某当了。”说罢挣起身来，嘴咬短刀便跳下船去。

小鱼忙对沈月奴道：“这些人不知水下功夫如何，切莫与他们缠斗，万事小心。”说罢抄起一把短刀，纵身一跃，也跳下船去。沈月奴愣了一愣，咬了咬嘴唇，也跟着跳了下去。

3

小鱼等三人游向那三艘大船时，对面立时便有几十人大呼小叫地从船上跃入了水中，迎面而来。小鱼游近韩铁索，拉了他一把，道：“韩大哥，对方下来这么多人，你不如撤回船上，带领弟兄们用弓箭招呼他们，反比在水中作用更大！”

韩铁索心中一转，知他所言不错，便道：“如此韩某便遵从大人安排，大人与沈姑娘多加小心了。”说罢转身游回官船去了。

小鱼转头对沈月奴喊道："咱们两个可要多留心，一会儿交手后必然血污四起，视线受阻，你在左，我在右，莫自己误伤了。"

沈月奴撇了撇小嘴道："为什么不让我回船上去？我可是姑娘家，难道比韩捕头还能打么？"

小鱼呵呵笑着道："在水里你还真比韩大哥能打，让你回船上，便是大材小用了。"

沈月奴哼道："说得好听，那把你的分水峨眉刺送给我，我就帮你在水下对付他们。"

小鱼苦笑道："峨眉刺让我当飞刀使了，哪里还有？我现在手上就一把杀猪刀。"

沈月奴呵呵一笑，举起一支峨眉刺向小鱼晃了晃："呆瓜，我知道你当飞刀使了，不过已经被我捞出来了，这支峨眉刺以后就是我的了。"说罢往下一钻，潜入水中去了。

小鱼摇了摇头，只得跟着潜入水中。就在两人说话之间，对面那几十人也已游到了身前不远处，小鱼和沈月奴以逸待劳，见那些人游近，立时分成两路杀入人群，左扎右刺，挡者披靡，水中血雾顿起，眼前一大片水域顿时染得鲜红。小鱼要的就是这种效果，现在眼睛已无用处，对方人多这个优势反而变成了劣势。他与沈月奴边杀边退，将对手引到官船附近，这才拼命向两边游开，冒出水面来。韩铁索在船头上看得真切，赶忙招呼众人弯弓急射，一阵箭雨飘下，顿时便有二十余人死在江中，剩下的几个人吓得肝胆俱裂，掉头便拼命地向自家船上逃去。

小鱼和沈月奴见这些人已经遁走，忙向韩铁索打了个收箭的手势，随后追杀过去，眼见将那几人都撵上船去，便趁机一头扑进船底开始凿船。本来水下凿船乃是水战的惯常招数，只要锤重凿利，一般水手都能得手。小鱼武功远不是普通水手可比，一块船板不消片刻便被他凿透，江水立时涌了进去。小鱼眼见得手，便又换到了另一个地方继续开凿。此时只听扑通连声，原来又有人从船上跳下，前来阻止小鱼凿船。然而这些人适才已经见识了小鱼等人的手段，哪里还有胆子上前拼杀，只是虚张声势地聚在一旁，却不敢过来。小鱼又凿出一个洞来，转身作势向这些人扑去，这些人见了心中更是惊慌，竟全都转身逃了。

小鱼心中暗笑，赶紧浮出水面换气，哪知头刚露出水面，便听到一阵恶风直向自己头顶袭来！他奋力挺刀一架，但听"当"的一声响，自己被一股大力压得直往水中沉去，只觉胸口发闷，两臂酸麻，幸好还换了口气。上面那人武功极高，就算自己上了岸也未必是那人的对手。不过他既然没有下水与自己交战，恐怕是个旱鸭子。小鱼心中暗笑，这可是在江心，不管那人有多大的本事，自己也无须怕他。只要将三艘大船通通凿破，这些人还有什么本事把官船拦住？不过那船上指挥之人虽对水中拼杀毫无对策，但也十分机灵敏捷，见小鱼凿漏一处，便赶紧着人堵塞一处，并且将船上的木板压舱石等物劈头盖脸地向船下四周打来，并且也调集了弓手向水中射箭。虽然这样盲目乱打对小鱼和沈月奴构不成什么威胁，但凿船的速度却是变慢了不少，并且也不敢再肆无忌惮地游弋，若不小心露出空档，却也极有可能被弓箭射中。

小鱼正凿得性起，突见不远处沈月奴手脚舞动了两下，急速地沉向了江底，不由得大吃一惊，莫非她在浮出水面换气时被人袭击了？不对，看她急坠的速度，却绝非自身力量所能做到的，难道身上被重物压制住了？小鱼心中泛起一阵寒意，若是那样，沈月奴便有性命危险。一时之间也来不及想太多，小鱼趁船上箭雨稍停之机，紧紧地贴住船帮慢慢浮上水面，只露出口鼻换了一口气，随即拼命下潜，一直潜下十数丈的江底，这才找到沈月奴，只见她瞪大着双眼，正拼命地在水下挣动着。小鱼游近细细一看，原来是一张极其精巧纤细的渔网缠在她的身上，渔网之上竟还吊着一只粗大沉重的铁锚头。沈月奴被这渔网和铁锚头带下江底，气息已窒，饶是自小便在海中穿梭，此刻也是心慌意乱，承受不住。小鱼也顾不得什么“男女授受不亲”，忙扑了过去捧起沈月奴的脸儿，嘴对嘴地度气与她，接着用短刀对准网线就割了下去。沈月奴被他嘴贴住嘴换了一口气，几乎便要爆裂的胸膛终于得以舒缓，人也停止了挣扎，只是用手摸了摸被小鱼对过的嘴唇，望着他呆呆地发愣。

小鱼却完全没注意到沈月奴的脸色，这网线也不知是用何物织成，锋利的钢刀竟然斩它不断，那铁锚头粗如大腿，更不可能轻易切断。小鱼感觉气息已经用尽，只得向沈月奴打了个手势，自己两腿猛然一蹬，又冲向了江面。

此次一出水面，小鱼便感到一股劲风又劈头盖脸砸了下来，但他也无心招架，也没时间去分辨对手，在水中猛地一拧身子躲避开去，深深地吸了一口气，便又一头扎进了水中。

第二次嘴对嘴地给沈月奴度过气后，小鱼倒也冷静了下来，若不尽快将沈月奴解救出来，恐怕两个人都要折在此处。那网线坚韧异常，仓促之间切割不断，唯一的办法是将铁锚头解下来，然后抱着无法施展腿脚的沈月奴游回官船去。他打定了主意，收好兵刃，细心地拆解起来。那铁锚头缠在渔网之上，也非一时便能解下的，小鱼如是往复浮出水面连续换气数次，并与那个船上袭击自己之人对了一招，才将这铁锚头解了下来。就这一个照面，小鱼看清了那人，身如麻杆脸似僵尸，举手投足无不挟着一股彻骨的阴寒，此人便是自己与鬼神童子诸葛白那夜遇到的锦衣卫首领。

之前在船上见到的两只海东青都是价值连城的名种，绝不是“翻江蛟”这种水寇舵把子能拥有的，如今见到这人，心中一些谜团便也有些清晰了。

不过此时救出沈月奴更为重要，小鱼也不想那许多，抱起她便向官船拼命游去。易三叔在船头看到，也顾不得与阻截之船拉开距离，忙一摆舵，快速驶来接应。突然，韩铁索站在船头手指小鱼身后，大喊道：“快点，有人追上来了！”

小鱼回头一看，只见那锦衣卫首领脚下踩着一块木板，手中还抓着两块木板，竟借着木板的浮力蜻蜓点水一般追了上来。他见此心中不禁大急，自己正一手揽着手脚束缚的沈月奴，一手拼命划水，哪里能够抵挡那瘦僵尸？但现在说也无用，只得将心一横，奋力地将沈月奴抛向官船，大喊道：“韩大哥，下来带她上船！”喊罢回过头来，只见那瘦僵尸轻功甚是高绝，手中木板连环抛出，落脚其上又将木板抓起，如此这般一来，竟不需游水便可追到身前。小鱼心道，这厮轻功又高，人又奸猾，但却忘记了一点，水中不比地上，无人搅扰之下，借助木板“踏浪而行”自然还可做到，但若有一丝干扰，他又怎能在木板上站稳？更不消说还要将踩到的木板抓起。刹那之间，小鱼已经想好了对策，猛然扎下水去，只等那人逼近。

藏在深约一丈的水下，小鱼看见一块木板“啪”的一声落在自己头顶不远处，就着又见那板子一沉。就在那木板下沉的一瞬间，他已奋力将短刀脱手甩了出去，接着双掌抡起，用劲全力击向木板。

那短刀飞出，不求有功，只需将瘦僵尸逼得闪避便可，击打木板却是重中之重，故此小鱼尽了全力，那木板被他双掌劈得正中，如何经受得起这猛力，瞬间便碎成数片，飞散开去。那瘦僵尸拔身而起避开了短刀，但落下之时却再也无可踏之物，身子重重地落入到水中。

小鱼早已等候多时，见这人落水之后拼命乱刨乱蹬的样子，便知他不识水性，一身武功在水中自然是施展不得，不由得大乐，上前一把拉住他的脚脖子，便朝水下拽去。

那瘦僵尸岂肯就范，虽在水中十分慌乱，却仍拼命挣扎，双掌四处乱打，但小鱼在水中十分溜滑，哪里打得着他，只是拉着他在水中乱转，可怜那瘦僵尸一身阴风绝学在波涛汹涌之中犹如拳头打在棉花堆上毫无用处，不多时便喝了一肚子江水，眼看着手脚绵软，无力再动了。

小鱼见这瘦僵尸似已昏迷，心中仍不敢托大，只因那夜见识过此人的手段，还被他暗施了阴劲，几乎着了道儿，此刻只怕这人不死，是以仍不依不饶地将他拖下江底，一直拖到解锚之处，将那铁锚头挂在这人身上，这才放手游回官船。

易三叔已将官船驶近，韩铁索也早将沈月奴救了上去，此刻见小鱼游回，赶紧放下绳索将他拉了上来。小鱼在水下这一连番拼斗，也是筋疲力尽，坐倒在甲板之上，问道："三叔，那些大船如何了？"

易三叔伸长脖子看了看，答道："一艘快沉了，那些人已经弃船，正往另外两艘游去，剩下两艘我看也进了水，正掉头要逃咯。"

小鱼听了猛地挣起身子，向前方看去，口中道："三叔，我们追得上么？"

易三叔傲然一笑道："莫说他们许是进了水，就算没进水，我也能咬住他娃娃，追上不难，只是船上弓箭已经用尽咯了。"

小鱼点了点头，无力地躺倒在甲板上，口中道："不怕，弓箭用尽了便饶过水里这些人，只管紧盯着那两只海东青，它们随着哪艘船，我们就追哪艘——沈姑娘呢，她还好么？"

"我在这里，已经没事了。"沈月奴走了过来，看着躺倒在甲板上的小鱼，急道："你怎样，有没有受伤？"

小鱼笑道："伤就没有，累却累得要死。对了，你怎么被人家当成鱼儿网住了？"

沈月奴哼了一声，道："我哪晓得，反正我刚一露头换气，那张破网就罩了下来，躲又无处可躲，谁知还挂着一只铁锚头，便被它带了下去，差点就憋死了。"说到这儿，想起小鱼为她换气，脸儿顿时绯红。

小鱼道："那缠在你身上的破网也不知是什么东西织成，我切割半天也断不了。对了，你怎么割开的？"

沈月奴叹了口气道："我知道，这渔网叫做'鬼难逃'，乃是海里捕大鱼时所用，网线之中绞进了头发丝、赤铜丝，又用一种药水泡上七七四十九日，寻常刀剑伤它不得，海中大鱼一旦入网，怎么也挣它不破。韩捕头将我救上船后，还是用我的匕首切断了网线，才脱身出来。"

"原来是海上之人所用之物？"小鱼喃喃地道。沈月奴忙摆手道："我们青龙会从不用这种网，我们要捕鱼哪需自己动手……"

小鱼轻轻一笑，道："我并未疑你，若是你们青龙会的人，怎么会将你网进去……对了，你的匕首能割破这网，倒更是厉害……”说到这里，他突然想起与沈月奴在水下嘴唇相接时的情景，不由得有些发呆，沈月奴看了他一眼，似乎猜到了他在想些什么，俏脸儿通红一片，转身逃进舱去了。

易三叔老江湖惯看秋月春风，见小鱼和沈月奴这般模样，不由得感叹笑道：“诶，一层窗户纸，难倒了两个大活人咯，本来明明白白的事儿，却偏要弄得个云头雾头哪个都看不清爽，人啊，硬是天下第一怪物。”

4

韩铁索此时正站在船头紧盯着前面的船，见易三叔没头没尾地说出这番话来，不禁有些好笑地道：“易三叔，你老人家在说啥子怪物哦？咋个我就没听懂喃？”

易三叔捋着胡须笑道：“韩捕头听没听懂有啥子关系，有人听懂就对咯了。你们呀，都歇一歇力气，前面还有五里便是乱石滩，咱们在那儿肯定就能追上一艘了。”

小鱼抬起身子问道：“三叔，是那艘有两只老鹰随着的船么？我们只追它，另外一艘不必管了，如果我没估计错的话，老鹰跟着的便是他们的头领。”

易三叔道：“大人放心，小老儿加把子力气，它咋个也逃不出去。”他不愧是久经风浪的老舵把子，估算得极准，果然到了乱石滩后，便与那海东青上下盘旋的大船贴近了。只是此时天色已晚，目力受损，这乱石滩江面曲折蜿蜒，水下又密布着暗礁，易三叔只得放慢了船速。小鱼看了看越来越暗的天空，回头道：“三叔，天黑之后，咱门这船还驶得么？”

易三叔道：“要按常理讲，无星无月的，自然驶不得，选个小岔湾子悬了红灯笼等到天明为好。可要是那样做，还咋能追上他们呢？小老儿瞧着前面那船掌舵的也是把好手，他也不得停下来，我们就接着赶罢。”答了小鱼，他又赶到船尾吩咐船伙儿道：“你们几爷子，把前舱的压舱石抛去一半，中舱的三成，后舱的一成，仔细些，莫整多很了。”

随着压舱石陆续被抛入江中，官船行速果然又快了许多。此时天已完全黑了下来，船头之前寸光不见，前方大船却也不停，只将一盏红色的灯笼高高地悬到桅杆之上，这是避免船前有木排或小船撞到。易三叔招呼船伙儿们收起一面帆来，笑道：“我就晓得前面的那个掌舵的有胆子赶夜路，可惜我易三叔还没老呢，子时必将他追上。”

四周漆黑如墨，船上更无一点声音，只有帆索受风时，才发出吱嘎吱嘎的声响。小鱼歇息了半晌，此时精神抖擞，独立船头望着前方那盏摇摇晃晃的灯笼，如此夜色行船其实风险极大，全靠掌舵的凭着经验控制着方向，稍有不慎便可能撞到江中礁石，那后果便不堪设想。

突然，一阵轻轻的脚步声从背后传来，只沈月奴幽幽地问道："你在看什么？为何不去舱里歇息？"

小鱼转过头来，看着沈月奴，微微一笑道："这会儿睡不着，你看这四周，什么也看不到，你们在海上也有黑夜行船的时候么？"

沈月奴道："黑夜行船自然是有的，只是海水甚宽，夜间虽然浪头大些，只要船大也不是很要紧，不像这江里两边都是悬崖，水域又狭窄些，让人看着就害怕。"

小鱼呵呵笑道："沈大小姐也有怕的时候么？对了，你们海上行船可否也要在桅杆上挂盏灯笼？"

沈月奴瞪了小鱼一眼，嗔道："我是女孩子，为什么不可以怕……我们在海上有时挂，有时不挂，海那么大，怎么会撞到别人？"

小鱼"哦"了一声，凝视着前面的红灯笼，道："你说，他们会不会发现我们在后面跟着？"

沈月奴摇了摇头道："想必不会，我们隔着有些距离，又没有悬灯，他们哪里看得到？易三叔的身手甚高，若是在我们青龙会里，也能排在前三位舵把子之中。呆瓜，你真的不累么？等一会追上他们，多半还有一场恶斗，你最好还是再歇歇，养足精神才好。"

小鱼笑道："谢大小姐关心，我这要是睡着了可轻易醒不过来。你去歇罢，我一点都不困。"正说着，韩铁索也从另一头走了过来，道："千总大人，兄弟们都已经歇息得足了，不如大人去小睡一下，一会也好带领我等杀敌。"

小鱼笑道："无妨，在下已经歇得够了，韩大哥去看看易三叔，他老人家一直在掌舵，精神还好么？"韩铁索应了一声，自去船头了。小鱼心道，那个瘦僵尸锦衣卫首领既然在此，当日与他同行的车中太监是否也在这里？那太监的身份显然比锦衣卫首领高出许多，若他就在前面船上就好，捉住此人，许多谜团也可一解了。只是说起来韩铁索等人也都是衙门里的公人，若那太监有劳什子朝廷敕令在手，却也个麻烦，这些公人届时投鼠忌器，甚至被迫反戈一击，岂非要命？想到这里，他也赶去船头，将韩铁索唤到一边，笑道："韩大哥，你我同舟共济，虽相处时短，却也情同手足，此刻我们所遇之事异常凶险，不知韩大哥有何打算？”

韩铁索闻言一愣，道：“韩某与千总大人并肩作战，心中也很是欢喜，此来又是奉命而行，自然要将千总大人护送到底，却没有其他啥子打算。”

小鱼点了点头，道：“韩大哥有所不知，此事极为繁杂纷乱，在下也不知从何说起，但却不能瞒着你们，若我所料不错，前方大船上或许也是官府中人，说不定还是朝中权监，韩大哥难道也肯与之为敌么？”

韩铁索听罢一声冷笑道：“千总大人不必试探韩某，韩某平生最恨的便是阉党祸国殃民，不管那船上是何人，他们与水寇勾结却是我等亲眼所见，可见都不是啥子好东西，这些家伙，人人得而诛之！”

小鱼肃容一揖，道：“韩大哥深明大义，小鱼敬佩！”

韩铁索也忙回礼道：“大人如此便折杀韩某了，好教大人放心，韩某属下这些兄弟，无不是忠义之辈，断不会与阉狗为伍的。”

小鱼点了点头，道:“韩大哥，若那人真是朝中权监，我们却不必暴露身份，我等死不足惜，若行事不密，祸及李少帅和袁大人，便误了大事了。”

韩铁索心思灵便，立时明白了小鱼的意思，笑道：“这也不难，我们便蒙上面目，冒充水寇去。”

小鱼“嗯”了一声，道:“这法子不错，我们冲上去只说打劫，擒贼先擒王，只要捉住那权监，便是大胜。”

韩铁索点了点头笑道：“韩某理会得了，那我们便来个……蒙面抢劫。”说罢便去找属下各捕快安排去了。小鱼则走进船舱，将袁子让所赠戚继光大将军的苗刀取出，笑道：“沈大小姐，这回你又可以戴上面纱了！”

生疑

1

子夜时分，只张着一只风帆的官船在易三叔的把舵中，无声无息地靠近了前面的那只大船，直到两船相距不到三丈，那大船才发觉有人接近，于是响起一片“敌袭”的惊呼声。不消片刻，两船已经距离不到一丈，易三叔也不知用了什么手段，官船猛地一顿，小鱼等人却早已飞身纵上了对面船头，挥刀大喝道：“不想吃板刀面的，通通给老子滚到船尾去，跪在地上不得起身！”

那船上水手约莫有二三十人，也各持兵刃迎了上来。其中领头之人怒骂道：“何方小丑也来放肆？此乃官船，识相的赶快滚下船去，不然把你们一个个剁碎了喂王八！”

小鱼嘿嘿一笑，道：“管你官船私船，在这条江上行走，就通通要给老子‘长江神龙’送礼，官船更好，油水更肥，赶快滚到船尾去，小心老子要你脑袋搬家！”

那领头之人翻手拔出腰刀，冷笑道：“不长眼的鼠辈水贼，那就受死罢！孩儿们，掌灯，将这些小贼统统宰了！”水手们轰然答应，十余盏灯笼顿时亮了起来。小鱼凝神一看，原来大船靠舱之处还有十余人执刀握剑守卫着，这些人将灯笼点起，却仍停在原地不动，显然是将要力保船舱中人。灯光之中，小鱼看得清楚，原来这领头之人便是那夜后来对自己说了一句“傻小子，不要跟上来，免得吃了挂落”的锦衣卫。如此看来，自己料想不错，船舱之中多半真的便是那轿中太监。

小鱼蒙着面，这锦衣卫自然认他不出，也不再多言，腰刀挽了个刀花迎头劈了下来。

小鱼长刀一架，感觉分量极沉，心道这人武功不知如何，力气却是甚大。两人你来我往斗在一处，倒将沈月奴、韩铁索和锦衣卫的属下们隔在了两边。

小鱼原以为那瘦僵尸已死，这剩下的人都不足道，谁知这锦衣卫武功却也是出乎意料地高强，自己轻易之间怕还拿他不下，这人又挡在这里，若是那权监趁机放下小舟遁去，再想捉拿却是难了。

不过此时也顾不得许多，只有将此人拿下再说，否则这船上其余人等又怎能就范？小鱼心中计较已定，抢步上前猛然出招，使出的竟是峨眉派的看家功夫“峨眉夜战刀”。要知峨眉派兵刃素以长枪为王，快刀为尊，这“峨眉夜战刀”以快取胜，凡能习此刀法者无不身轻如燕，下盘又极扎实，所谓出手落地生根，步步为营，长刀在手如电如风，全然随心而动，眼睛反到不是十分重要，乃是“夜战”之高妙之法。此刻夜色深沉，这一套刀法使将下来，威力十足。那锦衣卫武功原本不错，但此刻四周黑暗，视线模糊，只得拼命抵挡，却觉得这蒙面的对手一刀接一刀地连环杀来，心中不由得暗暗叫苦，却也不敢退下。

两人正狠命斗在一处，只听船头方向有个公鸭嗓急呼道：“快快，快扶咱家上小船！”紧接着便有小船落水之声响起。

小鱼闻声一惊，这声音极是耳熟，听来便像是那晚轿子中的太监。现在这太监显然要放了小船逃跑，夜色无边，若小船下得江中，必然难以追寻。然而眼前这厮虽然被自己逼入下风，但仍拼死不退，想来是想为那太监争取逃走的时间。小鱼心中大急，急挥一刀将那锦衣卫逼退，跟着身子一纵，当先跳下船去。落到水中之后，他放眼一看，那小船正在不远处，船头打着一盏灯笼，正顺流而下，忙拼命追了过去。所幸此船刚刚下水，船速尚未起来，小鱼又游得极快，不多时便抓住船尾舷板，身子一翻，滚入小船之中。船上两人口中惊呼着扑了上来，小鱼长刀早出，一刀一个，全都了账，将这二人一同砍下水去，口中大喝道：“摇橹的艄公不必惊慌，老子只是求财，安心掌舵，保你性命！”

喝罢抢上船头，但见一个锦衣华服的胖子缩成一团，不停地哆嗦着，不由得大笑道：“兀那老贼，要钱还是要命？”

那胖子翻身趴在船板上不住地磕头道：“自然是要命，自然是要命，大王息怒，钱财都在包裹里，大王尽管取去，尽管取去，只求大王饶了小人的性命！”

小鱼哈哈一笑，此人言谈举止显得十分惊慌，但神色却隐隐似有所恃，不由得留了些心，只走上前一步，伸刀向那人身旁的包裹一拨，立时有五彩斑斓的宝光直射了出来，竟是一大包价值连城的珠宝！突然，那胖子猛地从怀中掏出一件东西指向小鱼，小鱼适才见他神色有异，早有防备，左手一把攥住胖子的手腕，用力一扭一提，那胖子有如杀猪般惨叫将手里的东西扔到了船板上，原来是一把精致的短柄火铳，看上去并非军中装备，而是新式的泊来之物。小鱼放开他的手，伸手捡起火铳，笑道：“老子看你这肥猪硬是活腻了唆，还敢跟老子耍花枪！”

谁知这胖子竟凛然不惧，一拧身子蹦将起来，扯着公鸭嗓子怒骂道：“咱家乃是庙堂之上的人物，岂能受你这蟊贼之辱？今日与你拼了！”说罢低头弯腰冲过，照着小鱼的胸膛一头顶来。

小鱼一愣，没想到这死太监竟如此悍勇，只是伸手将他一推。那胖太监一跤跌倒，竟仍有胆气蹦起，口中喃喃地怒骂着，竟向江心跳去！小鱼顿时头大如斗，原以为这些死太监都是贪生怕死之辈，谁知竟还有如此泼辣之人，一时倒也有些哭笑不得，只得将那太监的领子揪住，将他提了回来，推倒在舱中。那胖太监见投水，竟放声大哭道：“活不了啦，活不了啦，不死都不行啦，宝贝也都给你了，你还拦着我干什么？行行好，你就给我一个痛快吧。”

小鱼挠了挠头，也顾不上细问，只一脚将这胖太监踢翻踏牢，命那艄公靠近大船，大喝道：“船上的人统统住手，不然老子就宰了这死肥猪！”

大船之上，那锦衣卫正与沈月奴斗在一处，听得此言，急忙跳到了一旁。小鱼想起那夜此人对自己倒是有一番好意，此时也不想要他性命，便大声笑道：“钱财已经到手，我也不必害你的性命，那汉子，你且退后，老子上了船后，这只小船就由你划走吧。”

沈月奴和韩铁素等人却将船上一干水手赶到了一旁，令其一起蹲在甲板之上，以免再生事端。那一边易三叔见大船已经拿下，便将官船靠了过来，两船并在一处，中间横上一条板子供人通行。

那锦衣卫嘴唇动了动，终于点了点头，退到了一旁。小鱼拎着胖太监和那包珠宝跳到大船，任由着那汉子跳上小船，与艄公消失在黑暗中。

小鱼呵呵一笑，对胖太监道：“那人莫不是你的属下么，怎么也不将你带走？”

那胖太监冷哼道：“你们没有杀了他，以后会后悔的。”说罢闭眼不动了。小鱼心道，今晚之事颇有些古怪，不过无论如何这胖太监已经擒拿在手中，慢慢套问出来便是。正思忖间，却见沈月奴手拎着两只硕大的鸟笼走过来道：“你看，两只海东青都在笼里呢，等我回去交给我爹，他老人家定然十分高兴。”那胖太监看了沈月奴，眼睛却突然一亮。

小鱼心道，这死太监“下面已经没有了”，居然还如此好色，见到美女都想多看几眼，不由得笑道：“这鹰儿甚好，可惜只认旧主，换人怕是养不好的。”

沈月奴盯着小鱼的手，道：“你手里拿的这支火铳好漂亮啊，借我看看，借我看看。”

小鱼道：“这东西危险的紧，留神走了火。”

沈月奴哼了一声道：“你以为本姑娘是乡下丫头啊？快拿来啦，我们青龙会这东西多了，只不过这小火铳漂亮得紧，不然本姑娘还不稀罕呢！”

小鱼也不相争，便将火铳交与沈月奴，唤过韩铁索，将胖太监关进舱中，再把船上对方水手集中在一处暂时看管起来。随后，他自己又回到官船之上，却见易三叔正在收拾东西，见小鱼笑道：“大人，咱们这艘船不要了，都搬到对面那大船去罢。”

小鱼见状上前帮着整理，道：“我过来也是想问三叔一声，是不是换到他那船上去，也好掩人耳目。”

易三叔笑道：“小老儿也正这么想，再说咱们的压舱石也抛了许多，现在还觉不到啥子，可要是江上一旦起了大风浪，那就是大麻烦。”

小鱼道：“你老人家水上经验多，说得是。”

易三叔自豪地笑笑道：“小老儿自小便在水上耍船，这点经验自然还是有几分。说句得罪的话，大人当年下山历练时，还是个娃儿家，如今也是将军大人了，时光硬是过得快哟。”

小鱼笑着摇了摇头，道:“我不过是个小小的千总，啥子将军……”正说着，猛然听得对面大船上传来砰地一声响，接着便是沈月奴的惊呼！

小鱼也顾不上与易三叔说话，立刻飞奔到对面船上，只见沈月奴倒还完好无损，只是脸色惨白，见到小鱼只是嘴唇哆嗦着，一句话也说不出来。小鱼正要询问，只听韩铁索在舱内急道：“大人，这胖子死了！”

小鱼心中一动，赶紧走进舱中，只见那胖太监委顿于地，两只眼睛微睁着，双眉正中却多了一个圆圆的血洞，眉眼也被烧黑了一片，脸上依然是惊疑不定的神色，似乎完全没有想到自己会这样死去。韩铁索从地上拾起那把火铳，默默地交给小鱼，退出舱去。外面传来了沈月奴压低的抽泣声。小鱼慢慢地坐了下来，看了看手中的火铳，叹了口气。这胖太监一死，很多事便再也无法弄清，实在令人沮丧。

沈月奴却慢慢地走了进来，低声道：“对不起，我只是想吓唬他，谁知道这火铳会走火……”

小鱼勉强笑了笑，道:“无妨，这死太监死有余辜，也许是命该如此。”说罢，他拉起沈月奴走出舱来，对韩铁索道：“韩大哥，搜搜这人的身上，便扔进江里去罢。”话虽如此，他心里却很失望，因为这胖太监身上想必已经什么都搜不出来了。果然，韩铁索在胖太监的尸首上摸索了半天，向小鱼略一摇头，抬起尸体扔下江去。

小鱼道："韩大哥，将这船上的水手都赶到官船上去，我们换这船走罢。"说罢走到船头无，呆呆地站着。

韩铁索走到身前，低声道："这些人不如杀了，若让他们逃去，岂不仍要暴露我等行藏？"

小鱼摇摇头，道："这些人罪不至死，何况杀俘不祥，他们现在江上能逃到哪去？等再遇到外人，我们说不定已经弃船而走了，不妨事。我心里有些乱了，一切拜托韩大哥安置照料。"

韩铁索见小鱼心意已定，只得叹了口气依言去了。小鱼呆立在船头，沈月奴走上前来，惶然道："你……你莫生我的气，那火铳怪得很，我都不知道怎么会打到他了。"

小鱼苦笑了一下道："我没怪你，只是意外而已，不必放在心上，你去歇着吧，我想一个人吹吹风。"沈月奴呆了呆，猛然一跺脚，转身掩面飞奔而去。小鱼转身看了看她的背影，没有追上去，反而坐了下来。待四周已经没有动静之后，他站起身来，踱到易三叔跟前道："三叔，你老人家也忙了这么久，咋个也不歇一歇？"

易三叔笑道："大人还别说，这把老骨头还真不如当年健壮，前面不远有个岔子，我们到那里就歇歇。"

小鱼道："不错，三叔，那岔子能登上岸么？此处水路我却不甚熟悉。"

易三叔吃了一惊道："咋个喃，莫非大人想下船了？"

小鱼点头道："不错，韩大哥说得很对，我们放过了那些人的性命，换了船也保不住行藏，水路前面到底还有多少危险也不得而知，还不如悄然上岸走陆路。"

易三叔想了想道："说得也对，可惜这样小老儿就愧对袁大人的嘱托了。从那里上岸没得啥子问题，石壁之下有一处石缝，大人这样的身手上去不难，从那儿往西再走十五里，便是西坝镇了，镇上自能雇到车马。"

小鱼道："多谢三叔指点，对了，我准备独自一人前去，此事切莫让第三人得知，天亮之后，你直管开船便是，只要我不在船上，你们便是遇到敌人，也不会有危险，他们的目标不过是我身上之物而已。"

易三叔奇道："难道也不告诉韩捕头和沈姑娘么？"

小鱼一边用布将宝刀缠成一条看不出是什么的布棍，一边道："不错，他二人若是问起，你便说不知我何时下船去了。”

易三叔摸了摸胡子，虽然不解小鱼的用意，但却打定主意，总之按这少年千总的意思去做便是了，自己千万不要胡乱出主意，虽然不知他此行有些什么秘密，但袁大人如此看重的事，必然都是国家社稷的大事。老人家轻轻地叹了口气，向船头走去。

2

长夜漫漫，船上众人连日苦战，无不疲惫异常，战事一停，不禁个个昏睡过去。就在众人的清梦之中，小鱼已经翻过了几道山岭，来到了西坝。

说起这座秦惠王时便已渐成规模的小镇，小鱼倒也有几分熟悉。此地距州城不过五十里，原来叫做“西溶镇”，只因境内有溶江而得名，自古便是水陆要冲，又是南方丝绸之路的重驿，人称“西坝水码头”镇上古风俨然，鳞次栉比的青瓦房都可上溯至盛唐、大宋年间，中间一条窄窄的青石板道贯穿全镇。沿街而行，雕花的窗棂、半掩的幺门儿，恍惚间回到了唐朝。曾几何时，从安南、身毒等地取蜀道入大汉的货物，便是在此处换乘大船。有明一朝，那些奇装异服，高鼻深目的胡人已绝少现身于此，但天明之后镇上依然十分热闹。

小鱼将身上衣服脱下，找到一间沽衣铺，买了一套粗布衣裤换上，扛着布棍，随着人流来到了街上。远远望去，只见码头上桅杆如林，许多货船正在做着出航的准备，成垛的货物，更有人一批批搬运上船。

小鱼走进码头旁一间小店，要了一碗西坝豆腐。原来这西坝豆腐名冠天下，菜品可达百种，与镇上的生姜、米酒合为贡品。然而此时正是清晨，却没有许多豆腐菜肴可点，只要了碗清淡的雪花豆腐，一张面饼夹上牛肉充饥。正吃着，突见十余人背刀挎剑，正快步从镇口向码头赶来，领头的老者身材异常矮小，衣着十分奇异，原来竟是老熟人——鬼神童子诸葛白，其余人等面相凶恶，其中一人十分面善，仔细一看，竟是当日上山祝寿的东海黑鲨门大当家甄可坚，不过唐九已经说过，这甄可坚并非大明武林人士，而是日本浪人。诸葛白与这些日本浪人在一处，看来青龙会果然不是那么简单。

小鱼赶忙将头发揉乱，发丝覆额，埋下头去只管吃饼。那诸葛白等人走过小店却未向里面张望，只听那甄可坚道：“船的已经备好了，我们的要再多派些人手……”接着那诸葛白道：“自然是要，没想到他们走了水路，所以……”

这些人断未想到小鱼鬼使神差地来到了西坝，走进这家小店打尖，是以相互交谈也不掩饰，不过话到此已远不可闻了。小鱼咬了一口饼子，眼珠转着，心中暗忖道，这诸葛老儿难道在追沈月奴么？不过，他从哪儿弄来的这许多人手？他和沈月奴上山时身边仅有阿四等几个抬轿子的大汉，这些人都藏在哪里？这诸葛老儿在沈月奴上山之前曾冒充赶车的老汉，又有什么古怪？这些人的目的究竟是什么？青龙会难道真的便只是来为师父祝寿的么？

小鱼心道："沈月奴啊沈月奴，你究竟在做什么？"

其实，早在沈月奴打死了胖太监之前，他便心中有些迷惑，便是在开船之前，她着人去买甜皮鸭，耽搁了开船的时辰，鸭子买回来却一口也没吃。原本还觉得这不过是凑巧，可她拿走火铳打死了胖太监，若说是失手走火，也未免太巧了。再想起当初在山上唐九对自己所说的一番话，不由得心中大疑。要说起来，他对沈月奴岂能没有几分情意？但身上的物事实在比性命更加重要，哪里敢轻易涉险？故此一狠心将她抛下，自己独自下船，分道扬镳，此事办完之后，两人若是有缘，到时自可相见。不过现在巧遇诸葛白，事情又有新的变化。这些人中除诸葛白外，阿四等人竟都不在其中，这些人又到哪里去了？想来这青龙会一定不简单，沈月奴恐怕对自己也隐瞒了更多的东西。想到这里，小鱼心中不由有些恼恨，狠狠地咬了一口饼子，会了账，走出门去。他原本打算在码头上寻个货船，接着悄无声息地再走水路，如此便是易三叔泄露了自己的去向，也无人想到自己并未走陆路，而是仍在江中行进。

不过幸好自己误打误撞地来到西坝，又无意间听到了诸葛白等人的行踪，这下便是自己在暗，他人在明，反而多了几分胜算。想到这里，小鱼不由得豪气顿生，要好生与那些想要夺取匣子的各路人等斗上一斗。

小鱼看了看天色，转身找了家街边的小茶馆，慢慢走进去找一个角落坐下，要了一壶茶，耳朵里听着周围茶客们的闲扯，喝了一个多时辰，这才走出茶馆，绕着小巷转悠到了码头边。他看了看自己身上的衣服，一件又脏又破的土布衫，脸和手上满是灰土，肩上搭着一支脏兮兮的布棍，无论从哪儿看，都是个赶脚的乡下汉子。他走进码头，四处看看，凑到一个正在点货的中年男人身前道："这位先生，船上要个帮手么？"

中年男子回过头来上下打量了小鱼一番，撇了撇嘴巴，问道："你这汉子，一身肮脏，莫在此啰嗦了，快走开些。"

小鱼赔笑道："先生，小人家里老娘病了，要赚几分银子抓药，还请先生可怜可怜。"

中年男子鄙夷地一笑，道："你以为银子是那么好赚的唆？老子是茂源货栈的，不是船家，快走开些，莫妨碍老子做事。"

小鱼也不着恼，仍然赔着笑脸，抓出一把铜钱塞给中年男子，道："先生做做好事，帮小人一把，你认得的人多，帮小人上船找个活路干，将来一定报答先生。"

中年男人见小鱼穿得如此破旧竟还能给出一把铜钱，也不由得一愣。不过他也没想太多，只是将铜钱接过，缓颜道："莫说我不帮你，这船上不比田地，你可会做些什么？人家不得要外行哈。"

小鱼挺了挺胸膛道："先生放心，小人原本家里也有条船，只是父亲病死后卖了，船上的活路小人多少懂得些。"

中年男子听得这话，将铜钱揣进怀里，点了点头道："也罢，我看你娃娃一片孝心，跟我来嘛，给你荐个船家。说嘛，你是想上顺江还是逆江的船？要我说，头一次出去，还是顺江的好。"

小鱼连忙点头笑道："好，还是先生懂得多，顺江船好，走得越远越好，小人也好多赚些钱给我娘看医生。"

中年男子看了看小鱼道："那就上湖广汉阳府的船罢？几千里的水路，打个来回也要三个月，你娃娃不和家里人说一声唆？"

小鱼忙道："小人已经和娘说巴适了，现在随时可以动身。"

中年男子微点了点头道："既是如此，你便随我来罢。"

小鱼答应一声，跟在他后面往江边走去。不多时，来到码头边一只大船旁，那中年男子喊了声："马三哥，在舱头哇？"

话音刚落，一个铁塔般的壮汉钻出舱来应道："哦，是刘掌柜，你老人家找我啥子事？"

中年男子刘掌柜笑道："你哥子上回不是说船上少个伙计么？我给你送来一个，你看要得不！"

马三哥上下打量了小鱼一眼，道："是啊，这个月船上活路多些，缺个人手，这个小兄弟看起还多壮的，不错……对了刘掌柜，小兄弟以前在哪条船上帮工？"

刘掌柜嘿嘿一笑道："这娃娃屋头自己原先有船……倒也没在船上搞过，不过你看他恁个结实，人又勤快，还是没得问题的噻！"

谁知马三哥听了这话却沉下脸道："刘掌柜，我们这个行当是咋个回事，别个不晓得，未必你也不晓得哇？他屋头有没得船我不晓得，但要是没在船上搞过，咋个吃得了这份苦喃？我看还是算了，不要二天风高浪急丢了性命，我还脱不到爪爪。”

刘掌柜正要再说，小鱼却在一旁笑道：“马三哥，我确实没在船上搞过活路，但是我有力气，我还会凫水，你试我一下子，要是看不上眼，我不得要工钱。”说罢指着码在岸上的麻包道：“三哥，这些是要上你船的货哇？我立马去扛。”说着也不管马三哥的脸色，拔腿奔了过去，将码成一排的麻包抓在手里。入手一掂，便知道这包里是大米，一包百斤上下。小鱼心中偷笑，这次要卖些傻力气才能震住马三哥，于是左肩先垫上一包，右手抓起一包一包地甩到左肩摞起，一直放上去五包，这才轻手轻脚地往船上走。

这一来不仅马三哥和刘掌柜吓了一跳，周围干活的百十号人也都围过来叫着好。刘掌柜心中又惊又喜，没想到这傻乎乎的小子竟能扛起五百斤，这样的汉子无论去哪条船上都是人人抢着要的。想起适才马三哥竟给自己脸色看，刘掌柜愤愤地道：“小兄弟，快放下，放下，咱们又不是他船上的伙计，给他扛啥子包？走，我带你找别家去。”

马三哥也是老江湖了，哪里不晓得刘掌柜的心思，赶忙赔笑道：“刘掌柜，刘老爷，你大人大量，我马老三言语上得罪了，这位小兄弟这把子力气整个嘉定州的大船小船上也算是拔尖的，还是上我们的船嘛，你老人家举荐积德，老三不敢忘的！”

那刘掌柜听了撇撇嘴巴，还是作色要走，但小鱼哪肯多事，见马三哥这船在这里最大，去的路途又合意，自然是肯的，于是忙着对刘掌柜道了谢，刘掌柜本来只是想为难马三哥几句，找回面子，见小鱼喜欢这船，又收了他的铜钱，自然也不必多言，嘱咐了几句，便高高兴兴地去了。

小鱼上了马三哥的船，四处观看了一番，只见此船底平舱宽，看来航速一般，是一艘常见的货船，下水也不过两三年的样子。小鱼倒也不怕航速慢，既然诸葛白等人急匆匆地追赶在前，自己在后面拖得慢些，距离越拉越远，反而十分安全。

货物上齐后便开了船，马三哥为人倒是古道热肠，这船上连他在内原本一共有六人，小鱼是新手，虽然力气吓人，但行船不比陆地，自然只能先管管杂物做做饭。

出港第三天的下午，正在舱中切菜的小鱼忽然听到一阵惊呼，将头探出来一看，只见一艘被烧得面目全非的大船，正慢慢地靠近岸边。几个衙役模样的人正围着大船查看，离船不远的岸上，摆着三具蒙着白布的尸首。虽然那船已烧得不成样子，但小鱼一眼便看出这便是自己从嘉定州出来时袁子让安排的那艘官船，不过所幸易三叔他们已经与胖太监的船对调了，这些尸体想必都是胖太监的属下。也不知沈月奴究竟怎样了？想起这个刁蛮而可爱的少女，小鱼心中突然一疼，但他只是咬了咬嘴唇，便退回舱中继续切菜去了。尽管对她只是有些怀疑，但事关重大，他没有办法去赌，一切只能等到将东西送到京城之后再说。

时光飞逝，小鱼在船上与马三哥等人早已厮混得熟络，这些常年行船的汉子虽说少礼不文，但个个热心重义，相处起来十分开心。不知不觉已经过去了一个月，船也到了汉阳府。小鱼给马三哥留了张字条，借着夜色悄然下船，直奔岸上。他原本可以再找一条船坐到南京，然后从那里直赴京师，这样算来路程会近很多，然而那些暗中觊觎之人大多都是好谋多智之辈，这样的行程怕是早已被人计算到，此刻南京城四下只怕已经布满了眼线。所以小鱼又不想按牌理出牌了，在汉阳府码头下船，走一条别人想不到的路，做一个别人想不到的人，让南京那些人继续喝风去罢。

死别

1

六月初五。

宜祭祀、开光、治病、牧养；忌嫁娶、出行、纳采、入宅。煞南。

京城郊外，延庆大集市。已是下午时分，赶集的人已渐渐散去。一个紫红脸膛满面虬髯的胡人大汉，与两个同样装束的伴当赶着一群牛马骆驼，慢悠悠地走了过来。三人都是一手牵着缰绳，另一只手不住地在敞着怀的皮袍子中掏出大块牛肉往嘴里塞，不时地举起皮囊里狠狠灌上一大口烈酒。这些汉子也不知连着赶了多少路，一身的臭汗十分难闻，周围的人都掩着鼻子匆忙从他们身边走过，他们也不以为意，仍是旁若无人地一边吃喝一边叽里呱啦地说着胡语，向前走去。

这两年朝廷对前来贩卖牛马的草原部落十分宽松，各部胡人也甚常见，所以集市上的人也不觉得稀罕，就连街角太白酒楼上临窗而立的鬼神童子诸葛白，也只是轻蔑地看了这些粗莽的胡人一眼，便将头又转到了一旁，坐在他对面的白裙美少女却暗暗吃惊地轻轻地放下筷子。

坐在美少女旁边的一个矮瘦男子见了笑道："你的，怎么不吃了？"

美少女轻轻一笑道："连日赶路，脑袋昏沉沉的，这菜又油腻得很，不合我的口味，你们吃罢，我要出去透透气。"

矮瘦男子愣了一下，喃喃地道："这菜很油么？也罢，你的去罢，早些回来。"

美少女略一点头，便走下了酒楼。那矮瘦男子望着美少女的背影，突然微微一笑。

诸葛白在一旁疑惑地道："山本阁下，您在笑什么？难道……"

原来这矮瘦男子却是断水流大管家山本信太郎，只见他摇了摇头，依然微笑道："没有什么，诸葛君，你们明国真的很有意思。就连我们的樱子小姐，也越来越像一个明国人了……诸葛君，你的可以去集合人手了，我们已经吃得够多，可以做些事了。”诸葛白听了，眼睛突然一亮，立刻起身拱了拱手，迅即离席而去。

此时，那三个胡人已经赶着牛马走到了延庆镇市外。他们转过一个路口，只见一个身穿白裙的美少女静静地站在路中。此处人迹稀薄，她一人亭亭伫立，犹为显眼。那三个胡人互相看了一眼，又是叽里呱啦地互相说了几句话，神情莫名地看看这美少女，还是赶着牛马慢慢地走了过来，这些胡人虽然性情粗放，但在大明天子脚下，也不愿多招惹是非，于是小心翼翼地躲过那少女，往前面走去。

白裙美少女却对着胡人的背影娇斥一声道：“站住！”

三个胡人犹如未闻，仍继续向前走去。那少女咬了咬嘴唇，大声道：“司徒小鱼，你还想不辞而别么？”

走在中间的紫红脸膛满面虬髯的胡人身子微微一动，停下脚步，无奈地道：“沈姑娘，这样你也认得出来？”他拍了拍那两个胡人的肩膀，又跟他们说了几句，那两人笑了笑，赶着牛马自去了。他回过头来，慢慢地扯去胡须，用袖子抹了抹脸庞，果然正是小鱼所扮。

那白裙美少女却正是沈月奴，她眼中突然有些湿润，口中却冷冷地道：“司徒少侠好本事，竟然夜遁而走，这也算是峨眉派堂堂正正的名门子弟？”

小鱼叹了口气，道：“沈姑娘是否以为名门子弟便都是没有脑子的傻瓜么？”

沈月奴怒问道：“你这话是什么意思？”

小鱼道：“沈姑娘自然知道在下的意思。难道姑娘真的以为在下相信你和诸葛白上峨眉山只是为我师父祝寿的么？你在铁牛门让船伙儿去买甜皮鸭耽搁了许多时间，后来可曾吃过一口？那个胖太监想必和姑娘也是熟人罢，那人见到你时神色怪异，我那时还以为他只是见色心动，可一个太监怎会如此？倒是姑娘的枪法实在不错，一枪毙命。还有你们青龙会的诸葛白，和日本浪人是好朋友罢？”

沈月奴默默地听着小鱼的话，脸色变得惨白，身子略略有些发抖，口中喃喃地道：“莫非……莫非你早已不相信我？”

想想山洞中的历险经历与水底的生死缠绵以及相识以来发生的所有的事，小鱼心中一时间也是大乱，他长长地呼了口气道：“我不知道该怎么说，无论如何我都要走了，沈姑娘，后会有期。”

此时，但听道旁林中有人大声笑道：“樱子小姐，果然不愧是断水流的第一女忍者，这次你的立了大功。”

话音未落，早已蹿出百十人来，将小鱼围在中间。其中不仅有阿三阿四等青龙会帮众，也有甄可坚和他的属下。适才出声的便是山本信太郎，他与诸葛白两人负手而立在人群之外，脸上依然浮现着微笑，慢慢地说道：“不要留下活口，我的只需要那个东西就已经足够了。”

小鱼缓缓地打开布棍，露出戚大将军的宝刀。他知道自己可能已经没有机会逃出生天。他并不清楚山本信太郎的武功如何，但一个诸葛白就已经难以匹敌，此人当年能在少林、峨眉、武当三大掌门手下逃走，岂是易与之敌。不过他并不畏惧，不到最后关头，他永远也不会放弃，只是没有想到沈月奴最终会出卖自己，他对着沈月奴苦笑着摇了摇头：“原来你不叫沈月奴，樱子小姐。”说罢再也不看她一眼。樱子慢慢地退后，脚步竟有些踉跄，脸上毫无血色，竟也不敢去看小鱼。小山若有所思地看了看樱子，又转过头去看小鱼。

此时围拢之人已经开始动了。他们用的武器一模一样，都是打制精良的倭刀。这种刀锋利强硬，普通兵器难以对敌。亏得小鱼手中的宝刀亦是削铁如泥的宝贝，不仅未受倭刀所制，反而大占便宜。此时已是生死关头，小鱼的身上再也见不到一点往常大大咧咧的样子，似乎变成了另外一个人，一个真实的司徒小鱼，一个樱子也从没见过的司徒小鱼。几乎没有人见过如此凌厉绝杀的功夫，那些日本浪人和青龙会帮众武功都相当不弱，但在小鱼的刀下却无人可以顶过三招，就连领头的甄可坚打过五个照面，也已经有三处带伤。只是这些人悍然无惧，虽然不敌，却已丝毫不退。

小鱼却是愈战愈勇，独斗众人，不但丝毫不露疲态，反而精神倍长。长刀毒蛇一般刺杀削砍中，一个又一个对手倒在血泊之中。

山本信太郎突然咳嗽了两声，笑道：“樱子小姐这个朋友武功的很好，诸葛君，还是你的亲自出马罢，这里是明国的都城郊外，不宜长久纠缠。”

诸葛白嘿然一声，喝道：“众人退下，老夫也来讨教一番！”说罢飞身扑向小鱼，身在半空之中，两把短剑已在手中，闪电般向小鱼攻去！

早在三十年前，诸葛白便已纵横江湖，黑白两道中人，无不畏惧鬼神童子的手段狠辣。小鱼自忖未必能敌，但心中却充满豪气，长刀一摆，不退反进，竟兀自迎上前去！

诸葛白喋喋怪笑，见小鱼刀势破空用老，右手短剑唰地一声直刺小鱼肋下，一击即中，心中不由狂喜！谁知小鱼身形擦肩而过，却并未倒下，反而回手一刀反击迅猛。诸葛白这才感觉到刚才那一击虽然刺中了小鱼，但短剑却没有入肉的感觉，而是像刺入了虚空，这才想到，原来小鱼的身法之快已经超乎想像，因此自己以为刺中了他的肋下，其实只是刺中的残影而已！他完全没有想到这年纪轻轻的小子竟然武功高到这等程度，反手挡开长刀，自摄心神，再也不敢轻敌。

小鱼适才躲开了致命一击，自己也是暗暗吃惊，原来这些日子时常修习《开天·剑术》，武功竟精进如斯，几乎在不知不觉间便已脱胎换骨。说来也是奇怪，前些日子在水下大战水寇与僵尸锦衣卫时还未觉自己武功长进，想来或许是此时置之死地反倒将《开天·剑术》的武功激发了出来，手中虽然是刀非剑，谁知竟也能将《开天·剑术》的心法运用自如，心中不由得又是奇怪又是惊喜，口中却怒骂道："诸葛老贼，亏你也是中华武林的前辈高人，竟如此无耻甘心为倭寇做事！"

诸葛白听得此言却毫无所动，一对短剑攻之更急。小鱼也不再多言，长刀上下翻飞，与那诸葛白杀成一团光影，周围众人迫于两人兵锋凌厉异常，无不纷纷退后。

只听山本信太郎在外大声喝道："樱子，你的还在犹豫什么，快点去帮助诸葛君，早一点将这个司徒小鱼拿下！"

樱子却不搭言，依然木立不动。山本信太郎怒道："别忘了你的弟弟和妹妹还在平户，更不要忘记你自己的身份！"樱子闻言身子又是一震，泪水顿时充盈了眼眶，她咬了咬嘴唇，突然飞身而起，一刀刺向小鱼。

2

小鱼"叮当"一声挡开樱子的刀尖，心中大是气苦。他虽然一直便对樱子心中存疑，但与她相处日子中的一幕幕往事，又怎么能够说忘便忘？此时见她竟不顾情分也来搏杀自己，心中顿时难过之至，尽管也听得山本信太郎言语之中有些胁迫之意，但此时哪里还有心思去细究？诸葛白武功原本便极强，小鱼虽经修习《开天·剑术》，但也只是堪堪支撑局势，脱身尚且不易，遑论取胜？此刻对方又加上樱子，她武功虽不及小鱼，但刀法之快，却也远在甄可坚等人之上。小鱼左支右绌，出招及步法越来越乱。诸葛白见小鱼心已乱，出手更加凌厉，一招将小鱼的长刀打落，左手短剑抢进，照准小鱼小腹刺入，只听扑哧一声，短剑应声没入身体，诸葛白一击得手，不由得仰天大笑，谁知只笑得两声便突然张嘴喷出一口鲜血，他低下头看了看自己的胸膛，也有一把剑已没柄而入，这把剑竟是诸葛白自己的短剑。这一切变故说来时长，其实只在电光火石一闪之间发生。众人眼前只是一花，一切便已结束。

小鱼抱着樱子，心中百感交集，竟似乎变得傻了。

只有山本信太郎看得清楚，原来诸葛白那短剑刺来时，小鱼已无力退避格挡，心忖必死，谁知就在那一瞬间，樱子却飞步抢在前面，用身体护住小鱼，短剑刺进她的后背，小鱼本能地使出了千机变化无影手，夺走诸葛白的另一把短剑，将一时分神的诸葛白刺杀当场。

山本信太郎似乎也愣住了，他看了看紧紧抱着樱子的小鱼，突然拔出腰刀，怒吼道："樱子，你背叛了断水流，你的弟弟妹妹全都要死！"说罢向众人一招手，道："把这两个人全部杀死！"

小鱼似乎什么也没有听到，只是紧紧地抱着樱子，愣愣地看着她的脸。樱子口鼻溢血，却也倔强地一言不发。

此时，大地震颤，猛烈的马蹄声席卷而来。山本信太郎心中大惊，忙喝道："赶快动手，我们的，拿到东西立刻离开！"

甄可坚低应一声，率先向小鱼杀去，但他只跨出了一步，身子便不由自主地飞了起来，十余支雕翎快箭的力量将他托起，又狠狠地摔出了两丈远。紧接着，无数雕翎快箭纷纷如雨般激射而来，青龙会帮众和日本浪人纷纷中箭倒地，许多人挥刀拨挡，但却哪里抵挡得住，无不纷纷被钉死在地，一时间惨嚎声四起。

紧接着，又有许多人影大鸟一般飕飕地掠了过来，刀剑出处，又有不少倭寇惨叫连声。山本信太郎大惊，回身招手，将部下聚拢起来，定睛看去，只见这些来者之中有僧人，亦有道士，还有位三十岁上下、剑眉星目的美男子，行止之间顾盼自雄。在他的身后，一位壮汉双手举着根狼牙棒，竟是军中阵前厮杀所用之物，此外还有些人物也是俊丑不一，甚至还有几名乞丐，这些人看似来路各有不同，但相同的是，大多是武功高强的汉子。那美男子一来便对上了阿四，不过两三个照面，便将阿四刺杀于地。其余人等也手下不弱，诸葛白的部下没有被箭射倒的，此刻也纷纷丧命于刀剑之下。而在他们的身后，便是弯弓疾射的马队，个个凶神恶煞一般，显然都是见过血的。

山本信太郎见部属已经胆寒，纵然自己武功不惧在场的任何一人，但此时只靠单打独斗又能做些什么呢？他深深地叹了口气，挥刀将快箭一一拨落，顿足道："事不可为，我们走！"说罢带着几名尚未中箭的日本浪人拼命向远方逃去。

片刻之间，小鱼的身边也已经插满了快箭，饶是那些弓手都有意避开了他和樱子，但箭雨密集，仍然有些射到了他的周围，其中还有一支射中了他的肩膀。剧痛之下，小鱼似乎也清醒了许多。他也不拔箭，抱起樱子急忙闪避到树后，凝神看去，心头顿时一松，这支如同天降的马队人强马壮，个个脸色黝黑，眼神冷漠，尽管全都是平民打扮，但一看便知是杀人见血的军人。那为首之人见到小鱼，充满寒意的眼神突然一热，他大喝一声："止！"飞身下马，快步跑到小鱼面前，单膝下拜道："千总大人，属下郑关东奉命接应来迟，大人多多恕罪！"

小鱼心中挂念樱子，也不多言，只道："关东，搜查四周，追击逃窜之人，皆是倭寇。"

郑关东领命自去部署，刹那间一队人马便呼啸而去，其余人等四散搜查周围树林草丛，那些武林高手还站在不远处，向小鱼张望过来。

小鱼却似完全不知不察，他的眼中此刻只有樱子，抱着她，只觉她身体越来越冷，忙唤道："月奴，你这又是何苦……"

樱子凄然一笑，道："你终于肯叫我月奴了……我是樱子，但我希望在你的心里，永远只有月奴，没有樱子这个人……"她抬起一只手，捧着小鱼的脸庞，又道："此生可恨不能相……"说到这儿，她的力量似乎一瞬间消失了，手掌从小鱼的脸上悄然滑落。

小鱼的眼泪大滴大滴地流淌下来，滴在樱子的脸上，可惜她再也感觉不到了。突然，他大声怒吼道："来人，药呢，拿伤药来，我要救活她！"

郑关东与另外几人互相看了一眼，只得慢慢走上来，这杀人不眨眼的大汉在小鱼面前从来十分敬佩。此时见小鱼如疯似狂，也不知如何劝解，只嗫嚅地道："大人……这位姑娘已经死……"

小鱼一把揪住郑关东的衣襟怒道："你说什么？"

郑关东竟不敢挣脱，这时，一只钢爪突然悄然伸出，一翻一卸，竟将小鱼的手掌拉开，却一点也未伤到他的皮肉。这钢爪的主人将郑关东拉开，拍了拍他的肩膀，转过头来道："二弟，你清醒些，这位姑娘已经化仙而去，我们却还有许多事要做，莫做此小儿女态！"

小鱼出手被卸开，此时又闻此言，迷茫浑噩的心头顿时清醒了许多，他定睛一看，原来面前正是自己的结义兄长鬼手陈千重。在陈千重身后，还有许多熟悉的面孔。那两名手执戒刀的僧人是少林掌门觉慧法师的师弟觉性、觉通，当今少林门下武功除觉慧法师外，便以此二人为强；那道士便更加不得了，竟是武当掌门弟子清云道长亲来；与清云道长站在一处的是潇湘剑客雁南飞，尽管他的脸上依然写满骄傲，但此时看上去却一点也不讨厌。手执狼牙棒的壮汉竟是那神拳铁胳膊刘大全，此人武功平平，也无甚名气，但此刻看起来却凛然有豪侠气概。那些乞丐都是丐帮中人，帮主龙大富虽然没有亲至，但派出的尽是八袋弟子，把丐帮的老底子都拿了出来。跟这些乞丐站在一起的，竟是一名捕快，也是小鱼的老熟人嘉定州总捕头马肃超。

小鱼忙道:“各位前辈、各位师兄仗义出手，小鱼……峨眉派上下感激不尽！”

清云道长单手施礼道：“小鱼不必多礼，陈大侠传讯之后，贫道等立刻赶来，只因你所办之事乃是为了我大明江山百姓……”他话尚未说完，只听那刘大全粗声嚷道：“道长说得是，你们峨眉派为了对付倭寇出生入死，我姓刘的虽然没几分本事，但拼了性命也还是要来的！”雁南飞却不说话，只是微微点头。陈千重看了看樱子，轻声道：“贤弟，诸位英雄星夜兼程，谁知，唉，究竟还是晚了一步……”

小鱼咬咬嘴唇，向大家点了点头，回身又道:“关东，刚才多有得罪！”

郑关东憨然一笑，道:“千总大人说哪里话，属下怎会怪罪？”

小鱼又问道:“关东，你们怎么会来这里，帅爷进京了？”

郑关东正要回答，只听马肃超道：“李少帅并未进京，是在下与陈大侠将你的行踪禀告了李少帅，郑把总他们是少帅亲命前来助你的。”

小鱼“咦”了一声，问道:“马大哥，你不在嘉定，怎么去了宁夏？”

马肃超低声道：“李少帅托我家大人所办之事，本已查出眉目，哱拜乃是与那播州宣慰使杨应龙勾结，密谋反叛。大人已将证据递交朝廷，谁知竟被奸人毁去，于是派在下星夜兼程赶往宁夏军中，告知少帅，结果正遇陈大侠求见少帅，言千总大人你一路艰险，少帅恐你有失，立即派兵出来接应。”

小鱼点了点头，突然心中想起一件事来，忙转向陈千重道：“陈大哥，你怎知我会在此，小弟一路改换身份，又绕了些道路，莫非……”

陈千重道：“小鱼不必多疑，不瞒贤弟，愚兄从嘉定州一路跟踪在后，你们在凿那水寇大船时，为兄也帮了些忙的。后来见你离船独行，知事有变，这才传讯少林、武当、丐帮等各路英雄，齐来助你。唉，可惜司礼监的孙公公死了，还有许多事已经无法查明，而且他们与倭寇勾结之事也已死无对证了。对了，你身上那只匣子不必送往京城了。因为，那匣子本是空的，你大师兄之物，通天大师在你下山时已安排段大侠送交刘铤将军，刘铤将军此时想必已经启奏万岁了。”

小鱼听得此言，心中不禁又是一空。没有想到自己拼死保护的匣子竟然只是一只诱饵。或许，此事师父早已打定主意事先不告诉自己，否则这场戏又怎么能演得真，那些倭寇又如何能上当呢？

郑关东见小鱼愣愣地发呆，忙道："马捕头与陈大侠所言没错，帅爷要属下与千总大人迅即回营，尚有紧急军情要务。"

陈千重又道："贤弟，我知你有许多不解。这位樱子小姐，其实也是个苦命的女孩。她幼年之时随父母出海，全家都被海盗杀死，只有她还活着，青龙会总舵主沈剑非见她可怜，便收为义女。谁知后来突然有一天从东瀛来人告诉她，其实她还有一个弟弟和一个妹妹在日本。她偷偷跑到日本之后，才知道自己的父母原本是日本断水流的属下。断水流以其弟妹要挟，将她收回门下，并让她回到青龙会，在会中发展忠诚于断水流的嫡系人马。"

小鱼疑道："沈总舵主乃是当年的铁枪将军杨亦松，他老人家怎么可能容忍青龙会出现如此状况？这种事又怎么能瞒得过他去？"

陈千重听了"杨亦松"三字也是一惊，忙问道："沈剑非是杨亦松？贤弟如何得知？据愚兄所知，杨铁枪当年与倭寇一战伤重不治，早已逝去多年，这是怎么回事？"

小鱼闻言又是一愣。

陈千重又道："杨铁枪与通天大师也曾相识，他是唐顺之先生的旧部，与峨眉派渊源极深，若他便是沈剑非，峨眉派应该最为清楚啊。"

小鱼心中顿时冰凉。沈剑非便是杨亦松，此乃樱子一面之词，无穷和尚、段师兄等人还是听自己说的。而青龙会行事也亦正亦邪，与杨亦松的性格并不相符。而通天大师也许并不相信樱子的话，却故意"中计"，安排她与小鱼一同上路，这也许正是大师"调虎离山"的"将计就计"。

小鱼抱着樱子渐渐冰冷的身体，看了看陈千重，道："多谢陈大哥了。"心中却更是疑惑，这位结义大哥究竟是什么人？为何感觉许多事便是从他突然现身好吃街才开始的？为什么他知道这么多事？

陈千重似乎看出了小鱼的心思，点了点头道："贤弟，愚兄知道你有话想要问，但你不必问，问了我也不会说的。你只需记住，愚兄是受一个你最亲近之人相托来帮你的。至于他到底是谁，将来你自会明白，此间之事已经了却，为兄告辞了。"

马肃超牵着一匹枣红骏马走上前来，道："千总大人这匹宝马，在下本已送到宁夏，少帅又命我们带上，亲手交与你。"

这时，清云道长走上前来道："小鱼保重，此间事已了，贫道也要回武当去了。"接着觉性、觉通以及雁南飞、刘大全等也纷纷告辞，众人与陈千重各自跨上骏马，抱拳挥手，纷纷转身去了。

郑关东见小鱼目送众人离去，走过来禀报道：“千总大人，弟兄们已经搜寻过了，并无可疑之人，我等擅离边关，京郊此处不可久留，是否立即西下，与追击的弟兄们会合？”

小鱼点了点头，他咬紧牙关，一把拔去肩头的箭，让属下军士敷上金创药，一只手接过郑关东递来的缰绳，揽着樱子的身体，翻身上马，大喝一声：“弟兄们，我们走！”一夹马腹，当先而出。郑关东等人轰然答应一声，整队而发，马蹄带着点点泥沙，纵奔而下。

远处，苍山如海，残阳如血。江山如画。

（上卷完，请关注下卷……）